www.bbulmedia.com

www.bbulmedia.com

악랄한 한 남자

악랄한 남자

DAHYANG ROMANCE STORY

민희서 장편 소설

C o n t e n t s

1

돌아온 남자

삐걱삐걱, 침대가 거칠게 흔들렸다. 방 안은 안개가 낀 것처럼 습하고 뿌옜다. 시간은 이른 새벽쯤이었다.

"하아……. 하아……."

남자가 그녀의 젖가슴을 게걸스럽게 빨아 대며 한 손으로는 유두를 손으로 튕기듯 매만졌다. 방 안 창문을 두드리듯 불어오는 겨울바람은 그녀의 알몸 위로도 흩뿌려졌다. 작은 소름이 오소소 일어났고 그 덕에 정점은 더 꼿꼿하게 일어섰다.

그녀는 자신의 위에 있는 남자를 바라봤다. 희뿌옇게 뿌려진 안개 덕에 남자의 얼굴은 잘 보이지 않았다. 그나마 알 수 있는 것은 그가 이미 잔뜩 흥분했다는 사실이었다. 바짝 성이 오른 그의 물건은 아까부터 그녀의 배 위를 찌르고 있었다.

그녀는 탄성과 같은 신음을 흘리려 했지만 그것이 잘 되지 않았다. 아니, 처음부터 흥분한 것은 남자 하나였다.

그녀는 남자를 처음부터 밀치고 싶었다. 이런 짓 그만하라고. 하지만 그녀의 뜻대로 몸이 움직여 주질 않았다. 아니, 정확하게는 남자에게 결박되어 있는 것 같았다. 그녀는 몸을 움직이는 대신 한숨과 같은 신음을 흘렸다.

"하아……."

순간 남자의 표정이 일그러졌다. 윤정은 순간 아차 싶었다. 남자를 잡으려 했지만 그의 단호한 표정은 더 딱딱하게 굳어져 있었다.

"잠깐! 잠깐만요!"

쾌락에 울부짖던 남자는 어느새 등을 그녀에게 내보였다. 그녀를 떠나려고 하는 것이었다.

"제발 가지 말아요!"

"누가 너 같은 여자랑 섹스를 하고 싶겠어. 차라리 나무토막하고 하는 게 낫지."

남자의 말이 귓속에 쳇바퀴처럼 맴돌았다. 윤정은 힘없이 손을 떨어트렸다. 어느새 멀어져 이제는 보이지도 않는 남자를 그녀는 잡을 수가 없었다. 윤정은 머리를 두 손으로 부여잡았다.

이건 아니야, 안 돼!

가슴속 깊은 곳에서 차오르는 거친 응어리가 목구멍을 막았다. 야멸차게 돌아서는 남자를 보며 속수무책으로 아무것도 할 수가 없었다.

"제발 돌아와!"

헉, 윤정은 숨을 헐떡이며 자리에서 벌떡 일어났다. 마치 현실처럼 생생한 꿈이었다. 온몸은 땀으로 흥건했고 눈가는 미처 떨구지 못해 고여 있던 눈물이 주르륵 떨어졌다.

윤정은 침대 위에서 태아처럼 몸을 웅크린 채 무릎에 얼굴을 파묻었다. 꿈에서까지 그녀는 정말 한심했다. 그저 억지로라도 신음을 내지르기만 하면 되는 것인데, 그런 연기 따위 쉬울 텐데 그녀는 막상 그것이 되지 않았다.

윤정 스스로가 느끼기에 그녀는 불감증이었다. 관계를 시도해 보지 않았던 것도 아니었다. 하지만 맞지 않는 옷을 입은 것처럼 처음부터 잘 되지 않았다. 관계에 대한 극렬한 거부감 때문에 시도도 하기 전에 대부분의 관계는 깨졌다.

남자들이 항상 그녀를 떠났던 것은 모두 다 저 때문이었다. 그래서인지 시시때때로 꿈에서까지 그 관계들이 그녀를 괴롭게 만들었다.

하아, 긴 한숨을 내뱉으며 윤정은 몸을 일으켰다. 출근을 하기엔 이른 시간이지만 이 방 안에서 한시라도 빨리 벗어나고 싶었다. 아니, 또 반복되는 꿈을 꾸고 싶지 않았다. 윤정은 서둘러 욕실 안으로 들어갔다. 아직도 찬기가 그녀를 뒤덮고 있었기 때문이다. 따스한 물에 꿈을 모두 지워 내려갔다.

겨울에 한발 앞선 바람이 그녀의 얼굴을 거칠게 매만졌다. 출근을 하기엔 아직은 이른 시간이었다. 윤정은 장갑을 빠짝 쥐어 끼며 숨을 크게 마셨다. 해는 이미 어둠을 모두 집어삼킨 후였다. 윤정은 낡은 경차 위에 몸을 실었다.

[윤정 씨, 일어났어요? 저는 야근이에요ㅠ_ㅠ]

몇 달 전 선을 봤던 현욱의 문자였다. 선이란 그렇듯 본인의 의지와 상관없이 항상 결혼이 진행되곤 했다. 이렇게 결혼을 해야 하나 싶기도 했지만 윤정은 그걸 막을 생각을 하진 않았다. 이 정도 남자라면 결혼 상대자로도 괜찮을 거라는 생각을 했기 때문이다.

그는 굉장히 세심하고 자상한 남자였다. 하나부터 열까지 그녀를 챙겨 줄 정도로. 물론 그를 열렬히 사랑하지는 않는다. 그저 적당히 만나고 적당히 결혼하면 되지 않을까 생각할 뿐이었다.

윤정은 픽 웃음을 터트렸다. 어쩐지 조금 쓸쓸하게 느껴졌다. 어려서는 분명 정열적인 사랑을 할 수 있을 것이라 생각했었는데……. 그것이 힘들다는 것을 알게 된 건 대학교 때였다.

그 전 남자친구도 또 전의 남자친구도 그녀를 열정적으로 사랑한 사람은 없었다. 모두 목적은 같았다. 몸이었다. 달콤한 밀어를 속삭이며 그녀를 꼬시던 남자들이 섹스라는 이름하에 아주 처참하게 무너졌다.

처음엔 승부욕이 넘쳤으나 나중엔 흥미를 잃으며 모두 떠나 버렸다. 그리고 이제는 사랑이라는 것에 사실상 포기 단계였다. 그저 저 사람을 사랑한다고 믿으면 되는 게 아닐까, 그런 한심한 생각만 하고 있을 뿐이었다.

윤정은 발끝에 조금 더 힘을 실었다. 오늘 새로운 사장이 부임을 하는 날이었다. 하지만 새로운 상사에 대한 기대감은 조금도 들지 않았다. 이전 상사들과 똑같을 거 같았기 때문이다. 권위적이고 오만하며, 가부장적인 생각을 가진 나이 지긋한 중년 아저씨.

이전 사장은 명예퇴직이라는 이름하에 잘린 상태였다. 그는 50줄이 훌쩍 넘은 중년의 사내였는데 자신의 비서와 눈이 맞아 부인에게 이혼까지 당했다.

그는 항상 '여자는 말이야, 여자는 이래야 해.' 라는 얼토당토 않은 말을 달고 사는 가부장적이고 고지식한 사내였다. 물론 그 여비서가 그의 말처럼 그런 여자였는지는 알 수 없다. 확실한 것은 그녀는 사치를 좋아하고 돈이라면 물불 안 가리는 허영기가 가득한 일명 '된장녀' 라는 사실이었다.

사장이 부인이 그 사실을 알고 가만둘 리 없었다. 회사 홈페이지 게시판에 이 사실을 모조리 알려 버렸고 한바탕 난리가 펼쳐졌다. 덕택에 급하게 징계위원회가 소집됐고 회사에선 그에게 퇴직을 권하였다. 상부 입장으로선 불륜 스캔들에 기업 이미지를 망치고 싶지 않을 터였다. 그렇게 사장은 조용히 그 비서와 퇴직을 하고 남은 것은 그녀 혼자였다.

이번 사장은 자신의 수행 비서를 데리고 온다고 했었다. 그녀의 자리가 없어지진 않을까 하는 걱정 따위는 하지 않았다. 단지 자신이 아늑하다고 느낀 공간을 빼앗겨 버릴까 약간의 겁이 날 뿐이었다. 그녀는 사장실 앞에 있는 자신의 데스크를 꽤 좋아했다. 단조롭고 건조해 꾸밈과는 상당히 먼 자리였지만 자신이 몇 년 동안 길들여 놓은 자리였다.

윤정은 지하 주차장에 차를 대고 잔뜩 낡아 버린 가방을 손으로 쥐었다. 그녀의 회사 입사 때부터 함께한 덕택에 가방에는 그녀의 손때와 시간들이 고스란히 묻어 있었다.

"안녕하세요, 서 주임님."

안내데스크 여직원이 반가운 듯 미소를 보냈다.

"네, 안녕하세요."

윤정은 반듯하게 인사했다. 사실 저런 친절한 미소가 약간은 어색했다. 그녀는 고지식했고 답답할 정도로 융통성이 없는 여자였다. 얼굴에 웃음기라고는 조금도 찾아볼 수 없었고, 항상 경직된 얼굴이었다. 남들과 이야기를 나눌 때도 사무적인 태도로 일관했다. 그래서 전 사장이 그녀를 별로 좋아하지 않았는지도 몰랐다. 아니, 다수의 직원들도 그랬을 것이다. 그녀를 항상 어려워했고 '여자가 나긋한 맛이 없어. 정말 일만 못했으면…….' 이라는 말을 입에 달고 살았으니까.

"윤정 씨! 우리 오늘부터 같이 일하네?"

올라가는 엘리베이터 버튼을 누르는 그녀에게 전 대리가 반갑게 알은척을 해 왔다. 전 대리는 사실 사장 직속이 아닌 회장님 소속이었다. 이번에 새로 부임하는 사장 때문에 억지로 내려온 것이라고 했다. 그녀는 자신보다 세 살이나 많았고, 딸 하나를 둔 애기 엄마였다. 수다 떨기를 좋아했으며, 누구와도 친해질 수 있는 대단한 친화력을 가진 여자였다.

"안녕하세요, 전 대리님."

"참, 오늘 새로운 사장 출근하는 날이지? 제발 진상만 아니길 빈다!"

윤정은 가볍게 미소를 지었다. 엄격해 보이는 인상 때문에 그조차도 웃는 것으로 보이지 않았다.

"그래도 다행이야. 그 망할 자식이 윤정 씨 성추행이라도 하는 거 아닌가 내심 불안했거든. 그 자식 눈이 얼마나 음흉했는지 윤정 씨도 봤어야 해."

전 대리가 큰 비밀이라도 되는 듯 속삭이며 말했다. 엘리베이터 문이 열리고 둘은 나란히 엘리베이터에 올랐다.

"걱정해 주셔서 감사해요. 하지만 그런 일은 없었어요."

"그래, 그나마 다행이지. 윤정 씨는 이전의 비서들이 어땠는지 몰라서 그래. 그 노망난 할아버지가 실장실 비서와 눈이 맞아서 다행이었지."

윤정은 그저 미소만 지었다. 전 대리는 엘리베이터 문이 열릴 때까지도 수다를 멈추지 않았다. 이번 사장이 누군지 아냐는 둥, 이번에도 중년 남성이냐는 둥의 시시콜콜한 이야기들을 해

댔다.

그녀는 이런 관계가 무척이나 어색했다. 어떻게 말을 이어 나가야 할지도 몰랐고, 또 그것들에 대해서 어떻게 맞장구를 쳐 줘야 상대방이 기분 나빠 하지 않을지도 몰랐다. 윤정은 사람 사귀는 것에 무척이나 서툴렀다.

윤정과 전 대리는 나란히 사장실로 들어왔다.

"윤정 씨, 혹시 아는 거 있어? 새로운 사장에 대해?"

"아니요. 저도 잘⋯⋯."

"예전에 사장 처음 왔을 때 어땠는지 알아? 느닷없이 역 앞에서 파는 핫도그를 찾아서 그거 사 오느라 한참 애먹었다니까? 윤정 씨도 알지? 걸어서 15분은 족히 걸리는 그 집."

"알아요."

윤정이 어색한 미소를 지으며 전 대리에게 대답했다. 사람 사귀는 방법은 왜 책에는 나와 있지 않은 것일까. 이런 시간들이 윤정은 못 견디게 불편했다. 그녀의 말을 경청하고는 있으나 어떤 말로 대꾸를 해야 적절한 건지 윤정은 알지 못했다. 그나마 다행인 것은 윤정의 이런 태도를 전 대리는 그다지 신경 쓰지 않는다는 점이었다.

"그것도 삼복더위에 서 대리가 그 집을 갔다 왔다는 거 아니야. 보는 나까지 얼마나 짜증이 나던지. 근데 웃긴 건 그 다음부터 그 핫도그 사 오란 소리가 쏙 들어갔다는 거야. 알고 봤더니 군기 잡으려고 일부러 그런 거 있지? 아무튼 짜증났어."

윤정은 미소를 띠며 탕비실 문을 열었다. 전 대리의 말대로 역시 이전 사장에게 모두 맞춰진 것들이었다. 설마 전 대리의 말처럼 그런 일이 생기진 않겠지. 아니, 생기더라도 그냥 갔다 오면 그뿐이었다. 걱정할 이유는 없었지만 어쩐지 조바심이 나는 것까지 막을 수는 없었다. 윤정은 마음을 가다듬기 위해 책상에 앉아 어지럽게 널려 있는 서류들을 하나씩 정리했다.

그녀가 서류들을 정리하는 사이 낯선 구두 발자국 소리가 들려왔다. 윤정은 손목에 찬 시계를 슬쩍 보았다. 8시 30분. 윤정은 낮게 한숨을 쉬었다.

이제 한 시간은 일찍 출근해야 할 판이었다. 전 사장은 사소한 것에 태클을 걸었지만 10시가 다 돼서 출근하는 덕택에 출근 시간만은 지킬 수 있었다. 물론 야근도 없었다. 애인과 만날 시간도 모자란 사람에게 야근은 필요 없는 단어였다.

"안녕하십니까, 사장님."

윤정과 전 대리가 옷매무새를 가다듬으며 부드럽게 인사를 건넸다. 날카로운 구두 발자국 소리와 함께 네 개의 다리가 그녀의 앞에 나란히 멈췄다.

"반가워요."

"저는 전수정 대리입니다. 그리고 이쪽은 서윤정 주임이고요. 만나 뵙게 돼서 영광입니다."

"네, 앞으로 잘 부탁해요. 전 대리."

전 대리의 소개에 윤정은 굽힌 허리를 펴며 살며시 고개를 들었다. 그리고 눈앞에 놓인 손 하나를 발견하고 눈을 껌뻑거렸다. 아, 악수. 손만 보아선 꽤 젊은 남자인 듯했다. 고생이라고는 조금도 하지 않은 듯한 남자답게 굵지만 예쁜 손이었다.

"서윤정 씨라고 했나요? 저는 앞으로 같이 일할 한진혁입니다."

윤정은 허리를 곧추세우며 남자의 얼굴을 바라봤다. 순간 머리에서 현기증이 일었다. 가까스로 자신을 붙잡고 있지만 조금이라도 정신을 흐트러뜨렸으면 그녀는 그 자리에서 주저앉았을 것이다.

[그거 들었어? 진혁 선배 귀국했다더라.]

며칠 전 대학 동기에게서 받았던 메시지였다. 별 대수롭지 않게 여겼던 메시지가 자신의 눈앞에 현실이 되어 있었다.

"윤정 씨, 윤정 씨! 뭐해!"

귓전에 속삭이듯 말하는 전 대리의 목소리도 듣지 못한 채 멍청하게 그를 올려다보았다.

"무슨 문제 있습니까?"

진혁이 특유의 오만한 미소를 지으며 무안해진 손을 흔들었다. 윤정은 숨을 고르며 평정심을 찾으려 애썼다. 데자뷰를 보는 듯 몽롱한 기분이었다.

"아, 아닙니다. 저는 서윤정 주임이라고 합니다."

윤정은 앞에 서 있는 이 남자를 찬찬히 훑어봤다. 그는 자신을 전혀 모른다는 눈빛이었다. 어떻게 이럴 수가 있지? 커다란 망치로 머리를 강하게 두드려 맞은 것만 같았다. 윤정은 한순간도 잊은 적 없는 자신의 기억들을 차례대로 나열해 보았다.

"네, 반가워요. 이 실장, 오늘 오찬이 몇 시죠?"

자신과의 인사를 대수롭지 않은 듯 넘기고는 그는 몸을 돌리며 이 실장에게 물었다. 윤정은 그와 닿았던 손을 내려다봤다. 단단하지만 부드럽고 따뜻한 느낌이 불편하고 어색했다. 그 느낌을 지우고 싶기라도 하듯 그녀는 다른 한 손으로 자신의 손을 맞잡았다. 그가 머물렀던 온기를 차디찬 자신의 손이 지워 나갔다. 하지만 그 감촉은 여전히 살아 있었다.

"12시입니다. 한남동에 있는 한정식집에 예약 잡아 놨습니다."

"알았어요. 일 봐요. 그리고 서 주임이라고 했죠?"

"네? 아, 네."

넋을 잃고 손을 만지작거리다 윤정은 화들짝 놀랐다.

"커피 한 잔만 내려다 줘요."

"네, 알겠습니다."

진혁과 이 실장이 안으로 들어가자, 윤정은 다리에 힘이 풀린 듯 의자에 털썩 주저앉았다. 뭐가 어떻게 된 거지? 윤정은 날카롭게 숨을 삼켰다.

그래, 자신의 존재는 그에게 너무 미미하고 기억 속에 남겨둘 만한 존재는 아니었을 것이다. 그녀에겐 아니었지만 아마 그에겐 그랬겠지. 하지만 그래도! 라는 생각이 꼬리에 꼬리를 물었다. 입안이 바싹 타들어 갔다. 자신과의 마주침이 그에겐 전혀 놀랍지 않은 일인 것만 같았다.

"왜 그래, 갑자기? 그나저나 사장님 너무 잘생겼다. 내가 5년만 젊었어도."

닫힌 문에 시선이 박혀 들었다.

"윤정 씨도 사람이긴 한가 봐. 남자를 넋을 잃고 쳐다볼 때도 있네."

"아니에요!"

격양된 목소리에 전 대리가 윤정을 놀란 듯 쳐다봤다.

"왜, 왜 그래? 윤정 씨?"

"아, 죄송해요. 컨디션이 안 좋은가 봐요. 커피 준비할게요."

윤정은 이 상황을 피하기라도 하듯 탕비실로 들어가 원두를 분쇄기에 넣었다. 자신의 눈앞에서 남자친구가 바람이 났을 때도, 상사에게 크게 혼이 났을 때도, 평정심 한 번 잃지 않았던 그녀가 자신도 모르게 전 대리에게 화를 냈다.

저 남자가 자신에게 크게 와 닿는 존재도 아닐 텐데, 동요하는 자신이 한심스러웠다. 분쇄기의 작은 소음도 느끼지 못할 정도였다. 여과지를 깔고 드리퍼 안에 분쇄된 원두가루를 넣었다. 매일 하던 일인데도 어쩐지 이 행동 자체가 낯설게 느껴졌다.

"윤정 씨, 뭐해. 사장님 기다리시겠어."

윤정은 전 대리의 질책에 퍼뜩 정신을 차렸다. 작은 잔 속에서 넘실거리는 커피를 바라봤다. 지옥 문이 검은 아가리를 벌리고 그녀를 집어삼킬 것만 같았다. 이 자리에서 당장 도망가고 싶을 만큼 두렵고 겁이 났다. 분명 그녀의 잘못은 아니었지만 그와 대면하는 순간이 무서웠다.

"들어와요."

허락이 떨어지자, 윤정은 심호흡을 크게 하며 사장실 문을 열었다. 사장실은 명패 빼고 바뀐 것이 없었다. 아마 그는 사무실에 자신의 취향 따위는 반영하지 않는 모양이었다. 달라진 것은 명패뿐이었지만 수년간 봐 온 이 사무실이 낯설고 어색하게 느껴졌다.

"사장님, 말씀하신 커피 가져왔습니다."

"이쪽에 놔 주세요."

그는 새로 만든 명패가 마음에 들지 않는지 그 명패를 손으로 쓸어내리고 있었다. 윤정은 한 발 한 발 그에게 걸어갈 때마다 이상하리만큼 심장이 떨려 왔다. 바들바들 떨리는 손으로 겨우 커피를 내려놓고 윤정은 쟁반을 두 손으로 잡았다. 커피가 파도가 치듯 잔 안에서 넘실거렸다.

"더 시키실 일 있으면 말씀해 주세요."

순간 그의 눈이 또렷하게 그녀에게로 닿았다. 윤정은 날카롭게 숨을 들이마셨다. 탁하게 가라앉은 두 눈은 그녀를 밧줄로 꽁꽁 묶은 듯 사로잡았고, 오만하게 올라간 입꼬리는 위협적이었다.

윤정은 눈을 슬며시 감았다 떴다. 그에게 좋은 기억 따윈 하나도 존재하지 않았다.

"그러죠."

윤정은 고개를 살짝 숙이며 뒤를 돌아 문 쪽으로 걸어갔다. 그 짧은 순간에도 쟁반을 쥔 손안에 식은땀이 차올랐다. 윤정은 동요된 감정을 숨기려 쟁반을 부러 꽉 잡았다. 마치 그녀는 그의 앞에서 헐벗기라도 한 것처럼 부끄럽고 긴장됐다.

"아, 잠깐만."

뚜벅뚜벅, 큰 보폭의 발자국 소리가 등 뒤에서 멈췄다. 그는 조금 떨어진 곳에 있는 것이 분명했지만, 등을 타고 뜨거운 열기가 느껴졌다. 윤정은 심호흡을 하며 천천히 돌아섰다. 그가 한 발짝 더 다가왔다.

벌어진 간격은 얼마 되지 않았다. 심장이 미칠 만큼 튀어 올랐다. 윤정은 눈을 감았다 뜨며 자신을 질책했다.

저 남자가 어떤 남자였는지 기억해!

기억을 상기시키려고 노력했다.

"더 시키실 일이 있으신가요?"

윤정은 한 발 뒤로 물러섰다. 하지만 그 순간 단단한 팔이 그녀의 허리를 꽉 잡았다. 허리를 감싼 것뿐인데 온몸에 짜릿한 소름이 일었다.

"넌 여전히 달라진 것이 없군."

"무슨 말씀이십니까."

윤정은 최대한 담담히 대답하려고 애썼다. 하지만 바람에 흔들리는 나뭇가지처럼 눈동자가 불안하게 떨렸다. 그의 지나칠 정도로 오만한 입술이 유혹적으로 올라갔다. 진혁은 집게손가락으로 윤정의 턱을 들어 올렸다.

"모르는 척할 생각이었나? 그렇다면 영 연기가 서툴군."

조금만 움직이면 입술이 닿을 정도의 간격이었다. 그의 숨소리가 뺨을 간질였다. 윤정은 그의 품에서 나오기 위해 몸을 비틀었다. 그럴수록 그의 팔은 구렁이처럼 그녀의 몸을 옥죄어 왔다.

"내가 그립진 않았어?"

아찔하리만큼 유혹적인 말이었지만 그가 윤정에게 할 말로는 적합하지 않았다. 윤정은 마른침을 꿀꺽 삼켰다. 뺨에 간간이 닿는 그의 숨결이 그녀에게 시간이 멈추지 않았다는 것을 알려 주었다. 뱀이 먹잇감을 향해 혀를 날름거리듯 그의 집요한 눈이 그녀를 핥았다.

"저, 저는……."

이따금씩 그를 만나는 상상을 했었다. 그때가 되면 나는 어떻게 그를 대할 것인가에 대해서도 많은 생각들을 했었다. 그를 모르는 척 외면하든가, 반갑게 알은척을 하든가, 그것도 아니면 멈춰서 그를 넋 놓고 바라보든가.

윤정의 선택은 그를 잊었다는 듯 당당하게 그의 옆을 지나가는 것이었다. 하지만 눈앞에 있는 그에게 그를 부정하는 어떠한 말도 내뱉을 수 없었다. 머릿속에 혼란이 찾아왔다. 그는 그녀에게 잊혀졌지만 완벽하게 잊혀지지 않는 존재였다.

운석이 거대한 자취를 남기듯 그녀의 가슴속 한 곳에 거대한 구덩이를 만들어 두었다. 잊은 줄 알았지만 서랍 속 사진처럼 이 따금씩 눈에 띄어 그 상처들을 헤집어 놓는, 그는 그런 사람이었다. 그렇다고 그의 말처럼 그를 그리워하진 않았다. 아니, 인정할 수 없었다. 머릿속에 글자들을 되뇌었다.

나는 그가 그립지 않았다. 그는 내가 원망할 가치도 없는 사람이었다.

"저는 아닙니다. 게다가 저에겐 남자친구가 있습니다."

등을 감싼 진혁의 팔이 느슨해지는 것이 느껴졌다. 그가 혹시라도 상처를 받았을까. 바라본 그의 얼굴은 평소처럼 냉소적이었다. 거대한 망치 하나가 그녀를 때리고 지나간 것만 같았다. 자신은 도대체 무엇을 기대한 것일까. 모든 것이 엉망진창이었다. 악몽에서 깬 순간부터 그 모든 것이.

"그것 참 안타까운 일이군. 앞으로 우리 잘해 봐요, 서 주임."

아무 일도 없었다는 듯 다시 자리로 돌아가는 진혁의 모습에 왠지 모를 허탈함이 느껴졌다. 허탈함? 아니, 안도했어야 했다. 그의 등장 하나에 자신이 이리 큰 동요를 하게 될 줄은 꿈에도 생각 못 했었다. 만약 상상이라도 했더라면 윤정은 지금 이 자리를 피했을 것이다. 어떤 핑계를 대서라도.

그녀는 자만했다. 그의 눈을 똑바로 쳐다보고 나에게 사랑하는 사람이 있노라고 당당히 말할 수 있을 줄 알았다. 그것은 어리석은 착각이었다. 하지만 작은 동요, 그것이 다라고 윤정은 스스로를 다독였다. 이번만큼은 그에게 휘둘리지 않을 것이다. 왜냐면 지금은 그녀가 그를 사랑하지 않기 때문에.

"그럼 전 나가 보겠습니다."

"아, 그리고 앞으로 원두는 에티오피아 예가체프로 써 줘요. 인도네시아 만델링은 영 안 맞아서."

"네, 알겠습니다."

윤정은 공처럼 튀어 오르는 심장을 진정시키며 옷매무새를 가다듬었다. 사장실 문을 조심스레 닫으며 윤정은 붉게 상기된 얼굴을 양손으로 매만졌다.

"윤정 씨, 무슨 일 있어? 오늘따라 컨디션이 영 안 좋은가 봐."

"아니요, 괜찮아요."

괜찮다는 듯 전 대리에게 미소를 건넸다. 괜찮은가? 머릿속이 뒤죽박죽이었다. 인도네시아 만델링 원두 향보다 더 진했던 그의 허스키한 목소리, 그의 열기가 느껴지는 뜨거운 숨소리, 오만함을 담은 입술, 그의 모습이 떠오르자 심장은 주체할 수 없이 뛰었다.

허리에 전류가 흐른 듯 뜨겁고 온몸의 피들이 그곳으로 몰리는 것만 같았다. 윤정은 잡생각을 떨치듯 머리를 흔들었다.

"윤정 씨, 사장님 뭐라셔? 커피 바꿔야 하나?"

"아……. 종류만 바꾸면 될 거 같아요. 크게 말씀하진 않으셨어요."

"다행이다. 까다로우신 건 아니지?"

전 대리가 속삭이듯 말했다.

"네, 그런 거 같아요."

전 대리와 이야기를 나누는 사이에도 정신이 몽롱했다. 작은 솜털까지 곤두서는 듯 그에게 모든 것이 집중되는 것 같았다. 애써 잊으려 하지만 그가 속삭였던 말들, 그의 행동들이 그녀를 점령했다. 윤정은 한숨을 뱉었다. 쿵쿵, 어디서 시작된 것인지 모르는 소리가 귀를 울렸다.

진혁은 열기가 느껴지는 커피 잔의 입구를 손끝으로 천천히 쓸어내렸다. 동요했던 그녀의 얼굴, 흔들리는 눈동자, 그리고 기억하고 있던 그녀의 향까지, 어느 것 하나 그때와 변한 것이 없었다. 너무 변한 것이 없어 진혁은 그녀가 우습기까지 했다.

그가 처음 회사에 왔을 때, 그리고 그녀가 자신의 비서란 것을 미리 알았을 때, 참 기이한 인연이 아닌가 하는 생각을 했다. 유학에서 조금 더 일찍 돌아온 것도 그 때문이었다. 천천히 손안에서 놀아나는 작은 동물의 애교를 보기 위함, 그리고 그리웠던 향을 듬뿍 맛보기 위함이었다. 하지만 어쩐지 조금 힘들 거 같다는 예감이 들었다.

— 첫 출근한 소감은 어때?

"그럭저럭."

— 걘 만났어? 어떻디? 난 네가 왜 걜 찾는지 이해를 못하겠다. 촌스럽기만 한 그 여자애.

"그게 매력이지."

재현이 그의 말에 킬킬거리며 웃었다.

— 그런 걸 매력이라 칭하긴 너무 과분하지 않나? 아무튼 조만간 들를게. 그 사감선생이 어떻게 변했는지도 궁금하니까.

진혁은 끊어진 휴대폰을 자리에 대충 던져두고 창문 밖을 내다봤다. 재현은 고등학교 때부터 친구였다. 고로 그의 모든 것을 속속들이 아는 것도 재현 하나였다. 대학도 같이 다닌 덕에 윤정의 존재도 잘 알고 있었다. 어떻게 시작됐으며 어떻게 끝이 났는지도.

재현은 말했었다. 아마 네 존재만으로도 윤정은 치를 떨고 있을 것이라고. 역시 재현의 예상이 맞았다. 하지만 그녀는 치를 떠는 만큼 그를 그리워하고 있었다. 그렇지 않다면 방금처럼 동요할 이유도 없었을 것이다. 어쩌면 오만한 생각일지도 모르지만 진혁은 이 게임 자체가 즐겁고 흥미로웠다.

똑똑, 상념에 빠진 그를 일깨우듯 누군가 문을 두드렸다.

"사장님, 이 실장입니다."

"들어와요."

이 실장은 스케줄이 적힌 다이어리를 들고 안으로 들어왔다.

"사장님, 12시에 서원건설 대표와 오찬이 있고, 3시엔 임원회의가 있습니다. 그리고 5시엔 중국 클라이언트와 통화가 잡혀 있습니다. 오찬 때 서 주임이나 전 대리도 함께 가시겠습니까?"

"아니요, 이 실장만 가죠. 좀 더 정리할 시간이 필요할 테니."

진혁의 입술이 부드럽게 휘어졌다. 자신의 손안에서 바뀔 그녀의 모습에 대한 기대감에 그는 한껏 부풀어 있었다.

오전 내내 아무 일 없이 지나갔다. 그가 자신을 따로 찾는 일도 없었고 오찬도 진혁은 이 실장만 대동하고 나갔다. 그가 완벽하게 인수인계를 받기 전이라 아직 일도 많지 않기 때문에 윤정과 전 대리는 여유를 즐길 수 있었다.

하지만 그녀는 이미 머릿속이 그의 생각으로 폭발 직전이었다. 만약 그가 이것을 노린 것이라면 정확하게 목적을 달성한 것이었다. 물론 절대 그런 생각을 한 건 아니겠지만.

"네, 정원그룹 비서실 서윤정입니다."

윤정은 서둘러 펜과 메모지를 챙겼다. 이 실장의 말에 의하면 오찬이 길어져 조금 늦게 도착할 것이라고 했다.

"네, 현재 사장님은 자리를 비우셨습니다. 다시 한 번 연락해 주시겠습니까? 네, 그렇게 전해 드리겠습니다. 감사합니다."

"어딘데?"

"제이건설인데 진해에 백화점 문제 때문에 사장님께 연락했나 봐요."

전 대리는 벽에 걸린 시계를 얼핏 봤다.

"이제 곧 돌아오실 테니까, 메모 다 정리해 놓고 그리고 사장

님 책상에 비품 떨어진 거 없는지 좀 체크해 줘. 아까 내가 본다
는 게 깜빡했네."

"네, 알겠습니다."

윤정은 얼른 그가 자리를 비운 사이 왔었던 연락들을 포스트
잇에 꼼꼼하게 적어 두었다. 그리고 메모지와 펜을 하나 든 채
크게 심호흡을 하며 그의 사무실 안으로 들어갔다.

윤정은 멍하니 그의 자리를 바라보며 문 앞에 서 있었다. 그
가 반나절 정도 있었을 뿐인데 이곳에 그의 체취가 배어 있는 것
만 같았다. 달라진 것 하나 없는 사무실이 왜 이리 크게 다가오
는지 알 수가 없었다.

윤정은 고개를 도리질 치며 그의 책상 위의 집기들을 챙겼다.
그리고 책상 벽면에 그녀가 가지고 왔던 포스트잇을 붙였다. 책
상은 그처럼 깔끔하게 정리되어 있었다. 널브러져 있을 것만 같
았던 서류들도 꼼꼼하게 정리되어 있었고, 펜들 또한 가지런하게
있었다. 그가 방금까지 결재를 했었던 거 같은 만년필은 뚜껑이
닫힌 채로 서류 위에 올려져 있었다.

"사장님, 오셨습니까?"

밖에서 들리는 전 대리의 목소리에 윤정은 소스라치게 놀랐
다. 자신은 업무를 하고 있는 중인데 마치 도둑질이라도 하다 걸
린 느낌이었다.

"아, 사장님 오셨습니까? 비품 정리 중이었습니다. 그리고……
여기 전화 왔던 목록 메모해 두었으니 확인해 주시길 바랍니다."

진혁은 문에 삐딱하게 기대어 팔짱을 낀 채 자신에게 업무 보고를 하고 있는 윤정을 가만히 바라보았다. 윤정은 그의 시선을 받기 두려워 바닥만 보며 말을 계속했다.

"내가 두려운 모양이군. 맞아?"

"무슨……."

마치 그녀의 속내를 간파당한 느낌이었다. 윤정은 포커페이스가 아니었다. 오히려 자신의 생각이 고스란히 얼굴에 드러나는 사람 중 하나였다. 달아오르는 얼굴을 막고 싶었지만 그럴수록 더 열기가 오르는 양 뺨이 느껴졌다.

"이만 나가 봐도 좋아요, 서 주임."

그는 비웃듯 웃고는 그녀의 옆을 지나치며 말했다.

"네, 알겠습니다."

사무실을 나오면서도 윤정은 그의 오만한 웃음을 머릿속에서 지우기 어려웠다.

그는 알고 있었다. 자신이 동요하고 그를 신경 쓴다는 것을. 하지만 한 가지 모르는 것이 있었다. 어릴 때처럼 쉽게 당하지 않을 것이라는 것을.

"윤정 씨, 전화 오는데?"

"아, 네."

책상 위에서 깜빡이는 휴대폰을 들고 잠시 심호흡을 했다. 바람이라도 핀 것마냥 어쩐지 미안한 감정들이 샘솟았다. 그리고 잠시 간과했던 현실들이 되살아났다.

아, 그래. 자신은 지금 현욱과 만나고 있는 상태였다. 그는 진혁과는 비교도 되지 않을 만큼 다정한 남자였고 여태껏 만났던 남자들과도 다르게 그녀의 몸을 원하고 있지 않았다. 그를 사랑하지는 않지만 그와 평생을 함께한다는 것 자체도 나쁘지 않고 훌륭할 것 같다고 생각할 정도였으니까.

윤정은 조용히 사무실 밖으로 나갔다.

"여보세요?"

시끄러운 차 소리와 함께 현욱의 목소리가 끊기듯 들렸다. 경쾌한 그의 목소리를 들으니 입가에 절로 미소가 지어지는 거 같았다. 현욱은 옆에 있는 사람을 웃게 만들 줄 아는 사람이었다. 어쩌면 그에게 끌린 이유가 그것인지도 몰랐다.

— 여보세요? 윤정 씨, 들려요?

다시 한 번 그가 외쳤다.

"들려요."

— 휴, 난 끊어진 줄 알았네. 뭐해요? 일하고 있어요?

"네. 현욱 씨는요?"

— 전 외근 나왔어요. 휴, 추워 죽겠네. 내일 데리러 갈까요?

그는 전자 쪽 대기업에 다니고 있었다. 거대한 프로젝트를 맡을 때면 한 달이고 보름이고 얼굴을 못 볼 경우가 더 많았다. 전화로 연락하는 것이 대부분이었고 선을 본 이후 얼굴을 본 것은 스무 번도 되지 않았다. 하지만 그것이 싫다든가 속상하다든가 하지 않았다. 만나면 아직은 어색한 사이여서 윤정은 이대로가 더 편하게 느껴졌다.

"괜찮아요?"

― 아, 나 걱정해 주는 거예요? 윤정 씨 보고 싶어서 일 빨리 끝내려구요.

기뻐하는 듯한 현욱의 말에 양 뺨이 발그레해지는 것이 느껴졌다. 주위를 두리번거리던 윤정의 시선이 복도 저쪽에서부터 걸어오는 사람들에게 집중됐다. 조금씩 거리가 좁혀질수록 숨이 차오르고 가빠졌다.

― 윤정 씨가 날 걱정해 주다니 이거 정말 꿈만 같네요. 알아요? 항상 거리감 두고 대화했던 거? 그런데 오늘은 좀 다른 거 같아요.

"아, 제가 그랬군요."

뚜벅뚜벅, 조용한 복도에 남자들의 발자국 소리가 울려 퍼졌다. 현욱과 대화를 나누면서도 온 신경은 다가오는 그들에게로 집중됐다. 이 실장과 이야기를 나누며 그가 그녀의 곁으로 다가왔다. 분명 방금 전까지 사무실에 있는 것을 확인했었는데…….
윤정은 도둑질을 하다 들킨 어린아이처럼 불안했다.

― 몇 시에 데리러 가면 돼요?

그와 눈이 마주쳤다. 등골이 서늘해졌다. 거리가 좁혀질수록 심장이 주체할 수 없이 뛰었다. 귓가에서 들리는 익숙한 음성들, 그리고 다가오는 그의 서슬 퍼런 눈빛. 윤정은 자신의 감정을 최대한 숨기며 그의 눈을 피하지 않았다.

— 윤정 씨! 내 말 들려요? 여기 전화가 잘 안 터지나?

"현욱 씨."

— 네?

이 미터, 일 미터, 무심하게 떠나갈 줄 알았던 시선은 오히려 그녀의 행동을 즐기듯 기쁜 기색이 역력했다.

"보고 싶어요, 현욱 씨."

그가 자신의 앞에 다가왔을 때, 윤정은 고저 없는 목소리로 현욱에게 내뱉었다. 아무렇지 않은 듯이 내뱉은 자신에게 스스로가 놀랄 정도였다.

윤정은 항상 현욱에게 형식적으로 대꾸만 했을 뿐 이런 식의 일반적인 연인 같은 대화를 나눈 적은 처음이었다. 그와의 만남이 기대되거나 하는 것은 아니었다. 아니, 전혀 기대가 되지 않아 오히려 현욱에게 미안할 따름이었다.

하지만 윤정은 진혁에게 보여 주고 싶었다. 이미 자신은 진혁에게 마음이 있지 않다는 것을. 그리고 오만한 그에게 알려 주고 싶었다. 이제 어린 날 순진했던 자신과 다르다는 것도.

그의 시선이 윤정에게서 떠나갔다. 마주치던 시선은 즐거운 기색이 역력했지만 자신을 떠나가는 그의 시선은 오싹할 정도로 시렸다. 한낱 어린 강아지 재롱을 보고는 이내 시들해진 듯한 그의 눈빛은 너 같은 건 관심 밖이야, 라고 말하는 것 같았다.

— 저도 윤정 씨 보고 싶어요.

수줍게 고백하는 현욱의 목소리가 제대로 들리지 않았다. 아니, 그녀 자신이 귀를 닫고 있었다.

"현욱 씨, 이따 다시 전화할게요."

윤정은 아랫입술을 지그시 깨물었다. 시린 눈빛이 머릿속에 맴돌수록 마음 한 귀퉁이가 횅해졌다. 그리고 날카로운 바늘 하나가 꿰뚫은 듯 따갑고 쓰렸다.

그의 얼굴엔 즐거운 기색이 역력했다. 윤정의 행동들이 우습고 재미있었다. 감정이 담기지도 않은 목소리로 보고 싶다고 깜찍한 거짓말을 내뱉는 저 입술, 자신을 바라보고 있으면서 관심 없는 듯 새초롬하게 보는 저 눈까지.

"사장님, 회의 때 필요하신 자료입니다."

진혁은 이 실장이 건넨 자료 뭉치를 받아 들며 혀끝으로 입술을 핥았다. 간만에 느껴지는 이 희열을 주체할 수 없었다.

"고마워요."

진혁은 망연자실한 얼굴로 자신을 바라보고 있는 그녀의 시선을 느끼며 애완동물이 주는 앙탈을 철저하게 곱씹고 음미했다. 이런 즐거움이 얼마나 갈지 모르겠지만 아직은 좀 더 지켜볼 생각이었다. 귀여운 애교까지도.

모든 것이 꿈같았다. 어제의 일도, 그리고 출근하는 자신의 모습도. 딱딱하게 굳은 어깨를 펴듯 윤정은 허리를 곧추세웠다. 뼛속까지 스미는 바람은 그녀의 어깨 위에 머물다 스르륵 사라져 갔다.

출근하기엔 약간 이른 시각이었다. 건물 안은 죽은 듯 고요했다. 분명 조용한 사무실에 자신만 있을 것이라 생각했다. 문을 연 그곳에서 은은한 불빛을 봤을 때 윤정은 발걸음을 저도 모르게 멈춰 섰다.

문틈 사이로 퍼지는 불빛 덕택에 어둠 속을 헤매며 스위치를 찾을 필요가 없었다. 코끝에선 이미 익숙한 체취가 느껴졌다. 그의 오만한 눈빛이 머릿속을 스치고 지나갔다. 윤정은 기다란 한숨을 내뱉었다.

열린 문틈 사이로 그가 걸어 나오는 모습이 보였다. 윤정은 뒤돌아 사무실을 나가는 대신 입술을 잘근 깨물었다. 그와 단둘이 있을 일 따위 만들고 싶지 않았다.

허공에서 맞부딪힌 그의 시선은 잠시 놀라움을 담고 있더니 이내 담담해졌다.

"일찍 출근했군."

"네, 어쩌다 보니……."

"계속 서 있을 건가?"

윤정은 그제야 자신이 문 앞에서 멍청하게 서 있었다는 사실을 깨달았다. 사무실 안으로 들어서면서도 자신이 도대체 무엇을 해야 할지 감이 잘 잡히질 않았다.

나는 무엇을 하러 이리 일찍 나온 것이지? 일찍 출근하는 일은 종종 있는 일이었다. 그때마다 무엇을 했고 남은 시간을 어떻게 썼는지가 전혀 기억이 나질 않았다. 기억들이 송두리째 사라진 것만 같았다.

외투를 의자에 걸치며 그를 최대한 신경 쓰지 않기 위해 노력했다. 심장이 쿵쿵, 귓전까지 울려 댔다. 그래, 예상치 못한 만남에 긴장한 것이다. 딱히 그를 의식하는 것은 아니었다. 어쩐지 그녀 자신이 나약해지는 것만 같았다.

그는 자신을 전혀 의식하지 않는 듯 보였지만 자신은 아니었다. 어쩐지 세포 하나하나가 그에게 반응하듯 곤두서 있었다. 그는 커피를 마시려고 나온 모양이었다. 익숙한 듯 탕비실로 들어갔다. 그제야 윤정이 정신을 퍼뜩 차렸다.

"제가 하겠습니다."

윤정은 그의 손에 들린 커피포트를 가져와 물을 올렸다. 따끔따끔, 양 볼이 뜨거워졌다. 자신을 바라보는 그의 시선이 또렷하게 느껴졌다. 한여름 열대야 속에 있는 것처럼 숨이 막히고 열기가 온몸으로 퍼졌다. 동시에 두려움이 왈칵 솟아올랐다.

"가 계시면 가지고 가겠습니다."

제발 돌아가 줬으면 했다. 그의 눈빛, 그의 숨소리, 그의 온기어느 것 하나 느끼고 싶지 않았다. 백사장에 있는 모래성이 파도를 맞는 것처럼 자신이 허무하게 무너질까 봐 겁이 났다.

윤정은 그를 사랑하지 않는다. 하지만 못다 한 사랑의 미련은커다란 아픔이었고, 그 미련은 이따금씩 그를 그리워하게 만들었다.

미운 감정과 그가 보고 싶은 감정이 교차될 때마다 그녀는 울었다. 그렇게 뼈저리게 당해 놓고 그를 그리워하는 자신이 한심해서, 또 그가 미워 죽겠으면서 죽도록 미워할 수가 없어서.

이 남자에게서 멀어져야 해.

머릿속에서 빨간 사이렌이 울리는 것 같았다. 들숨 날숨, 그를 신경 쓰지 않으려 숨을 고르게 내쉬려고 노력했다. 이 순간엔 현욱도, 그리고 그와의 지난날들도 아무것도 떠오르지 않았다.

그의 굳게 닫힌 입술은 그녀가 커피를 내리는 동안에도 열리지 않았다. 빨라지는 맥박은 제 상태로 돌아올 줄을 몰랐다.

"여기 있습니다, 사장님."

진혁은 별말 없이 그녀가 건네는 잔을 받아 들었다. 코끝에는 진한 커피의 향이 넘실거렸다. 머리가 지끈 아파 왔다. 그의 시선은 먹잇감을 발견한 뱀처럼 집요하게 그녀를 따라다녔다.

"내가 무슨 말이라도 해 주길 바라는군. 아니면 사라져 주든가."

"아닙니다."

자신의 생각을 들킨 것처럼 윤정이 소스라치게 놀랐다. 그의 눈은 재미난 장난감을 찾은 듯 반짝였다.

"넌 여전히 거짓말에 서투르군. 걱정하지 마."

진혁은 다정하게 윤정의 머리카락을 귀 뒤로 넘겼다. 그 손길이 너무도 뜨겁고 다정해서 윤정은 숨이 멎을 것만 같았다.

"지금 널 건드릴 생각은 추호도 없으니까."

자신의 몸이 보이지 않는 어떤 것에 결박된 것만 같았다. 그녀의 시선이 불안정하게 흔들렸다. 멀어져야 해, 몇 번을 되뇌었다. 당신 따위는 이제 보이지 않아! 당신과의 사랑은 그때 끝났어. 쏘아붙이고 싶은 말들이 목구멍까지 차올랐다.

하지만 그녀의 입에서 머물던 말들은 밖으로 내뱉어지기 전에 사라져 버렸다. 거대한 해일이 그녀를 휩쓸고 지나가듯 허울뿐인 잔해들만이 빈껍데기처럼 그녀에게 남아 있었다.

"커피, 잘 마실게요."

진혁은 다급하게 그녀를 몰아붙일 생각은 아니었다. 조금씩, 아주 조금씩 그녀를 안달 나게 만들 작정이었다. 하지만 그녀는 그의 등장만으로도 자신이 기대한 것 이상의 동요를 해 주고 있었다. 진혁의 입가에 만족스러운 미소가 지어졌다.

윤정은 그가 사라진 자리를 멍하니 바라봤다. 방금까지 그가 있었던 자린엔 그리웠던 그의 체취만이 넘실거릴 뿐이었다.

윤정은 주먹을 꽉 쥐며 입술을 깨물었다. 억누를 수 없는 분노의 감정이 폭발하듯 자신의 곁에 머물렀다. 윤정은 책상 위를 거칠게 뒤졌다. 메마르고 피폐해진 마음을 위로받을 무언가가 필요했다.

아니, 그저 자신의 마음을 다잡고 싶은지도 모르겠다. 무언가 하나라도 정리를 하다 보면, 일을 하다 보면, 또 무언가 집중하다 보면 그가 남기고 간 잔해들은 송두리째 밀려날 것이다.

바들바들 떨리는 손으로 책상을 헤집어도 윤정을 머릿속의 점령하는 건 오직 그였다. 나는 그를 사랑하지 않아, 이젠 당신에게 지지 않아, 머릿속으로 미친 듯이 되뇌었다.

그의 눈빛을 받은 것만으로도, 그와 한 공간에 있는 것만으로도 이렇게 동요하는 자신이 한심스럽고 못나게 느껴졌다. 아니, 이미 그는 이것들을 눈치채고 즐기고 있을지도 모른다. 그는 그런 남자였으니까. 기계적으로 말을 내뱉는 것이 그녀에게 유일하게 남은 방패막이었다.

❖   ❖   ❖

"전 대리님, 서 주임님 먼저 퇴근하세요. 사장님께서는 좀 더 계실 모양입니다."

이 실장이 나와 진혁의 말을 대신 전하듯 말했다. 윤정은 솔직히 안도했다. 오늘 하루 그는 무심할 정도로 그녀에게 관심을 두지 않았다. 이따금씩 마주치는 시선은 얼음장처럼 냉정했다. 역시 그 모든 것은 그저 답답한 회사 생활 속에서 작은 유희일지도 몰랐다. 어쩐지 허탈하고 허무했다.

"윤정 씨, 정말 가도 되겠지?"

"네, 그런 거 같아요."

전 대리가 자신의 옷을 챙기는 사이 윤정은 울리는 휴대폰을 확인했다.

[저 지금 회사 앞에 와 있어요.]

"어이구, 남자친구랑 깨가 너무 쏟아지는 거 아니야?"

짐을 챙기다 말고 윤정의 어깨 너머로 메시지를 확인한 전 대리가 그녀를 놀리듯 말했다.

"그런 거 아니에요."

"이야, 부럽다, 부러워. 나도 이럴 때가 있었는데. 우리 연애 때는 말이야……."

수다를 떨어 대던 전 대리의 입이 일자로 꾹 다물어졌다. 언제 나왔는지 사장실 문 앞에 진혁이 서 있었기 때문이다. 갑작스런 그의 등장에 윤정 역시 당황스럽긴 마찬가지였다. 전 대리의 말을 들었을까. 윤정은 그의 눈치를 살피듯 바라봤다.

"사, 사장님, 저희 먼저 퇴근해도 될까요? 필요하신 일 있으시면 저흰……."

"긴장 푸세요. 저 야근 자주 시키는 사장 아닙니다. 아, 그리고 서 주임."

"네."

갑자기 닿은 시선에 윤정은 심장이 철렁 내려앉았다.

"데이트 잘 하세요."

문에 삐뚜름하게 기댄 그가 어떤 표정으로 저 말을 건넸는지 바로 앞에서 보면서도 이해가 되지 않았다. 순간 윤정의 낯빛이 어두워졌다.

"네, 감사합니다."

진혁은 대수롭지 않다는 듯 어깨를 으쓱거리며 사무실 안으로 사라졌다. 역시 장난이었다. 완벽한 확인 사살까지 받고 보니 허탈한 웃음이 나왔다. 가슴 한 곳이 쓰리고 시렸다.

홀가분해야만 했다. 그게 그녀가 바라던 일이었으니까. 하지만 홀가분함 대신 그녀를 엄습해 온 것은 두려움이었다. 그에게 다시 멍청하게 끌려갈 것만 같은 불안함.

엘리베이터 안 거울에 비친 자신은 20살 그때의 모습이 아니었다. 여드름이 듬성듬성 났던 그때의 피부와도 상반됐고, 이제는 제법 주름도 보였다. 여전히 꽉 막히고 촌스러운 여자일지 모르지만 시간이 지난 만큼 그녀 역시 성숙해졌다.

"윤정 씨!"

현욱이 반갑게 손은 흔들며 그녀에게 다가왔다. 그의 해맑은 모습을 보자 윤정은 저도 모르게 안도했다.

"왔어요?"

밖의 날씨가 꽤 쌀쌀했는지 현욱의 코끝이 빨개져 있었다. 다가선 그에게서 겨울바람 냄새와 냉기가 느껴졌다.

"밖에 많이 추워요?"

"네, 춥네요. 얼른 가요. 제가 윤정 씨를 위해서 데이트 코스 제대로 짜 봤어요."

현욱이 머뭇거리며 윤정의 손을 겨우 잡았다. 윤정은 아무렇지 않은데 얼굴이 빨개져 있는 현욱의 모습을 보니 가슴 한구석이 아렸다. 착하고 다정한 이 남자를 사랑하지 못해 미안했다.

그가 손을 잡아도 그가 그녀에게 키스를 한다 해도 그녀는 아무 느낌이 들지 않을 것이다. 입가에 한숨이 서렸다.

"제 손 차죠? 윤정 씨 손은 되게 따뜻해요."

현욱은 윤정의 눈도 제대로 못 마주치며 부끄러운 듯 바닥만 바라보았다.

"아니요, 괜찮아요."

현욱과 이야기를 나누면서도 등 뒤가 자꾸만 따끔거렸다. 윤정은 고개를 슬며시 돌렸다. 그리고 중앙 통로 난간에 기댄 진혁을 보았을 때 숨이 막혔다. 어디서부터 본 것일까. 알 수 없는 죄의식이 그녀의 마음을 심란하게 만들었다.

"왜 그래요?"

"아, 아니에요. 가요."

윤정은 서둘러 현욱의 옷깃을 잡아당겼다. 자신을 바라보고 있는 것일까. 아니, 이것도 착각일까. 그저 우연일지도 모른다. 윤정은 그에게 쏠리는 관심을 최대한 돌렸다.

이 실장은 진혁의 뒤에서 난간 밑을 내려다보았다. 특별히 시선을 둘 곳이라곤 없는 곳이었다. 진혁은 한참을 그곳에서 서 있었다. 어쩐지 그의 입가에 보일락 말락 한 미소가 지어지는 것도 같았다.

도대체 무엇을 바라보는 것일까. 이 실장은 그의 시선이 닿은 한 지점을 바라보았다. 서윤정? 그가 본 그녀는 촌스럽고 고리타분하기 짝이 없는 여자였다. 진혁이 왜 그녀를 관심에 두는 지 알 수 없을 노릇이었다.

분명 그녀는 전 사장의 퇴사와 함께 인사이동이 있을 예정이었다. 그런 그녀를 한사코 그 자리에 둔 것은 바로 진혁이었다. 웬만한 일 처리는 자신 하나만으로도 충분했을 법도 한데 그는 어째서인지 윤정을 다른 곳에 보내지 않았다. 수년간 그를 봐 온 이 실장으로선 전혀 이해할 수 없는 부분이었다.

진혁은 자신 외의 비서들을 불필요하고 귀찮은 존재로 여겼다. 그런 그가 비서 인사이동에 관여를 하다니, 이건 있을 수 없는 일이었다. 그래서 이 실장은 이곳에 오자마자 윤정을 주의 깊게 보고 있었다.

진혁과 무슨 관계가 있는 것은 분명해 보였지만 도무지 그의 관심을 빼앗을 만한 인물은 아니었다. 아름답지도 매력적이지도 못했으며 내성적이어서 다른 이와 말도 잘 섞지 않는 여자였으니까.

"사장님, 회장님께서 부르십니다."

그의 말에도 진혁은 여전히 그곳에서 시선을 떼지 않았다.

"뭐 즐거우신 일이라도 있으십니까?"

입가에 지어진 단단한 미소는 남자인 자신이 봐도 빠져들 정도였다. 냉혹한 그의 눈에 담긴 즐거움은 좀처럼 보기 힘든 광경이었다.

"가죠."

뒤돌아서는 진혁의 얼굴은 언제 미소가 지어졌냐는 듯 여느 때처럼 냉정하고 차가운 모습이었다. 이 실장은 윤정이 사라진 그곳을 바라봤다. 아무리 생각해도 자신의 보스를 이해하기 힘이 들었다.

"윤정 씨! 윤정 씨!"

"아, 네."

"나이프 뒤집어 잡았어요."

"아……."

윤정은 허둥지둥 고기를 썰던 나이프를 제대로 잡았다. 현욱은 그런 그녀가 귀여운 모양이었다. 웃음을 겨우 참으며 윤정의 접시를 자신의 앞쪽으로 끌었다.

"내가 썰어 줄게요."

"고마워요."

"별일이네요. 윤정 씨도 이런 실수를 다 하고."

현욱은 건수를 잡았다는 듯 기쁘게 웃었다.

"그냥 컨디션이 안 좋은가 봐요. 미안해요."

"아니에요. 난 윤정 씨랑 친해진 거 같아서 좋은데요?"

입안이 까끌거렸다. 윤정은 미세하게 웃으며 유리잔의 물을 얼른 마셨다. 컨디션이 좋지 않다는 것은 모두 거짓말이었다. 아직도 그가 자신을 바라보던 그 눈빛이 머릿속에서 떠나질 않는다. 그녀를 경멸하는 듯한 그 눈빛이 잊히질 않는다. 그와 헤어지던 그날 밤의 눈빛처럼.

잔을 쥐고 있는 손이 떨리고 있던 것도 윤정은 전혀 모르고 있었다. 순간 손이 미끄러지며 잔에 있던 물을 옷에 흘렸다.

"윤정 씨, 괜찮아요?"

"아……. 미안해요."

"이걸로 얼른 닦아요."

현욱은 냅킨으로 윤정의 손과 테이블을 닦았다. 윤정은 흘러 내리는 머리를 거칠게 쓸어 올렸다. 자신이 한심해 죽을 지경이었다. 앞에 사람을 놔두고 무슨 짓을 하고 있는 건지.

"오늘은 이만 가 봐야 할 거 같아요. 도저히……."

그 사람이 생각나서 있을 수가 없었다. 그는 집요하게 그녀를 괴롭혔다. 그의 등장만으로도 이렇게 그녀는 움츠러들고 말았다. 마치 이곳에도 그가 있는 것처럼.

❖　　❖　　❖

일요일 오후였다. 윤정은 엄마를 도우며 여느 때처럼 집에 있었다. 현욱이 만나자는 연락을 해 왔지만 나갈 기분이 아니었다.

"윤정아, 저번에 그 선본 남자 언제 데려올 거야?"

빨래를 개고 있던 윤정의 엄마가 물었다.

"그 사람 요새 바빠요."

순전히 거짓말이었다. 현욱은 그녀에게 전적으로 시간을 내어 주는 사람이었다. 무엇이 문제인 것일까. 분명 윤정은 그와 결혼을 생각할 정도로 현욱을 꽤 믿고 있었다. 하지만 지금은 달랐다.

결혼 자체도 생각하고 있지 않지만 현욱과 평생 함께할 수 있을까, 자꾸만 의구심이 들었다. 게다가 현욱에게 내어 줄 만한 자리가 그녀의 마음속엔 없었다. 진혁의 모습들이 그녀의 마음을 뒤흔들고, 그녀의 머릿속 전체를 차지하고, 그녀의 생각들을 송두리째 갉아먹고 있었다.

"그래도 저녁 한 끼 시간 못 낼까. 데려와 봐. 엄마가 얼굴 좀 보게."

"나중에요. 나중에 데려올게요."

무의미하게 텔레비전 연예인을 계속 바라보았다. 사실 주말에 뭘 해야 하는지 잘 몰랐다. 현욱과 데이트를 즐기면 됐지만 그러고 싶지 않았다. 이런 날 만날 친구조차 없는 자신의 신세가 너무도 처량했다. 하지만 이 와중에도 머릿속을 떠나지 않는 것은 진혁이었다.

가끔 마주치는 눈은 지나칠 정도로 차분했다. 게다가 그녀를 안중에 두지도 않는 것 같았다. 그의 탁하게 가라앉은 검은 눈동자가 머릿속에서 지워지질 않았다. 냉정하게 돌아서던 진혁의 뒷모습, 그리고 섬뜩할 정도로 차분한 그의 눈동자가 머릿속에 겹쳐졌다.

"그 남자 쪽에선 결혼 얘기 없어? 옆집 슬기네 이야기 들으니까 선본 지 한 달 만에 결혼했다더라. 너도 슬슬 이야기를 해야지. 엄만 혼수로 손주 싫다. 그거 다 시댁에 책잡히는 거야. 알지?"

윤정은 엄마의 말에 설핏 웃음이 났다.

"왜 대답이 없어. 엄마가 너무 고리타분해서 그래? 그래도 엄마 말 잘 듣고, 몸가짐……."

구세주처럼 핸드폰이 울렸다. 윤정은 엄마의 잔소리에서 벗어나기 위해 발신인도 보지 않고 서둘러 핸드폰을 받았다.

"여보세요?"

— 여보세요? 윤정 씨!

"아, 전 대리님."

윤정의 목소리는 실망감이 묻어 있었다.

"무슨 일이세요?"

— 아, 쉬는 날 미안한데, 서류 하나만 사장님 댁에 가져다주면 안 될까? 난 지금 딸 생일이라 놀이동산에 묶여 있고, 이 실장님은 부산 집에 내려갔대. 게다가 사장님은 몸이 안 좋다고 하시고. 당장 필요한 서류 같은데……. 부탁 좀 할게요.

휴대폰을 든 윤정의 얼굴에 난감함이 스쳤다.

윤정은 자신의 눈앞에 있는 아파트 현관문과 손에 들린 쇼핑백을 번갈아 바라봤다. 전 대리의 간곡한 부탁에 오기는 왔지만 섣불리 들어가기가 망설여졌다. 그러면서도 그가 아프다는 말에 죽까지 사 가지고 온 자신이 너무 한심하고 우습게만 느껴졌다.

윤정은 숨을 깊게 들이마셨다. 어디까지나 일이었다. 윤정은 마음을 가다듬으며 전 대리가 알려 준 호수를 누르고 인터폰을 눌렀다.

— 네.

그의 중저음의 목소리가 울리자 윤정은 심장이 쿵 하고 떨어지는 것 같았다.

"서 주임입니다. 부탁하신 서류 가져왔습니다."

제발 그가 거기에 놓고 가라고 말했으면 했다. 하지만 이렇다 할 말도 없이 자동문이 열렸다. 윤정은 마음을 단단히 잡았다.

엘리베이터를 타고 16층 버튼을 눌렀다. 엘리베이터는 가볍게 고층으로 질주했다. 땡, 하고 엘리베이터 문이 열리는 소리와 함께 윤정이 내렸다. 아파트는 현관이 마주 보고 있는 형태였다. 서늘한 그늘의 기운이 온몸으로 밀려들었다. 미처 옷매무새를 가다듬을 시간도 없이 현관문이 열렸다.

진혁은 막 샤워를 끝냈는지 머리가 촉촉하게 젖어 있었다. 베이지색 니트에 가벼운 면바지 차림의 그는 마치 대학 시절 모습을 연상시키는 듯했다. 윤정은 넋 놓고 그를 바라봤다. 베이직한 캐주얼 차림은 그녀가 좋아하던 모습이었다. 그때의 그의 모습은 참 풋풋했었다. 윤정은 다 잊은 거 같았던 추억에 젖어들었다.

"들어와."

"아니요. 서류만 전해 드리고 가겠습니다."

진혁은 대답 대신 자신의 몸을 비틀며 안으로 들어가길 권했다. 그의 눈은 한 치의 물러섬도 없어 보였다. 그래, 일이다. 윤정은 대수로운 일이 아니라고 생각하려고 노력했다. 그리고 그를 지나쳐 안으로 들어갔다.

집 안은 대체적으로 깔끔했다. 티끌 하나 묻어 있지 않은 화이트 실크 벽에 블랙 대리석 바닥, 커다란 엔틱 풍의 가죽 소파 앞으로 낮은 유리 테이블이 있었다. 벽에는 거대한 LED 텔레비전과 소파 뒤쪽으론 작은 그림 액자들이 교차되어 걸려 있었다. 그녀가 방해하기 전까지 일을 했는지 테이블 위에는 서류들이 어지럽게 널려져 있었다.

"앉지 그래?"

윤정은 최대한 침착하게 행동하려고 노력했다. 그의 집에 왔다는 것 자체도 그녀에겐 충분히 동요될 만한 일이기 때문이었다. 윤정은 죽이 든 쇼핑백을 테이블 위에 올려놓으며 불안한 듯 엄지손톱을 번갈아 가며 문질렀다.

"커피, 괜찮아?"

"아, 네. 괜찮아요."

그럴 줄 알았다는 듯 진혁이 머그잔을 그녀에게 내밀었다. 윤정은 그것을 조심스럽게 받아 들었다. 시선을 어디다 둬야 할지 몰랐다. 지나칠 정도로 짙은 그의 시선을 마주할 자신이 없었다. 어쩐지 아랫배 깊은 곳에서 묵직한 것이 움직이는 느낌이었다.

소파 등받이에 팔을 자연스럽게 걸어 뒀던 진혁의 손이 느긋하게 움직였다. 그러고는 윤정의 머리카락 한 줌을 쥐어 천천히 향을 음미했다.

"샴푸 향도 바뀌지 않았군."

천천히 매만지는 그의 손놀림에 온몸이 파르르 떨렸다. 그의 눈초리를 받는 것도, 그의 손길이 닿는 것도, 모두 다 두려웠다. 윤정은 눈을 감으며 자리에서 일어났다.

"몸이 안 좋으시다고 들었습니다. 죽…… 데워 드릴게요."

진혁은 순순히 그녀를 놓아주었다. 윤정은 죽 쇼핑백을 들고 주방 안으로 들어갔다. 심장이 쉴 새 없이 뛰었다. 다리에 힘이 풀리고 등엔 식은땀이 흐르는 듯했다.

진혁은 서둘러 자리를 떠나는 윤정의 뒷모습을 가만히 바라보았다. 마치 똥 마려운 강아지마냥 쩔쩔매는 모습이 재미있었다. 자신이 작은 돌은 던지면 그녀는 바위라도 맞은 듯 화들짝 놀랐다.

그녀는 변한 듯 보였으나 변하지 않았다. 그가 기억하던 그 모습 그대로였다. 그는 탁자 위를 손가락으로 리드미컬하게 두드리다 몸을 일으켰다.

윤정은 죽을 전자레인지에 데우면서 자신의 머릿속을 채우는 잡념들을 지우기 위해 머리를 절레절레 흔들었다. 이렇게 한순간에 무너질 만큼 자신은 나약한 여자가 아니라고 몇 번이고 되뇌이고 있었다.

순간 윤정은 숨을 날카롭게 들이마셨다. 등가에 온기가 느껴졌다. 자신을 부드럽게 애무하듯 알 수 없는 온기는 닿을 듯 말 듯 그녀의 전신을 훑었다. 윤정은 몸을 돌릴 엄두가 나질 않았다.

"너는 내가 쳐다만 봐 줘도 좋아 어쩔 줄 몰라 했었는데, 언제부터 이렇게 변했을까?"

"예, 옛날 일입니다."

그의 손은 여전히 천천히 그녀의 몸을 타고 내려갔다. 손가락의 움직임에 따라 심장이 쿵쿵, 거칠게 두방망이질 쳤다.

"그래, 옛날 일. 지금은 아니란 소린가?"

산해진미를 시식하듯 그는 서두르지 않았다. 천천히 느긋하게. 마치 조바심 느끼는 것은 윤정의 쪽인 걸 확실히 알려 주기라도 하듯, 조금씩 그녀를 애태웠다. 허공에 뜬 손끝이 마침내 그녀의 허리에 멈췄을 때 하마터면 비명을 내지를 뻔했다.

"저, 저는……."

"자, 말해. 나를 원하는지. 네가 원하지 않으면 난 너에게 손끝 하나 대지 않을 거야."

그의 목소리가 욕망으로 젖어 있었다. 윤정은 숨을 몰아쉬었다. 색색, 어디선가 들리는 거친 숨소리가 그녀의 정신을 흐트러뜨렸다. 그를 원했다. 이 순간, 하나 남은 이성의 끈마저 그에게 농락당하고 있는 것 같았다.

2
그 남자

테이블을 잡은 손이 부들부들 떨렸다. 배 아래 깊은 곳에서
알 수 없는 느낌이 용솟음쳤다. 숨소리가 조금 더 거칠어졌다.
윤정은 눈을 감으며 천천히 몸을 돌렸다. 그리고 마주친 눈빛이
뜨거운 욕망을 좀 더 부추겼다.

"말해."

조금 더 강압적인 그의 말투에 심장이 거칠게 달아올랐다. 진
혁의 손이 천천히 윤정의 얼굴을 어루만졌다. 차가운 말투와 다
르게 그의 손끝은 뜨거웠다. 열이 오른 뺨을 어루만지고 엄지손
가락이 입술 선을 따라 그렸다.

느긋하게 입술을 매만지던 손길이 떼어지자 윤정은 슬며시 눈
을 떴다. 무언가 아쉽다는 느낌이 그녀를 강타했다. 그리고 눈을

뜬 그 순간 진혁이 손이 갈고리처럼 그녀의 머리카락 속으로 파고들며 거칠게 입을 맞췄다.

"으읍."

그는 사정을 두지 않았다. 아랫입술을 강하게 빨아들이며 혀로 살살 달랬다. 윤정은 온몸이 뜨거워졌다. 머리를 휘어잡은 그의 손아귀에 힘이 들어갔다. 부드럽게 가른 입안으로 타액이 넘나들었다. 자신의 소유권을 주장하듯 윤정의 입안 곳곳을 훑으며 빨아들었다.

그는 숨결 하나까지 놓치지 않겠다는 듯 거칠게 키스를 이어나갔다. 천천히 느긋하게 즐기던 예전의 그와는 사뭇 다른 모습이었다. 그의 입술에선 약간의 다급함이 느껴졌다.

진혁의 손이 윤정의 스커트 안쪽으로 들어왔다. 매끈한 스타킹 위로 그의 능숙한 손놀림이 느껴졌다. 그는 자신의 하체를 그녀에게 밀착시키며 더 농밀한 키스를 이어 나갔다. 허벅지 안쪽에서 깊은 열망이 느껴졌다. 머릿속의 사고회로는 이미 완전히 정지되었다.

윤정은 이제 테이블 위에 거의 눕다시피 한 상태가 되었다. 허리가 꺾이고 그가 받쳐 주는 손에 의존하면서 그에게 매달렸다. 그러면서 갈구하는 입술을 그에게서 떼지 않았다. 아니, 이 순간이 멈추지 않으면 했다.

"음……."

그의 손이 허벅지 안쪽을 쓸며 스타킹 위 자신의 정점에 닿았다. 윤정은 순간 억눌렀던 신음을 흘렸다. 그의 손은 좀 더 대범해졌다. 정점 위를 엄지손가락으로 꾹 누르며 부드럽게 돌렸다. 그가 주는 쾌감이 싫지 않았다. 아니, 좋았다. 자신의 몸에서 느낄 수 없었던 낯선 느낌들이 밀고 들어왔다. 마치 구름 위를 걷는 것처럼 온몸이 붕 떠 있는 거 같았다.

윤정은 그가 주는 쾌감을 느끼기 위해 그의 옷을 잡고 늘어졌다. 니트를 잡은 그녀의 손안에서 진혁의 거친 심장 소리가 들렸다. 자신과 같은 속도로 뛰었다. 욕망에 대한 기대감 때문인지, 그의 심장은 거칠게 뛰고 있었다.

띠띠띠, 어디선가 들리는 소리에 윤정은 정신이 퍼뜩 들었다. 윤정은 거칠게 진혁을 밀쳤다. 이건 미친 짓이었다.

"나, 나는!"

자신에게서 한 발짝 물러선 그의 모습은 지나칠 정도로 색정적이었다. 자신이 깨물어 피가 나고 있는 부푼 입술은, 그대로 그에게로 달려가 어루만져 주고 싶을 정도였다. 윤정은 천천히 고개를 떨어뜨렸다.

"이만 가 볼게요."

윤정은 자신의 옷가지를 챙겨서 도망치듯 그 집을 빠져나왔다. 너무나 어리석었다. 이 모든 게 자신이 자초한 일인 것만 같았다.

바람을 타는 갈대처럼 그녀의 마음이 거세게 흔들리고 있었다. 그것도 단 몇 분 만에 모든 이성을 무너트리고 한진혁이라는 남자에게 달려가 안기고 싶을 만큼, 자신의 마음이 거세게 흔들리고 있었다. 그는 그럴 가치가 없는 남자임이 분명한데.

윤정은 진혁의 집을 나와 걸으며 하염없이 울었다. 이것은 자신에게 쏟아 내는 분노였다.

진혁은 닫힌 문을 바라보며 머리를 헝클였다. 다급하게 몰고 갈 생각은 아니었다. 갑자기 그도 모르게 조바심이 났다. 윤정의 남자친구에게 질투 따위의 감정을 느낄 일 따위도 없는데 왜 조바심이 나는지 진혁 스스로도 이해하기 힘들었다.

어차피 서윤정이라는 여자에 대해 잘 아는 것은 자신이었다. 그리고 그녀가 돌아올 자리는 결국 그의 옆자리일 것이다. 그녀는 그 남자를 사랑하지 않는다. 그 남자를 바라보는 눈빛은 자신을 바라보는 눈빛과 근본적으로 달랐다. 자신을 볼 때 보이는 애달픔, 애절함이 그곳엔 없었다.

아직 그녀는 모르고 있었다. 자신의 외로움을 사랑이라는 이름으로 포장해 그 남자를 만나는 것일 뿐이라는 것을. 진혁은 비릿한 피 맛이 나는 입술을 엄지로 쓰윽 닦아 냈다.

윤정은 멍하니 버스 정류장에 앉아 있었다. 세찬 겨울바람이 온몸으로 파고들었지만 윤정은 그 추위도 느낄 틈이 없었다. 방금 전 있던 일들 때문에 얼굴이 홧홧해진 것이었다.

그 순간 그에게 자신을 허락하려 했었을까. 전자레인지 소리가 들리지 않았다면 어쩌면 그에게 모든 것을 맡겼을지도 몰랐다. 죄책감 따위도 잊은 채. 분위기였을까, 아니면 아련한 추억? 무엇이 그녀를 흔들고 무너트린 것일까.

가방 속에서 진동이 느껴졌다. 꺼내 보니 전 대리에게서 온 전화였다.

"여보세요?"

윤정은 애써 목을 가다듬으며 침착하게 전화를 받았다.

— 윤정 씨, 나야. 사장님은 어떠셔?

"아…… 괜찮으신 거 같아요."

그가 아팠었지……. 잠시 잊고 있었다. 자신이 데워 놓은 죽은 먹었을까. 순간 계속되는 그에 대한 걱정을 지우듯 윤정은 입술을 꽉 깨물었다.

— 그래? 다행이네. 괜히 일 시켜서 미안해. 내 개인 사정 때문에.

"아니에요. 괜찮아요."

— 아직도 밖이야?

"네, 아……."

윤정은 말을 얼버무렸다. 서류 하나 주고 온 시간치고는 꽤 오랜 시간이 지나 있었기 때문이었다. 혹시나 전 대리가 오해를 할까 싶어 얼른 말을 덧붙였다.

"바람 좀 쐬고 있었어요. 네. 내일 뵐게요."

윤정은 끊어진 전화를 바라보며 몸을 일으켰다. 어쩐지 전 대리와 통화를 하고 나니 정신이 좀 돌아오는 것 같았다. 하지만 조금 더 걷고 싶은 마음에 버스 정류장을 떠나 목적지도 없이 발걸음을 옮겼다.

※　　※　　※

그를 만난 것은 대학교 1학년 때였다. 그때 그는 군대를 제대하고 돌아온 복학생이었다. 그는 항상 단정한 모습이었다. 귀가 드러난 깔끔한 머리스타일과 구김살 없는 옷들, 새하얀 운동화가 그를 대변해 주고 있었다.

지금 생각하면 그는 그때도 자그마한 흠을 좋아하지 않는 사람이었던 거 같다. 그의 곱상한 외모 덕분인지, 아니면 성격 탓인지 정확히 알 수는 없지만 그의 주위에는 친구들이 끊이질 않았다.

그는 윤정과는 모든 방면에서 완벽하게 반대인 사람이었다. 그래서 더 그에게 눈길이 갔는지도 몰랐다. 그를 향한 자신의 마음은 자신이 갖지 못한 것에 대한 동경과 질투, 그 두 가지가 혼합되어 있었다.

"야, 한진혁. 어제 또 나이트 갔다면서? 어때, 물 좋디?"

"그냥 뭐."

윤정과 그는 같은 과는 아니었다. 교양수업에서 마주치는 정도의 사이였으니 아마 그는 자신을 몰랐을 것이라고 생각했다.

그때 윤정은 너무 평범해 존재조차도 모를 정도의 학생이었다. 있는 듯 없는 듯 한 그런 학생. 숫기도 없는 편이었고, 주위에 친구라곤 같은 과인 지은 빼곤 없었다. 둥그스름한 뿔테 안경에 헐렁한 후드티를 입고 무릎이 나온 청바지를 입는, 조금은 촌스러운 여학생이었다. 다른 대학교 1학년 여학생과는 사뭇 다른 모습이었다. 어디서나 돋보이지 않고, 존재감이 뚜렷하지도 않은, 그런 학생.

윤정은 교양수업에서 마주치는 그를 볼 때면 항상 설레었다. 마치 그는 자신이 못 가진 것을 가진 사람 같았다. 그때 자신의 느낌을 비유하다면 그는 어두운 동굴 속에 비추는 한 줄기 빛 같은 존재였다.

친구와 이야기를 나누고 가던 윤정은, 누군가와 부딪혀 바닥에 엉덩방아를 찧었다.

"괜찮아요?"

"윤정아, 괜찮아?"

손을 내민 진혁을 멀뚱히 바라봤다. 코끝에 안경이 걸린지도 모른 채 그저 멍하니 얼굴만 바라봤던 것 같다. 옆에 있던 지은이 괜찮냐는 듯 그녀를 바라봤다.

"한진혁, 조심 좀 하지."

옆에 있던 친구의 타박에 진혁은 멋쩍게 웃었다.

"이제 그만 일어나죠? 별로 다친 거 같지 않은데."

"아……."

윤정은 화들짝 놀라며 자리에서 일어나려 했다. 하지만 낯선 힘이 그녀의 손목을 잡아당겨 일으켜 세웠다.

"뭐, 괜찮은 거 같네. 미안해요. 가자."

윤정은 눈을 커다랗게 깜빡였다. 그리고 진혁과 그의 친구가 서서히 멀어져 가는 것을 하염없이 바라봤다. 심장이 쿵쿵 뛰었다. 그 소리가 귓가에 울릴 만큼 세차게 뛰었다. 그리고 그가 잡은 손목이 불에 덴 듯 뜨거웠다.

그 후로 진혁과 눈이 마주칠라치면 서둘러 눈을 피해 버렸다. 그를 좋아했지만 그를 마음 놓고 볼 수도 없었다. 그와 눈이라도 마주치면 얼굴이 잘 익은 사과처럼 새빨개졌기 때문이다.

그녀의 얼굴엔 항상 쓰여 있었다. 나 저 사람을 좋아해요, 라고. 윤정의 어디까지나 비밀로만 붙이고 싶은 마음을 작은 다이어리 속에 고스란히 담았다. 그리고 항상 붙어 다니는 그의 여자친구까지도.

윤정은 교양시간만 되면 일찍 도착해 일부러 맨 끝 창가 쪽에 자리를 맡았다. 느지막이 들어오는 진혁은 항상 앞자리였다. 뒷모습뿐이지만 그의 모습을 마음껏 볼 수 있어 그마저도 좋았었다. 그의 곁엔 여자친구들이 끊이질 않았다. 바뀌고, 또 바뀌고, 볼 때마다 항상 달라지는 거 같았다.

"수미랑 헤어졌냐?"

"헤어진 지가 언젠데."

"새끼, 아무튼 능력도 좋아요."

시시콜콜 나누는 친구와의 대화에도 촉각이 곤두서는 건 어쩔 수 없는 일이었다. 그들이 시답지 않은 농담을 해도, 그들이 심각한 이야기를 나눠도, 언제나 윤정은 뒤에서 그를 바라보았다. 하지만 그녀의 몰래 하는 짝사랑은 오래가지 못했다. 그녀의 가방 속에, 또는 손에, 귀중하게 쥐어져 있던 다이어리가 사라져 버렸기 때문이다.

윤정은 손톱을 초조한 듯 깨물었다. 도대체 어디에 흘린 것인지 도무지 알 방도가 없었다. 분명 가방 속에 넣어 놓은 것은 기억이 났지만 그 이후로는 기억이 없었다.

그리고 문제는 다이어리를 잃어버린 다음 날 일어났다. 드르륵, 강의실 문을 열고 들어갔을 때 자신의 다이어리가 어디에 있는지 정확히 알 수 있었다.

"9월 15일 그를 처음 봤다. 찬란한 햇빛을 받으며 걸어오고 있는 그는 나르시스의 환생 같았다. 지랄한다, 지랄을 해."

"야, 더 읽어 봐! 그 찐따 대박이다."

눈앞이 아득해졌다. 빨간 다이어리는 겨우 안면만 있는 같은 과 여학생의 손에 들려 있었다.

"10월 1일, 그가 검은색 재킷을 입고 강의실로 들어왔다. 지각을 면하려 달려왔는지 얼굴이 빨개진 그는 귀여웠다."

"이거 완전 스토커 수준 아니냐?"

"완전 소름 끼치네. 보여? 이 자잘하게 오른 소름?"

팔다리가 후들거리고 분노로 온몸이 떨려 왔다. 머릿속이 하애지고 등줄기가 싸해졌다. 윤정은 최대한 담담하게 걸었다. 지금 당장이라도 주저앉아 울고 싶었지만 그럴 수는 없었다. 윤정은 눈물 대신 입술을 깨물며 여학생의 손에 들린 다이어리를 뺏어 왔다.

"뭐야?"

윤정은 대답 대신 여학생을 쏘아보았다.

"이년, 이거 쳐다보는 거 보게? 야, 뭘 봐. 뭘 보냐고."

여학생은 윤정의 어깨를 밀치며 다가왔다.

"야, 그만해. 울겠다."

주위에선 웃음소리가 튀어나왔다. 이미 동물원의 원숭이처럼 사람들에게 구경거리가 된 다음이었다. 윤정은 떨어지는 눈물을 억지로 참아 내며 죄 없는 입술만 깨물었다.

"왜들 모여 있어?"

"그러게."

진혁의 등장에 여학생 입꼬리가 비틀리듯 올라갔다.

"너 완전 쪽팔리겠다. 분수를 알아야지. 넌 거울도 안 보니? 아니면 드라마를 너무 봤나? 하지만 아가야, 현실은 이렇단다. 진혁 오빠! 얘가요!"

듣고 싶지 않았다. 윤정은 귀를 틀어막으며 강의실 밖으로 뛰쳐나왔다. 자신이 안고 있는 다이어리가 이 순간 무슨 소용이란 말인가. 윤정은 다이어리 종이들을 쫙쫙 찢어 쓰레기통 안으로 던져 버렸다.

눈물이 아른거렸다. 무언가를 보상받기 위해 그를 좋아한 게 아니었다. 그가 알아줬으면 하는 마음 따위 눈곱만큼도 없었다. 그저 서랍 속에 숨겨 둔 비밀일기처럼 그를 마음속에 담아 두고 싶었을 뿐이다.

윤정은 누군가 자신을 쳐다보는 것도 신경 쓰지 않고 그 자리에서 아이처럼 엉엉 울었다. 그를 좋아하는 걸 들킨 것보다 자신의 마음이 놀림거리가 되는 게 슬프고 가슴 아팠다.

그 주 학교를 쉬었다. 그리고 그다음 주도 학교를 나가지 않았다. 창피해서 그의 얼굴을 볼 수가 없었다. 꿈속에서도 여자아이들의 목소리가 그녀를 괴롭혀 댔다.

몇 날 며칠 울기만 하는 윤정에게 엄마가 무슨 일이냐고 다그쳐 왔지만 말할 수 없었다. 20살, 아직 미성숙한 성년이었던 그녀에게 그 일은 굉장한 상처였다. 그땐 정말이지 딱 죽고만 싶었다. 아니, 마음만 먹으면 죽을 수도 있을 것 같았다. 죽는 것이 제일 쉬운 것처럼 느껴질 때였다.

그렇게 3주가 지난 후, 결국 윤정은 학교를 나갔다. 생각해 보면 무슨 생각으로 학교를 다시 나갔는지 모른다. 하지만 그땐 학점도, 낸 등록금도 모두 다 중요했다. 부모님이 겨우겨우 등록금을 마련한 것을 윤정이 모르지 않았기 때문이다. 그래, 교양수업 하나였다.

"시간표를 바꿔 달라니. 그게 말이나 돼? 안 돼."

"안 될까요?"

조교는 당연한 거 아니야? 라는 표정으로 윤정을 바라봤다. 진혁과 같이 듣는 교양수업만은 나가고 싶지 않았다. 이미 진혁도 다 알았을 것이다.

결국 윤정은 항상 느지막이 교양수업에 들어갔다. 뒤에서 시시덕거리는 여학생들의 목소리가 들려왔지만 신경 쓰지 않으려고 노력했다. 아니, 그녀의 신경은 온통 진혁에게 쏠렸다. 그도 똑같이 날 소름 끼치게 생각할까? 라는 생각들이 머릿속 빼곡히 차 있었다. 교수의 강의는 그녀의 귀로 하나도 들리지 않을 정도였다.

그렇게 불안한 마음을 숨기는 나날이 지나고 종강이 다가왔다. 진혁은 그녀를 전혀 안중에도 두지 않고 있는 거 같았다. 내심 다행이었다. 애초부터 그에게 마음의 답을 받을 생각은 하지 않았다.

강의가 끝난 윤정은 서둘러 짐을 챙겼다.

"안녕?"

윤정은 낯선 목소리에 고개를 들었다. 순간 윤정은 환영이라도 본 듯 멍청하게 그를 쳐다보았다. 그는 마치 그녀의 마음을 알기라도 하는 듯 장난기 가득한 미소를 지어 보였다. 서서 자신을 바라보던 진혁이 책상에 턱을 가져다 붙이며 쪼그려 앉았다.

"이름이 서윤정 맞지?"

눈을 두어 번 깜빡였다. 그가 자신의 이름을 알고 있다는 자체가 조금 놀라웠다.

"나 어때?"

"무슨……."

일자로 꾹 다물어져 있던 입술이 결국 떼어졌다.

"나 좋아하지?"

쿵, 심장이 추락하는 거 같았다. 끊임없이 뛰는 소리가 귓가를 울렸다. 이미 얼굴은 새빨갛게 익은 상태였다.

"나랑 만나 보지 않을래?"

쿵쿵, 어디서 들리는 소린지 몰랐다. 그리고 현실이 믿기지 않아 그를 한참이고 바라봤던 거 같다. 추위 때문인지 빨개진 입술이 알 수 없는 말을 내뱉었다. 진혁은 대답 대신 그냥 자신을 빤히 쳐다보고 있는 윤정의 머리를 쓱쓱 쓰다듬었다. 그리고 특유의 장난기 가득한 미소로 그녀를 바라보았다.

진혁을 좋아하는 것은 어려운 일이었지만 그를 만나는 일은 쉬운 일이었다. 생각보다 그는 소탈했고, 그녀에게 모든 것을 맞춰 주었다. 낯선 사람과 대화를 나누는 것이 어색했지만 그와는 즐겁게 이야기를 나눌 수 있었다.

"윤정아."

첫 키스는 그렇게 찾아왔다. 부드럽게 그의 입술이 닿았다. 갑작스러운 스킨십에 놀라 다물어진 입술을 혀끝이 살살 달래고 자신의 입안으로 들어왔을 때 윤정은 눈을 번쩍 떴다. 그의 눈은 감겨 있었다. 축축한 느낌에 놀랐고, 자신의 입안을 송두리째 빨아들이는 격정적인 키스에 또 한 번 놀랐다.

자신이 영화에서 봤던 키스와 실제 키스는 많이 달랐다. 달콤하지도 않았고 생각보다 좋지도 않았다. 하지만 진혁과의 키스가 첫 키스여서 그녀는 행복하다고 생각했다. 그리고 아, 이 사람이 나를 사랑하는구나, 라는 느낌을 받을 수 있어서 좋았다. 윤정은 그와 키스를 나누며 다시 스르륵 눈을 감았다.

키스 이후는 모든 스킨십이 쉬워졌다. 그가 자신을 데려다 주고 돌아갈 때면 항상 키스를 나누었다. 언제부터였는지는 모르지만 어느새 그의 손은 그녀의 가슴을 부드럽게 애무하고 있었다.

처음에는 놀라 그를 밀치기도 했지만 어느새 익숙해졌다. 게다가 그가 주는 야릇한 쾌감이 싫지 않았다. 진혁은 그때마다 장난스럽게 웃으며 '네 가슴은 정말 예뻐.' 라고 말하곤 했다. 그게 너무 창피했지만, 그의 그런 말이 외설스럽게 들리지 않을 정도로 그가 좋았다.

윤정은 몸에 비해 가슴이 큰 편이었다. 체육시간에 줄넘기를 시키면 흔들리는 가슴 때문에 자신의 가슴이 싫었지만 그가 좋아해 주는 것이라면 모든 것이 싫지 않았다.

그때쯤, 윤정은 그를 사랑했다. 아니, 어린 날의 치기처럼 윤정은 진혁을 위해서라면 죽을 수도 있다고 생각했다. 돌아보면 아무것도 아닌 일이지만, 그 당시엔 굉장히 진지했고 윤정의 모든 것이 진혁 그 자체였다.

그는 만나면 만날수록 좋은 사람이었다. 부드럽고 자상했으며, 그녀의 말을 누구보다 주의 깊게 들어 주었다. 게다가 남들과 해 보지 않았던 경험들을 그와 함께했다. 언제부터였는지 모르지만 그녀는 첫 경험은 진혁과 해야겠다는 생각을 했었다. 그리고 그 기회는 오래 지나지 않아 찾아왔다.

"방 잡아 놨어. 나 오늘 너하고 자고 싶어."

호텔에 앉아 와인을 마시며 진혁이 말했다. 그는 성에 관한 것은 지나칠 정도로 직설적이었다. 너랑 키스하고 싶어, 너와 지금 당장하고 싶은데 참을게, 라는 말을 거침없이 내뱉었다. 그때마다 윤정은 얼굴이 빨개졌더랬다. 그리고 그 순간에도 무섭고 겁이 났지만 그래서 할 수 있을 거 같았다. 윤정의 얼굴은 새빨갛게 물들어 있었다.

그는 호텔 방문이 닫히기가 무섭게 입술을 격하게 빨아들였다. 진혁이 처음부터 가르쳐 왔던 키스를 윤정도 이제 능숙하게 할 수 있었다. 그의 혀가 저돌적으로 들어오면 어쩔 줄 몰라 했지만 이제는 그의 혀를 맞이하고 반응할 줄 알았다. 진혁과의 키스는 항상 깊었고 무언가 느끼게끔 만들었다.

진혁은 윤정의 옷을 벗기며 키스를 이어 나갔다. 한 꺼풀 한 꺼풀 옷이 벗겨질 때마다 윤정은 두려움이 슬슬 올라왔다. 그리고 차가운 감촉에 감겼던 눈이 번쩍 떠졌다. 깔끔했던 진혁의 와이셔츠가 헝클어져 있었고 윤정의 오렌지색 립스틱이 그의 입술에 번져 있었다. 그의 모습은 지나칠 정도로 섹시했다.

진혁은 윤정의 브래지어를 벗겨 바닥에 던졌다. 그러고는 서늘한 감촉에 빳빳하게 일어선 유두 주위를 혀끝으로 돌리며 단번에 머금었다.

"으……."

윤정은 낯설면서도 낯익은 이 감촉에 신음을 흘렸다. 가슴을 아이처럼 세차게 빨며 한 손으론 반대편 유두를 손가락으로 튕겼다. 낯선 감촉에 윤정이 몸을 비틀었다.

"오, 오빠……."

윤정은 허벅지 깊은 곳에서 느껴지는 느낌이 낯설면서 이상했다. 그리고 눈을 질끈 감았다. 진혁은 한 손으로 허벅지 안쪽을 매만지며 윤정의 입술에 키스했다. 격하게 몰아붙이던 방금 전까지와는 사뭇 다른 부드러운 키스였다.

그리고 입을 맞추며 레이스 팬티 안쪽으로 그의 손이 들어오자, 윤정은 바르르 떨었다. 남이 그곳을 만진 것은 처음이었다. 순간 겁이 덜컥 났다. 하지만 그에게 모든 것을 줘 버려도 후회하지 않을 자신이 있었다. 윤정은 진혁의 팔을 잡으며 말했다.

"살살…… 해 주세요."

자신의 여성 위를 부드럽게 배회하던 손이 멈췄다.

"설마, 처음이야?"

윤정은 수줍게 고개를 끄덕였다. 하지만 이내 난감해지는 진혁의 표정에 윤정은 영문도 모른 채 두 눈을 깜빡였다.

"허, 참 돌겠네. 옷 입어."

"오, 오빠……."

진혁은 당황해하는 윤정을 상관하지 않은 채 자신이 벗어 놓은 옷들을 하나씩 꿰어 입었다. 뭐지? 윤정은 지금 이 상황이 이해가 되질 않았다. 갑자기 차가워진 진혁 때문에 눈물이 왈칵 쏟아질 것만 같았다.

"오빠…… 왜 갑자기……."

와이셔츠 단추를 잠그던 진혁이 사나운 눈으로 윤정을 쏘아보았다.

"처음은 네가 사랑하는 사람하고 해. 이렇게 함부로 하는 건 좀 아니잖아?"

윤정은 그가 옷을 입는 것을 멍하니 바라보았다. 자신은 그를 사랑했다. 아니, 모든 것을 다 주어도 아깝지 않았다. 그래서 이곳까지 온 것이었다. 윤정은 옷을 입을 생각도 하지 않고 그의 등을 껴안았다.

"저는 오빠 사랑해요! 그래서…… 난 그래서……."

눈물은 소리 없이 뺨 위로 흘렀다. 머릿속은 혼란으로 가득했고 그가 주는 뜨거움이 사라진 그 자리는 서늘한 공기만이 남았다. 그와 함께 있을 때 단 한 번도 느껴 본 적 없는 외롭다는 느낌이 전신을 강타했다.

뭐가 도대체 어떻게 된 일인지 도무지 알 수가 없었다. 진혁은 소매 단추까지 꿰고는 천천히 돌아섰다. 그러고는 자신의 품에 안겨 울고 있는 윤정의 머리를 쓰다듬었다. 하지만 자신을 내려다보는 그 눈빛은 냉정하고 차갑기만 했다.

"나 좋은 놈 아니거든. 미안하지만 안 되겠다."

조금의 망설임도 없이 방을 나가는 진혁을 바라보며 윤정은 그 자리에 털썩 주저앉았다. 저 사람이 다시는 자신을 봐 주지 않을 것만 같았다. 저 사람이 다시는 다정히 '윤정아.' 하고 불러 주지 않을 거 같았다. 지금 이 순간 모든 것이 끝이 난 것만 같았다.

뭐지? 도대체 뭐가 어떻게 된 거지? 윤정은 모든 것이 혼란스러웠다. 그리고 그에게 거부당했다는 생각에 가슴이 미어질 것만 같았다.

역시 그녀의 생각대로 진혁에게서 연락이 오지 않았다. 다음 날도, 그다음 날도, 또 그다음 날도. 몇 번이고 전화를 걸어 보았지만 그와 연락이 닿지 않았다. 끝이 난 건가? 아니, 그날 저녁 어렴풋이 알고 있었다.

"오빠…… 윤정이에요……. 연락이 되지 않아서요……. 메시지 받으시면 연락 좀 주세요."

처음에는 그가 떠난 것에 슬펐고 나중에는 화가 났다. 도대체 내가 뭘 잘못했냐고 따져 묻고라도 싶었다. 그를 만나기가 이리도 힘든 일인 줄은 미처 알지 못했다. 강의가 끝나기가 무섭게 그는 사라졌고, 그와의 소통을 할 수 있는 모든 것이 끊어져 버렸다.

"그 사람이 너 가지고 논 거야. 정말 모르겠어?"

지은이 그녀를 질책하듯 말했다. 아니라고 몇 번을 입밖으론 내뱉어도 실상은 알고 있었다. 단지 자존심이 상해 그것을 인정하기 싫었을 뿐. 아니, 그를 잃고 싶지 않아서일지도 모르겠다.

그리고 학교 안에서 그의 친구를 봤을 때 뛸 듯이 기뻤다. 그 사람이 있으면 진혁이 항상 함께였기 때문이었다. 며칠 만에 그와 마주할 수 있을 거 같아 기뻤고, 또 화가 나기도 했다. 윤정은 손거울로 자신의 퀭해진 눈가를 바라봤다. 자신은 이렇게 아프고 시들어 가는데, 그는 분명히 그대로일 것이다. 아니, 더 멋있어졌는지도 모른다.

윤정은 이번에는 정말 진혁에게 화를 낼 것이라고 다짐한 후 그의 친구에게 다가갔다. 아니, 그에게 매달릴 거라고 작정을 하고 있는 건지도 몰랐다. 나의 사랑은 아직 끝나지 않았다고.

"한진혁 이 새끼는 아직도 걔 만난대?"

"아니, 주말에 쫑 난 거 같던데?"

그에게 씩씩하게 다가가던 발걸음이 우뚝 멈춰 섰다.

"하긴 생각보다 오래갔지. 애들이 부추겨서 장난으로 시작한 거였는데. 세 달이면…… 이야, 끝까지 갔겠는데?"

"몰라. 그 새낀 그런 얘기 잘 안 하니까."

"그나저나 걔 가슴 하나는 크지. 되게 봉긋하지 않았냐? 한진혁 새끼, 좋았겠네."

윤정의 손에 쥐여있던 가방이 바닥으로 추락했다. 눈시울이 뜨겁고 시야가 안개 낀 것처럼 뿌옇게 변했다. 내가 무슨 소리를 들은 거지? 그들의 말이 귓가에 뱅뱅 맴돌고, 마지막으로 봤던 그의 행동들이 주마등처럼 눈앞에 펼쳐졌다. 심장이 불안하게 뛰었다. 눈물이 왈칵 쏟아질 것만 같았다. 호텔에서 버림을 받았을 때보다 더 비참했다.

"야, 야, 너 방금 우리 얘기 들었냐? 아씨, 그게 아니고."

"잡지 말아요! 더러운 손으로 잡지 말아요!"

당황한 듯 자신의 팔을 잡으려는 남자의 손을 냉정하게 내쳤다. 울지 않을 거야. 내가 왜? 이를 악물었다. 하지만 눈물은 자신의 의지와는 상관없이 눈가에 아슬아슬하게 매달려 있었다.

"무슨 일이야?"

진혁이 그들에게 다가오며 물었다. 순간 짝, 날카로운 소리가 허공을 갈랐다. 윤정은 빨갛게 핏발 선 눈으로 진혁을 차갑게 바라봤다. 눈물 때문에 그의 얼굴이 어른거렸다. 아, 그토록 그리워했던 그의 모습이었다. 보는 것만으로도 끔찍하고 증오스러웠다. 아니, 그의 발갛게 부은 뺨을 어루만져 주고 싶었다.

아니죠? 저 사람들이 지금 장난친 거죠? 제발……

목구멍까지 차오른 말들이 바위에 막힌 듯 밖으로 내뱉어지질 않았다.

"사실이에요?"

"뭐가?"

진혁은 빨개진 뺨을 한 손으로 매만지며 삐딱하게 섰다.

"야야, 그게 아니고."

진혁이 친구에게 조용히 하라는 듯 손을 들어 그를 막았다.

"아니요, 안 물어볼 거예요! 나 당신한테 변명 같은 거 할 기회 안 줄 거거든요! 당신한테는 그럴 자격도 없어요!"

어린 어깨가 들썩였다. 사실 그가 말해 주길 바랐다. 아니라고. 무턱대고 자초지종도 모르는 그를 몰아붙였지만 사실은 그가 미안하다고 말해 주길 바랐다. 하지만 그는 그러지 않았다. 진혁의 서릿발처럼 시린 눈동자를 봤을 때 윤정은 심장이 쿵 떨어졌다. 정말 끝이었다. 그의 눈이 확실하게 말해 주고 있었다.

"잘 생각했어. 무슨 일인지 모르지만 네 머릿속으로 벌써 답 내렸잖아. 그게 네 답이겠지. 변명 같은 건 미안하지만 안 해."

냉정히 멀어져 가는 그를 바라봤다. 윤정은 달려가 그에게 묻고 싶었다. 비참하게 매달리고 싶었다. 내 사랑은 아직 끝나지 않았다고. 제발 내게 뒷모습을 보여 주지 말아 달라고. 하지만 발이 땅에 붙은 듯 움직일 수 없었다. 그게 어린 날의 그녀의 자존심이었고, 상처를 받고 꿋꿋이 버틸 수 있는 버팀목이었다. 진혁과는 그것이 마지막이었다.

그 후로 대학을 졸업했다. 졸업식 날 그는 없었다. 소문을 듣기로 자신과 헤어지고 얼마 후 유학을 떠났다고 했다.

과 내에 그와 헤어졌다는 소문이 파다하게 퍼졌지만 그 소문보다 그를 볼 수 없다는 사실이 그녀를 더 아프게 했다. 그가 자신에게 보여 주던 미소, 다정했던 말들, 그 모든 것은 이제 다른 여자의 것이 될 것이다. 백일몽처럼 좋은 꿈을 꾸고 깬 것처럼 허망하고 허탈했다.

그리고 회사에 입사한 지 몇 달 후 윤정에게는 남자친구가 생겼다. 진혁의 일은 이제 어렴풋이 기억나는 추억이 되어 있었다. 생각하면 아프고 먹먹한 그런 추억.

"윤정 씨, 좋은 아침."

그는 자신이 모시는 보스의 직속 비서였다. 나이는 30대 중반이었고 서글서글한 인상의 남자였다. 처음 자신에게 보이는 호감이 부담스러워 피했지만 어느새 그녀도 마음을 열고 말았다.

그리고 윤정은 그를 사랑한다 믿었다. 그에게 모든 것을 걸었고, 원하는 것은 뭐든 들어주려 노력했다.

하지만 나중에 알았다. 사람 관계란 것이 한쪽의 일방적인 희생만으로 되는 것이 아니라는 사실을. 그 사실을 알았을 땐 이미 그의 사랑은 끝나 있었다. 그에게는 그녀 말고 다른 여자가 있었다. 그리고 그 사실을 그녀에게 들킨 후에도 뻔뻔하게 말했었다.

"누가 너 같은 여자랑 섹스를 하고 싶겠어. 차라리 나무토막하고 하는 게 낫지. 지금도 생각하면 소름 끼친다."

눈물도 나지 않았다. 가슴이 찢어질 것같이 아팠지만 그녀의 아픔을 대변해 줄 무언가가 그녀에겐 없었다. 눈물도, 그리고 피맺힌 절규도. 그저 멍하니 그 자리에 한참을 서 있었던 거 같다.

윤정은 그를 사랑했다. 처음 그의 다정함에 반했고, 그의 성실

함에 반했다. 분명 처음엔 그랬었다. 몇 달 지나지 않아 그 사랑이 섹스라는 이름하에 변질이 되어 버렸다. 윤정은 모든 것이 자신의 탓인 것만 같았다. 진혁과 헤어질 때도, 그와 헤어질 때도.

윤정은 조용히 그 회사에 사직서를 제출했다.

혼자 조용히 생각할 시간이 필요했다. 자신도 모르게 다급하게 몰아붙인 후로 진혁은 그녀를 잠시 방관하자 생각했다. 사람이란 자신에게 관심을 보일 때보다 무관심을 보일 때 더 끌리는 법이었다.

그녀를 온전히 차지하고자 하는 작은 방법이었지만 그것에 확신은 있었다. 그녀는 그에게 다시 돌아올 것이다.

그가 봐 온 그녀는 대학 시절과 조금도 달라짐이 없었다. 여전히 소심했고 남에게 자기 의견을 얘기하지 못했으며 남이 의견을 내면 부딪칠 용기가 없어 그대로 따르는 편이었다.

하지만 그녀는 자존심이 굉장히 센 편이었고 자기가 한 가지 가고자 하는 길이 있으면 어떠한 경우에도 고집을 꺾지 않는 고지식한 성격이었다. 그는 그녀의 그 성격이 마음에 들었다. 때가 묻지 않은 순수함이 좋았고, 곧은 심지도 좋았다.

"서 주임입니다."

"들어와요."

윤정은 그의 집무실 안으로 들어오며 그의 표정을 살폈다. 아마 그녀는 자신의 행동을 눈치채지 못한 듯 보였지만 진혁은 그것을 확실히 알 수 있었다.

그 일이 있은 후 그는 사무적인 업무 외엔 그녀에게 눈길조차 주지 않았고, 그녀 역시 그랬다. 윤정의 입가에 씁쓸한 미소가 지어지는 것은 어쩌면 당연한 일인지도 몰랐다.

"서 주임, 목요일 12시에 서원건설 대표와 오찬 어떤지 그쪽 스케줄 확인 좀 해 줘요."

"네, 알겠습니다."

결재 서류들이 가지런히 정리된 책상 위의 한 틈에 막 내린 커피를 놓았다. 그는 서류에 박힌 시선을 떼지 않았다. 마치 이 공간에 진혁, 자신 혼자만 있는 듯했다. 철저한 방관이었고, 철저한 배제였다.

"할 말 있습니까?"

퉁명스러운 그의 말투에 윤정은 입술을 꽉 깨물었다. 불과 며칠 전까지만 해도 자신을 아찔하게 유혹하던 남자의 입에서 나온 말치곤 참 차가운 말이었다. 그도 역시 자신처럼 분위기에 휩쓸렸던 것일까. 그것도 아님 대학 시절처럼 잠시 재미난 장난에 빠져들었던 건지도 몰랐다.

"아닙니다."

진혁은 볼일이 끝났으면 나가라는 듯 문 쪽으로 시선을 두었다. 당황해하다 돌아서는 윤정의 뒷모습을 보며 진혁은 회심의 미소를 지었다.

그녀는 확실히 지금 혼란스러워하고 있었다. 자신의 위치, 그리고 그와의 관계에 대해서. 그녀 역시 무관심한 척하고 있지만 그것은 작은 반항에 지나지 않았다. 자그마한 반항은 그저 고양이가 발톱으로 할퀴는 수준의 미약한 것들일 뿐이었다.

사장실을 나오면서 윤정은 마음 한 켠이 휑했다.

"윤정 씨, 요즘 사장님 냉기가 휙휙 불지 않아? 원래 저런 사람인가?"

전 대리가 키보드에서 손을 떼지 않고 물었다. 윤정은 슬쩍 미소만 지어 보였다. 자신은 그에 대해서 다 알지 못했다. 아니, 단 1%도 제대로 알지 못했단 말이 맞을지도 모르겠다. 윤정의 기억 속의 진혁과 지금의 진혁은 많이 달랐다. 마지막 떠나갈 때 그의 모습도 그녀가 모르는 모습이었지만……

[뭐하고 있어요? 곧 점심시간이죠? 전 배고파 죽겠어요ㅠㅠ]

요동치는 핸드폰 액정 사이로 메시지 하나가 떴다. 현욱이었다. 그는 참 자상한 사람이었다. 시간이 날 때마다 그녀에게 연락을 해 왔다. 내용은 대부분 시시콜콜한 날씨 이야기나 그날 있었던 일이었지만 일상적인 이야기를 하며 그녀를 편하게 해 주는 것이 윤정은 고맙게만 느껴졌다.

단지 아쉬운 것은 그에게 가진 호감이 사랑은 아니라는 것이었다. 사랑에 빠지기 전 흔히 느끼는 설렘의 감정들이 현욱에게선 전혀 느껴지지 않았다.

윤정은 현우에게 대답할 말들을 생각하며 메시지를 쳐 내려갔다. 사실 그녀의 대답은 거의 단답형이었다. 형식적으로 되묻기만 하는 정도.

"오랜만에 시간이 비었으니 점심 함께 하는 거 어때요?"

진혁의 갑작스러운 제안에 전 대리가 놀란 듯 윤정을 바라봤다. 윤정 역시 이 상황이 당황스럽긴 마찬가지였다. 진혁의 얼굴은 웃음기를 담고 있었다. 도대체 무슨 생각을 하는 것일까.

"아, 저희야 좋죠."

"서 주임은?"

자신의 의사를 묻는 듯한 그의 태도에 설핏 웃음이 났다. 직장 상사와의 관계에서 과연 그녀의 의견이 몇 프로나 존중받을 수 있을까.

"네, 알겠습니다."

"그럼 이 실장, 가죠."

진혁이 이 실장과 먼저 앞서 가는 사이 전 대리가 그녀를 살짝 쳤다.

"무슨 일이래? 갑자기?"

전 대리가 눈치를 보며 말했다. 갑작스러운 그의 제안이 혼란스럽기는 전 대리도 마찬가지인 모양이었다. 윤정은 어깨를 으쓱거렸다. 방금 전까지 찬기가 불어닥쳤던 남자와는 또 사뭇 다른 사람 같았다. 윤정은 입술을 옹송그렸다. 별일 없을 것이라 스스로를 안심시키면서.

윤정은 앞서 걸어가는 진혁의 너른 등을 바라보았다. 그의 블랙 슈트는 작은 홈도 허용하지 않는 것처럼 티끌 하나 묻어 있지 않았다. 마치 그것은 자로 잰 듯한 엄격한 그의 모습을 대변해 주는 거 같았다.

"몇 분이신가요?"

"네 명입니다."

이 실장이 데스크의 안내 직원과 이야기를 나누는 사이 진혁이 뒤에 따라오던 윤정과 전 대리를 바라봤다.

"두 분 점심 약속 있었던 건 아니죠?"

"아니에요. 윤정 씨와 사내식당에서 대충 먹을 생각이었어요. 안 그래, 윤정 씨?"

"아, 네……."

그가 택한 곳은 근처 패밀리 레스토랑이었다. 점심시간인 덕택에 주위는 많이 소란스러웠고 샐러드 바엔 많은 사람들이 줄을 이루고 있었다. 그의 선택에 감사해야 하는 순간이었다. 조용한 분위기에서 그들만의 이야기에 집중해야 했다면 아마 윤정은 숨이 막혔을 것이다.

"주문하시겠어요?"

모두들 자리를 잡고 나서 여직원의 물음에 스테이크와 음료 등을 주문했다. 윤정은 이 상황이 무척이나 어색했다. 상사와의 자리에서 갖는 어색함 그 이상이었다. 진혁의 눈빛이 그녀를 집요하게 따라다녔다. 분명 그녀가 느끼기엔 그랬다.

그사이 스테이크가 나오고, 전 대리가 부지런히 움직여 샐러드를 담아 왔다.

"이런 질문 드려도 되나요?"

"말씀해 보세요."

달그락달그락, 꽤 조용한 식사였다. 주위는 여전히 소란스러웠지만 그들의 식사는 다른 이들과는 상반된 분위기였다. 분위기를 좀 바꿔 보고 싶었는지 전 대리가 조심스레 운을 뗐다.

"학교는 아예 미국 쪽에서 다니신 거예요?"

"아니요, S대 다니다 유학 간 겁니다."

"어? S대라면 윤정 씨도 그 학교 아니야?"

숨이 막혔다. 순식간에 여섯 개의 눈이 그녀에게 박혀 들었다. 진혁은 깍지 낀 양손 위에 턱을 올려놓으며 그녀의 대답을 기다리는 듯 바라보았다. 그는 이 상황을 즐기는 것 같았다. 곤란해하는 것은 오직 자신 하나였다.

"이야, 동문이네. 잘하면 만났을 수도 있겠다. 그치? 남자들은 군대 가니까 나이대도 얼추 비슷하잖아."

"아니요, 저는……."

"네, 같은 과는 아니지만 서 주임을 만나긴 했었죠. 안 그래요, 서 주임?"

윤정은 진혁의 표정을 가만히 살폈다. 웃음기를 담은 오만한 입술은 그녀에게 무언가 대답을 요구했다. 그가 원하는 것이 무엇일까. 주위의 공기들이 얼어붙은 것만 같았다.

"정말요? 서 주임, 왜 말 안 했어?"

"친한 사이가 아니었어요."

"그래도!"

윤정의 담담한 대답에 그의 눈초리가 조금 사나워졌다. 전 대리는 진작 말하지 그랬냐며 그녀를 다그쳤지만 그 소리가 들어올 리 만무했다. 오직 이 공간에 진혁과 자신 둘만 있는 거 같았다. 그는 그녀를 시험하고 있는 것이다. 마치 고양이가 쥐를 잡아먹기 전에 가지고 노는 것처럼.

"서 주임은 남자친구와 잘돼 가요?"

윤정은 그의 자신만만한 눈이 싫었다. 마치 태어날 때부터 권력을 쥐고 나온 사람처럼 그에게선 가진 자의 오만함이 묻어 나왔다. 먹잇감을 사냥하기 전의 맹수의 눈처럼 그의 눈은 집요하게 그녀를 따라다녔다.

"사장님 모르시는구나. 아주 깨가 쏟아져요. 여기 오기 전까지도 문자를 계속 보내던데요? 안 그래, 서 주임?"

"네."

진혁이 무슨 의도로 그녀를 도발하고 있는지 모르겠지만 그녀는 그에게 지고 싶지 않았다. 하지만 작은 바람에도 흔들릴 만한 얄팍한 관계라는 걸 진작 알고 있었는지도 모르겠다.

눈이 마주칠 때면 항상 그녀는 그의 세계에 빨려 들어가는 것만 같았다. 하지만 그것을 드러내고 싶은 생각은 추호도 없었다. 그녀는 지금 그를 사랑하지 않는다. 머릿속으로 몇 번이고 되뇌었다.

"결혼 생각은?"

"아직 없습니다."

"놀 거 다 놀고 결혼은 선봐서 한다는…… 뭐 그런 생각인가?"

꽤나 신랄한 어조였다. 비아냥거리는 그의 말투에 윤정의 눈동자가 희미하게 흔들렸다. 그녀는 그의 말 한 마디 한 마디에 동요하고 있었다. 어쩌면 정곡을 찔려서 자존심이 더 상했을지도 몰랐다.

"저 사장님……."

"아니요, 전 저를 사랑해 주는 사람과 결혼할 겁니다. 마음에도 없는 여자를 만나는 그런 남자 말고, 제가 사랑하고 저를 사랑해 주는 사람과 결혼할 겁니다. 대답이 되셨습니까?"

차분한 어조였다. 그 차분한 어조 속엔 진혁에 대한 원망이 묻어 나왔다. 당신이 무슨 도발을 하든 넘어가 주지 않아, 라고 말하고 싶었다. 또는 당신도 다르지 않잖아, 라며 신랄하게 말해 주고 싶었다.

"꼭 그런 남자 만나길 바라요. 서 주임."

윤정은 대답 없이 그를 가만히 바라봤다. 그 역시도 그녀를 주시했다. 과연 그가 원하는 것은 무엇이었을까. 어쩐지 그는 자신이 원하는 것을 얻은 듯한 느낌이었다. 결국 이번 싸움에서도 패배한 것은 윤정이었다.

탁탁, 볼펜 펜촉으로 책상을 리드미컬하게 쳤다. 임원들은 보고서를 바탕으로 열띤 논쟁 중이었다.

"제주도 리조트는 좀 더 생각을 해 봐야 합니다. 리조트가 한두 군데도 아니고, 수익성을 좀 더 따져 봐야 할 거 같습니다."

"윤 이사님, 그건 이미 끝난 문제 아닙니까? 수익성이 안정적이라고는 볼 수 없지만 기존의 틀을 버리고 다른 타깃의 고객층을 사로잡는다면 큰 이익을 창출할 수도 있습니다."

"이봐요, 할 수도 있다니. 여기가 무슨 애들 놀이턴 줄 아십니까?"

딱딱, 팽팽한 긴장감 사이로 다시 책상을 두드리는 펜촉의 소리가 들렸다. 진혁은 한쪽 손으로 미끈한 턱을 매만졌다.

윤정은 아직도 그를 원망하고 있었다. 그녀를 도발한 것은 자신이었지만 원망과 분노의 감정이 그녀의 대답에서 고스란히 묻어 나왔다. 그녀는 여전히 그를 경계하고 있었다.

사람은 누구나 같은 상처를 받지 않기 위해 노력한다. 아마 윤정도 그중 하나일 것이다. 그가 준 상처. 그래, 그것은 이해할 만한 것들이었다. 하지만 자신의 감정을 솔직하게 내뱉지도 못하는 윤정에게 호락호락 넘어가 줄 생각은 없었다. 탁탁, 다시 한 번 펜촉으로 책상을 두드렸다.

조용한 노크 소리와 함께 윤정이 간단한 다과와 차를 놓아 주었다.

"사장님 생각은 어떠십니까?"

자신의 앞에 커피 잔을 내려놓던 윤정과 눈이 마주쳤다. 진혁은 스치듯 그녀를 바라보다 깊숙이 몸을 묻었다.

윤정은 잠시 멈췄던 손을 다시 움직여 부지런히 다과를 내려놨다. 자신을 바라본 것이라 생각했는데 그것은 착각이었던 모양이다.

"승산도 없는 일에 승부를 거는 것은 무모한 짓이겠죠."

가지런히 잔을 내려놓고 고개를 드는 순간 그와 다시 눈이 마주쳤다. 이번엔 착각이 아니었다. 그의 시선이 정확히 그녀를 꿰뚫고 있었다. 윤정은 마른침을 꿀꺽 삼켰다. 그의 뇌쇄적인 눈빛에 얼굴이 화끈하게 달아오르는 것이 느껴졌다.

"하지만 제가 그 승산, 만들어 볼 생각입니다."

그의 입술에 하얀 잔이 닿았다 떼어졌다. 혀끝으로 커피를 천천히 음미하며 입술에 묻은 커피를 핥았다. 순간 윤정은 주먹을 꽉 쥐었다. 분명 그녀에게 내뱉은 말이 아닌데, 왠지 그녀에게 내뱉는 말인 것만 같았다. 점심때의 도발에 대한 대답 같기도 했다.

윤정은 그의 눈을 피하지 않기 위해 입술을 꽉 물었다. 시니컬한 말투와 그의 입가에 걸려 있는 조소가 그녀에게 쓰디쓴 패

배감을 안겨 주었다. 온몸에 흐르는 전율과 심장의 두근거림이 동시에 느껴지는 순간이었다.

저녁 무렵 사무실은 고요했다. 그런 반면 윤정의 심장은 아직도 진정이 되지 않았다. 아무렇지 않은 척 그의 사무실을 빠져나왔지만 빨갛게 달아오른 얼굴만은 숨길 수가 없었다.

"아, 저녁은 뭘 또 해야 하나. 자긴 저녁 걱정 할 필요 없어서 좋겠다. 결혼하지 마. 결혼하면 고생이야."

전 대리는 한숨을 내쉬며 서류들을 가지런히 정리했다.

"그나저나 사장님은 언제 퇴근하시려나."

"글쎄요."

미소를 잠시 머금으며 벽에 걸린 시계를 바라봤다. 벌써 5시 50분이었다. 정상적인 퇴근이라면 6시겠지만 진혁은 아직 아무말도 없었다. 그사이 이 실장이 그의 사무실에서 나왔다.

"서 주임, 미안한데 강릉 리조트 월별 매출 좀 정리해서 줄수 있어요?"

"지금이요?"

"그게, 제주 리조트 사업 때문에 좀 필요하신가 봐요. 그래서 그런데…… 저녁에 약속 있어요? 없으면 좀 도와줬으면 해서요."

전 대리는 윤정을 난감하다는 듯 바라봤다.

"네, 알겠습니다."

이 실장의 야근 제의는 급작스러운 일이었다. 하지만 그녀가 택할 답은 한 가지밖에 없었다. 상사의 말에 야근은 못하겠다고 우길 수 있는 직원이 몇이나 될까. 윤정은 챙겨 두었던 가방을 슬며시 다시 풀었다.

전 대리는 먼저 가서 미안하다는 말과 함께 퇴근을 했다. 그녀는 아이를 둔 엄마였기 때문에 아마 지금 퇴근한다고 해도 집에 가서 할 일이 많을 것이다. 이 실장이 자신을 택한 것이 어쩌면 고마운 일인지도 몰랐다. 진혁이라는 커다란 난관이 없었다면 분명 그렇게 생각했을 것이다.

"사장님, 여기 강릉 리조트 매출보고서입니다."

이 실장에게 건네받은 서류를 진혁은 꼼꼼하게 살폈다.

"음…… 서 주임."

"네."

"공식 매출 기록도 좀 찾아줘요."

"알겠습니다."

윤정은 이 실장과 진혁이 무언가 골똘히 얘기하는 사이 사장실을 나왔다. 윤정의 입 사이로 기다란 한숨이 나왔다.

[퇴근 늦어요? 데리러 갈까요?]

그사이 현욱에게서 간간이 문자가 왔다. 형식적으로 대답을 하고 있긴 하지만 그에게 신경을 쓸 만큼 심적으로 여유가 있지 않았다.

[오늘 야근해요.]

현욱에게선 아쉽다는 대답이 돌아왔다. 내일 보자는 약속의 문자와 함께. 머리가 지끈거렸다. 키보드 위에 손을 올려놓고 자료를 뒤져 봐도 머릿속이 어지러웠다. 윤정은 계속되는 잡념들을 없애기 위해 머리를 절레절레 흔들었다. 결국 지금 생각해 봐야 답은 내려지지 않는다.

진혁이 집무실을 나온 것은 9시가 넘은 시각이었다. 그의 한 손엔 외투가 들려 있었다.

"이만 퇴근하지."

윤정은 작업 중이던 서류를 저장하고 자신의 가방과 외투를 들었다. 진혁은 그녀를 기다리기라도 하듯이 그녀가 외투를 입을 때까지 그 자리에 서 있었다. 외투를 다 입은 그녀를 보고는 먼저 사무실을 나갔다.

"같이 가요. 태워다 드릴게요."

"아니에요, 늦은 시각도 아닌걸요. 지하철 타고 갈게요."

"사장님이 지시하신 사항이에요."

이 실장의 말에 윤정은 난감했다. 극구 거절하는 것도 영 모양새가 그랬다. 윤정은 한숨을 내쉬며 그의 뒤를 따랐다. 진혁은 엘리베이터 앞에서 그들을 기다리고 있었다. 나란히 걸어오는 이 실장과 윤정에게 시선을 잠시 두더니 다시 엘리베이터 쪽을 향했다.

건물 로비에 들어서는 와중에도 그들 사이에 대화는 없었다.

때론 침묵이 편할 수도 있었다.

"타지."

"아니요, 지하철 타고 가겠습니다."

열린 뒷좌석을 잡고서 진혁이 물러서지 않았다.

"타."

그의 강압적이 말에 난감함 것은 윤정만이 아니었다. 이 실장 역시 차에 타지 못하고 그곳에 서 있었기 때문이다. 윤정은 낮은 한숨을 삼키며 차에 올랐다. 결국 그녀가 지는 방법밖에 없었다.

윤정이 뒷좌석에 오르자 진혁 역시 옆자리에 앉았다. 왠지 그의 손아귀 안에 있는 듯한 느낌이었다. 한 발짝 물러서면 다가오고, 한 발짝 다가서면 그는 물러났다.

차는 미동도 없이 움직였다. 가끔 룸미러로 이 실장과 눈이 마주쳤지만 그뿐이었다. 가운데 자리 하나의 공간을 두고 진혁과 윤정이 앉아 있었다. 그리고 그 공간이 점차 허물어진 것은 그쯤이었다.

진혁이 윤정의 손을 잡았다. 마치 강한 소유욕을 주장하듯 손을 세게 잡으며 자신의 쪽으로 끌었다. 윤정은 손을 빼내려 비틀었지만 잡힌 손이 빠질 리 만무했다.

그의 행동은 조금 더 농밀해졌다. 손가락 사이에 부드럽게 입을 맞추며 손을 간질였다. 윤정은 날카롭게 숨을 들이마셨다. 그 순간 룸미러로 이 실장과 눈이 마주쳤다. 이 실장에게 이 상황을 들킬까 윤정은 조마조마해졌다.

깍지 낀 손가락을 빼며 부드럽게 빨아들였다. 마치 애무를 하듯 그는 느긋하게 이 상황을 즐겼다. 손가락 끝을 날카로운 이로 살짝 깨물며 검지손가락을 혀끝으로 돌리며 길게 빨았다.

윤정은 온몸이 뜨거워지며 얼굴이 빨개졌다. 심장은 쉴 새 없이 쿵쾅거렸으며 아랫배 깊은 곳에서 뜨거움이 느껴졌다. 그와 눈이 마주쳤다. 그의 입가엔 즐거운 미소가 떠나질 않았다.

소중한 보물을 어루만지는 듯한 그의 입술이 뜨거워지고 깊어졌다. 손바닥에 코를 파묻고 숨으로 그녀를 간질였으며 뜨거운 혀가 그녀의 온몸을 애무하듯 핥았다. 허벅지 깊은 곳에서 축축함이 느껴졌다.

그는 그녀를 안달 나게 만들 작정이었다. 가질 듯 말 듯 그녀를 희롱하며 자신의 유희를 즐겼다. 그의 손이 닿은 곳은 손뿐인데 어쩐지 온몸이 뜨겁게 달아올랐다.

그는 모든 것에 능숙했다. 닿은 손끝에서 시작된 전율이 온몸으로 흐르는 듯했다. 머리로는 강력하게 부정하고 있지만 그의 손길이 떠나지 않길 바랐다. 모든 것은 모순이었다. 윤정은 침착해지기 위해 숨을 깊이 들이마셨다.

"도착했습니다."

갑작스러운 통보에 윤정은 안도했다. 안도인가? 아니, 모든 것을 부정하고 싶었다. 그의 품 안에 안기고 그가 주는 유희를 느끼고 싶었던 마음 따위를 애써 부정했다. 그리고 진혁을 슬며시 올려다봤을 때, 그는 마치 아무 일도 없던 것처럼 정면만 응시했다.

차에서 어떻게 내렸는지 몰랐다. 다리가 휘청거렸으며 금방이라도 주저앉을 것만 같았다. 가쁜 숨을 몰아쉬었다. 어느새 찜찜할 정도로 팬티가 젖어있었다. 마치 무언가 거대한 구멍이 뚫린 듯 아쉬웠으며 마음속 깊은 곳에서 욕망이 피어올랐다.

윤정은 옷을 갈아입자마자 속옷을 가지고 욕실로 들어갔다. 손엔 아직도 그가 남기고 간 열기가 가득했다. 달아오른 열을 식히려 부러 차가운 물을 틀었다. 그가 준 열기 따위 다 지우고 싶었다. 그를 갈구하던 자신까지도. 이가 딱딱 맞물릴 정도로 찬물을 맞으며 윤정은 이를 악물었다.

윤정의 방에 불이 켜질 때쯤 차가 움직였다. 진혁의 입가에 흡족한 미소가 떠올랐다. 그녀는 그를 원하고 있었다. 스스로를 속이고 있지만 아마 그것이 함락되는 날은 그다지 멀지 않을 것이다.

그녀의 뜨거운 체온과 열기를 내뿜는 입술에 그는 그만 자제력을 잃을 뻔했다. 순간이었지만 그와 그녀 둘 다 같은 마음이었다는 것을 그는 확실히 느낄 수 있었다. 이것은 자만이 아니라 확신이었다.

꿈을 꾸었다. 그가 그녀의 목덜미에 자잘한 키스를 뿌렸다. 뜨거운 열기가 방 안에 차올랐다. 분명 머릿속으로는 거부하고 싶었다. 그리고 그럴 수 있을 거라고 믿었다. 그가 봉긋한 가슴에 입을 맞추고 가슴을 부드럽게 그러쥐며 자극시켰다.

밀어내야 해……. 머릿속으로 생각했지만 몸이 말을 듣지 않았다. 결박된 듯 손가락 하나 까딱할 수 없었다. 그의 손이 자신의 엉덩이를 쓰다듬고 허벅지 안쪽을 쓸어내릴 때 윤정은 가쁜 숨을 몰아쉬었다.

이게 아니었다, 그녀가 생각한 것은. 분명 여태껏 꾸었던 꿈처럼 그녀는 남자를 밀어내야 한다. 하지만 그럴 수가 없었다. 그녀의 배 안 깊은 곳에서 소용돌이가 몰아치듯 뜨거운 열기가 그득하게 차올랐다. 그의 나신을 손으로 만지고 그의 입술을 훔치고 그의 모든 것을 가지고 싶었다. 그리고 그에게 지배당하고 싶었다.

"제발……."

목 안에 가득 찬 말이 이전과는 달랐다. 그가 갖고 싶었다. 지금 이 자리에서.

그가 그녀의 허벅지를 벌리며 자신의 안으로 들어왔을 때 윤정은 소리를 내질렀다. 극한의 쾌감을 느끼며 그의 움직임에 맞춰 자신의 엉덩이를 움직였다. 더 깊이, 더 뜨겁게 그를 느끼고 싶었다. 온전히 자신의 것처럼.

윤정은 숨을 몰아쉬며 잠에서 깨어났다. 방금 일어났던 일처럼 꿈은 생생하기만 했다. 머리를 쥐어짜며 몸을 둥글게 말았다. 이건 해서도 안 되고, 일어나서도 안 되며, 상상조차도 해서는 안 되는 일이었다. 하지만 아직도 꿈에서 그가 주었던 열기, 쾌감이 온몸에 남아 있어 윤정은 괴롭기만 했다.

❖　　❖　　❖

다음 날, 출근했을 때 윤정은 그와 눈을 마주칠 수 없었다. 마치 도둑질을 하다 걸린 아이처럼 진혁과 눈만 마주쳐도 얼굴이 새빨개졌다. 그것이 어제의 일 때문인지, 꿈 때문인지 알 수 없었다. 그녀가 기억하기론 꿈속에서 그녀는 오르가즘이라는 것을 느낀 것 같았다. 애원하고 매달려 그에게 무언가를 갈구했다.

"윤정 씨, 사장님께서 커피 부탁하시는데요?"

"아, 네."

윤정은 상념을 걷어 내며 커피를 내렸다. 코끝에는 부드러운 커피 향이 넘실거렸다. 하얀색 찻잔에 커피를 담고는 쟁반 위에 올렸다.

똑똑, 문을 가볍게 두드렸다.

"들어와요."

윤정은 문고리를 돌리기 전 숨을 크게 들이마셨다. 아직도 가슴속 깊은 곳에 욕망이 남아 있었다.

"커피 가져왔습니다."

"어제 잘 잤나?"

커피를 내려놓는 윤정의 손이 바들바들 떨렸다. 자신의 불순

한 꿈을 그가 알기라도 하듯 심장이 쿵쾅거렸다. 윤정은 떨리는 손을 바로잡으며 침착해지려 애썼다.

"네."

그의 눈은 마치 장난감을 찾은 아이처럼 즐거워 보였다.

"나가 봐요."

사장실을 나오며 윤정은 숨을 크게 들이마셨다. 그러고는 머리를 흔들며 자신의 마음을 다잡기 위해 노력했다.

평소와 다름없는 퇴근길에 윤정은 의도하지 않게 이 실장, 그리고 진혁과 함께 사무실을 나섰다. 진혁은 평소 직원들보다 조금 더 늦게 퇴근 하는 편이었지만 어쩐지 이날만은 달랐다. 역시나 그들은 말이 없었다. 엘리베이터는 빠른 속도로 1층에 다다르고 있었다. 곧 조용히 문이 열렸다.

"윤정 씨!"

반갑게 자신을 맞이하는 현욱을 봤을 때, 윤정은 이 상황이 난감했다. 분명 진혁과는 아무 사이가 아닌데 어쩐지 죄를 짓는 듯한 느낌을 받았다. 지금 이 상황이 너무도 싫었다.

환하게 웃으며 다가오는 현욱의 모습에 자신도 모르게 진혁을 살폈다. 진혁의 시선은 현욱에게로 닿아 있었다. 그가 어떤 눈으로, 또는 어떤 표정으로 현욱을 바라보는지 알 수는 없었다.

"윤정 씨, 갑자기 찾아와서 놀랐죠?"

현욱이 윤정의 두 손을 꼭 잡으며 진혁을 바라봤다. 윤정이 손을 빼기 위해 비틀었지만 그의 손은 굳건했다.

"근데 누구?"

현욱은 윤정과 나란히 멈춘 사람들이 궁금한 모양이었다. 윤
정은 옆에 서 있는 진혁을 슬며시 바라봤다.

"아…… 제가 모시고 있는 사장님이세요."

"안녕하세요, 저는 서윤정 씨 남자친구인 장현욱이라고 합니
다."

현욱이 넉살 좋게 손을 내밀며 진혁에게 악수를 청했다. 진혁
은 자신 앞에 놓인 손을 무미건조하게 내려다보더니 별다른 제
스처를 취하지 않고 그들을 지나쳐 갔다. 마치 그 눈초리가 경멸
을 담고 있는 듯했다. 현욱이 무안해진 손을 거둬들이며 걸어가
는 진혁을 바라보았다.

"윤정 씨네 사장 정말 살벌하네요. 혹시 윤정 씨 괴롭히고 그
러는 건 아니죠?"

그의 말이 귀에 들어올 리 없었다. 경멸을 담은 눈초리와 자
신을 건조하게 바라보던 그 시선이 눈앞에 맴돌았다. 쿵쿵, 알
수없는 불안감이 온몸에 흘러들었다. 마치 그와의 연결선이 영원
히 끝난 것처럼 초조하고 불안했다. 그리고 자신의 이런 생각을
완전히 비웃어 줄 수 없어서 옆에 있는 현욱에게 미안했다.

현욱은 평소처럼 다정했고 쾌활했다. 그녀가 기분을 풀어 주
기라도 하듯 쉴 새 없이 떠들었다. 윤정은 노력하는 현욱을 진심
으로 받아들일 수 없어 그에게 미안하기만 했다.

"윤정 씨, 오늘 뭐할까요?"

"전 아무거나 괜찮아요."

"정말요? 정말 아무거나 괜찮아요?"

"네."

"사실…… 짠! 영화표 예매해 놨어요."

현욱은 마치 자랑스러운 것을 꺼내듯 자신의 가슴팍에서 영화표 두 장을 꺼내 의기양양한 표정으로 내밀었다.

"여자들 멜로 엄청 좋아하잖아요. 윤정 씨도 좋아하죠? 요즘 이게 인기라고 하더라구요."

윤정은 현욱을 물끄러미 올려다보았다. 생각해 보면 윤정과 현욱은 서로에 대해 아는 것이 전혀 없었다. 이름과 휴대폰 번호 정도만 알고 있었고, 서로의 취향이나 취미 같은 것들은 전혀 알지 못했다.

그녀는 멜로 영화를 좋아하지 않았다. 아니, 영화 자체를 즐겨 보는 사람이 아니었다. 커다란 스크린 속에 영상이 움직이고 웅장한 소리가 귓가를 울릴 때면 숨이 막혀 왔다. 그녀는 사람 많은 곳을 싫어했다.

지하 주차장에서 영화관까지 올라갈 때 현욱은 그녀의 손을 머뭇거리며 잡았다. 그 손에 약간의 이질감이 느껴지긴 했지만 그의 기분을 상하게 하고 싶지는 않았다.

"영화엔 역시 팝콘이 빠질 수 없겠죠?"

"네, 그렇게 해요."

현욱은 알았다는 듯 잽싸게 매점으로 걸어갔다. 그는 그녀의 기분을 맞춰 주기 위해 최대한 노력하는 거 같았다. 윤정은 한숨을 삼켰다. 그에게선 아무 느낌이 나질 않았다. 머릿속을 지배하는 것은 인정하기 싫었지만 진혁이었다.

윤정이 영화관 앞의 대기의자에 앉아 휴대폰을 바라봤다. 울리지 않는 휴대폰은 시간만 알릴 뿐 다른 것이 없었다. 그러고 보니 그녀는 그 흔한 친구조차 없었다. 고개를 조금만 돌려도 휴대폰으로 메시지를 작성하거나 전화를 하는 사람을 쉽게 찾을 수 있었지만 그녀에겐 낯선 것이었다. 업무 외에는 울리지 않고 현욱이나 가족 외에는 그녀의 휴대폰으로 연락하는 사람이 없었다. 자신의 인생이 약간 초라하게 느껴졌다.

"많이 기다렸어요?"

그는 노란 팝콘과 콜라 두 개를 안고 걸어왔다.

"윤정 씨, 단 거 좋아하죠? 여자들은 달콤한 거라면 사족을 못 쓰더라구요. 그래서 캐러멜 맛으로 사 왔어요."

윤정은 노란 캐러멜을 입힌 팝콘을 바라봤다. 그녀는 단것을 극도로 싫어했다. 단것을 좋아하는 전 대리가 주는 초콜릿도 형식적으로만 받을 뿐 먹은 적이 없었다. 정말 윤정과 현욱은 서로에 대해 아는 것이 없었다.

이런 관계가 언제까지 유지될 수 있을까. 알아가며 만나는 것이지만 과연 현욱이나 윤정이나 서로를 알고 싶어 하는지조차 알 수가 없었다.

영화가 어떤 식으로 흘렀는지 관심 있게 보지 않았다. 몇몇 여자 관객들은 눈물을 흘리며 영화를 봤지만 윤정은 정확히 어떤 부분이 감동적이고 어느 부분에서 눈물을 흘려야 하는지 알 수 없었다.

현욱은 한 손으로 윤정의 손을 꼭 잡은 채 또 한 손으론 팝콘을 끌어안고 영화에 집중했다. 가끔 그녀를 힐끔 보며 자신이 기대했던 모습을 못 봐 아쉬운 거 같기도 했다. 그녀는 그다지 감상적인 사람은 아니었다.

"영화 어땠어요? 별로였어요?"

"아니요, 재밌었어요."

머릿속에 남는 장면은 한 가지도 없었다. 심지어 남자주인공의 얼굴까지 가물가물했다. 그들이 어떤 이야기를 가지고 어떤 위대한 사랑을 가지고 가는지, 한 가지도 공감이 되지 않았다. 현실이 더 뼈아프고, 냉혹했으니까.

"나는 남자주인공이 여주인공한테 사랑을 고백하는 장면이 기억에 남았어요. 봤어요? 별빛이 흐르는 호수에서 꽃다발을 든 남자주인공. 나중에 저도 윤정 씨한테 그렇게 프러포즈를……."

드르륵, 드르륵, 코트 주머니 속에서 요란한 진동음이 느껴졌다. 그리고 발신인을 바라봤을 때 윤정의 눈이 약간 커다래졌다.

"윤정 씨? 왜 그래요?"

현욱이 재차 물었지만 딱히 그에게 어떻게 설명을 해야 할지 몰랐다.

"받기 싫은 거면 제가 대신⋯⋯."

"아니요! 괜찮아요."

윤정은 휴대폰을 손에 꽉 쥐며 조심스럽게 받았다.

"여보세요?"

볼썽사납게도 목소리가 한껏 떨렸다.

— 어디야?

사나운 그의 목소리에 윤정은 마른침을 삼켰다. 심장이 쿵쿵, 귀까지 울렸다.

"무슨 일이세요?"

— 네게 지금 기회를 줄게. 나를 선택해.

"네?"

— 십 분 주지.

통화가 끊어진 휴대폰을 윤정은 한참을 멍하니 붙잡고 서 있었다. 뭐지? 그가 어떻게⋯⋯. 머릿속이 뒤죽박죽이었다.

"왜 그래요? 무슨 일이 생긴 거예요?"

재차 다그쳐 묻는 현욱의 손길을 자신도 모르게 뿌리쳤다.

"아⋯⋯ 미안해요. 근데 저 가 봐야 할 거 같아요. 미안해요."

"윤정 씨!"

자신을 부르는 현욱의 목소리를 뒤로한 채 복도를 내달렸다. 평일 저녁 시간이라 붐비는 사람들 틈바구니를 헤쳐 나가며 윤정은 무엇에 쫓기기라도 하듯 달렸다.

이유는 자신도 알 수 없었다. 단지 그를 지금 만나고 싶었다.

현욱이 아니라 오직 그를 만나고 싶었다. 그의 목소리를 들었을 때 온몸에서 전율이 일었고, 그의 눈을 마주하고, 그의 품에 안기고 싶었다. 머릿속이 백짓장처럼 변하고 그 틈을 오로지 그 하나만이 파고들었다.

에스컬레이터를 단숨에 내려가며 어떻게 정문까지 달려갔는지 몰랐다. 차에 기댄 채 서 있는 진혁의 모습을 보자 숨이 목까지 차올랐다. 윤정은 커다랗게 심호흡을 하고 천천히 그에게로 다가갔다.

그의 시선은 처음부터 그녀에게 닿아 있었다. 한 발짝, 한 발짝, 그와의 거리가 좁혀지면 질수록 심장이 격하게 뛰어올랐다. 그리고 한 발짝 정도의 사이를 남겨 놨을 때, 그가 윤정의 손목을 잡고 자신의 품으로 끌어당겼다.

그의 품에 안긴 꼴이 되어 버린 윤정이 고개를 들자, 그가 두 손으로 그녀의 얼굴을 부여잡고 격렬하게 입을 맞췄다. 미처 입술이 닫히기도 전에 혀가 입안으로 들어왔다. 윤정의 숨 하나까지 앗아 가듯 그는 집요하게 입을 맞춰 왔다. 숨이 목까지 차올랐다. 그의 농밀하고 격렬한 키스에 다리의 힘이 풀리는 것만 같았다.

"말해, 날 원한다고."

그의 목소리가 탁하게 가라앉아 있었다. 오닉스를 박아 놓은 듯한 검은 눈동자는 욕망으로 번뜩였다. 시간이 멈춘 것만 같았다. 흑과 백으로 나뉘듯 이 시간, 지금 이 장소엔 진혁과 자신

빼고는 아무것도 보이지 않았다. 윤정은 대답 대신 그의 입술에 다시 입을 맞췄다. 조금 더 깊게, 그리고 부드럽게.

지금 이 순간 주위의 시선들이 그들에게 향할지 모르지만 그조차도 신경 쓰지 않을 만큼 그를 놓치고 싶지 않았다.

끼이익, 쇳소리를 내며 낡은 빗장의 문이 조금씩 열렸다.

밤기운이 방 안으로 스멀스멀 파고들었다. 은은하게 비추는 스탠드 불빛 사이로 그림자가 아른아른 비췄다.

현관문이 닫히기가 무섭게 진혁은 윤정의 입술을 머금었다. 그녀의 아랫입술을 깨물며 격렬하게 몰아붙였다. 하체를 바짝 붙이며 벌어진 입 사이로 혀끝이 얽혀 들었다. 마치 소유권을 주장하듯 혀끝을 뽑을 듯이 입안 곳곳을 빨아들였다. 타액이 넘나들고 숨결 하나까지 앗아 갔다.

한 손으로 윤정의 허리를 받치고 한 손으론 그녀의 스커트를 걷어 올리며 허벅지를 매만졌다. 바짝 붙은 하체 위로 그의 발기한 물건이 느껴졌다. 윤정은 그의 몸에서 느껴지는 열기와 그가 주는 쾌감에 눈을 뜨기 힘들 정도였다. 키스는 처음부터 그가 가르친 것이었다. 하나하나 그에게 반응하기 좋게.

쇄골 위로 뜨거운 입김이 불어왔다. 등 뒤로는 차가운 시트 감촉이 느껴졌다. 그의 손은 느긋했지만 열정적으로 그녀를 몰아붙였다. 입었던 블라우스 단추를 찢듯이 모조리 풀어내며 봉긋하게 오른 가슴을 짓이기듯 매만졌다. 손안에서 일그러지는 가슴에 윤정은 낯선 신음을 흘렸다.

"하아……."

반쯤 걸친 블라우스에서 윤정의 팔을 빼며 그것을 바닥으로 집어 던졌다. 흐트러진 그의 모습은 아찔할 만큼 유혹적이었다. 그는 커프스단추를 풀고 자신의 상의를 벗었다.

진혁의 입술은 집요하리만큼 윤정의 가슴에 매달렸다. 브래지어 위로 유두를 이로 물고 혀끝으로 살살 달랬다. 예민한 살이 천에서 느껴지는 마찰 때문에 더 빳빳하게 곤두섰다.

그는 방해하는 천을 위로 올리고 수줍게 익은 과실을 단번에 머금었다.

"으읏."

빳빳하게 일어난 유두를 혀로 깨물자 윤정이 온몸을 비틀었다. 예민한 부분에서 주는 짜릿한 쾌감이 온몸을 관통한 것이다. 그녀는 자신의 입술 새로 나오는 신음 소리에 스스로도 놀라고 있었다. 지금까지의 관계와는 많이 다른 느낌이었다. 무엇이라고 정의할 수 없지만 자신도 그를 원하고 있었다.

진혁의 입술이 천천히 아래로 내려갔다. 다른 한 손으론 레이스 천 위 정점 부분을 매만지며 축축하게 젖은 곳을 살살 달랬다. 갑작스러운 낯선 느낌에 윤정이 허벅지를 오므리려 하자 강한 힘으로 그녀를 막았다. 그는 단번에 그녀의 팬티를 벗겼다. 가만히 자신의 여성을 들여다보자 윤정은 부끄러운 느낌이 단박에 들었다.

"저기……."

"왜?"

윤정은 20살의 어린 소녀가 아니었다. 그동안 남자와의 관계가 많지는 않았지만 나이가 나이인지라 어느 정도는 알고 있었다. 이런저런 일쯤은 당연히 해 보았다. 하지만 왜 그에게만 부끄러움을 느끼는 것일까.

진혁은 그런 윤정을 보고 설핏 웃더니 긴 손가락으로 검은 수풀을 매만지며 그녀의 입술을 단번에 머금었다. 느긋하게 입을 맞추며 손가락이 예고도 없이 여성 안으로 파고들었다. 낯선 이물감에 윤정의 눈이 커다래졌다.

"읍……."

그럴수록 혀의 결속은 더 단단해졌고 아래에 머무는 손가락의 깊이도 점점 깊어졌다. 손가락은 마치 관계를 하듯 천천히 빠져나갔다 더 깊이 들어왔다. 손가락이 그녀의 여성을 느긋하게 희롱했다.

아랫배가 간질거리며 허벅지 사이가 뜨거웠다. 심장은 쿵쿵 뛰었고 몸이 비틀어졌다. 무언가 원했다. 더 깊은 것을. 온몸이 파들파들 떨려 왔다.

천천히 움직이던 진혁은 손가락에 묻은 애액을 혀끝으로 핥았다. 그 모습이 지나칠 정도로 색정적이었다. 이미 그의 물건은 지나칠 정도로 팽팽해진 뒤였다. 그리고 윤정의 은밀한 곳은 거친 파동을 시작했다. 손가락이 빠져나간 자리가 휑하게 느껴질 정도였다.

"난 아직 대답을 듣지 못한 거 같은데? 자, 말해."

진혁의 목소리가 거칠었다. 자신의 답을 듣기 전까지 물러설 거 같지는 않았다. 윤정은 이미 흥분으로 온몸이 뒤덮여 그를 갖고 싶었다. 그와의 더 깊은 관계를 원했다.

"나, 나는⋯⋯."

진혁은 쾌감에 뒤흔들리면서도 자신에게 굴복하지 않으려는 윤정을 가만히 내려다보다 검은 수풀에 입을 맞췄다. 손가락이 빠져나간 자리엔 혀가 자리매김했고, 그녀의 은밀한 곳을 혀로 핥았다. 정점을 혀끝으로 톡 건드리자, 윤정이 몸을 비틀었다.

"제발⋯⋯. 그만⋯⋯."

진혁의 행동은 거기서 멈추지 않았다. 뾰족하게 세운 혀끝이 여성 안으로 들어갔다. 이미 더 큰 쾌락을 바라는 여성은 자잘한 떨림을 만들어 냈다. 안으로 들어오는 이물감의 자극은 계속되고 그의 손이 클리토리스를 문질렀다.

"악!"

윤정의 허리가 활처럼 휘어졌다. 배 안 깊은 곳까지 느껴지는 야릇한 느낌에 윤정은 몸을 어찌할 바를 몰랐다. 그는 천천히 느긋하게, 그리고 더 깊게 그녀를 몰아붙였다.

윤정은 이미 한계였다. 머릿속은 새하얗게 변했으며 오직 그를 원했다. 그가 주는 쾌감을 조금 더 느껴 보고 싶었다. 그리고 그 끝에 다다르고 싶었다. 그와 함께.

"원, 원해요."

윤정의 대답이 부족한지, 그는 희롱을 멈추질 않았다. 클리토리스를 손가락으로 짓누르고 튕겼다. 온몸이 불덩이처럼 달아올랐다. 자신의 몸을 어떻게 주체할 수가 없었다. 당장 어떻게 해줬으면 좋겠는데 그는 쉽게 들어주지 않았다. 그의 행동이 과해질수록 윤정은 시트 위에서 온몸을 비틀었다.

"윽……. 다, 당신을 원해요. 제발요……."

흐느끼듯 애원하는 윤정의 목소리에 진혁이 고개를 들었다. 그의 표정은 만족스러운 표정이었다. 그는 자신을 굴복시키고, 자신을 손아귀에 쥔 악마였다.

진혁은 허벅지를 벌리며 그녀의 다리를 자신의 허리에 감고 엉덩이를 받쳐 들었다. 그리고 천천히 여성 안으로 파고들었다.

"으윽……."

느긋하게 파고들던 그의 남성이 좀 더 강하게 들어왔다. 윤정의 손을 자신의 목에 감싸게 한 후 그녀의 몸을 들어 결속을 좀 더 깊게 만들었다. 그의 움직임이 시작됐다.

맞닿은 가슴 사이로 윤정의 가슴이 짓이겨졌다. 허벅지 깊은 곳에서 느껴지는 알싸한 느낌과 함께 그가 다시 안으로 들어왔다. 전진과 후퇴를 하면 할수록 윤정의 몸이 흔들렸다.

진혁은 끙 소리를 냈다. 그녀의 안은 그가 생각했던 것보다 더 비좁고 뜨거웠다. 그의 분신과 꽉 맞물려 조여 대는 느낌에 그는 마지막 이성의 끈까지 모두 놓아 버렸다. 자신의 아래에서 자신을 갈구하며 자신에게 애원하는 이 여자를 완벽하게 정복했다는 사실에 흥분도가 높아졌는지도 모르겠다. 그는 거칠게 그녀의 몸 안으로 격렬하게 움직였다. 살이 맞부딪히는 색정적인 소리와 질척대는 느낌에 그는 숨을 가쁘게 몰아쉬었다.

그리고 곧 윤정의 몸이 흩어지듯 진혁의 몸 위로 떨어졌다.

그 후로 몇 번의 관계를 가진지 몰랐다. 전 남자친구에게서 격렬히 느껴지던 거부감이 어째서인지 진혁에겐 느껴지지 않았다. 아니, 완벽히 달랐다. 그와의 잠자리는 황홀할 정도로 행복했고 따스했다. 그 이유는 윤정 자신도 정확히 알지 못했다. 당장 지금은 지친 몸을 추스르고 싶을 뿐이었다. 윤정은 그의 품에서 쓰러지듯 잠이 들었다.

여명이 밝아 오고 있었다. 윤정은 낯선 느낌에 천천히 눈을 떴다. 그리고 윤정은 자신을 품에 안고 잠이 든 남자를 바라봤다. 은은한 다갈색 머리색과 하얀 피부, 그리고 베일 듯 날렵한 턱 선과 오똑한 코, 자신에게 진한 키스를 했던 붉은 입술.

윤정은 한참 진혁의 잠든 모습을 무연히 바라봤다. 그리고 조심스럽게 몸을 일으켜 무릎을 세워 얼굴을 파묻었다. 온몸이 두드려 맞은 듯 아팠고 허벅지 사이는 쓰렸다. 하지만 이 아픔들도 모두 다 느껴지지 않을 정도의 상실감이 심장을 관통했다.

지금 자신이 무슨 짓을 저질렀는지 곰곰이 생각했다. 자신이 미치도록 증오했고, 또 미치도록 그리워했던 남자와 관계를 맺었다. 윤정의 무릎 위로 작은 물방울이 뚝뚝 떨어졌다. 진혁과의 관계를 끊어 낼 수 없는 자신을 탓하며 소리 죽여 울었다.

그는 윤정을 사랑하지 않는다. 아니, 이것조차도 한낱 불장난에 불과할지 몰랐다. 부나방처럼 타 버릴 것을 알면서 불속으로 뛰어드는 것은 미친 짓이었다.

윤정은 잠이 든 진혁을 두고 도망치듯 그 집을 빠져나왔다. 소리 없는 눈물이 그녀의 뺨 위로 계속 떨어져 내렸다.

4
그 남자와의 관계

진혁은 윤정이 떠나는 문소리를 들었다. 눈물에 젖은 그녀의 얼굴은 복잡했으며 소리 죽여 우는 소리는 구슬펐다. 무엇이 문제인지, 그녀는 그를 원하면서 거부하고 있었다. 켜켜이 쌓여 있는 묵은 감정들을 해소하기엔 다소 문제가 있는 듯 보였다. 그녀는 아직 그를 사랑한다. 사랑하면서 또 증오한다.

사실 이런 식으로 그녀를 끌고 올 생각은 아니었다. 하지만 항상 그녀가 관계된 일에는 이렇게 이성을 잃어버리고 만다. 그녀의 손을 감싼 그 남자의 손을 봤을 때 가슴속에서 시퍼런 불꽃이 튀는 것 같았다. 감히 더러운 손으로 자신의 것에 손을 댔다는 불쾌한 생각들과, 또 거부하지 않는 윤정의 모습에 화가 났다.

온전히 내 것이 아니었지만 온전히 내 것이었다. 진혁은 가운을 걸치고 욕실로 들어갔다. 아무래도 차가운 물을 흠뻑 맞으며 자신의 생각들을 정리해 볼 필요가 있었다.

요 근래에 이성을 잃는 일이 너무 잦았다. 그는 지독히도 현실적이었으며 또 어떤 일에서든 이성적인 판단을 내리는 사람이었다. 하지만 그것이 윤정 앞이라면 감정부터 앞서 버린다. 기다란 숨을 내뱉으며 진혁은 얼굴에 흘러내리는 물을 손으로 닦아 냈다.

윤정은 거울 속에 비치는 자신의 얼굴을 손으로 쓸어내렸다. 하룻밤 사이 많은 일이 일어났다. 모든 것이 변해 버린 듯했고, 모든 것이 끝난 것만 같았다. 현욱에게서 전화가 수도 없이 왔다. 하지만 그것을 받을 만한 용기는 그녀에게 없었다. 뭐라 설명하지? 아니, 아직도 현욱과의 관계를 유지하고 싶은 것일까.

자신이 무엇을 원하는지 무엇을 하고 싶은지 알 수 없었다. 머릿속은 실타래가 엉켜 버린 것처럼 끝을 찾을 수 없었다. 밤새 자지도 않고 움직이지도 않고 침대 위에 웅크려 앉아 생각했다. 하지만 내려진 결론은 아무것도 없었다.

"윤정 씨, 좋은 아침!"

전 대리가 환한 웃음으로 그녀에게 인사를 건넸다.

"안녕하세요."

회사를 그만두고 싶었다. 그렇다면 모든 것이 끝나지 않을까 생각했다. 하지만 그것은 비겁한 회피일 뿐이었다. 윤정은 가기 싫은 마음을 저 한편에 넣어 두고 억지로 출근한 참이었다.

"윤정 씨, 요새 많이 피곤한가 봐. 얼굴이 많이 상했어. 보약이라도 한 제 먹어야 하는 거 아니야?"

"아니에요. 그냥 감긴가 봐요."

감기는 아무 자취를 남기지 않는다. 조금씩 조금씩 몸을 갉아먹으며 힘들게 하지만 지나가면 아무것도 아니었다. 그래, 그저 지나가는 감기일 것이다. 이 모든 것이. 몇 년 뒤, 아니, 몇 달 뒤엔 기억조차 나지 않는 그런 관계일 것이다.

"그래? 조심해야지. 얼른 들어가자. 사장님 오실 때 다 됐어."

진혁은 지각을 하는 법이 없었다. 출근 시간보다 항상 한 시간은 일찍 와 업무를 보았다. 그 덕분에 윤정과 전 대리는 지각은커녕 제시간보다 한 시간 전에 출근을 해야 했다. 보스보다 늦게 출근할 순 없었기 때문이다. 그는 자로 잰 듯 반듯한 정사각형처럼 조금의 흠도 허용하지 않는 매사 정확한 사람이었다.

윤정이 탕비실을 정리하는 사이 전 대리는 진혁의 스케줄을 정리했다. 탕비실에 있는 차들을 가지런하게 정리하고 컵들을 깨끗이 씻어 놓으며 자신의 심란한 마음들을 같이 정리하려고 했다.

"안녕하세요, 사장님."

컵을 씻던 윤정이 손을 멈추고 밖을 바라봤다. 시계는 8시.

그는 시간을 어기는 법이 없었다. 지독한 워커홀릭임과 동시에 너무도 정확한 사람이었다.

"네, 좋은 아침이에요. 전 대리."

윤정은 손에 묻은 물기를 수건에 닦으며 밖으로 나갔다.

"안녕하세요, 사장님."

굽혔던 허리를 펴는 순간 진혁과 눈이 마주쳤다. 평소대로라면 형식적인 인사를 건네고 사장실로 곧장 들어가는 것이 맞았다. 하지만 무언가 이야기를 하다 멈춘 것처럼 그의 눈빛이 강렬하게 다가왔다. 마치 태양 아래 있는 듯 그녀의 양 뺨이 뜨겁고 따갑게만 느껴졌다.

"두 분 다 일 보세요."

사무실 안으로 들어가는 그의 너른 등을 가만히 바라봤다. 가슴 안쪽 깊은 곳이 따끔거리고 쓰렸다.

"윤정 씨 뭐 죄진 거 있어? 아니면 윤정 씨한테 사장님이 반했나?"

그의 시선을 느낀 건 비단 그녀 혼자뿐은 아니었나 보다. 그의 낯선 행동은 전 대리 역시도 당황스러운 일이었다.

"아니요, 그런 거 아니에요."

"탕비실 정리는 끝났어?"

"네, 거의 다요."

윤정은 다시 안으로 들어가 케케묵은 먼지들을 벗겨 냈다. 그럼에도 머릿속을 떠나지 않는 건 그의 시선이었다.

"네, 사장님."

그사이 인터폰이 울린 모양이었다. 전 대리가 낭랑한 목소리로 인터폰을 받았다.

— 커피 좀 가져다줘요.

"네, 알겠습니다."

전 대리는 뻔히 울리는 인터폰 소리에 윤정을 보며 난감한 표정을 지었다. 결국 그녀의 몫이었다.

윤정은 가볍게 노크를 한 후, 들어오라는 말이 떨어지기를 기다렸다.

"들어와요."

쟁반을 쥔 손에 잔뜩 힘이 들어갔다. 언제나 그를 보면 그랬다. 긴장의 연속이었고, 항상 눈을 뗄 수가 없었다.

딸각, 조용히 문이 닫혔다. 언제나처럼 서류에 시선을 둔 채 본체만체할 거 같았다. 하지만 그는 윤정이 들어온 그 순간부터 그녀만을 바라보고 있었다. 그 시선을 한 몸에 받자 온몸에서 지난밤의 열기가 피어올랐다.

"일어났더니 벌써 갔더군."

진혁의 목소리에선 약간의 질책이 묻어나는 거 같았다. 윤정은 대답치 않고 갓 내린 커피를 내려놨다.

"이유가 뭐지?"

그의 냉혹한 시선 속에 윤정은 답을 찾으러 애썼다. 이유? 처음부터 그와 동침할 정도로 가까운 사이는 아니었을 것이다. 이유는 윤정이 되묻고 싶었다. 날 이렇게 흔들어 놓는 이유가 도대체 무엇이냐고.

"이만 나가 보겠습니다."

윤정은 대답을 미룬 채 몸을 돌렸다. 그가 어떤 표정을 짓고, 어떤 눈으로 자신을 바라볼지 생각하고 싶지 않았다. 오만한 남자에게 작은 생채기 정도는 남겼으려나? 아니, 아닐 것이다. 아마 손안에 넣은 작은 장난감이 낸 상처에 즐거워하며 숨통을 조금씩 조여 올 것이다.

"이리 와."

강압적인 말투였다. 어떤 시선으로 바라보는지는 알 수 없었지만 충분히 화를 숨기고 있다는 것쯤은 알 수 있었다. 윤정은 천천히 고개를 돌렸다.

그는 두 번 말을 하지 않는다. 뚜벅뚜벅, 다가온 그는 윤정의 손목을 낚아채 벽으로 몰아붙였다. 뜨거운 숨결이 얼굴을 간질였다. 누구의 온기인지 모를 정도로 거리가 맞닿아 있었다. 서로에게서 눈을 떼지 않은 채 둘은 아무 말도 없었다. 등 뒤로 찬 기운이 스멀스멀 파고들었다.

진혁은 집게손으로 윤정의 턱을 들었다. 허공에서 불꽃이 타닥 튀었다. 마치 초식동물을 잡아먹는 맹수처럼 윤정의 입술을 집어삼켰다. 윤정이 도망가려 할수록 그의 혀는 집요하게 작은 혀를 낚아챘다. 탐욕에 빠진 야수는 그녀의 입술을 물어뜯듯 탐했다.

"하아……."

그의 입술이 잠시 떨어진 틈을 타 윤정이 숨을 몰아쉬었다. 하지만 그것도 잠시였다. 그의 타액이 목구멍으로 스멀스멀 넘어왔다. 윤정의 허벅지 사이에 그의 단단한 허벅지가 들어왔다. 농도 짙은 키스가 이어지는 사이 그의 한 손이 윤정의 엉덩이를 자신의 하체에 밀착시켰다.

벌어진 틈으로 그의 단단한 허벅지가 느껴졌다. 마치 그녀를 시험하듯 맞닿은 허벅지가 은근하게 압박하듯 깊이 들어왔다. 아랫배가 묵직해졌다. 어제의 행위를 기억하듯 몸은 달아올랐고 입 사이에선 들뜬 신음이 흘러나왔다.

"하아, 하아……."

집요하게 머물던 진혁의 입술이 떼어졌다. 쓰러질 듯한 윤정의 허리를 낚아채며 자신의 품에 안았다. 쿵쿵쿵, 어디서 울리는 것인지 모르는 울림이 같은 공간에서 느껴졌다. 윤정은 숨을 고르며 그의 품에 안겨 있었다. 그는 그녀의 목에 코를 묻으며 숨을 천천히 들이마셨다.

도대체 그에게 자신은 무엇일까, 이런 하찮은 질문조차 하지 못하는 그와 자신은 무슨 관계일까. 발끝에도 못 미치는 하찮은 유희상대? 아니면 정부? 생각하고 또 생각해도 답이 내려지지 않는다. 어차피 자신과 진혁은 결론을 내리기는 어려운 사이였다. 예전부터.

윤정은 그의 온기를 느끼면서도 종이 위로 떨어진 물방울처럼 퍼져 나가는 불안감을 도저히 잠재울 수가 없었다.

윤정은 이 실장이 부탁한 서류를 복사해서 돌아가는 길이었다. 가슴팍에 안고 있는 서류가 흘러내릴까 몇 번이고 자세를 고치고 있었다.

"야, 들었어?"

"뭘?"

여자들은 셋이 모이면 접시가 깨진다고 하지만 실상은 둘만 모여도 이렇다. 아무리 직원휴게실이지만 그녀들은 전세라도 낸 듯 쩌렁쩌렁한 목소리로 대화를 하고 있었다. 윤정은 고개를 절레절레 흔들며 어서 시끄러운 이곳을 벗어나려는 듯 발걸음을 빨리했다. 하지만 곧 그녀의 발걸음이 우뚝 멈춰졌다.

"비서실 서윤정 씨 알지?"

자신의 이름이 들렸기 때문이다. 윤정은 숨을 죽인 채 가만히 서 있었다. 아마 저 여자가 낮게 자신의 이름을 이야기한 것을 봐선 좋은 이야기는 아니었다. 그녀의 경험들이 말해 주고 있었다.

"어, 알지. 갑자기 왜?"

"글쎄 말이야……. 요새 사장님한테 꼬리 친다고 소문이 파다해. 퇴근도 같이 한다던데?"

"진짜? 에이, 거짓말!"

윤정은 이야기를 주도하는 여직원을 알고 있었다. 아마 진혁이 부임하고 얼마 되지 않아서부터 사장실을 얼쩡거리던 홍보팀 여직원일 것이다.

"진짜라니까! 본 사람이 한두 명이 아니야."

"진짜? 그럼 사귀는 거야? 둘이?"

"야, 정말 미친 거 아니야? 사장님이 뭐가 아쉬워서 서윤정 같은 여자랑 사귀어! 너 서윤정 몰라? 얼굴만 봐도 우울해지는 그 서윤정? 어떤 남자가 그런 여자랑 사귀겠냐?"

"하긴……. 가슴 좀 큰 거 빼곤 별거 없지? 얼굴도 별 볼 일 없고. 혹시 가슴으로 들이댄 거 아니야? 나 좀 잡아잡수~ 하면서."

비웃음 소리가 복도까지 들렸다. 윤정은 허탈하게 웃었다. 자신을 알지도 못하는 사람들의 이야기를 가만히 듣고 있어야 했기 때문이다. 듣고 있는 사람이 있는지도 모른 채 그녀들의 수다는 계속됐다.

"그럴지도 모르겠다. 전에 기획팀 여직원한테 들으니까 서윤정 남자들한테 엄청 차이고 다녔다던데?"

"정말?"

"어! 기획팀 여직원 전에 서윤정하고 같은 회사 다녔다잖아. 남자가 싫다고 싫다고 해도 그렇게 매달리고 다녔나 봐. 아무튼 여자 망신은 다 시킨다니까. 그 여잔 거울도 안 보고 다니나 봐."

조롱거리로 전락한 자신의 모습이 한심하기만 했다. 윤정은 복사 용지를 그녀들의 얼굴에 다 뿌려 주고 싶었다. 하지만 그녀가 할 수 있는 것이 무엇이 있을까. 한숨을 내쉬는 것밖에 없었다.

"왜 가만히 있지?"

뒤에서 나는 인기척에 윤정이 뒤를 돌아봤다. 진혁이었다.

"왜 가만히 있냐고. 아니라고 부정을 하든가, 변명이라도 해야 할 거 아니야."

윤정은 진혁이 물음이 우스웠다. 처음부터 모든 것을 가지고 태어난 사람이 과연 그녀의 마음을 이해할 수나 있을까.

"변명하면요? 부정하면 뭔가 달라지나요?"

진혁은 벽에 몸을 비스듬히 기댄 채 그녀를 냉소적으로 바라봤다.

"당신은 아무것도 몰라요. 소문이라는 건 내가 변명하고 부정할수록 더 퍼져 버려요. 그건 내 스스로 그 사실을 인정하는 꼴이 돼 버린다구요!"

화가 났다. 그는 자신을 끝까지 이해할 수 없을 것이란 생각에 화가 났고, 여직원들에게 따지지도 못하는 자신의 모습이 한심해서 화가 났다.

진혁은 감정 없는 표정으로 그녀를 바라보다 뚜벅뚜벅 그녀에게 다가왔다.

"넌 해 보지도 않고 지레 겁먹고 이러는 거 아닌가? 지금 네 모습이 맞다고 생각해?"

"나는……!"

"네 스스로에게 물어봐. 너의 모습이 어떤지."

진혁의 말에 반박할 수 없었다. 스쳐 지나가면서 자신을 바라보든 경멸 어린 그 눈빛이 머릿속에 박혀 버렸다.

그녀는 한심했다. 눈앞에서 자신을 욕하고 음해하는 사람들에게 한 마디도 못하는 바보 멍청이였다. 그의 말이 한 가지도 틀리지 않은데, 머리로는 이해하지만 마음으로 이해하지 못했다. 단 한 번이라도 자신의 편에서 자신을 이해해 주지 않는 사람이었다.

윤정은 허탈하게 웃었다. 결국 내 편이란 없는 것이었다. 처음부터 기대한 적도 없었지만 막상 닥치게 되니 사람 마음이라는 것이 알 수 없는 기대를 하고 있었다.

"멍청하고 한심한 서윤정. 정말 한심하다."

윤정은 가슴팍에 안긴 서류를 다시 고쳐 들고 자리를 떠났다.

진혁은 회의실로 가던 도중 윤정을 발견했다. 그의 귀까지 똑똑히 들리는 그녀의 무수한 험담들을 윤정은 멍하니 서서 듣고 있었다. 미련한 그녀가 한심해서 죽을 지경이었다. 자신이 대신 화라도 내 주고 싶은 심정이었다.

하지만 그는 마음을 고쳐먹었다. 이것은 그녀 스스로 풀어 나가야 할 숙제였다. 살면서 몇 번이고 반복될 문제들인데 그녀 스스로가 그곳에 안주해 버리면 앞으로 나아갈 수가 없었다. 진혁은 독설을 퍼부으며 그녀의 상처를 도리어 헤집어 놨다. 그러면서 한편으론 그녀가 당당하게 앞으로 나아가길 바라고 있었다.

❖   ❖   ❖

그가 그녀를 바라보지 않는다. 그녀에게 질려 버린 것인지도 몰랐다. 윤정은 흘러내리는 머리칼을 손으로 쓸어 올리며 한숨을 내쉬었다. 그녀라고 그 여자들에게 화를 내지 않고 싶은 것이 아니었다. 한심하기 짝이 없는 모습이지만 이것이 그녀였다. 하긴, 그가 그녀 자체를 이해해 줄 일은 없을 것이다. 그와 그녀는 아무 사이도 아니었으니까.

윤정은 이 상황이 숨이 막혔다. 더구나 이 실장은 지방 출장을 간 상태였고, 전 대리는 진혁의 배려로 먼저 퇴근했다. 사장실에는 윤정과 진혁 단둘뿐이었다. 그는 업무가 많은지 퇴근시간이 지났지만 나오지 않고 있었다. 윤정은 자신의 업무들을 정리하며 그가 퇴근할 때까지 기다려야만 했다.

현욱에게선 메시지 몇 개가 들어왔지만 윤정은 확인만 했을 뿐 답장을 하지는 못했다. 그를 신경 쓸 마음의 여유 따위 그녀에게 없었다.

[윤정 씨, 많이 바빠요? 그날 그렇게 가서 걱정돼요.]

[미안해요. 곧 연락할게요.]

메시지를 썼다 지웠다 반복하길 수차례, 결국 그녀는 현욱에게 메시지를 보냈다. 그가 불안한 마음을 조금이나마 지우길 바라서였다. 자신보다 윤정을 걱정하는 이 착한 남자에게 무어라 말을 해야 할지 답이 서지 않았다. 마음속 깊은 곳에서 죄책감이 물밀 듯이 밀려왔다. 하지만 윤정은 입술을 옹송그리며 차오르는 마음을 진정시켰다.

퇴근 시간이 한 시간쯤 지난 후 진혁이 모습을 드러냈다. 퇴근을 하려는지 그의 손엔 외투가 들려져 있었다.

"저녁 같이 하지."

"아니요, 전 집으로 돌아가겠습니다."

"그거 알아? 너는 단 한 번도 바로 알았다는 말 따위 하지 않아. 마치 내가 널 강제로 데려가 주길 바라는 사람처럼. 내가 이쯤에서 물러나지 않을 거라는 거 네가 더 잘 알고 있을 텐데?"

삐딱하게 선 그의 입가엔 그녀의 행동을 비웃기라도 하듯 조소가 드리워졌다.

"저는 저의 생각을 말한 것뿐입니다."

"넌 정말 거짓말에 서툴러."

그의 손길이 닿은 눈꺼풀은 윤정 자신도 모르는 사이에 파르르 떨리고 있었다. 윤정은 입술을 질끈 깨물었다. 그와의 게임을 시작도 하기 전에 진 기분이었다. 허무하고 허탈했다. 결국 그의 손에 끌려가고야 마는 자신을 발견하자, 참을 수 없이 자존심이 상했다. 그러면서도 그를 거부할 수 없는 자신이 한심했다.

차를 타고 가면서도 둘은 말이 없었다. 윤정 본인도 말수가 없는 편이었고 진혁도 그다지 다르지 않았다. 사실 어설프게 떠드는 것보다 차라리 이런 식의 침묵이 더 편하게 느껴졌다.

카오디오에서 흘러나오는 쇼팽의 녹턴 20번이 시작됨과 동시에 윤정은 창밖으로 시선을 던졌다. 차창 밖으로 가로수의 등불이 별처럼 수도 없이 스쳐 지나갔다. 정교한 피아노 음색이 더해지지만 그와 그녀 누구도 입을 열지는 않았다. 마치 음악 자체가 그들에게 팽팽한 긴장감을 선사하는 듯했다.

차는 조용히 멈췄다. 파킹맨에게 키를 넘겨주며 진혁이 차에서 내렸다. 윤정은 창문을 통해 밖을 바라봤다. 이곳은 이미 크리스마스였다. 날짜에 무감각해져 곧 크리스마스라는 것도 알아차리지 못했다. 정원 나무들 위로 일루미네이션이 별처럼 반짝이고 LED 전구가 깜빡이는 거대한 크리스마스트리만으로도 화려함에 물들다 못해 거대한 위압감이 느껴졌다.

윤정은 차에서 내리며 낯설지만 익숙한 이곳을 바라봤다. 그리고 무언가 알아차린 듯 자신의 옆에 선 진혁을 바라봤다. 하지만 그는 어깨만 으쓱일 뿐 별다른 말을 하지 않았다. 도대체 무슨 의도인지 도무지 그의 생각을 알 수 없었다. 이곳은 그와 헤어진 그곳이었다.

엘리베이터는 10층에 멈췄다. 보통의 연인들과는 다르게 둘은 간격을 유지하고 안으로 들어섰다. 남들 눈엔 어떻게 보일지는 모르지만 적어도 윤정은 진혁과의 벽이 견고하다고 생각하고 있었다.

"예약하셨습니까?"

안내 직원이 물었다. 이미 레스토랑 안쪽은 연인들로 발 디딜 틈이 없었다.

"한진혁으로 되어 있을 겁니다."

"잠시만 기다려 주세요. 이쪽으로 안내해 드리겠습니다."

직원의 안내에 따라 안으로 들어갔다. 안내 직원은 룸의 문을 열어 주며 메뉴판을 가지런히 내려놓고 돌아갔다. 윤정은 겉옷을 의자에 걸어 두었다. 그녀는 자리에 앉으며 그를 똑바로 응시했다. 마치 그의 시험에 든 기분이었다.

"묻고 싶은 것이 있어요. 왜…… 이곳으로 온 거죠?"

계속 묻고 싶었다. 이곳에 자그마한 추억이라도 남겨 두었나? 아니면 윤정을 뼛속까지 비웃는지도 모르겠다. 그녀의 당돌한 질문에 그의 오만한 입술이 올라가고 눈은 즐거워하는 기색이 역력했다.

"글쎄, 왜일까?"

이 오만한 남자는 단 한 번도 제대로 된 답을 하는 법이 없었다. 그녀가 고뇌하고 괴로워하는 것을 즐기는 모양이었다. 윤정은 앞에 놓인 물로 목을 축이며 그를 똑바로 응시했다. 그가 즐거워하는 것을 해 주지 않을 작정이었다. 비록 그녀의 가슴이 썩어 문드러지고 피가 철철 나는 한이 있더라도 그에게 즐거움을 주지 않을 작정이었다.

"블루베리 소스를 곁들인 양상추 샐러드와 양송이 스프입니다."

샐러드에 손도 대지 않는 윤정과는 다르게 그는 여유로운 식사를 즐겼다. 이후 나온 메뉴에 그녀는 놀라움을 감출 수 없었다. 그는 스테이크를 좋아하지 않는 자신을 배려라도 한 듯 파스타를 주문해 두었다. 마치 자신을 잘 알고 있는 사람처럼 말이다. 윤정은 속으로 코웃음을 쳤다. 고양이 쥐 생각하는 식의 배려는 필요치 않았다.

"아까 하던 질문, 궁금하던 거 아니었나?"

진혁은 레드와인의 까끌까끌한 포도 향을 음미하며 말했다. 그는 윤정의 마음을 떠보고 싶었다. 하지만 그날 밤 상처들을 굳이 지금 보듬어 줄 생각도 아니었다. 그녀의 마음에 얼마나 그가 자리 잡고 있는지 확인하고 싶은 것일 뿐이었다.

"아니요, 듣지 않아도 될 거 같습니다."

온몸을 바들바들 떠는 주제에 시니컬하게 내뱉는 그녀의 입술이 귀여워 이 자리에서 키스라도 퍼붓고 싶은 심정이었다. 그녀는 자신의 마음과 다르게 말하는 재주를 지녔다. 그녀가 포커페이스였다면 완벽한 거짓말이 됐겠지만 그녀는 거짓말에 서툰 사람이었다. 그녀는 말을 하면서도 표정에 그대로 드러났다. 눈썰미가 좋은 진혁이 그것을 놓칠 리 없었다.

"그래?"

진혁의 입가에 시린 미소가 지어졌다. 그 웃음은 마치 그녀의 속마음을 꿰뚫고 있는 것만 같았다. 윤정은 자신의 치맛자락을 꽉 잡으며 침착해지려고 노력했다.

"방 잡아 놨어. 나 오늘 너와 자고 싶어."

똑바로 자신을 응시하며 한 마디 한 마디 내뱉은 그의 음성에 심장이 쿵 떨어졌다. 단 한 번도 잊어 본 적 없었다. 그날 밤 진혁의 말을. 그 역시 잊지 않고 있던 것이다.

뭐지? 뭐가 어떻게 된 거지? 윤정의 머릿속에 혼란이 찾아왔다. 온몸에 오소소 소름이 돋고 등줄기에 식은땀이 흘러내렸다. 자신의 손에서 놀아나는 고양이를 보듯 진혁의 입가에 즐거운 미소가 지어졌다. 이것을 노린 것이다. 윤정은 바들바들 떨리는 손을 부여잡으며 냉정함을 되찾기 위해 노력했다.

그도 역시 똑같았다. 그녀가 여태껏 만나 왔던 남자들하고 다를 바가 없었다. 그가 자신을 철저하게 이용할 생각이라면 그녀 역시도 그럴 작정이었다. 적어도 지금 당장은 그녀 자신이 그를 원하니까. 현욱에 대한 죄책감이 그녀를 찔러 왔지만 잊고 싶었다.

"좋아요."

윤정은 그에게 순종하던 그때의 20살의 어린 소녀가 아니었다.

그 뒤로도 몇 번의 관계가 지속되었다. 진혁은 여전히 냉정했고, 섹스 이외에 그녀와의 어떤 관계도 얽히지 않았다. 식사를 하는 것 외에 휴일 저녁 대부분 그녀는 혼자 지냈다.

그와 가끔 즐기는 관계 이외에 서로에 대해 깊이 생각을 해 보지 않았다. 그는 그 나름대로, 윤정은 윤정 나름대로의 삶을 살아가고 있었다. 서로의 사생활은 철저하게 지켜지는 것이 아마도 그의 룰인 듯했다. 정하진 않았지만 침대 외에서 그와 그녀는 완전한 타인, 즉 남이었다.

가끔 의아한 생각이 들 때가 있었다. 항상 관계가 끝난 후, 냉정하게 뒤돌아서 돌아갈 줄 알았던 그는 자신을 소중한 듯 꼭 안고 자는 것이었다. 방금 전까지 격렬하게 몸을 섞고 부드럽게 품에 안긴다는 것 자체가 윤정에겐 조금 색달랐다. 아니, 그이기에 남다르게 느껴지는 것인지도 모르겠다.

마치 소중한 듯 안겨 있을 때면 그가 자신을 사랑한다는 얼토당토않은 착각까지 들 정도였다. 윤정은 말도 안 되는 착각을 하는 자신을 실컷 비웃어 주었다.

이 남자는 누군가를 사랑할 수 있는 사람이 아니었다. 그는 어떤 일에서도 이성을 잃는 법이 없었으니까. 항상 침착했으며 냉정했다. 그 정도로 그에겐 자그마한 틈도 없었다.

그와의 섹스는 항상 정열적이었으며 격렬했다. 오늘도 그랬다. 온몸이 흠뻑 젖을 정도로 몸을 섞고 난 뒤 그는 자신의 목덜미에 코를 묻고 크게 숨을 들이마셨다. 들숨 날숨, 심장이 거세게 요동쳤다.

"가 봐야 해요."

윤정은 진혁의 어깨를 살짝 밀며 말했다. 가끔 생각한다. 그와의 관계가 얼마나 지속될지. 또 자신은 그와 어떤 관계이길 원하는지. 하지만 한 가지 확실한 것은 신기루처럼 조만간 사라질 관계라는 것이다. 아무것도 남기지 않고. 그와 그녀, 둘의 끝은 거기일 것이다.

진혁은 대답 대신 윤정의 몸 위로 올라탔다. 입술에 진하게 키스를 하며 그녀의 가슴을 부드럽게 애무했다. 끈적끈적한 열기가 가득했던 몸은 약간의 스침에도 금세 달아올랐다.

"하아……."

입 사이로 낮은 신음이 흘렀다. 그는 윤정을 내려다보며 미소를 짓고 있었다. 세상에서 제일 악마 같은 웃음을. 그는 약았다. 윤정의 약한 부분을 너무나 잘 알고 있었다.

"정말 가 봐야 해요."

"쉿."

조금 더 강경한 태도를 보였지만 그의 손은 미끄러지듯 윤정의 허벅지 깊은 골짜기를 찾았다. 온몸이 뒤틀렸다. 방금 전까지 했던 행위였는데 그 느낌이 생경했다.

몸은 예상대로 쉽게 열렸다. 격렬한 관계 덕분이었는지 집어넣은 손가락이 조여들었다. 그는 자신의 손가락을 꽉 조이는 질 안으로 좀 더 깊이 넣었다. 윤정의 몸이 흔들리고 그녀의 얼굴이 조금 더 달아올랐다. 자신의 배 안 깊은 곳에서 욕망이 다시금 피어올랐다.

그의 손이 클리토리스를 자극하자 윤정의 온몸이 뒤틀렸다. 여성이 지끈거리고 열기가 느껴졌다. 깊은 곳에서 그를 원했다. 당장이라도 몸을 어떻게 해 줬으면 좋겠다고 생각했다. 그가 주는 짜릿한 쾌감에 윤정은 몸을 어찌해야 할지 몰랐다. 그는 그녀의 말에 대한 벌이라도 주듯 조금 더 짓궂어졌다.

예민해진 그녀의 가슴 정점을 손끝으로 튕기고는 단번에 머금었다. 손은 계속해서 여성을 뒤흔들었다.

"하악……. 제발……."

그는 이 말을 좋아했다. 마치 자신이 얻은 결과라는 듯. 그는 윤정을 다급하게 몰아붙이는 법이 없었다. 천천히 은근하게 그녀를 안달 나게 만들었다. 이 관계에서도 승자는 항상 그였다. 그녀는 그에게 함락되는 자그마한 성의 힘없는 성주일 뿐이었고.

단숨에 진혁이 윤정의 몸을 뒤집었다. 침대에 상체만 기댄 꼴이 되어 버린 윤정의 몸 안으로 그가 예고도 없이 들어왔다.

"윽……."

평소보다 결속이 깊었다. 윤정의 손이 시트 자락을 움켜쥐었다. 좀 더 깊은 삽입에 몸의 흥분도는 배가 되었다. 그의 입술이 윤정의 어깨 위에 닿고, 그의 손이 그녀의 가슴을 움켜쥐며 매만졌다. 윤정의 입에선 자신과 의지와 상관없는 신음이 흘렀다.

그는 이 관계를 쉽게 끝낼 생각이 없었다. 그녀의 몸을 일으켜 그의 위에 앉혔다. 윤정은 이 상황이 난감하기만 했다.

"네가 움직여 봐."

탁하게 갈라진 목소리는 욕망에 번들거렸지만 그의 몸은 그녀를 기다리기라도 하듯 움직임을 멈췄다. 꽉 맞물린 아랫도리에 윤정은 격렬한 움직임을 원하면서도 허리를 움직일 용기가 나질 않았다. 그가 윤정의 두 손으로 골반을 잡고 천천히 움직일 수 있게 도와주었다.

"하앗……."

"그래. 그렇게, 천천히……."

그가 가르치는 대로 윤정은 천천히 몸을 움직였다. 색다른 느낌이 그녀를 강타했다. 빈틈없이 맞물린 덕에 그를 온전히 느낄 수가 있었다. 그는 어깨 라인을 이로 잘근잘근 깨물며 그녀의 다리를 잡고 더 격렬한 움직임을 만들었다.

"으윽……."

움직임은 더 격해졌다. 진혁은 그녀의 몸을 앞으로 눕히며 그녀의 허리를 잡았다. 그녀는 하얀 시트에 몸을 엎드린 채 그를 온전히 받아들였다.

몸에 다다르는 열기와 쾌감에 윤정은 정신을 차릴 수가 없었다. 여태까지의 관계들과 다른 느낌이었다. 그동안 그가 그녀를 배려해 절제를 한 것이 아닐까 하는 생각이 들 정도였다. 절정의 시간이었다.

그의 몸은 격렬하게 흔들리다 그녀의 등 뒤로 떨어졌다. 윤정은 숨을 골랐다. 결국 그에게 지고 마는 것은 자신뿐이었다. 그는 자신을 쥐고 흔드는 악마였으니까.

진혁과의 관계는 대부분 그의 집에서 이루어졌다. 항상 아침이 되기 전에 도망치듯 그 집을 빠져나왔다. 그가 빈 옆자리를 보며 어떤 생각을 할지는 생각하지 않았다. 오히려 잘됐다고 생각할지 모른다. 그와 그녀는 연인 사이가 아니었으니, 아침에 느긋한 모닝키스를 즐길 일도, 또 달콤한 사랑의 밀어를 속삭이는 일도 없을 것이다.

　단지 본능적으로 하는 행위일 뿐 별다른 것은 없다고 생각했다. 항상 이런 생각들을 할 때면 가슴 한편이 얼음장 같은 바람이 불어오듯 아렸다. 그게 왜인지는 생각하지 않았다. 아니, 생각하면 그에게 모든 것을 굴복해야 할 것만 같았다.

　"너 요새 왜 이렇게 외박이 잦아!"

　엄마의 잔소리는 끝이 없었다. 그녀의 집은 개방적인 집안은 아니었다. 혼전 동거나, 임신, 관계 등에 대해 관대한 집이 아니란 소리였다.

　"야근 때문에 근처 회사 언니 집에서 잤어요."

　이런 거짓말쯤은 이젠 흔한 것이 되었다. 항상 그런 말을 할 때면 무슨 비서가 야근이냐며 득달같이 달려드는 엄마였지만 이제는 어느 정도 수긍을 하는 것 같았다. 이것은 입사할 때부터 시작된 일이었고, 절반은 거짓말이 아니기도 했다. 물론 그것이 회사 언니의 집이 아니란 것만 빼고 말이다. 잠을 재워 줄 정도로 친하게 지내는 직장 동료가 있을 리 만무했다.

"그나저나 남자친구는 왜 안 데려오는 거야? 결혼 안 할 거야?"

아아, 결혼. 주말이면 시작되는 엄마의 레퍼토리 1번이었다. 대기업에 다닌다는 현욱의 직장 때문에 엄마는 그를 만나 보기도 전에 마음에 들어 하셨다.

"남자 쪽에선 별말 없어?"

"아직, 그 정도는 아니에요."

거짓말. 한때는 결혼을 해도 나쁘지 않을 거라는 생각을 했었다. 하지만 이제는 아니었다. 진혁과 별개라곤 할 수 없지만 주 원인이 진혁은 아니었다. 그저 그녀가 현욱에게 아무 감정이 들지 않았다. 적당한 호감 정도라도 있었으면 좋았겠지만 그저 지금 만나고 있는 사람 외엔 그 이상도 그 이하도 아니었다.

"너도 사랑타령 하면서 그러는 거니? 그거 다 부질없는 거야. 너 서른 넘어 봐, 결혼하기 더 힘들어져. 서른 넘으면 남자들이 얼씨구나 할 거 같니? 선도 안 들어와, 이것아! 그 남자가 정 아니다 싶으면 그만 헤어지고 선 다시 봐서 결혼해."

대꾸도 하지 않는 윤정의 등 뒤에서 엄마는 계속 잔소리를 이어 나갔다.

"내 말 듣고 있는 거야? 이번 주말에 남자를 데려오든지, 선을 다시 보든지 둘 중 하나는 결정해! 정 씨 아줌마가 너 며느리 삼고 싶다더라. 정 씨 아줌마 아들 너도 봤지? 인물도 훤한 것이……"

달각, 문을 잠가 버렸다. 윤정은 침대 위에 털썩 누워 한 팔로 얼굴을 가렸다. 겨울의 차가운 공기가 방 안으로 파고들었다. 현욱과의 관계는 그녀가 회피하고 싶은 관계 중의 하나였다. 끝도 맺어지지 않았고, 그렇다고 계속될 수 있는 관계도 아니었다.

현욱에게서 간간이 문자가 올 때마다 어찌할 바를 몰랐다. 현욱에게 답을 해 주며 윤정은 죄책감에 시달려야 했고, 그의 목소리를 들을 용기조차 나지 않았다. 만나자는 현욱의 말에 바쁘다는 핑계를 대야 하는 자신이 너무나 싫었다.

몸을 말아 태아처럼 웅크렸다. 마치 얼음장 같은 바람이 뼛속까지 스미는 것처럼 시렸다. 팔이, 그리고 마음이.

밤새 눈이 내렸다. 자신의 퇴색된 마음과는 다르게 온 세상은 새하얗게 물들어 버렸다. 아마 한나절이면 저 눈도 사람들에게 밟혀 때가 타고 더러움에 물들 것이다. 자신을 비웃는 것 같은 하얀 눈도 더 이상 하얗진 않을 것이다.

윤정은 자신의 낡은 하이힐 대신 워커를 선택했다. 미끄러지지 않겠다고 아등바등거리는 자신의 꼴이 조금 우스웠다.

낡은 경차는 항상 회사에 세워져 있었다. 어느 순간 진혁과 같이 퇴근해 버리는 자신에게 차는 필요치 않았다. 덕분에 러시아워를 피해 조금 일찍 출근해야만 했다. 그것이 불편했지만 자신이 초래한 결과였다.

회사는 지하철로 한 시간 정도 거리에 있었다. 그사이 윤정은 두 번이나 지하철을 갈아타야만 했다.

회사 로비는 한산했다. 아직 출근시간을 한 시간 반 정도 남겨 놓은 시간이었다.

"안녕하세요."

"네, 일찍 출근하시네요?"

경비 아저씨와 가볍게 인사를 나눈 후, 엘리베이터 앞으로 걸어가던 윤정의 눈에 낯익은 뒷모습이 보였다. 진혁이었다. 사실 회사 안에서 그를 대하는 것이 거북스럽고 껄끄러웠다.

또각또각, 날카로운 구두 발자국 소리와 함께 그와의 거리가 좁혀지자 손안에서 식은땀이 났다. 그 앞에 서면 항상 긴장되는 것은 윤정 혼자였다. 여유 있는 그와는 다르게 그와의 대면은 여간 긴장되는 일이 아니었다.

"안녕하세요, 사장님."

목소리 끝이 살짝 떨렸다.

"좋은 아침입니다. 서 주임."

진혁의 시선이 윤정에게 닿았다. 곧고 흔들림 없는 냉혹한 시선에 윤정은 천천히 숨을 골랐다. 항상 보는 시선이지만 어째서인지 그와 눈을 마주치기가 쉽지 않았다. 그에게 자석처럼 끌려 다니는 자신을 멈추지 못한 대가일지도 모르겠다.

엘리베이터 문이 열리고 진혁과 나란히 엘리베이터에 올랐다. 숨이 막혔다. 진혁의 시선이 그녀에게 여전히 머물렀기 때문이다. 여름날 태양처럼 따사롭고 활화산처럼 뜨거운 시선에 윤정은 허벅지 깊은 곳이 아려 왔다. 토요일의 정열적이었던 섹스를 떠올리는 그의 불타오르는 시선은 그녀를 헐벗기는 것 같았다.

"잘 잤어?"

"네."

형식적인 대답에 진혁이 웃음을 터트렸다.

"서 주임은 공과 사를 철저하게 지키는 것 같군. 그런 점이 더 마음에 들지만 말이야."

"칭찬으로 받아들이겠습니다."

진혁의 비아냥거림에 일일이 반응하고 싶지 않았다. 작은 도발이었다. 하지만 그 도발은 결국 자신에게 돌아오는 것이었다. 그가 그녀에게로 다가왔다. 탁하게 가라앉은 눈동자가 그녀에게 닿아 있었다. 입을 맞추려는 듯 그의 입술이 다가오자 윤정은 살짝 고개를 돌렸다.

"회사입니다, 사장님."

윤정의 행동에 진혁의 눈은 즐거워하는 것이 역력해 보였다. 그는 집게손으로 윤정의 턱을 추켜올리며 입을 맞추었다. 이번에는 고개를 돌릴 틈도 없이 그가 다가왔다. 마치 자신을 거역한 것이 마음에 들지 않는지, 그는 물어뜯듯 입을 맞췄다.

저돌적으로 혀가 들어오고 마치 자신의 것인 양 입안을 농밀하게 빨아들였다. 그는 자신의 소유권을 주장하고 있는 것이었다. 윤정은 그의 품에 갇혀 그에게 매달리는 신세가 되어 버렸다. 밀어내면 낼수록 그의 혀는 그녀의 입안에 더 깊이 파고들었다.

"하아, 하아……."

다리가 풀린 윤정은 쓰러지지 않기 위해 엘리베이터 난간을 잡았다. 진혁은 윤정의 허리를 낚아채며 자신의 품에 안았다. 귓가에서 거칠어진 그의 숨결이 느껴졌다.

"윤정아."

그의 탁하게 쉬어 버린 목소리는 초콜릿처럼 달콤했다. 마치 대학 시절 그의 모습을 다시 보듯 윤정은 심장이 저려 왔다. 그 시절 그가 자신에게 속삭이는 것만 같았다.

"이런 반항은 재미없어."

그의 즐거워하는 웃음소리가 귓가를 울리는 것만 같았다. 자존심이 상했다. 이토록 자신을 휘두르는 그와 거기에 휘둘리는 자신 때문에 자존심이 상해 미쳐 버릴 것 같았다. 그와 관계만 되면 그녀는 속절없이 무너지고 말았다. 윤정은 유유히 사라지는 진혁의 뒷모습을 바라봤다.

"일 열심히 해요. 서 주임."

빈틈없는 그의 모습을 보며 윤정은 유리에 비친 자신의 모습을 바라봤다. 잔뜩 흐트러져 있는 자신의 모습이 한심했다. 윤정은 타액으로 범벅된 입술을 손으로 벅벅 닦으며 이를 악물었다.

그날 윤정에게 한 통의 전화가 걸려 왔다. 드르륵거리며 요동치는 휴대폰을 보고 그녀는 날카롭게 숨을 들이마셨다. 낯익은 세 글자에 눈앞이 깜깜해졌다. 윤정은 조심스럽게 자리에서 일어났다.

"어디 가?"

"아, 화장실 좀요."

전 대리의 물음에 윤정은 살며시 미소를 지으며 사무실을 빠져나왔다. 현욱이 그간 전화를 건 적은 없었다. 가끔 문자가 오긴 했지만 그것이 다였다.

"여보세요?"

— 윤정 씨, 나예요.

오랜만에 듣는 현욱의 목소리는 침착했지만 어딘지 슬프게만 느껴졌다. 이 사람에게 무엇을 말해야 할까.

"네, 현욱 씨."

— 그동안 연락도 안 받고 일이 많았던 거예요?

"네, 조금요."

순간 알 수 없는 느낌에 등줄기가 오싹해졌다. 윤정은 천천히 고개를 들었다. 진혁이 벽에 기댄 채 삐뚜름한 자세로 자신을 노려보고 있었다. 진혁의 눈빛이 싸늘하게 변해 있었다. 마치 경멸을 담은 듯한 그의 시선에 윤정은 침을 꼴깍 삼켰다. 언제부터 그곳에 있었을까. 자신의 통화를 들었을까. 윤정은 순간 눈앞이 아득해졌다.

— 윤정 씨, 보고 싶어요.

애절한 현욱의 목소리에 윤정은 그에게 원하는 대답을 해 줄 수 없어서 마음이 아렸다. 자신이 저지른 짓이 도대체 무엇이었을까. 그럼에도 그녀의 시선을 진혁이 빼앗아 갔다. 냉정하게 돌아서 가는 그의 너른 등을 보자 목구멍에서부터 뜨거운 것이 울컥 치밀어 올랐다.

뭐가 어떻게 돌아가고 있는지, 당사자도 알지 못했다. 윤정은 조용히 그의 전화를 끊었다. 평소처럼 저도 보고싶어요, 라든지, 저도요, 라는 고백을 할 수 있을 리 만무했다. 진혁은 마치 자신의 몸에 기생하는 것처럼 자신의 모든 것을 송두리째 흔들고 갉아먹는 것 같았다.

사무실에서 마주친 진혁은 방금 전 통화에 대해 묻지도, 관심 갖지도 않았다. 그가 어떤 말을 들었을까, 전정긍긍하는 것은 윤정 하나뿐이라는 소리였다.

"저녁, 같이 먹지."

진혁의 뜻밖의 소리에 윤정의 눈이 둥그렇게 커졌다.

"네, 알겠습니다."

침착하게 대꾸를 하고 그녀는 그의 집무실을 나갔다. 그래, 어차피 그에게 그녀는 언제라도 버릴 수 있는 장난감 같은 존재였다. 어쩌면 윤정, 자신도 같았다. 서로에게 바라는 것은 오직 잠자리 한 가지뿐이었다. 단지 윤정은 스스로 이 관계를 끊을 수 있는 사람이 아니라는 점이 달랐지만.

그는 자신이 남자친구를 만들든 말든 별로 상관하지 않는 것이 분명했다. 머릿속으론 모든 것을 이해할 수 있었다. 분명 그랬다. 근데 마음 한 켠이 왜 이리 시리고 퀭한지 몰랐다. 세상 사람이 모두 다 그녀를 경멸한다 해도 그것보다 그의 경멸 어린 시선이 더 견디기 힘들었다.

남자친구라던 그 남자와 끝나지 않았다는 것을 진작 알고 있었다. 진혁의 입가에 비릿한 미소가 지어졌다. 그녀의 입을 타고 낯선 남자의 이름이 퍼질 때 그대로 그 입을 막고 싶었다. 윤정은 자신의 것이었다. 그녀가 인정을 하든 안 하든 자신의 것이라 믿고 있었다. 그녀의 입에서 뱉는 단어 한 마디도 결국은 제 것이었다.

감히 하찮은 것이 자신의 여자를 넘보고 있었다. 하지만 그가 직접 그 관계를 끝나게 할 생각은 없었다. 모든 것은 윤정 스스로가 움직여야만 될 일이었다. 그는 혀끝으로 입술을 핥았다. 이 알 수 없는 분노에 대한 값은 톡톡히 받을 생각이었다.

❖　　❖　　❖

그가 왜 이 호텔에 이리 집착하는 것인지 이유를 알 수 없었다. 그녀에게 이 호텔은 첫사랑이 자신의 순정을 철저하게 짓밟고 지나간 장소, 그 외의 의미는 아무것도 없었다.

아무리 호텔이 리뉴얼을 하고, 인테리어를 조금씩 바꾸었다 해도 그날의 기억이 쉽게 잊혀질 리 만무했다. 20살의 어린 그녀를 냉정하게 버리고 갔지만, 지금의 그녀를 그는 수도 없이 가졌다. 바로 그 방, 그 자리에서.

윤정의 입 사이로 가느다란 한숨이 퍼져 나왔다.

"자기, 사랑해."

크리스마스를 얼마 남기지 않았다. 이 호텔의 객실이 그만큼 남아 있지 않다는 소리였다. 연말의 연인들이 근사한 야경이 보이는 자리에서 사랑을 속삭이고 싶어 하는 것은 당연한 것이었다. 창문의 기대서서 사랑을 나누는 것도 어쩌면 나쁘지 않을 것이다.

지나가는 무수한 커플도 다르지 않을 것이다. 심지어 불륜을 저지르는 커플이라도 최소한 그들은 사랑은 하고 있었다. 그 속에서 아무 관계도 아닌, 그 어디에도 속하지 못한 사람은 윤정과 진혁 단둘뿐이었다.

"들어가자."

회전문이 천천히 돌아갔다. 진혁은 윤정이 먼저 들어갈 수 있도록 몸을 살짝 비켜 주었다. 그녀는 그를 스쳐 지나가며 안으로 들어섰다. 윤정은 호텔 안을 무미건조하게 바라봤다. 아마 회전문 사이로 낯익은 뒷모습을 보지 못했다면 별 감흥 없이 안을 지켜봤을 것이다. 윤정은 두 눈을 커다랗게 치켜떴다.

"현욱 씨……?"

말도 안 된다. 그가 왜 이곳에 있겠는가. 하지만 확인할 무언가가 필요했다.

"너 지금 어딜……."

윤정은 진혁을 뒤로한 채 행여 그를 놓칠세라 미친 듯이 달렸다. 심장이 거세게 두방망이질 치고 있었다. 아니다, 절대 그럴리 없을 것이다.

"서윤정! 지금 뭐하는 거야!"

뒤쫓아 온 진혁이 윤정의 손목을 낚아채며 소리쳐 물었다. 덕분에 자신이 쫓아온 사람의 얼굴을 보는 일은 쉬워졌다.

"윤……정 씨?"

예감은 현실이 되었다. 여자와 함께 서 있는 현욱의 모습이 자신이 아는 사람과 달라 보여 낯설게만 느껴졌다. 윤정은 옆의 여자를 한 번 바라봤다. 자신과는 정반대의 여자였다. 여자 키치고 큰 자신과는 다르게 상대 여자는 아담하고 작은 편이었다.

"오빠, 누구야?"

그녀는 커다랗고 동그란 눈으로 현욱을 바라보며 물었다. 여자는 하얀 코트를 입고 있었는데 마치 토끼같이 귀여웠다. 자신과는 모든 것이 달랐다. 애교 있는 여자의 말투도, 작은 몸도, 또 눈웃음치는 그 눈도. 자신과는 전혀 상반된 사람이었다.

현욱은 이 상황이 굉장히 곤란한 듯 보였다. 윤정은 이 상황이 화가 나기보다 그저 허탈했다. 또 한편으로는 안심하는 자신의 모습을 보며 구역질이 밀려올 거 같았다.

"친구……예요."

"아, 그렇구나! 만나서 반갑습니다. 전 한예원이라고 해요."

친구라는 말에 여자는 긴장을 풀고 악의 없이 그녀를 바라봤다.

"네, 반가워요."

"유, 윤정아, 만나서 반가웠어. 다음에 연락해. 가자."

도망치듯 엘리베이터의 오르는 현욱의 뒷모습을 보며 입안이 썼다.

"다음에 오빠하고 함께 밥 한 번 먹어요!"

여자의 악의 없는 웃음에 그녀가 무어라 말할 수 있을까. 난처해하는 현욱의 얼굴도 자신을 측은하게 바라보는 이 남자도 모두 다 싫었다.

"서윤정……."

진혁이 손목을 잡은 손에 힘을 주며 윤정을 품에 안았다. 그녀는 이 상황이 싫었다. 아니, 이 모든 것이 싫었다. 어쩌다가 자신이 이 지경까지 왔는지 도무지 이해가 되질 않았다. 그의 등장 하나로 다 꼬여 버렸다.

예정대로라면 그녀는 현욱과 결혼할 사이였다. 사랑이 있고 없고를 떠나 그와 그녀는 결혼을 목적으로 만난 사이였다. 헌데 자신의 눈앞에서 벌어진 이 일은 도무지 설명하기가 힘들었다. 그럼에도 그녀는 안심하고 있었다. 오히려 현욱이 이 관계를 끊어 내 줘서.

윤정은 진혁의 가슴팍을 힘껏 밀쳤다. 측은하게 자신을 바라보는 이 남자의 오만한 눈빛이 싫었다. 내가 왜 불쌍하지? 나는 전혀 불쌍하지 않았다.

"불쌍해 보여요? 내가?"

윤정은 날카롭게 그에게 내뱉었다.

"동정하지 말아요! 이게 다 당신 때문이에요! 어째서! 내가 어째서!"

윤정은 진혁의 가슴팍을 두 주먹으로 때리며 소리쳤다. 이게다 이 사람 때문이었다. 그만 나타나지 않았다면, 이 사람만 자신의 앞에 나타나지 않았다면, 모두 다 제자리일 것이다. 이런 광경을 목격하지 않았을 것이며, 현욱과 결혼을 했을 것이다. 분명 그랬을 것이다. 그가 등장하면서 자신의 계획들이 완전히 어그러졌다.

"당신만 없었더라면! 당신이 날 이렇게 만들지 않았더라면! 이렇게까지 오지 않았어요! 이게 다 당신 때문이에요!"

있는 힘껏 진혁의 가슴팍을 쳤다. 그가 미웠다. 자신 앞에 나타난 순간부터 그가 미웠다. 아니, 자신을 떠난 그 순간부터 그가 미웠다. 격렬해진 감정 때문이었는지 언제부턴가 윤정의 눈에서 눈물이 흘러나왔다. 누구보다 남 앞에서 우는 것을 싫어하는 윤정이었다.

조용히 주먹을 맞아 주던 그가 윤정의 양손을 잡았다. 시리도록 차가운 그의 눈동자와 눈이 마주쳤을 때, 온몸에 두려움이 엄습했다. 검게 내려앉은 그의 눈 속에 비친 자신은 추악함 그 자체였다.

"네 의지는 조금도 없이 다 나 때문이란 소리군. 안 그래?"

그의 목소리는 소름 끼칠 정도로 차분했다.

"이거 참 실망인데? 미안하지만 난 자기 의지 하나 갖지 않은 여자한테 흥미를 둘 만큼 한가한 사람이 아니야."

그는 윤정의 손을 냉정하게 뿌리치며 자신의 품 안에서 지갑을 꺼냈다. 그리고 종이 뭉치를 그녀의 앞에 던졌다. 윤정은 망연자실한 눈으로 자신의 앞에 뿌려진 종이들을 바라봤다. 뭐야, 뭐가 어떻게 된 거지? 그의 확인 사살에 윤정의 머릿속은 새하얗게 변했다. 온몸이 떨렸다. 이것이 한기 때문인지 아니면 냉정한 그의 눈빛 때문인지는 잘 몰랐다.

"나와 놀았던 대가야. 앞으로 볼 일 없었으면 좋겠군."

그는 뒤도 돌아보지 않고 그녀를 떠났다. 마치 20살의 그날처럼 그는 냉정하게 떠났다. 윤정은 빨개진 눈으로 그가 떠나가는 것을 지켜봤다.

모두 다 떠났다. 현욱도, 진혁도. 자신을 두고 모두 다 떠났다. 현욱이 떠났다는 사실보다 그가 자신에게 등을 보였다는 사실이 더 슬펐다.

가슴속이 날카로운 칼로 난도질하듯 쑤시고 아팠다. 윤정은 주체할 수 없는 감정을 추스르지 못한 채 가슴을 쥐어뜯으며 그 자리에서 오열했다.

"으으…… . 으으읍…… ."

나는 혼자였다.

윤정은 침대 한 귀퉁이에 기댄 채 몸을 웅크렸다. 밤새 울었다. 떠오르는 태양이 미치도록 눈부시게 방 안 창문을 두드렸다. 그 햇살이 싫어 윤정은 무릎에 얼굴을 파묻었다. 진혁의 경멸 어린 시선과 신랄한 말들이 머릿속을 배회했다.

그녀는 그가 자신을 위로해 주길 바랐다. 자신의 상처를 보듬어 주고 자신을 이해해 주길 바랐다. 하지만 돌아오는 것은 경멸 어린 그의 시선이었다.

그녀는 자신의 발치 앞에 놓인 수표 뭉치를 바라봤다. 짓밟힌 자존심보다 찢겨져 버린 자신의 마음이 더 쓰리고 아팠다.

"윤정아, 무슨 일이야? 어디가 아파? 약이라도 먹고 자."

잠긴 방문을 열지 않았다. 몸살이 온 듯 팔다리가 쑤시고 에이듯 아팠다. 하지만 약을 먹고 싶지 않았다. 타인과 대면하고 싶지도 않았다. 자신의 유일한 공간에서 그저 다 잊고 누워만 있고 싶었다.

생각하고 또 생각해도 답이 내려지질 않는다. 그에게 어느 순간 다른 것을 기대한 것일지도 모르겠다. 어째서 그런 기대를 했는지 윤정 스스로도 납득이 되질 않았다. 그는 처음부터 그런 사람이었는데…… .

— 윤정 씨, 무슨 일이야! 연락도 없고 회사도 안 나오고…… .

많이 아픈 거야?

전 대리였다. 윤정은 무심결에 받은 전화에서 흘러나오는 다정한 전 대리에 목소리에 목구멍에 뜨거운 것이 울컥 치밀어 올랐다.

"몸이 조금 안 좋았어요……."

— 그래? 많이 아파? 약은 먹었어?

자신을 걱정하는 전 대리에게 미안했다.

"네……. 전 대리님, 저 아무래도 회사…… 그만둬야 할 거 같아요……."

— 갑자기 무슨 말이야! 윤정 씨 몸이 안 좋은 건 아는데 이렇게 무책임하게 그만둘 사람 아니잖아, 자기. 그치? 우선 내일 나와서 얘기하자. 사장님께도 내가 잘 얘기해 놓을게. 그러니까 오늘은 푹 쉬어.

윤정이 덧붙여 무어라 말을 하기도 전에 전 대리는 전화를 끊어 버렸다. 더 이상 진혁에 대해, 회사에 대해 생각하고 싶지 않았다. 아니, 그만 다 놓아 버리고만 싶었다. 아마 그를 보지 않으면 더 힘들지도 모르겠다. 그에게 닿는 자신의 마음을 인정하긴 싫지만 어느 정도 인정해야만 했다.

밤새도록 운 덕분인지 눈이 묵직해 스르륵 감겼다. 머릿속은 여전히 혼란스럽고 심장은 찢기듯 아파 왔지만 최소한 잠은 들 수 있었다. 윤정은 침대에 미끄러지듯 누워 눈을 감았다.

윤정은 그날 하루 종일 방 안에 틀어박혀 잠을 잤다. 먹지도 듣지도 말하지도 않고 오로지 문을 걸어 잠그고 잠을 잤다. 걱정하는 엄마의 목소리도 다 듣고 싶지 않았다. 자신 혼자만 남았으면 좋겠다고 생각했다. 이대로 훌쩍 어디론가 떠나 버릴까. 여러가지 생각들이 어지럽게 교차되었다.

윤정은 자신의 맨얼굴을 바라봤다. 항상 화장이라는 가면 속에서 가려져 있던 자신의 얼굴은 이미 30이라는 세월을 알리고 있었다. 20대의 깨끗했던 피부 대신 기미와 잡티 그리고 눈가의 주름을 남겼다.

그녀는 화장을 하지 않고 항상 깔끔하게 묶었던 머리를 풀었다. 거기다 주름이라곤 작은 것 하나 허용하지 않던 정장 대신 캐주얼한 청바지에 긴 니트 티를 입고 목도리를 둘렀다. 거울 안의 자신의 모습이 낯설게만 느껴졌다.

"너…… 꼴이……. 그리고 회사 가는 거야?"

평소 출근 시간보다 한 시간 앞당겨진 시간이었다. 우선 회사에 가서 사직서도 제출해야 했고, 자신의 낡은 경차도 가져와야 했다.

"아니, 엄마 나 회사 그만둘 거예요."

"왜 갑자기!"

엄마의 이런 반응 정도는 예상한 일이었다. 나이가 서른이 다되어 가는 딸이 몇 년씩 잘 다니던 직장을 그만둔다면 어느 부모가 그것을 이해하려고 들까.

"그럴 만한 사정이 있어요."

"얘가 갑자기 왜 이래. 얘기를 제대로 해 봐!"

"다녀올게요."

윤정은 더 이상 말을 듣고 싶지 않았다. 엄마의 입에서 어떤 이야기가 나올지 뻔했기 때문이었다. 사회 생활이 다 그런 거야. 거기보다 더한 데도 많을걸? 나가면 다 똑같아, 등등의 이야기를 예상할 수 있었다.

윤정도 그 사실을 모르지 않았다. 하지만 지금은 전혀 다른 상황이었다. 진혁을 마주할 용기가 그녀에겐 없었다. 그리고 그가 미치도록 밉고 싫었다. 최소한 그는 자신을 이해해 줄 거라 어리석은 착각을 했었나 보다.

회사는 고요했다. 건물 자체가 이제 막 잠에서 깬 것 같았다. 조용한 분위기는 익숙했다. 항상 일찍 오는 진혁 때문에 평소 출근 시간보다는 약간 더 일찍 출근했기 때문이다. 사원증을 메고 윤정은 엘리베이터에 올랐다. 어차피 아무도 없는 회사일 게 분명했다. 조용히 사직서를 그의 책상 위에 놓고 자신의 물건을 챙겨 오면 그만이었다.

윤정은 아무도 없는 사무실을 확인하자 조금은 안심이 되었다. 진혁과도 만나고 싶지 않았지만 전 대리와도 만나고 싶지 않았다. 그동안 자신을 살뜰하게 보살펴 준 언니 같은 전 대리에게 자신이 무어라 말할 수 있을까.

순간 시야가 뿌옇게 변했다. 아무렇지 않게 엄마에게 당당하게 말하고 나왔지만 아무렇지 않을 수가 없었다. 현욱의 바람보다도, 진혁의 냉정한 말이 그녀에겐 큰 상처였다. 가슴속이 까맣게 타들어 가고, 커다란 응어리가 질 정도로 가슴 아팠다. 윤정은 숨을 크게 들이마셨다. 그리고 조심스럽게 손잡이를 손으로 돌렸다.

"아……."

반쯤 열린 문을 타고 익숙한 모습을 발견했을 때 목구멍에서부터 뜨거운 것이 울컥하고 치밀어 올랐다. 심장이 거세게 두방망이질 쳤다. 아렸다. 시린 그날의 기억 따윈 잊어버리려고 했다. 20살의 자신도, 그리고 지금의 자신도, 저 남자의 기억 따윈 모두 없애 버리려고 했다. 쿵, 쿵, 알 수 없는 소리가 귓가를 울렸다.

윤정은 무연히 그를 바라봤다. 올곧게 앉아 있는 그의 모습은 언제나 그랬듯 변한 것이 없었다. 자신을 바라보는 경멸 어린 시선까지도. 그는 자신이 아파하든, 자신에게 상처를 주든, 아무 상관이 없는 사람이었다.

완벽하게 증명된 타인이란 단어가 그녀의 가슴에 커다란 생채기를 남겼다. 그에게 자신은 아주 자그마한 영향도 못 미치는 존재였다. 이미 알고 있었던 것에 새삼 놀라는 자신을 실컷 비웃어 주자 했다.

도대체 뭘 기대한 거야.

"언제까지 서 있을 거지?"

지나칠 정도로 차분한 그의 목소리가 듣고 싶지 않았다. 윤정은 무너지지 않기 위해 안간힘을 쓰며 입술을 꽉 깨물었다. 손에 쥔 하얀 봉투의 형체가 조금씩 일그러졌다.

"사직서입니다."

윤정은 그의 책상에 하얀 봉투를 올려놓았다.

"여전히 너는 형편없군."

건조한 그의 말은 약간의 한탄을 담고 있었다. 그가 한탄한다? 웃기는 소리였다. 아마 그녀가 이 자리에서 죽는다고 난리를 친다 해도 눈 하나 깜짝할 사람이 아니었다. 아니, 회사 이미지 때문에 조금은 신경 쓰려나? 하지만 딱 거기까지일 것이다.

"이 사직서에 네 의지가 조금이라도 담겨 있는지 궁금하군. 아니면 그저 도망칠 회피 용도로 삼는 건가? 하긴 그게 더 서윤정으로선 그럴듯한 선택이겠군."

윤정은 눈을 슬며시 감았다. 이 남자의 모욕적인 말을 어디까지 참아야 할까. 파르르 떨리는 눈을 천천히 떴다.

"칭찬으로 받아들이겠습니다."

"좋을 대로."

윤정은 가방 안에서 두툼한 하얀 봉투를 그 앞에 내려놓았다.

"그동안 감사했습니다. 그리고 이건……."

자신의 지갑을 열어 10만 원 권 수표 몇 장과 몇 개 남지 않은 지폐를 꺼내어 그 앞에 꺼내어 놓았다.

"놀았던 대가예요. 즐긴 건 당신이 아니라 나였어요. 당신은 최대한 날 만족시켜 줬으니까요. 그럼 안녕히 계세요."

허리를 꼿꼿하게 폈다. 조금이라도 흠을 잡히지 않기 위해, 그리고 당당하게 보이기 위해 애썼다. 진혁의 입가에 순간 즐거운 미소가 지어졌다. 마치 그녀의 도발을 철저히 즐기며 음미하듯 그는 만족스러워 보였다.

"제법 이제 할퀼 줄도 아는군."

윤정은 무슨 소리냐는 듯 건조한 시선으로 그를 바라봤다. 그는 느긋하게 자리에서 일어나 책상 위에 놓인 사직서를 찢었다.

"무슨 짓이에요!"

그의 도발에 넘어가지 않을 작정이었다. 그가 무슨 짓을 한다 해도, 조금의 흔들림도 보이지 않을 작정이었다. 하지만 결국 그에게 무너진 것은 윤정이었다. 그는 천천히 그녀에게 다가와 집게손으로 그녀의 턱을 들어 자신을 보게 만들었다. 그의 자신만만한 태도가 진저리 쳐질 정도로 싫었다. 저 오만한 눈이 무섭도록 싫었다.

"미안하지만 끝은 네가 아니라 내가 정해."

윤정의 입가에 실소가 흘렀다.

"지금 나랑 다시 놀기라도 하겠다는 거예요?"

"지금의 너는 놔주고 싶지 않거든. 이건 없던 일로 하지."

그의 손안에서 뿌려지는 하얀 종이들이 바닥으로 흩뿌려졌다.

"미친 새끼."

이 남자는 항상 이런 식이었다. 자신을 쥐고 흔들고, 어디까지 자신을 추락시켜야 속이 풀리는지 알지 못했다. 정신이 몽롱해졌다. 밤새 운 탓이기도 했고 밤새 앓은 탓이기도 했다. 거기다 저 남자의 도발에 넘어가기까지 했으니 윤정의 몸이 버텨 내기엔 무리가 있었다. 윤정은 비틀거리지 않기 위해 책상 끄트머리를 잡으며 똑바로 섰다.

드르륵드르륵, 그녀의 주머니에서 울리는 휴대폰 소리에 팽팽한 긴장감이 깨졌다.

"받지그래?"

윤정은 휴대폰 발신인 때문에 머리가 지끈거리는 것이 느껴졌다. 어째서 자신에게만 이런 일들이 일어나는 것일까. 그녀는 남들처럼 평범한 연애가 하고 싶었을 뿐이다. 윤정은 입술을 꾹 깨물며 전화를 받았다.

"여보세요."

— 윤정 씨, 그동안 전화도 안 받고 해서 얼마나 걱정했다구요.

걱정? 윤정의 입가에 실소가 지어졌다. 자신의 앞에 있는 이 남자도, 자신을 걱정했다고 가식을 떠는 이 남자도 실상은 다를 것이 하나도 없었다.

— 우리 만나서 얘기해요. 내가 다 설명해 줄게요.

"할 말 그날 다 끝난 거 아니었어요?"

— 아니에요! 난 아직 끝나지 않았어요. 시간 오래 뺏지 않을 게요. 어디서 볼까요? 네? 윤정 씨…….

"좋아요, 만나죠. 점심시간 때 근처로 갈게요."

— 네, 알았어요.

마치 그녀가 현욱의 사과를 받아 준 것처럼 그는 해맑게 말했다. 현욱 역시도 윤정이 쉬웠나 보다. 이 정도로 그녀가 용서를 해 줬다고 믿는 것을 보면.

"미련? 아니면 연민?"

그는 책상에 기대 삐뚜름한 자세로 그녀를 바라봤다.

"당신이 신경 쓸 문제는 아닌 거 같네요. 더 이상 할 말 없으면 이만 갈게요."

윤정은 최대한 날카롭게 말했다. 그와 자신이 완벽한 타인임을 보여 주기 위해서. 그는 다행히도 그녀를 잡지 않았다. 속으로 안도해야만 하는데 어쩐지 마음이 싸해졌다. 그 이유에 대해 깊게 생각하지 않았다. 아니, 생각하지 않을 것이다. 윤정은 그렇게 그와의 관계도 정리됐다고 생각했다.

윤정은 집으로 돌아가지 않았다. 추운 날씨 속에서 공원을 거닐었고, 또 24시간 영업을 하는 커피숍에 앉아 가만히 지나가는 사람들을 바라보기도 했다. 그동안 여유를 부릴 시간이 없어 앞만 보고 달려왔다. 하지만 지금 이것이 진정한 여유인지는 잘 생각해 보지 않았다. 오랜만에 갖는 여유치고는 윤정의 마음은 참

초조했다.

"윤정 씨!"

자신을 보고 환하게 웃으며 달려오는 현욱이 참 불쌍해 보였다. 어쩌다 저 사람과 자신이 여기까지 왔을까. 어쩌면 자신에게 일말의 책임이 있지는 않을까, 마음이 착잡해졌다.

"윤정 씨, 어디 아팠어요? 이틀 사이에 얼굴이 많이 야위었어."

현욱의 걱정하는 말이 듣고 싶지 않았다. 아니, 그녀도 똑같은 사람이었다. 현욱을 나무랄 만한 자격은 그녀에게 주어지지 않았다. 최소한 그녀의 양심이 말하고 있었다. 현욱과 그녀는 서로를 기만하고 서로를 사랑하지 않았을 뿐이다.

"할 말이 뭐예요?"

현욱은 밝게 웃던 얼굴을 지우며 고개를 떨궜다.

"윤정 씨, 전 윤정 씨를 사랑해요."

윤정은 건조하게 현욱을 바라봤다. 사랑이라는 단어는 그들 사이에 처음부터 존재하지 않았던 단어였다. 지금의 윤정과 진혁처럼.

"예원이는 어려서부터 친했던 여자애고, 그러니까 윤정 씨를 만나기 전까진 그 여자랑 결혼하려 했어요. 하지만 집안의 반대에 부딪혀서 홧김에 선을 봐서 만난 사람이 윤정 씨였어요. 그런데 윤정 씨를 만나다 보니 윤정 씨는 좋은 여자였고, 충분히 호감 갈 만한 여자였어요. 그러다 윤정 씨에 대한 내 마음이 너무 커졌어요. 밝혀야지 밝혀야지 했는데 윤정 씨한테 차마 말할 엄두가 나지 않았어요. 미안해요……. 그래도 난 윤정 씨를 사랑해요. 이것만은 진심이에요."

현욱은 테이블 위에 있는 윤정의 손을 거머쥐며 애원하듯 말했다.

"그럼 그 여자 버리고 나에게 올 수 있어요?"

"네?"

눈물까지 떨구며 애원하던 현욱이 윤정의 말에 짐짓 놀란 표정을 지었다. 윤정이 해 줄 수 있는 것은 여기까지였다. 그 오래 만난 여자에게로 이만 돌아가라고. 방해꾼은 그 여자가 아닌 그녀였다. 이 못난 남자가 그것을 빨리 깨닫길 바랄 뿐이었다.

그리고 윤정도 인정하기 싫어 외면했던 마음을 점점 깨닫고 있었다. 결국 현욱을 사랑할 수 없었던 이유는 진혁의 등장이 아닌, 그에 대한 마음이 여전히 이어져 왔었기 때문이었다. 윤정은 허탈한 웃음을 지었다.

"미안해요. 나는 당신을 사랑하지 않아요. 이건 다 내 이기심이 불러온 결과예요. 당신과 결혼을 하고 싶었어요. 당신은 다정한 남자였으니까, 결혼하면 나쁘지 않겠다 생각했었어요. 근데 딱 거기까지였어요. 당신을 사랑하지도 않고, 또 당신 역시 날 사랑하지 않는다고 생각했어요. 평생의 동반자로, 또 파트너로 살아가면 된다고 생각했어요. 근데 그게 아니었어요. 배신한 건 당신뿐이 아니었어요. 나 역시 다른 사람을…… 사랑하고 있어요. 나는 당신이 당신을 사랑해 주는 그 여자에게 돌아가서 행복했으면 좋겠어요. 미안해요. 당신 사랑을 방해해서. 그리고 당신을 사랑하지 못해서."

"윤정 씨……."

"당신을 사랑하지 않았을 뿐 당신은 저에게 꽤 좋은 남자였어요. 결혼 미리 축하해요."

그를 사랑하고 싶었다. 분명 그랬다. 하지만 사랑을 하고 싶다는 생각과 마음이 가는 것이 전혀 다르다는 것을 이제야 알았다. 어쩌면 여지껏 그녀가 사랑이라고 믿었던 것들도 모두 다 거짓이었는지도 모르겠다. 그 때문에 자신의 마음이 송두리째 흔들렸다고 생각하지 않는다. 단지 시기가 맞았을 뿐. 아마 이렇지 않았더라도 현욱과 그녀는 끝이 났었을 것이다. 어떤 식으로든.

현욱을 뒤로한 채 카페를 나왔다. 그동안 느꼈던 죄책감들을 그녀의 마음속에서 온전히 밀어냈다. 현욱을 잃었다는 상실감보다 홀가분한 감정들이 그녀를 차지했다. 현욱과의 인연은 완벽하게 끝이 났다.

"여긴…… 어떻게……."

카페 문 앞에 기댄 채 서 있는 그의 모습에 윤정은 화가 나면서 한편으로 안심이 되었다. 이런 못난 꼴을 보여 주었다는 불쾌한 생각들과, 그의 품에 안겨 자신의 한심함을 낱낱이 이야기하고 싶은 두 가지 생각들이 공존했다.

"왜 왔죠? 내가 불쌍해지기라도 한 건가요? 아니면 하찮은 남자에게 차이는 내 꼴을 비웃어 주려고 온 건가요?"

윤정이 자신의 생각들을 숨기며 부러 더 퉁명스럽게 말했다. 도대체 저 남자의 마음을 모르겠다. 한 발짝 물러서면 그는 한 발짝 다가오고 한 발짝 다가서면 그는 한 발짝 물러섰다. 도대체 자신에게 어쩌라는 말인가.

윤정은 양 뺨에 흐르는 눈물을 손으로 거칠게 닦았다. 이건 아파서 우는 게 아니었다. 창피하고 자존심이 상해서 우는 것이었다.

"당신이 도대체 나에게 원하는 게 뭔지 난 모르겠어. 나는 당신을 이해할 수 없어……. 결국 당신도 다른 남자들과 똑같잖아! 당신은 다르다고 말하는 거야?"

윤정은 그의 가슴팍을 두 주먹으로 밀며 그에게서 떨어지려고 했다. 하지만 그는 윤정의 한쪽 손목을 아릴 정도로 더 꽉 잡을 뿐 그녀를 놓아주지 않았다.

"지금 나에게 원하는 게 뭐지? 네 스스로에게 한번 물어봐."

"나는……."

그에게 원하는 것? 윤정은 빨개진 눈으로 그를 올려다봤다. 그의 냉정한 말이 위로로 와 닿는 이유가 무엇일까. 따스한 눈빛, 위로의 말조차 없는데, 어째서 다른 사람들의 위로보다 더 가슴 깊이 와 닿는 이유가 무엇일까. 윤정은 머뭇거렸다.

"나는……."

그의 눈빛은 여전히 윤정에게 머물러 있었다. 참았던 눈물이 왈칵 쏟아져 내렸다. 모든 것이 와르르 무너진 듯, 지탱하기가 힘이 들었다.

"나는…… 당신이 날 위로해 주었으면 좋겠어요. 날…… 이해해 줬으면 좋겠어요."

최소한 그가 자신을 이해하지 못하더라도 위로를 해 줬으면 했다. 항상 그랬다. 처음 그를 다시 만난 그 순간부터 어쩌면 그것을 원했는지도 몰랐다. 자신의 20살에 상처 난 마음을 어루만져 주고 보듬어 주길 바랐는지도 모르겠다.

진혁은 웃음기가 섞인 다정한 눈으로 윤정을 바라봤다.

"처음으로 솔직하게 말하는군. 이리 와."

윤정은 팔을 벌린 진혁의 품에 다가가 안겼다. 그의 입술이 그녀의 입술에 닿고, 조심스럽게 입을 맞췄다. 마치 어린 날의 첫 키스처럼 부드러웠고, 따스했다.

그가 자신을 사랑한다고 생각하지 않는다. 자신을 동정하는지도 모르겠다. 하지만 열정적인 키스를 받으며 지금 이 순간만은 아무것도 상관없다고 생각했다.

5
인정하는 여자

진혁의 입술이 윤정의 뺨에 닿았다. 가볍게 입을 맞추는 것보다 그는 약간 더 농도 짙은 키스를 좋아했다. 혀가 뺨을 쓸고 귓불을 잘근 씹었다. 야릇한 쾌감이 온몸으로 파고들었다. 마치 그에게 맞춰지기라도 하듯 그의 손길 하나하나에 민감해졌다.

이제는 완벽히 인정할 수밖에 없었다. 자신은 이 남자를 사랑했다. 어렸던 그날도, 지금도, 여태까지 계속. 그가 나타나지 않았더라면 그저 잊고 살 추억이었을 테지만 그가 나타난 지금 자신의 마음이 확실히 갈피가 잡혔다.

적은 수의 연애 속에서 그 사람들을 사랑했을까, 라는 의문을 품었다. 그때 당시엔 정말 사랑했다고 느꼈다. 하지만 그 사람들을 만나는 동안 몸에 맞지 않는 옷을 입은 듯 불편했었다. 섹스를 원하는 남자들의 요구는 윤정을 더 피폐하게 만들었다. 그리고 사랑이 떠나갈 때 남긴 상처들은 윤정을 궁지로 내몰았고, 자기 자신을 웅크리게 하는 결과를 낳았다.

윤정이 사랑했던 그들은 그녀와는 정반대의 사람이었다. 성격, 행동, 그리고 사교성 좋은 입담까지. 어쩌면 그것은 사랑이 아니라 동경이었을지도 모르겠다. 자신이 갖지 못한 것에 대한 질투.

그들이 자신에게 어떻게 대했어도 멀리서 보면 대부분 그랬다. 벽을 쌓아 놓고 사람을 대하던 자신과는 다른 사람들이었다. 헤어졌던 현욱도 마찬가지였다. 그 사람을 만났을 때, 그의 다정한 미소가 좋았다. 견고하게 만들어진 자신의 벽도 단숨에 허물어 버릴 수 있는 그 미소를.

진혁이 귓불을 이로 깨물며 그녀의 가슴을 뭉그러뜨리듯 만졌다. 성감대가 제일 충만한 그곳에서 퍼지는 야릇한 쾌감은 허벅지 안 깊은 곳까지 퍼져 나갔다. 빳빳하게 곤두선 유두를 이로 깨물고 반대 손으로 꼬집듯 어루만졌다.

"하아……."

이 남자의 손길이 좋았다. 그가 자신을 어떻게 바라보든, 자신을 어떤 마음으로 만나든, 그저 지금은 이 남자가 좋았다.

윤정은 그의 맨가슴을 어루만지며 쾌락에 들뜬 신음을 했다. 진혁이 윤정의 입술에 농도 짙은 키스를 하며 손으로 허벅지를 매만졌다. 그리고 자신의 하체를 은밀한 곳에 밀착시켰다. 잔뜩 성이 나 버린 그의 분신이 허벅지에서 느껴지자, 온몸이 극도로

떨렸다. 마치 이 다음 쾌감을 알고 있기라도 하듯 자잘한 소름이
돋았다.

그의 손가락이 클리토리스를 문지르며 질퍽해진 여성 안으로
침입했다.

"윽……."

두 손가락으로 여성을 벌리듯 깊게 들어왔다가 천천히 빠져나
갔다. 촉촉하게 젖어 있는 여성 안은 낯선 이물질을 반기며 더 꽉
조였다. 진혁의 입술이 귓바퀴를 훑으며 귓불을 슬쩍 깨물었다.

"하아…… 하아……."

그의 손이 깊이 들어올수록 윤정의 온몸이 파르르 떨렸다. 윤
정은 저도 모르게 그의 하체에 몸을 붙이며 신음을 흘렸다. 그의
입술이 배꼽 위에 입을 맞추며 천천히 아래로 내려갔다. 손가락
이 깊게 파고들며 혀끝이 클리토리스를 자극했다.

"아악!"

윤정이 몸을 뒤틀었다. 클리토리스를 입술로 문지르고 혀끝으
로 훑으며 손가락이 계속해서 움직였다. 척추부터 짜릿한 희열이
온몸을 관통했다.

"이제 제발……."

윤정은 파르르 전율했다. 이제 그만 그를 받아들이고 싶었다.
하지만 이렇게 끝낼 남자가 아니었다. 그는 악마였으니까. 거칠
게 움직이던 손을 빼내고 그곳을 훑았다.

"진혁 씨…… 제발……."

그녀가 그의 머리를 밀며 엉덩이를 들썩여 봤지만 속수무책이었다. 뜨거운 입술이 그녀의 여린 여성을 마음껏 음미하며 혀로 핥아 빨아들였다. 몸에서 열기가 후끈하게 느껴지고 예민한 살이 들썩이며 움직였다. 이제 그녀가 원하는 것은 이것이 아니었다. 그러나 그는 그녀가 절정 직전의 오르기까지 항상 기다렸다.

"아악! 진혁 씨!"

절규하는 목소리에 그녀를 고문하듯 몰아붙인 입술이 떼어졌다. 열기가 빠진 여성에서 자잘한 파동이 일어났다.

"하아…… 하아……."

윤정이 가쁜 숨을 몰아쉬며 애원하는 눈빛으로 그를 바라봤다. 그는 항상 그녀를 끝까지 몰아붙여야 직성이 풀렸다.

"네 몸은 항상 솔직하지. 마음에 들어."

진혁은 끈적하게 묻은 애액을 손가락으로 쓸어 혀끝으로 핥았다. 윤정을 바라보는 그의 눈빛은 지나칠 정도로 뇌쇄적이었다. 그는 윤정의 엉덩이를 두 손으로 힘껏 주무르며 하체에 밀착시켜 사냥감을 음미하는 짐승처럼 그녀의 몸 안으로 파고들었다. 윤정의 다리를 그의 허리에 감싸고 가뿐하게 그녀를 들어 올리며 그르릉 포효했다.

"으윽……."

여성 안으로 깊게 돌진하며 윤정의 허리가 활처럼 휘었다. 그녀는 떨어지지 않기 위해 그의 몸에 필사적으로 매달렸다. 그의 허벅지가 그녀를 받치며 그의 위에 올라간 모습이 되어 버렸다.

"아하……. 아하……."

몸 안 깊숙이 들어오는 쾌감에 윤정은 정신이 몽롱해졌다. 그의 등을 팔로 감싸 안으며 조금 더 그를 느끼려는 듯 하체를 밀착시켰다.

그의 남성이 몸을 빠져나갔다 이번엔 더 깊숙이 파고들며 그녀의 입술에 입을 맞췄다. 아랫입술을 혀로 핥고 입안을 송두리째 핥았다. 입술이 떼어진 자리엔 타액이 실처럼 길게 늘어졌다. 아래에서 느껴지는 충족된 쾌감에 윤정은 정신을 잃을 것만 같았다.

그녀의 몸이 차가운 시트 위에 닿고 다리가 그의 어깨 위에 걸쳐졌다. 갑자기 바뀐 자세에 윤정의 몸이 뒤틀렸다. 여전히 질척하게 맞물린 아랫도리와 그의 손에서 뭉개지듯 매만져지는 엉덩이의 느낌이 참으로 생경했다. 몇 번이고 맺은 관계임에도 이 느낌은 적응할 수가 없었다.

윤정은 아랫입술을 깨물며 시트 자락을 한 손으로 움켜쥐었다. 점점 정신이 몽롱해졌다. 그는 그녀의 뒤로 움직여 그녀의 한쪽 다리를 팔로 잡았다. 뒤에서 들어오는 그의 움직임에 윤정이 진저리쳤다. 한껏 벌어진 다리가 쓰리고 아팠고 뒤에서 겹쳐진 그의 남성이 더 크게 느껴졌다.

"아앗……."

그녀의 신음 소리를 막듯 그가 입술을 겹쳐 왔다. 그녀의 가습을 밀가루반죽처럼 뭉그러트리며 그는 격렬하게 몸을 맞부딪혀 왔다. 윤정은 시트 자락을 움켜쥐며 머리를 도리질 쳤다. 그가 주는 고통스러운 쾌감이 싫지 않았다. 아니, 오히려 좋았다. 구름 위를 날듯 아랫도리에서 느껴지는 질척한 쾌감은 그녀의 생각 자체를 마비시켰다.

"진혁 씨……."

유일하게 그의 이름을 부르고 그의 입술에 입을 맞추고 사랑을 받아들이는 이 시간이 좋았다. 그가 주는 고통이, 그리고 쾌감은 기쁘게만 다가왔다.

전진과 후퇴가 이어지던 그의 몸이 멈추며 그녀의 몸 안에서 뜨겁게 분출했다.

"하아……. 하아……."

그는 콘돔을 빼 바닥으로 던지고 윤정의 몸을 감싸며 침대 옆으로 누웠다. 손 하나 까딱할 기운이 없었다. 그의 품에 안겨 윤정은 숨을 헐떡였다.

다정하게 자신의 등을 어루만져 주는 손이 좋았다. 섹스 후에 자신의 이마에 키스해 주는 저 입술이 좋았다. 윤정은 땀방울이 흘러내리는 그의 얼굴을 만져 보고 싶었다. 하지만 용기가 나질 않는다. 그에게 다가갈 용기가…….

진혁의 얼굴을 만지는 대신 윤정은 그의 품에 파고들며 조용히 눈을 감았다. 그의 살 내음을 느끼면서…….

흩어졌던 퍼즐들이 제자리로 돌아가듯 그녀도 일상 속으로 돌아왔다. 처음으로 진혁과 아침을 맞이한 날이었다. 쭈뼛거리며 어색해하는 그녀와는 달리 그는 능숙한 손길로 그녀를 잡아끌었다.

말을 하지 않았다. 그는 긴 말을 좋아하는 사람이 아니었으니까. 하지만 느낌으로 내 자리가 비어 있다는 것쯤을 알 수 있었다. 그는 부드럽게 그녀의 입술에 입을 맞추고 같이 출근을 했다.

그가 자신을 사랑하지 않는 것쯤이야 알고 있었다. 하지만 아침을 함께 맞이하면서 자신도 모르게 약간의 욕심이 생겨났다. 윤정은 그것을 비웃었다. 그는 누구를 사랑할 사람도 아니었으며, 자신을 사랑할 사람은 더더욱 아니었다.

"윤정 씨! 이제 괜찮아? 괜찮은 거지?"

전 대리가 걱정했다는 듯 윤정의 두 손을 부여잡으며 말했다. 괜히 걱정을 끼친 것 같아 윤정은 전 대리에게 미안했다.

"괜찮아요. 걱정 끼쳐 드려서 죄송해요."

"죄송은 무슨! 우리 사이에. 그래도 윤정 씨, 다음엔 정말 그러면 안 돼. 내가 얼마나 놀랬다고."

"네."

윤정은 슬쩍 미소를 지으며 닫힌 사장실 문을 무연히 바라봤다. 방금까지 함께 있었어도, 그는 여전히 먼 사람이었다. 손에 쥐려고 하면 튕겨지는 작은 공처럼 멀리 더 멀리 가 버리고, 감히 갖고 싶어도 욕심 낼 수도 없는 그런 사람이었다.

"참. 윤정 씨, 이번 주 금요일 날 제주도 출장 있어. 이 실장 님도 동행할 거고. 윤정 씨한테는 좋은 기회가 될 거야. 저번의 사장은…… 말 안 해도 알잖아."

전의 상사의 출장은 말 그대로 밀월여행이었다. 그곳에서 일을 잘 처리하고 오는지 알 수는 없었지만 자신의 불륜 애인과 가는 여행 코스 중 하나였다. 덕분에 보스의 출장을 따라갈 이유가 없었다.

자신의 감정을 인정하고 보니 생각보다 마음이 편했다. 끝끝 내 부인하고, 그를 밀어내고, 자신의 마음을 부정하는 일이 얼마나 고통스러운 일인지 알았다. 그를 할퀴는 것이 아니라 그것은 결국 부메랑처럼 되돌아오는 자신의 고통이었다.

윤정은 자리에 앉아 쉬는 동안 쌓인 일들을 처리했다. 자신이 없는 동안 전 대리 혼자 이 많은 일들을 했을 것을 생각하니 그 녀에게 미안하다는 생각만 들었다.

"윤정 씨, 스케줄 정리해 놓은 거 사장님께 좀 가져다줄래요? 다음 주 스케줄이에요. 여기 성우건설 대표와의 만남 지시하신 대로 잡아 놨다고도 전해 주고."

"네."

윤정은 탕비실에서 그가 평소 즐겨 먹는 유기농 쿠키 몇 개와 에스프레소를 쟁반에 담았다. 그리고 조심스럽게 사장실 문을 두드렸다.

"들어와요."

그녀는 알록달록 보기 쉽게 만든 스케줄 표를 고쳐 쥐며 안으로 들어섰다. 요즘 리조트 건축 때문에 많이 바쁜지, 그는 업무에 한창이었다.

"이거 다음 주 스케줄입니다. 그리고 성우건설 대표와의 만남, 목요일로 잡아 뒀습니다."

이 실장이 뽑아 준 제주도 리조트 건 서류를 정신없이 보던 그가 마침내 고개를 들었다. 그는 뻑뻑해진 눈을 집게손으로 누르더니 길게 기지개를 폈다.

그는 비서실에 점심을 먹고 오라는 말 한마디 건넬 때를 제외하곤 사무실에서 나오지 않았다. 윤정은 가져온 쟁반을 그의 책상 귀퉁이에 올렸다.

"식사 안 하신 거 같아서 가져왔습니다."

"별일이군. 네가 내 걱정을 다 해 주고."

그의 얼굴은 피곤한 기색이 역력했다. 어쩐지 그가 안쓰럽다는 마음이 들었다. 하지만 자신이 할 수 있는 걱정은 딱 거기까지였다. 자신의 주제를 넘는 짓 따위는 하지 않을 작정이었다. 그와의 관계를 지속할수록 자신이 피폐해질 것이고 결국 상처받는 것은 자신일 것이다. 하지만 지금 와서 도망치기에도 늦었다.

"이리 와."

쿠키가 든 쟁반을 한쪽으로 밀어 놓으며 그가 윤정의 허리를 감싸고 자신의 쪽으로 끌어당겼다. 얼떨결에 그의 무릎 위에 앉게 된 그녀는 몸 둘 바를 몰랐다.

"회사입니다."

어조는 차분했지만 심장은 거칠게 두방망이질 치고 있었다. 예전처럼 그녀가 자신의 감정을 들켜 그를 떠나게 할 일을 만들고 싶지 않았다.

그녀의 목에 코를 박고 깊게 숨을 마시던 그가 윤정의 뒷머리를 잡고 그녀의 입술을 덮쳤다. 윗입술을 혀로 핥으며 입술을 빨아들였다. 열정적으로 입술을 빨고 핥으며 입안으로 침범했다. 그의 키스가 짙어졌다.

그녀의 양 뺨을 두 손으로 잡으며 그녀의 입술을 모조리 빨아들일 듯 격렬하게 몰아붙였다. 깊숙이 파고드는 혀와 가슴을 움켜쥔 그의 손 때문에 윤정의 허벅지 안쪽이 촉촉하게 젖어 들어갔다. 회사라는 사실도 망각하며 그의 품 안에서 윤정은 녹아들었다.

"하아, 하아……."

떼어진 입술 사이로 타액이 길게 늘어지며 그의 입 위에 번들거렸다. 입술이 번진 그의 모습은 우스꽝스럽기보단 낯설고 신선했다. 그의 눈은 이미 욕망으로 번들거렸다.

스커트 안쪽으로 들어오는 손을 윤정이 애써 잡으며 고개를 저었다.

"회사……입니다."

그는 윤정의 손을 떼어 내며 스커트 안 깊숙이 손을 넣으며 다른 손의 두 손가락을 그녀의 입가로 가져갔다. 윤정은 눈을 휘둥그렇게 떴다.

"빨아."

"저기……."

저항할 틈도 없이 들어오는 두 손가락을 어색하게 빨았다. 그의 숨결이 예민한 목덜미를 간지럽혔다. 알 수 없는 기대감에 얼굴이 홧홧해졌다. 애무하듯 그의 손가락을 이로 물며 혀로 핥자, 알 수 없는 쾌감이 척추부터 짜릿하게 타고 올랐다. 순간 예고도 없이 그의 손이 여성을 움켜쥐듯 만졌다.

"으읏……."

"쉿! 들키고 싶지 않다면."

탁하게 가라앉은 목소리와 반대로 그의 입가에 설핏 미소가 스친 것 같았다. 윤정은 자신도 모르게 그의 손가락을 이로 세게 깨물었다. 그의 손은 클리토리스를 문지르고 골짜기를 누르듯 매만졌다. 꺼끌꺼끌한 천 위로 느껴지는 자극 때문에 윤정의 엉덩이가 들썩였다.

그의 다른 손이 블라우스 위로 그녀의 가슴을 움켜쥐었다. 블라우스를 사이에 두고 유두를 집게손으로 비비듯 꼬집었다. 마찰 때문에 빳빳하게 곤두선 유두가 천에 계속해서 쓸렸다. 그녀의 입에서 자신의 의지와 상관없는 들뜬 신음이 흘러나왔다.

"젖었군. 확실히 네 몸은 솔직해. 너와는 다르게."

그가 귓불을 깨물고 핥으며 말했다. 윤정은 그의 품에서 바르르 떨었다. 심장이 쉴 새 없이 쿵쾅거렸다. 긴장과 쾌감으로 온몸이 달아올랐다.

여성 위를 배회하던 손이 빠져나갔다. 그의 손이 빠져나갔을 때, 다행이라는 생각보다 아쉽다는 생각이 그녀를 강타했다. 저도 모르게 사내를 유혹하는 여자처럼 그를 올려다봤다. 그는 회심의 미소를 지으며 그녀의 여린 목덜미에 입을 맞췄다.

"여긴 네 말대로 회사잖아? 그런 식으로 쳐다보면 곤란하다고."

윤정은 그의 말에 화들짝 놀랐다. 찬물을 흠뻑 맞은 것 같았다. 그의 오만한 웃음에 윤정은 입만 뻥긋거렸다.

"이, 이만 나가 보겠습니다."

도망치다시피 그의 사무실을 빠져나왔다. 다리에 힘이 하나도 없었다. 허벅지 사이는 축축해 찝찝했고, 정신을 바짝 차리지 않으면 이 자리에서 쓰러질 것만 같았다. 가까스로 사장실을 나온 윤정은 쓰러질 듯 자리에 앉았다. 아직도 허벅지 안쪽이 뜨거웠고 얼굴은 그가 줬던 열기로 새빨갛게 달아올라 있었다.

"윤정 씨, 얼굴이 빨개. 아직도 열나는 거 아니야?"

"아, 괜찮아요. 참을 만해요."

윤정은 정말 별일 아니라는 듯 전 대리를 보며 슬쩍 미소를 지었다. 그의 이런 장난이 싫기보다 오히려 묘한 쾌감을 불러일으켰다. 남에게 들킬지도 모른다는 짜릿한 스릴이 그녀의 성욕을 더 부추겼다.

윤정은 음탕한 암고양이 같은 자신의 생각들에 화들짝 놀랐다. 얼마 전까지만 해도 섹스란 그저 불결하고 더러운 행위라고 생각했었다. 남자들이 왜 이 행위를 좋아하는지, 섹스를 하지 못하는 그녀를 떠나가는지 이해도 못 할 일이었다. 모든 걸 바꾸어 놓은 것은 그였다. 윤정은 한숨을 삼켰다. 한심해지는 스스로를 부정하며 다른 생각에 열중했다.

❖　　❖　　❖

윤정은 떠오르는 비행기 안에서 잠이 든 그의 모습을 슬쩍 바라봤다. 비록 옆자리는 아니었지만 건너편에 앉아 있는 그를 관찰할 수는 있었다.

부쩍 많아진 일 탓에 그는 야근하기가 일쑤였다. 그는 자신에게 주어진 일에 대해 불평을 하거나, 투정을 하지 않았다. 그녀와 만나는 것이 정해진 약속은 아니었지만, 자신도 모르게 서운함이 드는 것은 당연했다.

그는 일주일이라는 기간 동안 그녀를 찾지 않았다. 회사에서 잠깐씩 얼굴을 보는 것 외에는 그와 사적으로 대화를 나눈 것은 거의 없었다. 어쩌면 자신에게 질린 것은 아닐까, 하는 두려운 생각까지 갖게 되었다.

그녀는 자신을 속였다. 나는 저 사람을 사랑하지 않는다, 사랑하지 않는다, 몇 번이고 되뇌었다. 그러면서도 그가 자신을 냉정하게 버리고 갈까, 걱정이 되었다.

"승객 여러분께 알려드립니다. 10분 뒤면 비행기가 안전하게 제주 공항에 착륙할 예정입니다⋯⋯."

스튜어디스의 안내의 말에 그는 마치 잠을 자지 않은 것처럼 눈을 떴다. 사실 잠을 잔 것인지 않은 것인지 알 수는 없었다. 그는 예민한 사람이었다. 그는 침대에서 그녀가 조금만 뒤척여도 금방 잠에서 깨기 일쑤였다.

"사장님, 호텔로 먼저 가시겠습니까?"

"아니, 리조트 부지 먼저 가지."

"네, 알겠습니다."

이 실장이 미리 대기해 놓은 차 운전석에 올라타고 윤정은 조수석에 올라탔다. 한 시간을 비행기에 갇혀 있다가 바로 차에 올라탄 탓에 윤정은 옷이 답답하게 느껴졌다. 윤정은 멀미를 하지 않기 위해 창문을 조금 열어 두고 최대한 멀리 바라봤다.

며칠 전 눈이 내렸다더니, 아직 다 녹지 않은 모양이었다. 헐벗은 나무 위엔 옷을 입히듯 눈이 쌓여 있었다. 서울보다는 따뜻한 날씨였지만 모든 것을 얼려 버릴 듯 거세게 부는 바람 때문에 따뜻하게 느껴지진 않았다.

그는 지독한 워커홀릭이었다. 여가를 즐길 만한 시간은 있을까 할 정도였다. 룸미러로 본 그는 두툼한 서류에 파묻혀 있었다. 그리고 그 옆자리는 미처 화면이 꺼지기도 전인 아이패드가 아무렇게나 놓여 있었다.

윤정은 속으로 끙 소리를 냈다. 자신은 조금만 가까운 사물을 봐도 멀미가 나는 것만 같은데 그는 전혀 그렇지 않은 모양이었다. 어떤 의미로는 그가 대단해 보였다.

룸미러로 힐끔거리며 그를 관찰하다 이 실장과 눈이 딱 마주쳤을 때, 윤정은 고개를 후다닥 숙였다. 마치 도둑질을 하다 들킨 것처럼 마음이 이상해졌다. 다 안다는 듯 슬며시 미소를 짓는 이 실장을 보며 윤정은 순간 창피해졌다.

"도착했습니다."

"가지."

들고 있던 서류 뭉치를 가방에 넣으며 진혁은 차에서 내렸다. 윤정과 이 실장도 덩달아 내리며 아직 공사가 진행되기 전인 부지를 돌아봤다. 눈이 얼어 바닥에 바짝 붙었으며 녹은 곳은 빙판길이 되었다. 얼음이 언 자리는 햇빛이 반사돼 반짝반짝 빛이 났다.

"악!"

힐을 신은 윤정은 하마터면 내리막길에서 미끄러질 뻔했다.

"괜찮아?"

"괜찮습니다."

진혁이 가까스로 윤정의 손을 잡아 줬기에 망정이지 하마터면 굴러떨어질 뻔했다. 담담하게 말하긴 했지만 사실 윤정도 많이 놀란 터였다.

윤정은 자신의 차림을 약간 원망했다. 공적으로 온 자리이기 때문에 그녀는 정장 차림에 힐을 신고 있었다. 하긴, 운동화를 신어도 된다 해도 아마 집에 운동화가 없거나 있어도 아주 오래 전에 사 둔 것뿐일 것이다.

일을 시작하면서 운동화를 신고 어딜 나가 본 적이 없었다. 그렇게 소소한 여가 생활을 즐길 겨를이 없었다. 정확히 말하면 같이 다닐 사람이 없었다. 그 덕분에 신발을 살 때면 망설임 없이 5센티 힐만 골랐다. 구두가 많은 편은 아니었지만 신발장 안에 있는 구두들은 개성이라곤 찾아볼 수 없는 단조롭고 비슷한 것들뿐이었다.

그는 내리막길을 내려가는 내내 손을 놓지 않았다. 손을 비틀어 빼 보려 했지만 그럴수록 그의 손에 힘이 더 바짝 들어갔다. 추운 날씨에도 불구하고 손안에 끈적끈적한 땀이 배었다. 이런 배려가 그녀를 피폐하게 만들었다. 처음부터 끝까지 나쁜 사람이었으면 했다. 그저 그 기억대로 그가 떠나가도 너무 긴 시간 동안 슬프지 않게.

"이제 괜찮습니다."

내리막길을 내려온 윤정이 이제 그만 놓아 달라는 듯 강경하게 말했다. 그는 마주 잡은 손에 시선을 잠시 두더니 그녀의 말에 따라 줬다. 끈끈한 땀이 배었던 자리엔 바람이 파고들어 와 시렸다. 손가락 마디마디가 끊어질 듯 시리고 아팠다. 이유는 알 수 없었다.

"사장님, 먼 길 내려오셨습니다."

건설 업체 소장이 달려 나와 인사를 건넸다.

"반갑습니다."

"네, 부지 둘러보셨습니까?"

"대충은. 생각보다 더 넓어서 안심이군요."

"그럼요. 저쪽 보이시죠? 산 있는 곳. 그곳이 골프장 자리입니다."

소장의 안내를 받으며 진혁과 이 실장이 앞서 걸었다. 윤정은 한 발짝 떨어진 자리에서 그들을 따라갔다. 미끄러지면서 구두가 삐끗하는 바람에 뒤꿈치가 아리고 쓰렸다. 하루 종일 신어도 편할 만한 신발을 신고 왔는데도 벌써부터 말썽이었다. 윤정은 내색하지 않으며 그들을 놓칠세라 종종걸음으로 따라갔다.

"그리고 이곳이 리조트가 들어올 자립니다. 건설도면 보시면 아시겠지만 풀 빌라 위주로 만들 계획입니다. 빌라 안에는 수영장, 스파 시설은 기본이고 여자들이 눈여겨보는 주방시설, 욕실 모두 최고급으로 만들 겁니다. 크기도 서창리조트에 비하면 두 배 이상은 될 거구요. 이 정도면 다른 리조트들과 비교해도 손색이 없을 정도라고 생각됩니다."

진혁은 예리한 시선으로 빌라가 들어올 부지를 바라봤다.

"손색이 없는 게 아니라 비교 자체가 되지 못하게 해야죠. 좋습니다. 공사 그대로 진행하세요."

"네, 알겠습니다, 사장님."

그는 이곳이 흡족한 모양이었다. 확실히 소장의 말대로 국내 최대 규모의 리조트가 될 것이 확실해 보였다. 어느 것 하나 최고급이 아닌 것은 없을 테니까. 이것은 모두 진혁의 생각이었다. 좀 더 싼 자재를 이용하여 다양한 층을 고객으로 두자는 임원들의 결정을 단 한 번에 번복시킨 것은 바로 그였다.

'서 이사님은 골프 왜 치러 가죠?'

냉정한 그의 말에 당황한 서 이사가 땀을 뻘뻘 흘렸다. 방금 전까지는 개떼처럼 몰려들어서 그를 물어뜯을 것처럼 굴더니 결국 따로 떼어 놓으면 별 볼 일 없어졌다.

'그, 그거야…… 접대용도 있고 운동도 되고 하니까 자주 가게 되더군요.'
'그럼 골프 칠 때 호텔에 머무는 기간은요?'
'삼 일 정도?'
'서 이사님은 그 삼 일을 돈 아깝다고, 시설도 다른 데와 비교해도 별다를 것 없는 허름한 방에서 묶으시는군요.'
'그건 아닙니다. 특히 접대가 될 수 있는 자리인데 어떻게……'

서 이사의 말에 임원들은 저마다 고개를 숙였다. 기세등등했던 임원들의 볼멘 항의가 더 이상 나오지 않았다. 이곳의 승자는 결국 그였다. 그는 절대적 권력을 가진 왕처럼 왕좌에 앉아 신하들을 내려다보듯 임원들을 바라봤다.

'우리가 잡을 고객은 만 원 한 장에 바들바들 떠는 사람이 아니고 바로 서 이사님 같은 사람입니다. 아시겠습니까?'

임원진들은 더 이상 진혁에 말에 딴지를 걸 수가 없었다. 그렇게 기획부터 공사까지 모두 진혁의 손길이 안 가는 곳이 없었다. 세심하게 자재 하나도 그의 결재가 떨어지지 않으면 사용할 수 없을 만큼 그는 이 일에 심혈을 기울이고 있었다.

윤정은 따끔거리는 뒤꿈치에 저절로 인상을 썼다. 스타킹이 뒤꿈치에 딱 달라붙은 것을 봐서는 피가 난 모양이었다. 그녀는 그에게 짐이 되지 않기 위해 뒤꿈치가 따끔따끔 아려도 최대한 내색하지 않았다.

그는 소장의 설명이 끝나고서도 한참을 그곳에 서 있었다. 머릿속에 넣어 둔 도면을 하나하나 부지와 맞춰 보듯 넓은 시야로 그곳을 바라봤다.

"사장님, 괜찮으시면 같이 식사하시는 건 어떠십니까? 급하게 오시느라 식사 못 하셨을 거 같은데요."

진혁은 미간에 잡힌 주름을 검지손가락으로 꾹꾹 눌렀다. 시간이 언제 지나갔는지도 모르게 오후 3시가 지나고 있었다. 그러고 보니 아침도 먹지 못했다. 그는 잠시 골똘히 생각했다.

"미안하지만 다음 기회에 하죠. 이 실장, 돌아가지."

"그럼 다음 기회에 뵙겠습니다. 조심히 가십시오."

윤정도 소장에게 가볍게 목례하고 그를 따라나섰다. 배가 고프다고 느끼진 않았는데 소장의 말을 듣자, 갑자기 급격하게 허기가 몰려왔다. 차에 오르자마자 아이패드로 무언가 하는 것을 보니 진혁은 점심은커녕 저녁도 안 먹을 기세였다. 윤정은 짧은 한숨을 내쉬었다.

"이 실장, 서 주임하고 식사 먼저 하고 와요."

"사장님께서는……."

"나는 내가 알아서 먹지."

차가 호텔에 도착하자 그는 자신의 물건들을 챙겨 안으로 들어갔다. 가져다 놓겠다는 이 실장의 말도 거부한 채로.

"가죠, 서 주임."

"아, 네."

식사를 하면서도 그의 생각을 떨칠 수 없었다. 일정은 오늘 하루만 있는 것이 아니었다. 적어도 식사는 할 시간이 된단 소리였다.

"서 주임, 혹시 사장님과 사귀는 겁니까?"

이 실장의 목소리는 남에게 설득력 있는 차분한 어조였다. 지금 이 질문도 평소와 같이 차분하고 흔들림 없이 그녀에게 물어보고 있었다. 윤정은 그저 설핏 웃었다. 이 실장이 그에게 똑같은 질문을 하면 그가 뭐라고 대답할까. 아마 하찮은 질문이어서 대답조차 하지 않을지 모른다.

"아닙니다."

잠시의 망설임도 없이 윤정이 대답하자 짐짓 놀란 표정으로 이 실장이 그녀를 바라봤다. 그럴 만도 했다. 이 실장은 진혁의 수족 같은 사람이었다. 그런 이 실장이 그와 그녀의 사이를 눈치채지 못할 리 없었다. 하지만 그의 질문에 대답하는 윤정의 말이 거짓말 같지도 않았다.

"이 실장님이 무슨 생각을 하시는지 모르겠지만 저와 사장님은 그런 사이가 아니에요."

"그렇군요."

윤정은 차분하게 밥을 먹으며 식사가 거의 끝날 때쯤 종업원을 불러 간단한 음식을 포장해 달라 부탁했다. 아무래도 그가 신경 쓰였기 때문이다.

이 실장은 먼저 자신의 방으로 들어가고 윤정은 쇼핑백을 들고 진혁의 방 벨을 눌렀다.

"무슨 일이지?"

"식사 안 하신 거 같아서요."

윤정은 아무렇지 않은 척 진혁에게 쇼핑백을 내밀었다. 그는 윤정과 쇼핑백을 번갈아 보더니 미간을 찌푸렸다.

"요새 쓸데없는 참견을 잘하는군. 이만 돌아가."

그는 한 마디 더 붙이지도 못하게 냉정하게 안으로 들어가 버렸다. 쇼핑백은 전했으니 이걸 다행이라고 해야 하나, 아니라고 해야 하나. 윤정은 답답해졌다. 그녀는 약간 그에 대해서 자신도 모르게 자만을 한 모양이었다.

"후훗."

한심한 자신의 모습이 꼴사나웠다. 그에게 무엇을 기대한 것 일까. 고맙다는 한 마디? 아니면 안으로 들어오라는 말? 어쩐지 윤정은 자기 자신이 바보가 되어 가는 것만 같았다.

어떤 일에서든 냉정한 편이었는데, 어쩌다 이런 한심한 꼴이 되어 버렸을까. 윤정은 자신의 방으로 들어가 그대로 침대 위에 풀썩 누웠다.

애초에 그와의 느긋한 밤을 기대했던 것은 아니었다. 하지만 이런 식으로 문전박대를 당할 것이라 생각하지 않았다. 어쩌면, 아주 어쩌면 그와 소소한 데이트를 즐길 수 있을 거라는 생각을 했을지도 모르겠다. 그렇게 그를 믿지 말라고 몇 번이고 다짐해 놓고 그녀는 그를 믿고 있었다. 그녀는 학습능력이 떨어지는 멍청한 여자일지도 모르겠다.

[더러운 걸레년.]

아무렇게나 던져 놨던 휴대폰의 메시지를 확인했을 때 윤정은 꽤 큰 충격을 받았다. 발신인은 없었다. 뭐지? 엄마에게 잘 도착 했다는 전화를 걸기 위해 찾은 휴대폰이었다.

"잘못 온 건가?"

윤정은 고개를 갸웃거리며 메시지를 삭제하고 엄마에게 전화 를 걸고는 옷을 갈아입었다. 뜨거운 밤을 기대한 것은 아니지만 넓은 호텔에 자신 혼자 누우려니 어쩐지 쓸쓸하기만 했다. 그의 따스한 품이, 그리고 열정적인 섹스가 그리운 밤이었다.

윤정은 외로움을 잊기 위해 겉옷을 걸치고 밖으로 나갔다. 제주도까지 왔는데 호텔 방에만 처박혀 있을 수는 없는 일이었다. 나가면서 진혁의 방을 힐끔 바라봤지만 고개를 흔들며 서둘러 밖으로 나갔다. 그는 아마 밤새 일에 빠져 있을 것이다. 그녀 생각 따위는 조금도 하지 않고.

진혁은 아픈 머리를 진정시키기 위해 와인 한 잔을 들고 테라스로 향했다. 이번 리조트 사업이 그가 부임해서 맡는 첫 번째 큰 프로젝트였다. 그래서인지 애착이 남달랐다. 작은 소품 하나하나도 신경 쓰는 이유가 바로 이것에 있었다.

낙하산이라는 임원들의 색안경을 벗겨 주고 싶었다. 그래서 완벽해야만 했다. 작은 틈, 흠집도 없이 이 프로젝트는 꼭 완벽하게 끝내야만 했다. 이것은 곧 그에 대한 평가가 될 것이다.

바람이 서늘하게 불어 댔다. 하얀 백사장 위엔 사람이 별로 없었다. 진혁은 난간에 몸을 기댄 채 아래를 내려다봤다. 그러곤 단번에 익숙한 인영을 찾아냈다. 윤정이었다. 검은색 코트를 입고 목도리로 온몸을 감은 채 바다를 하염없이 바라보고 있었다.

윤정이 어떤 마음으로 그의 저녁을 걱정했는지 잘 알고 있었다. 마음이 조급한 만큼 저도 모르게 냉정하게 끊어 냈지만 어쩐지 마음 한 켠이 불편했다. 진혁은 탁자 위의 널려 있는 서류를 힐끔 보다 겉옷을 챙겨 밖으로 나갔다. 자신에게도 약간의 휴식 시간은 줘도 되지 않을까, 싶었던 것이었다.

바닷바람은 생각보다 더 찼다. 윤정은 꽁꽁 싸맨 목도리를 코까지 올렸다. 바다를 바라보며 낭만을 즐기고 싶은 것은 아니었다.

윤정은 바다를 좋아했다. 그가 만났던 남자들은 아무도 몰랐지만 그녀는 바다를 꽤 좋아했었다. 가만 생각해 보면 데이트라곤 하지만 그들과 바다 한 번을 가 본 적이 없었던 거 같다. 그들은 윤정을 사랑하지 않았다. 그러니 알 필요도 없었을 것이다.

차가운 바람이 얼굴에 맞부딪히고 짭짜름한 소금 냄새가 코끝에 스며들었다. 케케묵었던 감정들이 바다에 쓸려 나가듯 윤정은 가슴이 탁 트이는 이 느낌이 좋았다. 불안한 마음도, 그리고 아팠던 마음도 이 기회에 싹 다 쓸려 갔음 좋겠다.

윤정은 모래사장 한가운데 자리를 잡고 앉았다. 예전 같았으면 옷이 더러워질까 걱정했을 텐데 오늘만큼은 그러고 싶지 않았다. 다리를 바다 쪽으로 쭉 뻗은 채, 철썩철썩 쳐 대는 파도 소리를 귀로 음미했다.

"바닷바람이 꽤 차군."

진혁은 호텔에서 가져온 담요를 그녀의 어깨에 덮어 주었다. 윤정은 눈이 휘둥그레졌다. 그가 이곳에 올 거라고 상상도 하지 못했기 때문이다. 아니, 정확하게는 그녀가 여기 있다는 사실도 몰랐어야 했다.

"마셔."

그는 따뜻한 캔 커피 대신 맥주를 따서 그녀에게 내밀었다. 바닷바람을 맞으며 차가운 맥주라, 그것도 한겨울에……. 아무리 생각해도 어울리는 조합은 아니었다.

"고마워요."

그는 그녀의 옆에 앉아 맥주를 마시며 바다를 바라보았다. 아무 소리도 들리지 않고 오직 파도 소리만 귀에 밀어닥쳤다. 쌉싸래한 맥주의 맛이 오히려 달콤하게 느껴졌다. 알코올 성분 때문인지 한 모금만 마셔도 열이 올랐다.

"어떻게 왔어요?"

한참 만에 꺼낸 말이었다.

"답답하던 차에 네가 보이더군."

"후훗, 청승맞아 보이던가요?"

"어쩌면?"

윤정은 까르륵 웃음을 터트렸다. 이렇게 홀가분하게 웃는 것도, 또 그의 앞에서 웃는 일도 오랜만이었다. 어려선 굴러가는 가랑잎만 봐도 웃음이 터져 나왔는데 이제는 재미있는 개그 프로를 봐도 웃음이 나질 않았다. 그만큼 그녀가 삶에 찌들었다는 얘기였다.

그와 마음을 터놓고 이야기를 한 것은 아니었다. 하지만 이렇게 같이 있다는 것 자체가 그와 교류를 하고, 좀 더 친밀해진 기분이었다.

그것은 그녀 혼자만의 생각이었겠지만 윤정은 이대로가 좋았다. 그리고 욕심내지 말자, 생각했다. 딱 이대로만. 그와 헤어지면 자신은 슬플 테지만 그는 아마 슬프지 않을 것이다. 그것이 조금 억울하긴 했지만 더 큰 욕심은 부리지 않을 것이다.

　끝이 보이는 관계이지만 윤정은 이대로 혼자만의 추억을 간직하자 생각했다. 윤정은 바다를 하염없이 바라보는 진혁의 옆모습을 무연히 바라봤다.

　그를 보면 가슴이 시리고 아팠다. 옆에 있어도 외로움을 느끼는 것은 어쩌면 그녀 혼자만의 사랑이기 때문 아닐까 생각했다. 윤정은 한숨 대신 맥주를 한 모금 마셨다. 그녀는 계속 외로운 사람이 될 거 같았다.

　다음 날 윤정은 로비에서 진혁을 만났다. 사실 출장은 이곳에서 묶고 갈 만큼 긴 일정은 아니었다. 하루면 끝날 일이었다. 이곳에 온 목적은 리조트 부지를 보고 그가 평가를 내리는 것이었으니까.

　로비 소파에 기대 앉아 있는 그는 평소 입던 슈트를 벗어 던진 채 깔끔한 캐주얼 차림이었다. 베이지색 바지에 깔끔한 니트를 입고 그 위에 코트를 입었다. 정장을 입은 자신의 모습이 어색했다. 그는 다가오는 윤정의 모습을 세심하게 살폈다.

　"가지."

　"이 실장님은……?"

아무리 둘러보아도 이 실장은 없었다. 더구나 지금 어디를 가는 것인지 윤정은 알지 못했다. 비서가 모르는 보스의 일정이란 것은 있을 수가 없었다. 더구나 개인적인 일도 아니었고 공적으로 온 곳이었다.

"사장님."

"타."

직접 운전을 하려는지 그는 능숙하게 차 문을 열었다. 윤정은 어리둥절한 마음으로 그의 차에 올랐다. 그는 핸들을 잡으며 액셀러레이터를 길게 밟았다.

"어디로 가는 거죠?"

"그걸 알아내는 게 네 일 아니었나?"

"제가 아는 일정은 어제 다 끝났습니다."

진혁은 윤정의 당돌한 말에 낮은 웃음을 터트렸다.

"비서가 일정이 바뀐지도 모르고 내 탓을 한다? 완벽한 직무 유기군."

윤정은 입술을 질끈 깨물었다. 그의 말이 맞았다. 최소한 전날 저녁 이 실장에게 다음 날 일정이 혹시 바뀌진 않았는지 꼼꼼하게 물어봤어야 했다.

"너는 너무 매사 진지해."

윤정은 입술을 잘근 깨물다 말고 그의 얼굴을 바라봤다. 이 말뜻을 어떻게 해석해야 할지 몰라서였다.

"그게 매력이기도 하지."

아마 그의 뒷말이 없었더라면 그녀는 자존심에 금이 갔을 것이다. 이것은 그녀의 콤플렉스였다. 그녀의 주위에 있던 남자들은 항상 말했다.

'윤정 씨는 너무 딱딱해. 여자가 나긋나긋한 맛이 있어야지. 그래 가지고 시집이나 가겠어?'

'사무적인 태도 때문에 남자들이 다 윤정 씨를 싫어하는 거야. 알아?'

하필 이럴 때 기억하고 싶지 않은 것들이 떠오르는 것일까. 윤정은 사람을 대하는 것에 서툴렀다. 그 사람들에게 어떻게 다가가야 호감을 가질지 전혀 알지 못했다. 대학 졸업 후 쭉 사회생활을 해 왔지만 아직 그 답을 찾지 못했다.

진혁의 차가 멈춘 곳은 섭지코지였다. 매표소에는 주말이라 그런지 관광객들이 빼곡하게 줄 서 있었다. 윤정은 자신의 복장을 바라봤다. 그녀만 다른 세계에서 온 사람 같았다. 하지만 그럴 생각을 할 겨를도 없었다. 도대체 이곳에 왜 온 것인지 알 수가 없었다.

"여기 온 적 있어?"

윤정은 고개를 천천히 저었다. 요즘 학생들은 수학여행을 제주도로 온다지만 그녀 세대는 대부분 경주로 갔었다. 그녀의 학교 역시 다르지 않았고, 제주도를 올 기회조차 없었다.

"다행이군."

"이곳은 왜……."

그의 의도를 짐작할 수 없었다. 그들은 이런 일상적인 데이트를 즐긴 만한 연인 사이가 아니었다. 진혁은 말없이 차 트렁크를 열어 운동화 한 켤레를 꺼내 그녀의 발 앞에 내밀었다. 윤정은 멀뚱히 자신의 앞에 놓인 운동화를 바라봤다. 밴드를 붙이긴 했지만 아직도 어제 까진 발뒤꿈치가 따끔거렸다.

"넌 참 미련해."

그는 윤정의 발목을 잡으며 말했다. 갑작스러운 그의 행동에 윤정은 소스라치게 놀랐다.

"제가 할게요."

"최소한 악 소리라도 해. 그래야 옆에 있는 사람이 알 거 아니야."

그는 묵묵히 운동화 끈까지 매어 주고는 자리를 털고 일어났다. 윤정은 그가 자신에 발에 끼워 넣은 운동화를 바라봤다. 조금의 때도 묻지 않은 새하얀 운동화는 약간 컸다. 하지만 그의 신발은 아니었다. 윤정은 도무지 갈피를 잡을 수 없는 그의 모습을 한참을 바라봤다.

산책로를 그의 옆에서 아무 말 없이 걸었다. 불어오는 바람 사이로 짭짜름한 바다의 맛이 느껴졌다. 하늘은 물감을 칠해 놓은 듯 새파랬으며 바위를 때리는 파도는 더없이 푸르렀다. 윤정은 가슴이 탁 트이는 것만 같았다. 마치 지난날의 억압을 씻어 내는 듯한 거센 파도 소리와 바람을 맞자 마음이 한결 차분해졌다.

그는 조용히 그녀의 보폭을 맞춰 걷고 있었다.

"자기, 나 저쪽에서 사진 찍어 줘."

윤정의 옆을 지나치던 한 여성이 성당을 가리키며 말했다. 문득 그런 생각이 들었다. 진혁과 자신도 남들 눈에는 연인으로 보일까, 하는 생각이. 어이없는 자신의 생각에 웃음이 나올 뻔했다.

그는 무언가 상념에 잠긴 것 같았다. 걷는 내내 아무 말도 하지 않았으며 가끔 넘어질 뻔한 윤정의 팔을 잡아 줬을 뿐 그 외엔 어떤 행동도 취하지 않았다.

절벽 아래로 내려다보이는 파도는 바위를 부술 듯 거세게 몰아쳤다. 주위는 소란스러웠지만 어쩐지 윤정과 진혁은 말을 하지 않았다. 그러고 보니 그녀와 그는 어떤 일을 공유하는 사람들은 아니었다. 더구나 공유할 수 있는 사람들도 아니었다. 시시콜콜한 일상들을 이야기하며 웃고 떠들 수 있는 관계가 아니라는 소리였다.

"어, 나야."

윤정은 그가 전화를 하는 동안 핸드폰으로 자신의 모습을 담았다. 자신만의 추억을 하나둘씩 남겼다.

"이만 돌아가지."

바다를 찍고 있던 윤정이 돌아가는 그의 뒷모습을 저도 모르게 찍어 버렸다. 찰칵 소리가 들렸을 법도 한데 그는 뒤를 돌아보지 않았다. 조금씩 조금씩 그녀와 격차가 벌어졌지만 그는 그녀를 봐 주지 않았다. 그녀가 볼 수 있는 자리는 딱 지금의 자리, 그의 뒷모습인 것만 같았다. 결국 뒷모습을 바라보는 것은 그녀의 몫이었다.

제주에서의 여정을 마치고 세 사람은 서울로 돌아왔다. 이틀 일정이었지만 신경을 쓴 탓에 몸이 피곤했다.

"이 실장, 서 주임 먼저 데려다주고 회사로 와요."

"회사로 돌아가실 건가요? 그럼 저도 가겠습니다."

보스가 출장이 끝나고 바로 출근한다는데 비서인 그녀가 그냥 집으로 갈 순 없었다.

"아니, 서 주임이 할 일은 없어."

그는 이 일에 대해 언급할 수도 없게 냉정하게 말했다.

"먼저 가세요. 늦은 밤도 아니니, 혼자 갈 수 있습니다."

그는 어제도 방 안에 들어가 밤새도록 일한 것이 분명했다. 그는 지금 몹시 피곤해 보였다. 그에게 필요한 것은 일이 아니라 잠이었다. 그런 그에게 자신까지 덧보태고 싶지는 않았다. 그는 잠시 고민하는 듯했다.

"그럼 그렇게 해. 이 실장, 가지."

다급하게 돌아서는 그를 보면서 서운하다는 느낌을 받지 않았다. 윤정은 남이 챙겨 주는 것에 익숙한 사람은 아니었다. 자신이 챙겨 주는 것 역시 어색했다. 차라리 혼자 돌아가는 것이 지금은 더 편했다. 그사이 가방에서 진동이 느껴졌다. 윤정은 캐리어를 한쪽에 세워 두고 휴대폰을 확인했다.

[더러운 도둑년 같으니라고.]

어제와 비슷한 문자였다. 누군가 장난을 치고 있는 모양이었다. 윤정은 별다른 생각 하지 않고 문자를 삭제한 후 캐리어를 끌고 출구로 나갔다.

윤정은 택시 기사에게 돈을 지불하고는 캐리어를 가지고 내렸다. 여전히 몸이 뻐근했다. 얼른 집에 가 씻는 것이 상책이었다. 열쇠를 꺼내려 가방을 뒤지던 그녀의 행동이 멈췄다. 남의 집 앞에서 서성이는 남자를 발견했기 때문이다. 순간 불안감이 암세포처럼 퍼져 나갔다. 그리고 낯선 남자가 이쪽을 바라봤을 때, 윤정은 숨이 막혔다.

"윤정이……?"

얼음장 같은 바람이 뼛속까지 스며들었다. 윤정은 자신을 부른 남자를 멍하니 바라봤다. 캐리어를 쥔 손에 미끄러울 정도로 땀이 찼다.

"맞지? 이야! 아직도 여기 사는구나."

남자가 윤정 쪽으로 걸어와 그녀의 두 손을 덥석 잡았다.

"반갑다, 진짜. 우리 4년 만인가?"

반갑다는 그의 말에 윤정은 아무 대꾸도 할 수 없었다. 민성의 등장이 그녀에게는 달가운 일이 아니었다.

"여긴 왜……?"

그는 꽤 오랜 시간 자신을 기다린 모양이었다. 코끝이 새빨갛게 변해 있었다. 윤정은 속으로 설핏 웃음이 났다. 이 남자와의 재회를 생각해 본 적이 없었다. 안부조차 알고 싶지 않았다. 그는 섹스라는 이름하에 자신을 만났던 것뿐 자신을 사랑한 적이 없었다.

"그냥, 갑자기 네가 생각나서."

민성이 멋쩍다는 듯 뒷머리를 긁적이며 말했다. 이 남자의 최대의 무기는 순진함을 가장한 저 눈이었다. 윤정은 남자를 가만히 살피던 자신에 대해 놀랐다.

언젠가 한 번, 지나가다 그를 마주친 적이 있었다. 낯모르는 여자 앞에서 망신을 당했다는 기억 때문이었을까, 아니면 민성에게 모욕을 들어서였을까, 자신도 모르게 뒷걸음질 쳐 그와의 만남을 피했다. 지금 생각하면 스스로가 참 한심했다. 이 남자에게 당당하지 못할 이유는 없었다. 어찌 보면 자신은 피해자였다. 이 남자에게 놀아났던 피해자.

"우리 어디 가서 커피라도 한 잔 마시자."

"아니요, 좀 피곤해서요."

같은 공간에 있다는 것만으로도 끔찍했다. 민성 덕분에 윤정은 남자를 쉽게 만날 수 없게 되었다. 그리고 만날 때마다 그날의 일들이 떠올랐다.

'너와 하는 섹스는 시체와 하는 것 같아.'

"오랜만에 만났잖아. 가자."

민성은 막무가내로 윤정을 끌고 갔다.

"민성 씨!"

"누가 보면 너 납치라도 하는 줄 알겠다. 그냥 차나 한 잔 하자는 건데 뭘 그래."

민성이 넉살 좋게 웃었다. 윤정은 지끈거리는 머리를 잡고 한숨을 내쉬었다. 그와 여기서 실랑이를 하며 동네 사람들의 입에 오르락내리락하는 것보단 잠깐 만나고 헤어지는 편이 낫게 느껴진 것이다.

"잠깐만 기다려요. 가방…… 놓고 올게요."

"알았어. 기다리지 뭐."

민성은 갔다 오라는 듯 어깨를 으쓱거렸다. 윤정은 캐리어를 방에 놓으며 한숨을 내쉬었다. 저 남자의 목적을 왠지 알 거 같아 더 싫었다. 과연 여기서 그녀가 나가지 않는다고 그가 순순히 포기하고 돌아갈까? 절대 아니었다. 그녀는 지끈거리는 머리를 손으로 짚으며 가방을 들고 밖으로 나갔다.

윤정은 민성과 집 근처 커피숍으로 갔다. 동네라 그런지 사람들은 거의 없었다. 윤정은 물기가 묻어 있는 유리잔을 바라봤다. 하얀 생크림 속 얼음들이 빨대의 움직임에 따라 댕그르르 굴러 다녔다.

"춥지 않아?"

"아니요, 괜찮아요."

민성은 슬쩍 웃으며 커피를 한 모금 마셨다.

"여기 분위기 괜찮네. 요즘은 동네도 이렇게 잘 꾸며 놓는구나."

이 남자와 동네 카페 인테리어에 대해 논하기 위해 이곳에 온 것이 아니었다. 아무래도 딱딱한 분위기를 풀어 보려 그가 입을 연 것 같기는 했지만 전혀 달갑지 않았다. 그래, 한때는 남을 편안하게 하는 저 배려가 참 좋았었다. 지금은 끔찍하기 짝이 없지만.

"할 말 있는 거 아닌가요?"

몸이 피곤했다. 이 사람과 있는 것 자체가 그녀에게 정신적 부담을 안겨 주었다.

"너 분위기 많이 변했구나? 예전엔 이렇게 직설적으로 얘기도 안 했었는데."

윤정은 대꾸하지 않고 빨대를 쭉 빨았다.

"그동안 잘 지냈어? 얼굴 보니 잘 지낸 거 같다. 더 예뻐진 거 같아."

윤정은 웃음이 나오려는 것을 애써 참았다. 이 남자가 이곳까지 안부를 묻기 위해 찾아온 것이 아니란 게 너무 보여서였다. 아니면 자신이 죽고 못 살았던 첫사랑이라도 돼서 못 잊은 첫사랑 얼굴을 보기 위해 온 것도 아닐 텐데 말이다.

윤정은 캐러멜 마끼아또를 죽 빨아 반쯤 마신 뒤 가방을 들고 일어났다. 갑작스러운 윤정의 행동에 민성이 적잖이 당황한 모습이었다.

"미안하지만 민성 씨와 저 이렇게 마주 보고 웃을 사이 아닌 거 같아요. 그럼 전 이만 가 볼게요. 다시는 볼 일 없었으면 좋겠네요."

"윤정아!"

일부러 찬 음료를 시켰다. 그와 오랜 시간을 같이 있고 싶지 않았고, 그가 음료를 핑계로 그녀를 붙잡을 것을 너무 잘 알았다.

찬 음료를 마신 덕분인지 코트 사이로 부는 바람이 더 시리게만 느껴졌다. 윤정은 그가 자신을 쫓아 나오진 않을까 약간 걱정이었지만 민성은 얼이 빠진 듯 그 자리에 붙박이처럼 앉아 있었다.

다행이었다. 저 남자의 기억 속엔 자신에게 헌신하던 촌스럽기 짝이 없는 서윤정만 있었을 것이다. 아마 자신이 돌아오면 그녀가 얼싸안고 받아 주기라도 할 줄 알았던 모양이다. 웃기는 소리였다. 윤정은 그를 뒤로한 채 발걸음을 옮겼다. 아마 그가 자신을 찾아올 일 없을 것이라고 생각했다.

점심시간이 다 되어 가고 있었다. 윤정은 진혁의 바뀐 스케줄을 다이어리에 색칠해 가면서 정리했다. 빨간색은 오찬, 파란색은 임원회의, 초록색은 출장 일정, 노란색은 클라이언트와 미팅 등으로 한눈에 확인하기 좋게 스케줄을 정리했다.

전 대리가 꼼꼼하게 정리를 하고 있긴 하지만 서로 얘기가 안 통하거나, 까먹는 일이 없게 한곳에 몰아 그때그때 정리해 두었다. 약속이 취소된 것까지 메모를 하면서.

"배고프지 않아?"

"그러고 보니 그러네요."

"그렇지? 사장님은 언제 오시려나. 회의가 길어지시네. 윤정 씨, 쿠키 조금 먹을래? 아니면 점심 먼저 먹고 올래? 내가 있을게."

"아니요, 전 대리님 먼저 갔다 오세요."

"그래? 그럼 그럴까? 얼른 먹고 올 테니까, 쿠키 조금 먹고 있어."

전 대리는 역 앞에서 산 쿠키를 그녀의 책상 위로 밀어 주었다. 쿠키는 유기농이었는데 설탕을 거의 넣지 않아 단맛이 잘 느껴지지 않는 것이었다. 윤정은 전 대리를 빤히 바라봤다.

"알아, 윤정 씨가 단 거 안 좋아하는 거. 이 정도 일했으면 그 정도는 안다고."

"잘 먹을게요."

"윤정 씨는 항상 되게 깍듯해. 그거 알아?"

"제가 그래요?"

윤정은 전 대리에 말에 슬쩍 미안한 미소를 지었다. 자신은 그저 예의를 갖추려는 것뿐 다른 의도는 없었기 때문이다.

"뭐, 나쁜 뜻은 아니야. 근데 사람이 조금 멀게 느껴질 수도 있어. 나야 뭐 윤정 씨를 워낙 좋아하니까 이 점도 좋지만. 나 정말 갔다 올게."

윤정은 손을 흔들며 사라지는 전 대리를 보며 자신도 손을 흔들었다. 그리고 멋쩍어진 손을 바라보며 혼자 웃음을 터트렸다. 왜 이런 행동이 어색할까? 고개를 절레절레 흔들었다.

전 대리가 준 쿠키의 포장지를 뜯어 한입 베어 물었다. 와그작, 바삭하게 익은 쿠키를 오독오독 씹어 먹으며 윤정은 스케줄에 집중했다. 미팅이 연기된 것을 체크해 놓고 내일 있을 오찬 모임 예약 장소에 확인 전화를 걸어 예약을 확인해 두는 것까지 잊지 않았다. 전 대리를 기다리며 윤정은 지저분해진 책상 위를 정리하고 있었다.

"사장님 좀 뵈러 왔는데요."

윤정은 내방객을 바라보았다. 끝에만 웨이브를 주어 머리를 자연스럽게 늘어트린 여자는 샤넬 기장의 스커트를 입고 있었다. 아이보리 톤의 모직 코트를 단정하게 여미며 헤르메스 백을 한 쪽 손목에 걸고 그녀에게 다가왔다.

여자의 몸에 걸친 것만 봐도 몇 천만 원은 거뜬히 웃돌아 보였다. 여자는 앞으로 쏟아지는 머리를 한 손으로 쓸어 올리며 가지런하게 걸었다.

"사장님께서는 지금 회의에 들어가셨습니다. 혹시 선약을 하셨나요?"

"아니요, 그런 건 아니에요."

여자는 눈꼬리가 휘어지게 웃으며 그녀에게 말했다. 윤정은 여자를 가만히 살폈다. 여자는 전체적인 선이 가느다랗고 고운 사람이었다. 그녀의 몸짓은 남에게 보이기 위해 하는 조신함이 아니라 몸에 배어 있는 조신함 같았다.

"실례지만 성함이 어떻게 되십니까? 사장님께 연락을 취해 보도록 하겠습니다."

"김혜란이라고 전하시면 알 거예요."

"네, 잠시만 앞쪽 의자에 앉아 계시겠어요?"

여자는 의자에 앉아 무릎 위에 가방을 올리고 등받이에 살짝 기댔다. 마침 점심 식사를 끝마치고 전 대리가 비서실 안으로 들어왔다. 전 대리는 윤정에게 여자가 누구냐는 듯 눈짓을 했다.

"내가 사장님께 연락해 볼게요."

전 대리가 핸드폰을 들고 밖으로 사라졌다. 혹시라도 진혁이 만나고 싶지 않을까 염려한 터였다. 윤정이 멍하니 혜란을 바라보자 그녀는 의아한 표정을 짓다 다정한 미소를 지어 보였다.

"저, 차 한 잔 드릴까요?"

"괜찮아요."

그사이 전 대리가 돌아왔다.

"사장님께서 곧 회의가 끝난다고 잠시만 기다려 달라고 말씀하셨습니다. 조금만 더 기다려 주세요."

전 대리는 영업용 미소를 싱긋 지으며 자리에 앉았다. 혜란은 간간이 눈이 마주칠 때면 싱긋 웃었고 윤정은 그에 따라 어색하게 미소를 지어야만 했다. 윤정은 이런 어색한 분위기가 싫었다.

딸각, 비서실 문이 열리고 진혁과 이 실장이 비서실 안으로 들어왔다.

"진혁 씨!"

혜란은 그에게로 다가가 목에 팔을 두르며 가볍게 포옹했다. 진혁이 혜란의 등을 가볍게 안으며 인사하듯 포옹을 이었다.

"오랜만이다. 잘 지냈어?"

"그럼. 나야 잘 지냈지. 진혁 씨도 좋아 보인다."

"그래, 안으로 들어가서 얘기하자."

혜란을 품에서 떼어 놓으며 진혁이 돌아섰다.

"차 좀 가져다줘요."

"네, 알겠습니다."

기계적인 목소리가 윤정의 입에서 튀어 나갔다. 깜빡깜빡, 눈을 두어 번 감았다 떴다. 그녀가 아는 진혁은 여자에게 살가운 사람이 아니었다. 방금처럼 반갑게 맞이할 사람이 있던 것을 본 적이 없었다. 하긴 그녀가 본 것은 그의 인생에서 손톱만 한 길이도 되지 못했다.

"누구지? 여자친군가? 윤정 씨 봤어? 헤르메스 백. 우리 월급 몇 달을 꼬박 안 쓰고 모아야 하는 걸 팔에 걸치고 다니네."

윤정은 그들이 들어간 문을 무연히 바라봤다. 혜란에게 짓던 진혁의 편안한 미소가 그녀의 가슴속을 후벼 파듯 날카롭게 박혀 들었다. 저 여자는 누구일까? 그녀가 물어본다면 대답을 해줄까? 알 수 없는 불안감이 온몸을 잠식했다.

윤정은 진혁이 주문한 차와 간단한 다과를 들고 안으로 들어갔다.

"혹시 기억나? 우리 유학 시절에 진혁 씨 소매치기 당했었잖아. 차비조차 남지 않았었을 때 말이야."

"그래, 그런 일이 있었군."

"그때 얼마나 웃겼는데."

윤정이 사뿐사뿐 들어가자 두 사람의 이야기가 잠시 중단되었다. 혜란은 즐거운 추억담 때문인지 손으로 입을 가리고 웃었다. 윤정은 조심스럽게 찻잔을 내려놓았다.

"고마워요."

형식적인 인사일 뿐인데 어쩐지 혜란의 말에 진심이 묻어났다. 윤정은 빈 접시를 가지고 나가며 진혁과 혜란을 바라봤다. 아마 어울린다면 저 둘이 어울릴 것이다. 배경이며, 성품이며, 분위기며.

한 발짝, 두 발짝, 진혁과의 거리가 점점 멀어지는 것 같았다. 저 속에 있는 모습은 자신이 보지 못한 그런 모습이었다. 어쩐지 입안이 씁쓸한 알약을 문 듯 쓰고 텁텁했다.

이 실장이 사장실에서 지시를 듣고 나왔다.

"먼저 퇴근하세요. 사장님은 좀 더 계실 거 같네요."

그는 오늘도 야근을 할 모양이었다. 전 대리가 서류들을 한쪽으로 정리해 두며 가방을 챙겨 들었다.

"뭐해? 윤정 씨? 집에 가자."

윤정은 자리에서 머뭇거렸다. 알 수 없는 불안감이 그녀를 강타했기 때문이었다. 그녀가 거리낌을 느낄 만한 것은 아무것도 없었다. 하지만 이상하게도 윤정은 그의 옆에 있고 싶었다.

"전 대리님 먼저 가세요. 저 정리할 게 아직 남아서요."

"왜, 내일 하지."

"아니요. 그냥 해 둬야 할 거 같아서요."

"그래, 그럼 알았어. 나 먼저 퇴근할게."

윤정은 전 대리를 보내고 컴퓨터 모니터 앞에 앉았다. 할 일은 없었다. 그저 자신의 불안감을 잠재우고 싶었던 것뿐이었다. 턱을 손으로 괸 채 닫혀 있는 그의 사무실 문을 바라봤다. 꽁꽁 닫혀 있는 문은 절대 열리지 않을 것 같았다.

"퇴근 안 해요?"

"아, 일이 좀 남아서요."

자기도 모르게 윤정은 거짓말을 해 버렸다. 이 실장은 어깨를 으쓱하더니 수고하라며 퇴근했다. 이 실장까지 퇴근하고 나니 정말 진혁과 그녀 둘뿐이 남지 않았다. 하지만 닫힌 문 사이로 거리가 더 멀게만 느껴졌다.

꼬르륵, 생체 시계가 시간을 알려 주고 있었다. 윤정은 핸드폰으로 시간을 확인했다. 벌써 아홉 시가 지나고 있었다. 그는 그 사이 한 번도 나오지 않았다. 도대체 얼마나 지독한 워커홀릭이기에 이 정도로 움직이지도 않는 것일까. 윤정은 사무실 문을 한 번 보고는 탕비실에서 간단한 다과를 챙겨 그의 사무실 문을 두드렸다.

윤정의 등장에 진혁은 적잖이 놀란 표정이었다.

"퇴근, 안 했어?"

"네, 일이 남아서요. 식사 안 하신 거 같아서 가져왔어요."

그는 아마 그녀가 등장하기 전까지 서류에서 눈도 떼지 않았을 것이다. 윤정은 책상 끄트머리에 쟁반을 내려놓으며 그에게 다가갔다. 진혁은 피곤한 눈을 두 손가락으로 누르며 눈을 감았다. 그나마 그의 휴식 시간인 모양이었다.

윤정은 그에게 다가가 저도 모르게 야윈 그의 뺨을 손으로 만졌다. 요즘 무척 수척해진 그가 안쓰러워 견딜 수가 없었다. 그의 야윈 뺨을 쓸어내리며 부드럽게 키스를 했다. 충동적인 행동이었다.

그가 자신을 애무하듯 혀로 그의 입술을 달래며 천천히 빨아들였다. 이로 입술을 잘근잘근 깨물며 그의 입안으로 침범했다. 혀를 깊은 곳까지 밀어 넣으며 그의 혀를 부드럽게 감싸 안았다. 입안 곳곳 그를 소유하듯 얽힌 혀를 움직였다.

윤정은 그의 와이셔츠 입은 가슴을 손으로 쓸었다. 마치 그를 유혹하듯 그의 무릎 위에 앉으며 와이셔츠 위로 튀어나온 그의 유두를 손톱으로 긁듯 눌렀다.

"하아⋯⋯."

입술은 타액으로 번들거리고 립스틱이 번져 있었다. 들숨 날숨 블라우스가 거친 숨소리 때문에 파르르 떨렸다.

"재미있군."

진혁은 윤정의 허리를 거칠게 낚아챘다. 그녀의 머리카락 사이로 손을 집어넣으며 야수처럼 그녀의 입술을 집어삼켰다. 그의 꺼끌꺼끌한 입술이 그녀를 잡아먹을 듯 몰아붙였다. 블라우스 위로 그녀의 가슴을 움켜쥐고 정점을 엄지로 꾹 눌렀다.

윤정은 그를 도발했다 도리어 그에게 넘어가고 말았다. 책상 위에 그녀를 눕혀 놓고 그가 야릇한 눈으로 그녀를 바라봤다. 단정히 묶었던 머리는 풀어 헤쳐져 책상 위에 널브러졌고 블라우스는 잔뜩 헝클어져 있었다. 그녀의 모습은 그야말로 퇴폐적이었다.

"도발 감사하게 받지."

진혁은 자신의 목을 누르는 넥타이를 느슨히 풀어내며 뇌쇄적으로 속삭였다. 귓바퀴를 혀로 핥고 귓불을 이로 깨물었다.

뜨거운 숨이 그녀의 귓속으로 불어닥쳤다. 얼굴이 순간 달아올랐다.

그는 음흉하게 웃으며 거치적거리는 블라우스를 찢듯이 벗겼다. 그녀의 봉긋한 가슴이 드러나자 그는 초식동물을 잡아먹는 짐승처럼 거칠게 가슴을 머금었다. 윤정은 그의 머리를 두 팔로 감싸 안았다.

혀가 가슴 돌기를 맴돌며 예민한 살을 빨아들였다. 발끝부터 짜릿한 전기가 온몸을 관통했다. 그의 한 손은 반대쪽 가슴을 움켜쥐고 뭉그러트렸다. 거칠게 때론 부드럽게 그녀의 쾌감을 충족시켰다.

"하아……."

그의 입술이 떨어진 유두는 꼿꼿하게 고개를 쳐들었다. 그는 단번에 윤정의 몸을 뒤집었다. 스커트를 허리까지 올리며 윤정의 엉덩이를 손으로 움켜쥐었다. 그의 혀가 스타킹 위 예민한 살을 핥으며 그녀의 엉덩이를 주물렀다. 차가운 책상 위에 닿은 유두가 마찰에 의해 더 예민하게 곤두섰다. 여성을 혀로 실컷 희롱하며 그의 손이 클리토리스를 문질렀다.

"으웃……."

척추부터 타고 오르는 묘한 쾌감에 윤정은 저도 모르게 그에게 자신의 하체를 밀착시켜 엉덩이를 비볐다. 진혁은 그녀의 스타킹과 팬티를 벗겼다. 찬 공기가 잔뜩 달아오른 여성에 불어닥치자 윤정이 바르르 떨었다. 이미 그녀의 여성은 애액이 흐르며 그를 맞을 준비를 하고 있었다. 순간 잔뜩 성이 난 그의 물건이 윤정의 몸 안으로 침입했다.

"하악……."

그가 윤정의 허리를 잡으며 자신의 분신을 뿌리 끝까지 집어넣었다. 이미 흥분한 몸은 좁은 공간 안으로 쉽게 진입했다. 그가 천천히 허리를 움직이며 윤정의 어깨에 자잘하게 입을 맞췄다. 윤정은 책상을 손으로 잡으며 그의 움직임에 몸을 맞췄다.

"하아, 하아……."

살 맞부딪히는 색정적인 소리가 사무실을 가득 메웠다. 그의 손이 자신의 클리토리스를 매만지자 윤정은 사무실이라는 것을 망각하고 하마터면 소리를 내지를 뻔했다. 순간 그가 몸속을 빠져나가면서 다시 쿵 몸 안으로 밀려 들어왔다.

"아악!"

책상에 몸을 기대지 않았더라면 그대로 다리가 풀렸을 것이다. 빳빳하게 곤두선 가슴이 차가운 책상에 쓸렸다. 그의 손이 예민한 살을 쓸어내릴수록 양쪽에서 느껴지는 쾌감에 윤정은 주저앉을 것만 같았다. 그가 윤정의 몸을 앞쪽으로 돌렸다. 그러고는 한쪽 다리를 책상에 걸치게 하며 자세를 바꾸었다. 윤정은 그의 목에 팔을 두른 채 그의 움직임을 맞췄다.

"하앗, 하앗……."

그는 그녀를 잡아먹는 야수처럼 격렬하게 움직였다. 그의 움직임은 평소보다 거칠어졌다. 다정한 그와의 사랑도, 격렬한 사랑도, 모두 다 좋았다. 그녀의 가슴을 움켜쥐고 더 깊이 파고들었다. 전진과 후퇴를 하던 그의 몸이 그녀의 등을 감싸 안고 떨어졌다.

진혁은 책상에 눕다시피 한 그녀를 자신의 품에 안으며 의자에 기대앉았다. 들숨 날숨, 아직도 숨이 거칠었다. 윤정은 그의 품 안으로 더 파고들었다.

불안감의 이유가 그녀의 머릿속을 떠나지 않았다. 그 여자가 누군지 묻고 싶었다. 왜 그렇게 다정하게 웃어 주는지 묻고 싶었다. 하지만 물어볼 수가 없었다. 그가 그녀를 인정하지 않았고, 그 안에서 자신은 아무것도 아니었기 때문에.

"배고파요. 우리 밥 먹으러 가요."

윤정은 그의 가슴을 손가락으로 긁으며 그의 품에 고양이처럼 파고들었다. 어느덧 그녀도 여우가 되어 가는 거 같았다. 어쩔 수 없는 여자인지라, 그녀도 그를 온전히 차지하고 싶었다. 그리고 그 여자를 향해 웃는 그 웃음조차 빼앗기고 싶지 않았다.

결국 그녀의 불안감은 여자의 등장이 아니라, 그 여자를 물어볼 수 없는 자기 자신이었다.

혜란이 다시 모습을 드러낸 것은 다음 날 점심시간쯤이었다. 마치 그의 비어 있는 시간을 알고 있는 것처럼 그녀가 정확하게 찾아왔다.

"진혁 씨, 안에 있나요?"

"잠시만 기다리세요."

전 대리가 사장실에 전하기도 전에 진혁이 사장실 문을 열고 나왔다. 서로 약속이나 한 사람 같았다. 혜란이 그를 보고 환하게 웃었다. 하얀 이가 드러나는 환한 미소에 가슴 한 켠에 짜르르 전율이 왔다.

"진혁 씨."

"나가서 얘기하자. 두 분 식사들 하세요."

깜빡깜빡, 두 눈을 느릿하게 감았다 떴다. 두 개의 다정한 인영이 자신의 시야 밖으로 사라졌다. 허탈함과 두려움이 악마의 속삭임처럼 그녀를 점령했다. 마치 아주 작은 자리마저 빼앗겨 버린 기분이었다.

윤정은 대리석 벽에 비친 자신의 얼굴을 바라봤다. 특색이라고는 조금도 찾아볼 수 없는 볼품없는 얼굴이 비쳤다. 윤정은 저도 모르게 그녀를 질투하고 있었다.

무엇이 이렇게 불안한 거지, 스스로에게 물어봐도 돌아오는 것은 아무것도 없었다. 자신이 갖지 못한 것에 대한 공포와 동경, 그리고 질투들이 복잡하게 혼합된 거 같았다. 그의 품에 안기고 그를 지금 만나고 있는 것은 자신인데, 라는 생각 따위를 할 수 없었다. 그가 원하지 않으면 오늘이라도 끝날 관계였다.

"윤정 씨, 전화 오는 거 아니야?"

"아, 네."

자신의 마음을 혹여 들킬세라 부리나케 전화를 받았다.

"여보세요?"

— 윤정아, 나야.

스피커를 타고 들려오는 민성의 목소리에 윤정은 오소소 소름이 돋았다.

— 나 지금 너희 회사 앞이야.

"그런데요?"

퉁명스러운 그녀의 목소리에 민성이 넉살 좋게 웃었다.

— 점심시간이지? 점심 같이 먹자.

"미안하지만 그럴 이유가 없는 거 같습니다."

윤정은 뒷말이 나오기도 전에 서둘러 전화를 끊었다.

"무슨 전화기에 그렇게 살벌하게 받아?"

"그냥, 스팸전화예요."

"그래? 요새 스팸전화 정말 많이 와. 저게 다 공해야, 공해."

이 남자가 자신의 번호를 어떻게 아는지 따위는 생각하고 싶지 않았다. 단지 이 남자가 자신의 주위를 맴도는 것 같은 이상한 기분을 느낄 뿐이었다.

"윤정 씨, 우리도 점심 먹으러 가자."

"아, 저는 속이 안 좋아서요. 전 대리님 다녀오세요."

"많이 안 좋은 거야? 이따 죽이라도 사다 줄까?"

"아니에요. 저 신경 쓰지 마시고 점심 맛있게 드세요."

전 대리가 알았다는 듯 외투를 들며 자리에서 일어났다. 전 대리까지 나가니 사무실이 쥐 죽은 듯 조용해졌다. 윤정은 멍하니 컴퓨터 화면을 바라봤다. 하얀 바탕 속에서 커서가 깜빡깜빡 움직이고 있었다. 가슴이 답답했다. 명치를 커다란 돌덩이가 누르고 있는 듯 숨이 막힐 지경이었다.

❖   ❖   ❖

진혁은 혜란과 근처 한정식집으로 갔다. 미국 생활을 오래했던 혜란은 오자마자 김치를 외쳐 댔다. 양식을 좋아하지 않는 진혁도 그녀의 의견을 따랐다.

혜란은 미국 유학 시절 만난 친구였다. 어려서부터 모임에서 종종 봐 오긴 했지만 친해진 건 미국에서였다. 까다로운 부잣집 공주님 스타일이 많은 주변 여자들과는 다르게 혜란은 소탈한 편이었고, 그보다 어리긴 하지만 친구처럼 지내고 있었다.

"으~ 이 맛이야. 나 정말 토종 한국인인가 봐."

갓 담은 김치를 와삭 베어 물며 혜린은 행복한 표정을 지었다. 진혁은 물로 입을 축이며 미소만 지었다.

"참 이상해. 한인 식당을 가도 우리나라 그 맛이 안 나."

"얼마나 있을 거야?"

"나 이번엔 좀 오래 있을 거야. 진혁 씨가 부른 덕에 한국도 왔고, 좀 여유 있게 들어가려고. 회장님도 잘 계시지? 얼굴 봬야 하는데. 내가 이렇다니까."

혜란은 해맑게 웃으며 앞에 놓인 불고기를 입에 넣었다. 배가 부르단 소릴 연발하면서도 오랜만에 맛보는 음식 덕택인지 혜란의 젓가락질은 끊이질 않았다.

"그러니까 진혁 씨 말은 우리 쪽 투자가 필요하다 이거잖아? 그래서 날 애타게 찾았구나? 걱정하지 마. 진혁 씨 일인데 내가 발 벗고 나서 줘야지."

"그래, 고맙다."

"그나저나 아까 그 비서 진혁 씨 타입 아니야?"

혜란은 후식으로 나온 멜론을 한 입 베어 물며 말했다. 궁금하다는 듯 그녀의 눈빛이 초롱초롱 빛이 났다.

"글쎄?"

"으악, 그 애매모호한 말 뭐야? 정말이야?"

진혁의 모호한 말투에 혜란이 안달이 난 모양이었다. 추궁을 하려 했지만 다행히 재현의 등장으로 그녀의 말은 끊기고 말았다.

"혜란이 오랜만이다?"

재현이 혜란과 반갑게 악수하며 자리에 앉았다. 셋은 미국 시절 만났던 친구 사이지만 재현과 혜란은 진혁만큼 친한 사이는 아니었다. 재현이 회사 일 때문에 일 년도 못 되어 돌아가고 그 후에 혜란과 진혁이 급속도록 친해졌던 탓이었다.

"그러게. 잘 지냈어요?"

"무슨 얘길 그렇게 열심히 하는 거야?"

"진혁 씨 비서 얘기. 나 이런 진혁 씨 모습 처음 봐. 부정도 안 해."

"서윤정?"

재현이 차를 마시며 진혁을 바라봤다.

"재현 씨도 알아요?"

"응, 대학 동문이잖아. 진혁이랑 나랑 서윤정이랑."

"정말? 웬일이야."

"다 먹었으면 일어나자."

"야! 나 커피 지금 막 마시고 있다고."

재현의 말을 들은 체 만 체 하며 진혁은 겉옷을 들고 방 밖으로 나갔다. 혜란은 재현에게 미안한 미소를 지어 보였다.

"진혁 씨, 나 서울 오랜만에 들어온 거야. 점심시간 정도는 나한테 내어 줄 거지?"

이미 신발까지 신고 그들을 기다리고 있는 진혁의 팔에 팔짱을 쏙 끼며 혜란이 물었다. 진혁은 난감한 듯 미간을 손으로 긁었지만 이내 허락했다. 혜란은 그에게 필요한 존재였다. 친구였지만 비즈니스 파트너였다. 그런 그녀의 부탁을 거절하기란 약간 힘이 들었다.

"그래."

"신난다. 나 맘껏 돌아다녀도 돼?"

"좋을 대로."

시니컬한 대답이었지만 혜란은 아이처럼 기뻐하며 재현에게 자랑까지 했다. 진혁은 그 정도의 대접은 혜란에게 할 생각이었다. 그 이상은 확실히 무리가 있지만.

 그가 돌아온 것은 점심시간이 훌쩍 지난 오후였다. 점심시간도 쪼개 가며 일을 하던 남자인데 그의 행동 하나하나가 낯설게만 느껴졌다. 돌아오자마자 시작된 임원회의는 퇴근 시간이 다 될 무렵 끝이 났다. 그사이 윤정은 차를 세 번이나 내가야 했다.

 "사장님께서 먼저 퇴근하시랍니다."

 "그래요? 오늘도 늦게 일이 끝나실 모양이네."

 윤정은 멍하니 굳게 닫힌 문을 바라봤다. 그 문이 왠지 모르게 쓸쓸하게만 느껴졌다.

 "그리고 남은 일이 혹시나 있더라도 내일 하시라는 지시가 있었습니다. 그럼 다들 내일 뵙겠습니다."

 "네, 알겠습니다."

 이 실장이 사장실 안으로 들어가고 전 대리가 짐을 챙겼다.

 "사장실에 누구라도 오는 건가? 아니면 혼자 일하고 싶으신 건가?"

 마치 자신을 밀어내는 행동 같아 윤정은 찜찜한 기분을 떨쳐 버릴 수가 없었다. 이 실장의 말은 결국 자신을 가리키는 것이었으니까. 가느다란 한숨이 입 사이로 새어 나왔다. 그가 마치 자신을 밀어내는 기분이었다.

 "윤정 씨, 안 가?"

 "네."

주섬주섬 자신의 물건들을 챙기면서도 닫힌 그의 사무실 문을 힐끔 바라봤다. 찬바람이 마음 깊은 곳까지 스며들었다. 이 불안감의 정체는 결국 진혁을 믿지 못하는 자신의 마음일 것이다. 어떠한 관계로도 정의를 내리지 못하는 그와의 관계 때문이기도 했다.

"진짜 춥다."

벌어진 외투 사이를 여미며 전 대리가 말했다. 엘리베이터는 전 대리와 윤정을 태우고 1층에 다다르고 있었다.

"이놈의 날은 도대체 언제쯤이면 따뜻해지려나."

찬바람을 맞자마자 어깨가 절로 움츠러들었다. 해가 좀 길어지긴 했지만 여전히 한밤중 같았다. 새카맣고 어두운 자신의 마음처럼 밤하늘엔 별 하나도 없었다.

"윤정 씨, 요새 왜 차 안 가지고 다녀?"

"그냥요."

"이런 날 차 타고 가면 좋은데. 춥잖아. 나야 가깝지만 윤정 씨는 아니잖아."

"괜찮아요. 버스 자주 오는걸요."

그와 퇴근을 함께한 뒤로는 차를 가져온 적이 없었다. 자신도 모르는 사이 같이 퇴근하는 것이 익숙해진 탓이었다. 윤정의 입가에 쓴웃음이 떠올랐다. 하나도 당연시 돼서는 안 되는 일이었다.

어쩜 자신은 이리도 어리숙할까. 윤정은 스스로를 자책했다.

마치 그녀는 그에게 모든 것을 의지하고 매달려 버리는 여자처럼 그에게 익숙해지고 있었다. 하나도 익숙해져서는 안 되는데, 언제 어떻게 끝날지도 모르는데, 결국 그 상처는 자신의 몫인데.

그를 향한 자신의 마음이 온전히 자신의 것이듯 그를 잊는 것도 결국은 자신의 몫이 되어 버릴 것이다. 빠져들면 안 돼, 저항하고 저항했던 이유들을 이제는 하얗게 잃어버렸다. 자신은 한심하고 미련한 여자였다.

"윤정아!"

이야기를 나누던 전 대리와 윤정이 소리가 들리는 쪽으로 몸을 돌렸다. 민성은 추운 데서 한참을 기다린 것처럼 코끝이 빨갛게 변해 있었다.

"남자친구야?"

헉헉대며 달려오는 민성으로 보고 전 대리가 물었다.

"아니요, 그냥 예전 회사 동료요."

"윤정아! 한참 기다렸잖아."

순박한 미소를 지으며 민성이 말했다. 머리가 찌르는 듯이 아파 왔다.

"윤정 씨 남자친군가 봐요."

"아니에요, 전 대리님."

윤정이 퉁명스럽게 말하자 전 대리와 민성이 난감한 표정을 지었다.

"그럼, 아직은 아닌 거야?"

"그냥 예전 회사에서 알던 사이예요."

민성이 멋쩍게 웃었다.

"네, 아직은 아닙니다."

"그렇구나. 아무튼 나부터 가 볼게. 방해가 될 수 없지. 주말 잘 보내!"

전 대리는 잡을 틈도 없이 서둘러 걸음을 옮겼다. 윤정은 눈살을 찌푸리며 민성을 바라봤다.

"나 아까부터 기다렸어. 우리 어디 가서……."

"놔요!"

팔목을 잡으려는 민성의 손을 사납게 쳐 냈다. 분명 예전에 민성이 이랬다면 감동을 받았을 것이다. 지금 민성이 이러는 것은 그녀에게 그저 민폐일 뿐이었다.

"그리고 다시는 찾아오지 말아요."

"윤정아!"

윤정은 민성이 다시 붙잡을세라 서둘러 택시를 잡았다. 쫓기다시피 택시에 오르자 택시 기사가 그녀를 염려하는 눈빛으로 바라봤다.

"남자친구하고 싸운 거요?"

"아니요, 모르는 사람이에요."

"허? 요즘 이상한 사람들이 많다더니, 아가씨 조심해요. 저런 사람들은 잘못 상대해 주면 큰일 나."

사이드미러로 본 민성은 망연자실하게 그녀가 탄 택시를 바라보고 있었다. 설마 자신이 퇴근할 때까지 기다릴 줄은 생각도 하지 못했다. 머리가 지끈거리는 것 같았다.

그가 자신을 찾아올 만한 이유는 한 가지도 없었다. 지나간 사랑에게 남은 미련? 그런 것들이 있었다면 그녀가 현욱과의 관계도 거짓으로 만들지 않았을 것이다. 그는 이별하면서조차 그녀를 배려하지 않았었다.

[걸레같은 년. 좋니?]

그날 밤 어김없이 문자가 한 통 와 있었다. 윤정은 이제 보내는 사람의 정체가 궁금해지기 시작했다. 한두 번은 잘못 보냈다 치지만 이건 아니었다. 도대체 왜 그녀에게 이런 문자를 보내는 것일까.

민성의 연락이 줄기차게 오고 있었다. 벌써 부재중 전화가 10통이 넘었다. 혹여라도 진혁의 연락이 올까 봐 휴대폰을 꺼 놓지도 못하는 상황이었다.

혼자 맞는 주말은 어쩐지 어색하고 외로웠다. 주인을 기다리는 강아지처럼 휴대폰만 바라보는 자신이 못나게 느껴졌다. 윤정은 서둘러 머리를 대충 묶고 옷을 갈아입었다. 인사동 구경이라도 가 볼 요량이었다.

외투를 챙겨 입고 진혁이 사 주었던 운동화에 눈을 돌리려다 이내 평소에 신던 구두를 꺼내 들었다. 왠지 지금은 그가 보고 싶지 않았다. 아니, 보고 싶었다. 보고 싶은데 연락조차 없는 그에 대한 원망이었다.

쌀쌀한 바람이 얼굴 위로 맞부딪혔다. 손끝이 벌써부터 아려오는 것만 같았다. 윤정은 노선표를 꼼꼼하게 확인하고 지하철에 올랐다.

그러고 보니 혼자서 어딘가를 갔던 일이 거의 없었던 거 같다. 특히 이런 주말엔 사람이 많은 시내 쪽은 피했었는데 무슨 바람이 분 것인지 본인 스스로도 알 수가 없었다.

출근길 콩나물시루처럼 빽빽하게 지하철을 타는 사람들 대신 느슨하게 서 있는 사람들을 보자 어색함이 배가 되었다. 저마다 휴대폰을 들고, 또 책을 들고, 신문을 들고 무언가에 열중하는 사람들이 대부분이었다. 연인이나 친구들과 수다를 떠는 사람들도 있었고. 사람을 관찰하는 일이 신선하고 재미있었다.

세상을 처음 접하는 어린아이마냥 윤정은 한껏 들떠 있었다. 자꾸만 자신을 가둬 두고 오로지 그에게만 의지하고 그만 생각하는 자신을 되돌아볼 수 있는 기회이기도 해서 좋았다.

그를 사랑하지만 그는 나를 사랑하지 않는다. 이것을 정확하게 알고 있다고 생각했는데 실제로 그런 현실들과 맞부딪힐 때면 윤정은 그 상황이 견디기 힘들었다. 마음이 묵직하고 무거워지고 짜르르 아파 왔다.

윤정은 많은 인파 속을 걸었다. 아니, 파묻혔다는 게 더 정확할 것이다. 꽤 많은 사람들이 거리를 걷고 있었다. 꿀타래 가게 안에 젊은 남자들은 재미있는 말솜씨로 사람들의 시선을 사로잡고 있었다.

윤정 역시 거기에 속했다. 걷는 길목 곳곳에서 그녀를 불렀으며 유혹을 이기지 못하고 벌써 이것저것 한 보따리를 산 터였다. 저마다 이름 있는 간판들이 영어가 아닌 한글로 쓰여 있는 것도 참 신기했다.

한참을 혼자 돌아다니다 익숙한 커피 전문점 안으로 들어섰다. 아메리카노 한 잔을 주문하고 윤정은 구석진 자리에 앉았다. 손은 장갑을 꼈음에도 언 지 오래였다. 따스한 머그잔을 손으로 바짝 쥐어 한 모금 마셨다. 고소하고 쌉싸래한 커피 향이 입안에 가득 퍼져 나가자 윤정의 입가에 기분 좋은 미소가 지어졌다.

"맞네, 서윤정?"

자신을 부르는 소리에 윤정은 천천히 고개를 들었다.

"나 기억하지? 선영이. 넌 여전하다?"

선영은 뻔뻔스럽게 양해도 구하지 않고 자신의 건너편에 앉아 그녀의 값을 매기듯 아래위로 훑었다.

"그래, 오랜만이다."

선영과 그녀는 이렇게 반갑게 알은척할 사이가 되지 못했다. 아니, 그녀 때문에 처참하게 망쳤던 자신의 대학 생활은 어쩌란 말인가.

'너 완전 쪽팔리겠다. 분수를 알아야지. 넌 거울도 안 보니? 아

212

니면 드라마를 너무 봤나?'

사람들 앞에서 놀림거리가 되었으며, 그날 이후 자신을 바라보던 그 시선들을 잊을 수가 없었다.

"난 반가운데, 너는 하나도 반갑지가 않나 봐?"

"반가울 사이 아니잖아, 우리."

날이 서 있는 윤정의 말을 비웃기라도 하듯 선영은 웃음을 터트렸다.

"얘 봐, 아직도 그걸 기억하네. 지난 일인데 너 되게 소심하다."

"그래, 반갑다 치자. 미안한데 나는 너와 별로 할 이야기가……."

"선영아, 너 윤정 씨랑 아는 사이야?"

반쯤 일어선 윤정은 선영과 자신의 눈앞에 있는 여자를 번갈아 쳐다봤다. 여자는 샤넬 백을 어깨에 걸치고 커피 쟁반을 손으로 쥔 채 자신을 향해 활짝 웃고 있었다.

"아, 안녕하세요."

혜란이 자신을 기억할 거라 생각하지 못해, 윤정은 당황스러웠다. 게다가 그녀는 자신의 이름까지 알고 있었다. 이 상황을 어떻게 받아들여야 하나 난감하기만 했다.

"저번에 만났죠, 우리? 이런 데서 보니 더 반갑네요. 나 윤정 씨 마음에 들어서 진혁 씨한테 이름도 물어봤어요. 서윤정 맞죠?"

"아, 네. 맞아요."

"근데 선영이랑도 아는 사이예요?"

"동문이야."

선영이 비꼬듯 대답했다.

"아, 맞다. 재현 씨랑 진혁 씨가 얘기하는 거 들었어요. 동문이라고."

"아, 네."

"너 혹시 선배 비서니?"

"맞아."

건수를 하나 잡은 듯한 은밀한 웃음이 선영의 입가에 흘렀다. 그것은 마치 조롱을 담은 듯 그녀의 마음을 심란하게 만들었다. 머리가 지끈거렸다. 혜란과 만남도, 선영과의 만남도 모두 달갑지 않은 것들이었다.

"인연이 이렇게 됐다 이거지? 앉아. 뭐해? 거기 서 있을 거야?"

선영이 멍하니 서 있는 혜란을 보며 말했다.

"합석해도 괜찮아요?"

"아……."

"뭐 어때! 어차피 다 아는 사인데."

미안한 듯 윤정을 바라보는 혜란을 선영이 단칼에 끊었다. 선영은 대학 때랑 조금도 변한 것이 없었다. 남의 감정, 남의 의사는 깡그리 무시한 채 자신의 감정과 자신의 의견만 존중했다.

"진혁 씨랑 윤정 씨랑 동문이었다는 얘길 듣고 되게 놀랐어요. 그때 진혁 씬 어땠어요? 선영인 잘 얘기를 안 해줘서요."

"그런 건 직접 들어. 선배한테."

"별로 친하지 않았어요."

"그래, 친하지 않았지. 그랬었지?"

비꼬는 듯한 선영의 목소리가 그녀의 숨통을 조여 왔다. 진혁과 윤정이 사귀었던 것도, 진혁에게 윤정이 차인 것도, 윤정이 진혁을 좋아했던 것도 선영은 모두 다 알고 있었다. 그 당시 같이 학교를 다니던 사람들 중에 그 소문을 모르는 사람이 있기나 할까.

"그나저나 진혁 선배랑 너 약혼 언제 하는 거야?"

손안에 쥐었던 머그잔을 하마터면 떨어트릴 뻔했다. 순간 윤정과 선영의 시선이 마주쳤다. 분명 혜란에게 하는 말인데 눈은 자신을 바라보고 있었다. 자신을 꿰뚫기라도 하듯 선영의 시선이 집요하게 그녀에게 머물렀다. 손이 자신도 모르게 파르르 떨리고 있었다.

"아직 확실한 것도 아닌데……. 그냥 부모님들끼리 얘기 나온 거야."

"뭐가 확실한 게 아니야. 솔직히 진혁 선배 너 말고 어울리는 여자도 없어."

혜란의 얼굴엔 부끄러운 기색이 역력했다. 자신의 귀가 잘못된 거라 의심을 하고 또 의심했지만 혜란의 얼굴이 자신이 들은 것은 진실이라 말해 주고 있었다.

이미 알고 있었다. 그와의 관계의 끝이 이럴 것이라는 것은. 오늘이든 내일이든 그가 이 관계를 끝내 버리면 모두 다 끝날 일이었다.

자신의 손으로 놓지 못하니 그의 힘을 빌리고, 그를 사랑하니 그의 욕망을 이용하자 생각했다. 하지만 그 시기가 이렇게 빨리, 또 갑작스럽게 찾아올 줄 예상하지 못했다.

"축……하드려요……."

"정말 축하해?"

선영은 그녀의 말이 가소롭다는 듯 비아냥거렸다. 윤정은 참을 수 없는 모멸감에 당장이라도 자리를 박차고 나가고 싶었다. 하지만 해맑게 웃는 혜란 때문에 이러지도 저러지도 못하는 상황이었다. 선영은 어렸을 때나 변한 것이 하나도 없었다.

"너 왜 그래. 아직 결정 난 거 아니에요. 그러는 게 어떻겠냐 어른들끼리 잠시 말이 나온 거예요. 진혁 씨는 아직 결혼 생각도 없는 거 같던데요, 뭐."

"그럼 진혁 선배가 결혼 생각 있다고 하면 당장이라도 하겠네?"

선영의 놀리는 듯한 말투에 혜란이 수줍게 웃었다. 도둑질을 하다 들킨 어린아이처럼 심장이 불안하게 뛰었다. 모든 것이 암흑 같았다. 도망칠 출구도, 앞으로 나아갈 곳도 보이지 않는 암흑.

"윤정 씨, 어디 아파요? 안색이 안 좋아요."

"아, 아니에요. 너무 오래 걸었나 봐요. 저, 저는 이만 가 볼 게요. 반가웠어."

윤정은 그곳을 도망치듯 빠져나왔다. 그리고 최대한 이성을 잃지 않으려 노력했다. 등줄기에 식은땀이 나고 머리가 어지러웠지만 윤정은 이를 악물었다.

괜찮아, 서윤정. 아직은 그 여자의 남자가 아니야.

몇 번이고 되뇌었다. 하지만 혜란의 남자가 되지 않는다 해도 그는 자신의 남자가 아니었다. 관계가 깊어질수록, 그에 대한 마음이 커질수록 윤정의 불안감이 더 증폭되는 것은 바로 이 이유였다. 잔잔한 호수에 바윗돌을 던져 놓은 듯 그녀의 마음에 거대한 파문이 일었다.

밤새 죄책감과 불안감이 그녀를 괴롭혔다. 혜란은 그와의 관계를 아무것도 모르는 것이 분명했다. 윤정은 자신의 마음을 다잡았다. 그가 끝내자고 하지도 않았고, 아직 모든 것이 결정된 것은 아니었다. 그 사실을 상기시키며 애써 마음을 다잡았다.

6

얽힌 악연

그는 아무 말도 없었다. 하긴 자신이 아는 것을 알지도 못할 것이다. 결국 초조하게 주인을 기다리는 강아지처럼 불안에 떨며 서성이는 건 윤정 혼자란 소리였다.

[점심시간에 나와. 기다릴게.]

윤정은 건조한 시선으로 휴대폰을 내려다보다 바로 삭제 버튼을 눌렀다.

[이번에 안 나오면 정말 후회할 거야. 아니면 직접 회사로 들어갈 수도 있어.]

연달아 들어온 민성의 협박성 멘트에 윤정의 입가엔 실소가 지어졌다. 윤정은 조금의 생각도 하지 않고 다시 삭제 버튼을 눌렀다. 문자를 무시하니 이제는 전화벨이 연신 울렸다. 민성은 참 집요한 사람이었다.

"그때 그 남자? 윤정 씨는 별론데 자꾸 쫓아다니는구나? 아무리 별로인 사람이라도 세 번은 만나 봐. 그래야 남자가 어떤지……."

"아니요, 전 대리님. 그런 사이 아니에요."

선을 긋는 듯한 윤정의 말에 전 대리는 입을 꾹 다물었다.

[미친년, 몸 함부로 굴리고 다니면 좋니?]

또 하나의 메시지가 들어왔다. 요즘 들어 하루의 한 번은 이런 욕설 메세지가 날아왔다. 휴대폰 번호를 바꿀까도 생각했지만 혹시라도 거래처의 연락이 휴대폰으로 올까 봐 이러지도 저러지도 못하는 상황이었다. 휴대폰을 계속 바라보다 윤정은 자리에서 몸을 일으켰다.

"두 분 점심 같이 하죠."

갑작스럽게 열린 문에 윤정은 엉거주춤한 자세로 진혁을 올려다보았다. 그 순간에도 휴대폰은 계속해서 울리고 있었다. 윤정은 이 상황이 난감했다.

"서 주임, 전화 오는 거 아닙니까?"

"서 주임은 선약이 있나 봐요. 점심은 아무래도 저희 셋이 가야 할 거 같은데요?"

상황이 난감해졌다. 윤정은 죄를 지은 것도 아닌데 진혁의 얼굴을 제대로 쳐다볼 수가 없었다. 그가 어떤 표정을 짓고 자신을 바라보고 있는지도 알 수 없는 일이었다. 도둑질을 하다 걸린 어린아이마냥 모든 것이 불안했다.

"그렇군요. 잘 다녀와요, 서 주임. 그럼 우린 먼저 나가죠."

반듯하게 펴진 그의 곧은 등을 보며 윤정은 낮은 한숨을 삼켰다. 그의 얼굴을 제대로 마주하지 못할 정도로 그녀를 괴롭히는 원흉을 만나러 갈 시간이었다. 두려움보다는 짜증이 더 앞섰다.

윤정은 건조한 시선으로 자기 앞에 앉은 상대를 바라봤다. 민성은 자신을 사랑하는 것이 아니었다. 자신과 사귀었을 당시에도 민성은 그녀를 사랑하지 않았다. 섹스를 하기 위한 도구에 지나지 않았을 뿐, 민성은 그녀를 애인으로 생각하지 않았다.

차라리 섹스파트너처럼 몸만 유지되는 관계였으면 나았겠지만 윤정은 민성과의 관계에서 섹스를 원한 적은 한 번도 없었다. 느끼지도 못하는 관계가 그녀에게 무슨 소용이란 말인가. 게다가 민성은 그녀와의 관계를 지겨워했었다.

한 사람만 만족하는 관계인지라 어쩐지 재미없게 여겨졌던 건지, 아니면 자신이 문제였던 것인지, 그것도 아니면 자신을 쉽게 봤던 건지도 모르겠다.

"왔어?"

갓 연애를 시작한 사람처럼 민성이 살갑게 말했다. 방금 전의 문자며 전화로 협박을 해 댄 사람치고는 참 상반된 반응이었다.

"자꾸 내 주위를 서성이는 이유가 뭐예요? 이제 정말 연락하지 말아요. 나 당신하고 그날 그 자리에서 완전히 끝났으니까."

윤정은 자리에 앉지도 않은 채 민성을 쏘아붙였다.

"밥 안 먹었지? 앉아. 점심 먹어야 하잖아."

민성은 넉살 좋게 웃으며 윤정을 자리에 앉혔다. 어깨에 닿는 민성의 손 때문에 신경이 날카롭게 곤두섰다. 여러 가지가 복잡하게 얽힌 관계에서 민성까지 그녀를 지치게 만들고 있었다. 아, 너무 짜증났다. 처음부터 옛 애인에 대한 아련함 같은 것은 민성과 윤정에게 존재하지 않았던 것들이다.

"당신한테 묻고 싶은 것이 있어 왔어요."

"우선 밥부터 먹고 하자. 여기 꽤 유명하더라? 그래서 내가 먼저 시켰어."

"이봐요, 구민성 씨! 내 말 제대로 듣고 있는 거 맞아요?"

윤정은 화를 가라앉힌 채 차분하게 말하려고 노력했지만 쉽게 되지는 않았다.

"안 돼. 예전보다 너 너무 말랐어."

분명 예전에 민성이 이랬다면 그에게 감동했을 것이다. 하지만 아무것도 남지 않은 지금 무엇이 더 필요할까. 그녀를 걱정하는 듯한 저 말투도, 저 눈빛도, 저 행동도, 모두 다 몸서리쳐질 정도로 싫었다.

"이 문자, 당신이 보낸 건가요?"

윤정은 오늘 온 욕설 문자를 그에게 보여 줬다.

"내가? 내가 굳이 너한테 그럴 필요 없잖아."

민성이 거짓말을 하는 거 같진 않았다.

"할 얘기 끝났으니 이만 일어날게요."

혹시나 싶은 마음에 나온 것이었다. 하지만 역시나 그는 아니었던 모양이다. 윤정은 가방을 들고 일어섰다.

"윤정 씨, 약속이 여기였어?"

전 대리가 반가운 듯 그녀에게 다가왔다. 윤정은 순간 아연실색했다. 전 대리가 이곳에 있다면 진혁도 함께라는 소리였다. 그가 물으면 그녀는 뭐라 대답을 해야 하지? 눈앞이 깜깜해졌다.

"저…… 그게……."

"안녕하세요. 또 뵙네요."

"그러게요."

반갑게 인사하는 그들 사이로 진혁과 눈이 마주쳤다. 당장이라도 달려가 잘못된 일이라고 그에게 말해 주고 싶었다. 하지만 그는 냉정하게 고개를 돌려 버렸다. 쥐고 있던 가방이 바닥으로 추락했다. 그는 그녀에게 어떠한 것도 궁금해하지 않는다. 그녀가 어떤 남자를 만나든, 누구와 연애를 하든, 그는 관심이 없었다. 처음부터 아는 것이었는데 확인 사살까지 받고 나니 마음이 새까맣게 타들어 갔다.

"윤정 씨, 맛있게 먹고 들어와. 나 먼저 갈게. 이따 봐."

윤정은 망연자실하게 털썩 자리에 앉았다.

"표정이 왜 그래? 꼭 저승사자라도 본 얼굴이군."

"당신…… 내 앞에 나타난 이유가 뭐예요? 왜…… 하필!"

지금이었을까. 그의 표정이 잊혀지지 않았다. 경멸을 담은 그 눈동자. 헤픈 여자로 생각할까. 아니면 관심조차도 없을까. 한숨이 짙어졌다.

"왜긴 왜야. 널 다시 만나고 싶었어."

"거짓말하지 말아요. 당신은 날 기억조차 못했을 사람이에요."

윤정의 말은 틀리지 않았다. 민성이 짓고 있는 비열한 웃음으로 윤정은 확신했다. 그가 그녀를 찾아온 것은 정확한 목적이 있었다.

"목소리 낮추는 게 좋을 텐데? 너희 회사 사람 여기 있는 거 아니야?"

"하고 싶은 말만 해요. 말 돌리지 말고."

윤정이 결국 화를 참지 못했다. 민성은 화를 참는 듯 주먹을 꽉 쥔 채 그녀를 노려보았다. 아니, 씰룩대는 입술은 마치 그의 승리를 장담하는 것 같았다. 순간 윤정은 저도 모르게 몸을 움츠렸다. 알 수 없는 불안감이 그녀를 강타했다.

"아주 좋은 걸 발견했어. 너도 보면 아마 깜짝 놀랄걸?"

그는 휴대폰을 뒤적여 테이블 위로 던졌다. 던진 휴대폰 액정 위로 화면이 뜨긴 했지만 빛 때문에 자세히 보이진 않았다. 아니, 보고 싶지 않았다.

"그만 갈게요."

"앉아!"

민성이 자리에서 일어나 그녀를 거칠게 다시 자리에 앉혔다.

주위에서 수군거리는 소리가 들렸다. 윤정은 아랫입술을 질끈 깨물며 그가 테이블 위에 던져 놓다시피 한 휴대폰을 노려보았다. 민성의 입꼬리가 비열하게 뒤틀렸다.

"보는 게 좋을 텐데? 아니면 직접 보여 주지 뭐."

"무슨……."

민성이 그녀의 옆자리로 자리를 옮겨 왔다.

"굉장히 재밌을 거야."

소름 끼치는 목소리로 그녀에게 속삭였다. 불안감, 정체를 알 수 없는 불안감이 그녀를 괴롭혔다. 그리고 눈앞에 펼쳐진 사진 한 장이 그녀의 불안감의 정체를 증폭시켰다.

"크크큭……. 어때, 재밌지? 재밌을 거라 했잖아."

"무슨 수작이야!"

몸이 바들바들 떨렸다. 차가운 바닷물이 그녀를 휩쓸고 지나간 듯 온몸에 소름이 끼쳤다. 윤정은 그의 손에서 휴대폰을 빼앗으려 발버둥 쳤다. 하지만 그는 그녀의 손을 가볍게 제압하고 휴대폰을 빼앗아 주머니에 넣었다.

"이야, 수작이라니. 진작 내 말을 들어줬으면 여기까지 안 왔잖아. 예쁘지 않아?"

입술을 질끈 물었다. 손끝이 파르르 떨렸다. 윤정은 자신의 모습을 들키지 않기 위해 주먹을 꽉 쥐었다. 침착해야 해, 침착해야 해, 아니면 저 사람한테 놀아날 거야. 약한 애 아니잖아, 서윤정. 몇 번이고 머릿속으로 되뇌었다.

시야가 뿌옇게 변하는 것도 잊기 위해 일부러 먼 허공을 응시했다. 떨어지지 마라, 제발. 몇 번이고 속으로 생각한지 모른다. 수치심, 모멸감 그따위 것들은 다 던져 버릴 수 있었다. 하지만…… 그 뒤를 생각하니 머릿속이 아득해졌다.

"도대체 왜…… 이래요?"

목구멍에서 뜨거운 것이 울컥 치밀어 올랐다. 윤정은 빨갛게 핏발 선 눈으로 그를 노려봤다. 최대한 담담하게 말을 꺼내려고 했지만 감정이 격해져서 조절이 되지 않았다.

지금 자신 옆에 앉은 남자의 뺨이라도 때리고 싶었지만 이성을 잃으면 안 됐다. 충분한 목적이 있는 사람이었다. 그렇지 않다면 4년이나 지난 일을 가지고 그녀의 앞에 나타날 일도 없었다.

"널 사랑해, 라고 말하면 믿어 줄래?"

윤정은 민성의 말에 대답하지 않았다.

"역시 그럴 줄 알았어. 나 너 사랑하는 거 아니야. 뭐, 사귈 때도 비슷했고. 넌 순종적인 여자니까 마음대로 하기가 좋았던 거지."

"그래서 저따위 쓰레기 짓을 했다는 건가요? 당신 여자 있잖아!"

"아아, 그 여자? 헤어졌어. 여자들은 말이야 징글맞도록 시끄럽더군. 뭐만 하면 지겹게 땍땍거리고. 너만큼 순종적인 여자를 본 적이 없어."

파르르 떨리는 눈을 감았다 떴다. 그리고 무슨 결심이라도 한
듯 윤정은 자리에서 일어났다.

"비켜."

"가려고? 밥 먹고 가지 왜?"

순진한 척, 착한 척, 두터운 가면을 뒤집어쓴 것마냥 민성의
얼굴이 바뀌었다. 아, 그랬지. 저 사람의 저런 모습을 맨 처음은
믿었었다. 민성은 별다른 저항 없이 자리를 비켜 주었다. 자신의
승리를 확신하는 듯 윤정을 더 이상 몰아붙일 필요가 없다고 생
각한 모양이었다.

윤정은 가방을 챙겨 들고 정면만 응시했다. 민성을 봤다가는
이 자리에서 꼼짝도 하지 못할 거 같았다.

"뿌리고 싶으면 뿌려. 경찰에 당장 고소할 테니까."

윤정은 민성을 뒤로한 채 걸어 나왔다. 동요하는 기색을 드러
내지 않으려 노력했지만 덜덜 떨리는 어깨까지는 막기 힘들었다.

밖으로 나오자 시리도록 추운 바람이 뼛속까지 스며들었다.
후드득, 어딘가에서 물방울이 떨어져 마른 땅을 적셨다. 윤정은
서둘러 자신의 뺨에 흐르는 눈물을 닦아 내며 지금 들은 것을 잊
기 위해 애썼다.

기억이 나질 않는다. 자신의 나체 사진을 찍었다는 것도 그녀
는 전혀 모르고 있었다. 그리고 그걸 아직까지 간직하고 있을 거
라고도. 눈을 감으면 그 사진이 아른거렸다.

사진을 봤을 때, 심장이 덜컥 내려앉았다. 등 뒤에 식은땀이

흐르고 그 자리에 얼어붙은 것처럼 꼼짝도 하지 못했다. 민성에게 당당히 말하고 돌아섰지만, 두려움은 공기처럼 피부에 달라붙어 그녀를 질식시키고 있었다.

무서웠다. 앞으로 그녀에게 닥칠 일이. 그리고 지금 당장 도망가고 싶었다. 아무것도 안 듣고 안 볼 수 있는 곳으로 도망치고 싶었다. 지금보다 더 끔찍한 일을 겪게 될까 봐 겁이 났다. 윤정의 코트가 바람결에 이리저리 흔들렸다. 마치 그녀를 뒤흔들어 놓듯이.

회사로 돌아갔을 때 전 대리는 이미 돌아온 후였다. 시간이 어떻게 지났는지도 몰랐다. 지금이 몇 시인지, 자신이 제대로 찾아왔는지도. 머릿속에 하얀 안개라도 낀 듯 아무것도 생각나질 않았다.

"윤정 씨, 왜 거기 멍하니 서 있어? 얼른 와서 앉아."

"아……."

윤정은 코트를 벗어 걸어 두고 자리에 앉았다. 이제부터 뭘 해야 하지? 머릿속에 혼란이 찾아왔다. 자신이 어디로 가야 하는지, 무엇을 해야 하는지 한 가지도 생각이 나질 않았다.

"네, 비서실 전수정입니다. 네, 네, 알겠습니다."

귓가가 윙윙거렸다. 분명 옆에서 전화벨이 울렸고 전 대리가 전화를 받는 것도 알았다. 바다가 휩쓸고 간 것처럼 그녀에게 남은 것이 없었다.

"윤정 씨, 사장님께 회장님이 지금 올라오시라고 하셨다고 좀 전해 줘요."

"알겠습니다."

윤정은 사장실에 노크를 하고 안으로 들어갔다.

"말해요."

서류에 파묻혀 얼굴도 들지 않는 그를 보자 목구멍에서 뜨거운 것이 울컥 올라왔다. 뭐야, 이 남자에게 기대고 싶은 것인가. 눈시울이 순식간에 빨개졌다. 그는 그녀를 보고도 아무것도 묻지 않고 있었다. 그녀가 기댈 곳은 그도 아니란 소리였다. 나는 이제 어떻게 해야 하지? 자신에게 묻는 물음에 윤정은 아무 대답도 할 수 없었다.

"왜…… 아무것도 묻지 않아요……?"

"뭘 말이지?"

건조한 시선이 그녀에게 닿았다. 심장이 쿵 떨어지는 것 같았다. 그의 냉정한 눈빛에 온몸이 얼어붙는 기분이었다. 그녀와 그의 감정은 서로 질적으로 다른 것들이었다. 그녀는 사랑이었지만 그는 그저 욕망이었다. 허탈한 웃음이 비집고 나오는 것을 억지로 참았다.

"방금 그 남자……."

그가 어떻게 하든 윤정은 변명이라도 하고 싶었다. 제발 오해하지 말아 달라고. 아직은 자신을 버리지 말아 달라고. 물기 어린 그녀의 목소리를 느꼈는지 진혁이 그녀에게 다가와 눈을 맞쳤다.

"그러니까 그 남자는……."

"네가 말하려는 거, 믿으니까 더 이상 말 안 해도 돼."

목구멍이 꺼끌거렸다. 목이 멨고 코끝이 찡해졌다. 당장이라도 그의 품에 안겨 울고 싶었다. 그의 건조한 시선이 자신에게 닿았을 때도, 윤정은 그저 무연히 그 자리에 서서 그만 바라보았다.

"회장님께서 올라오시라고 하셨습니다."

"그래."

이야기를 전했으면 이제 자신의 일을 하러 돌아갈 법도 한데 윤정은 그 자리에서 꼼짝도 하지 못했다.

"그런데 너, 무슨 일 있어?"

"아니요. 아무 일도…… 없습니다."

윤정은 행여나 들킬세라 얼른 사장실을 나왔다. 얼굴을 두 손에 파묻으며 제 색이 돌아오길 기다리듯 몇 번이고 비볐다. 그녀를 믿는다는 그 한마디가 잠식된 불안감을 해소해 주었다.

그래, 이까짓 일 별거 아니다, 별거 아니다, 고소하면 그뿐이다, 몇 번이고 되뇌었다. 하지만 아무리 당당하게, 쿨하게 넘기려고 해도 그녀는 여자였다. 그런 사진을 보고 아무렇지 않을 수는 없었다.

"하아……."

긴 한숨이 입을 타고 새어 나왔다. 답답했다.

진혁이 비서실을 지나쳐 나갈 때도, 그가 자신을 바라볼 때도 윤정은 고개를 들지 않았다. 들키고 싶지 않았다.

"이번 리조트에 경영권이 걸려 있다더니 정말인가 보네."

"네?"

"몰랐구나. 이번 제주 리조트 건 있잖아. 거기에 사장님이 회장님 후계자가 되느냐, 마느냐가 달려 있다더라. 알잖아. 회장님 아들이 셋이나 있는 거. 피 터지게 싸우는 거지. 뭐, 두 형제들이야 사장님 밀어주는 분위기라지만 친척들도 있는 거잖아. 그래서 저렇게 열심히라던데?"

윤정은 그에 대해 아는 것이 정말 하나도 없었다. 회장과의 관계에 대해선 어렴풋이 직원들의 소문을 들었지만 그는 그녀에게 사소한 것을 말하지 않았다. 그의 형제가 몇이고, 그가 어떻게 자라 왔으며, 어떤 부모님 밑에서 자라 왔는지 등등, 그녀가 그에 대해 아는 것이라곤 이름과 나이 두 가지뿐이었다.

이번 리조트 건이 그에게 중요한 일인지도 몰랐다. 어째서 그는 자신에게 말하지 않았을까……. 그만큼 자신이 하찮은 존재일까. 아무것도 기대하지 않고, 아무것도 바라지 않는다고 했지만 그녀는 어느덧 더 큰 무언가를 바라고 있었나 보다.

윤정은 울리지 않는 전화기를 다행스럽게 바라봤다. 진혁은 회장실에서 돌아오자마자 장장 네 시간이라는 긴 임원회의를 했다. 임원들은 퇴근 시간이 다 돼서야 사장실을 나올 수 있었다.

그리고 그는 퇴근하라는 말과 함께 다시 사무실로 들어갔다.

터덜터덜 집으로 돌아가는 길을 걸으며 윤정은 숨을 깊게 들이마셨다. 연락이 없는 민성이 오히려 무섭고 겁도 났다. 무슨 일을 크게 만드는 것은 아닐까, 두려움이 온몸을 잠식했다.

며칠 동안 민성에게선 연락이 없었다. 다행이라 여겼다. 정말 다행이라고. 이게 모든 것의 끝인 줄 알았다. 하지만 그것은 시작에 불과했다. 늦은 저녁 퇴근길 그녀에게로 문자 하나가 도착했다.

진혁과 그녀가 함께 키스를 나누고 있는 사진. 머릿속에 아득해졌다. 휴대폰을 든 손이 바들바들 떨려 제 구실을 못할 정도였다.

— 전화할 거라고 생각했어.

민성은 그녀를 비웃듯 말을 이어 나갔다.

"지, 지금 어디예요. 만나서…… 그러니까 만나서 얘기해요."

— 미안하지만 난 오늘은 널 만나고 싶지 않은데? 그나저나 사진 잘 나왔지? 이야, 능력도 좋아. 너희 회사 사장이더라?

"도대체 나에게 왜 이래요? 당신 날 사랑하는 것도 아니라며! 그럼 뭘 원해요! 돈을 원해서 이래요? 제발 말 좀 해 봐요!"

윤정은 길거리에 서서 그에게 다그쳐 물었다. 냉정했던 모습도, 담담하게 민성에게 지지 않으려 했던 모습도, 다 사라져 버렸다. 이성이 조금씩 허물어지고 있었다.

— 내가 말이야, 재밌는 소설을 하나 써 볼까 해. 이름하여 사

장실 비서의 스캔들, 어때? 넌 바람난 내 약혼녀고 사장은 그런 널 빼앗은 비정한 놈이고 난 비련의 남주인공이 되는 거지. 아, 이거보다 더러운 스캔들이 또 있겠어? 덤으로 네 사진까지 올리면 금상첨화 아니겠어? 크크큭, 어때? 재밌겠지?

"도대체 이러는 이유가 뭐예요! 당신 나랑 자고 싶어서 이런 거예요? 당신 나 끔찍하게 싫어했잖아! 시체랑 자는 거 같다며!"

머리가 아팠다. 이 자리에 앉아서 아이처럼 펑펑 울고 싶었다. 심장이 거세게 두방망이질 쳤다.

뭘 잘못했던 걸까? 어디서부터 일이 꼬인 거지? 아, 아, 생각이 나질 않는다. 모든 게 꿈인 것만 같았다. 진혁과의 일들도, 그리고 민성과의 일들도. 하룻밤 꿈처럼 모두 다 사라졌으면 했다.

— 사람 마음은 한순간에 바뀌는 거야. 걱정 마. 당장은 너랑 잘 생각 없으니까. 근데 좀 궁금하긴 하네. 네가 아직도 시체처럼 있을지. 나를 잘못 건드리면 너도 그 새끼도 모두 다 사회에서 매장이야. 알아들어? 그러니까, 착하게 말 잘 듣고 있어.

"민성 씨! 민성 씨!"

윤정은 끊긴 전화를 가지고 매달렸다. 그리고 전화를 다시 걸어 보았지만 그는 받지 않았다.

윤정은 길바닥에 주저앉은 채로 멍하니 허공을 바라봤다. 눈물도 나오지 않았다. 모든 것이 산산이 부서져 버린 것 같은데, 눈물이 나오지 않았다. 이 순간 뭘 해야 하지? 나는 무엇을 해야 하지? 죽을 날을 기다리는 사형수처럼 민성을 붙잡고 늘어져야 하는 건가?

이 순간 머릿속에 딱 한 사람이 떠올랐다. 그가 미치도록 보고 싶었다. 꿈이었다는 것을 확인시켜 줄 무언가가 필요했다.

윤정은 전봇대에 웅크려 앉아서 손톱을 피가 날 정도로 깨물었다. 몸이 바들바들 떨렸다. 걸친 코트는 더 이상 바람의 방패막이가 되어 주질 못했다.

"서윤정!"

초점 없이 이리저리 흔들리던 시선이 그를 단번에 찾아냈다. 그가 보고 싶었다. 미치도록. 그의 품에 안겨 그가 나눠 주는 온기를 느끼고 싶었다. 그래, 그거라면 될 것이다. 이런 더러운 꿈도 그러면 깰 것이다.

"무슨 일이야?"

진혁이 자신의 코트를 벗어 윤정의 어깨에 걸쳐 주었다. 포근히 감싸 주는 옷 위로 그의 체취가 한껏 묻어났다.

"그, 그냥……. 보고 싶었어요. 당신이…… 너무 보고 싶었어요……."

윤정은 자신의 어깨를 감싼 그의 품으로 파고들었다. 그의 가슴팍에서 느껴지는 온기에 시선이 아릿하게 흔들렸다.

"나를…… 안아 줘요……. 항상 그랬던 것처럼……."

"윤정아."

"제발요……."

흐르지 않았던 눈물이 그의 품 안으로 흘렀다. 와이셔츠가 조금씩 축축하게 젖어 들어갔다. 윤정은 이 순간 겁이 났다.

자고 일어났는데도 이 더러운 꿈에서 깨지 않으면 어쩌지? 더 시궁창 속으로 들어가면 어쩌지? 이 사람의 품에 다시는 안길 수 없진 않을까, 또 이 사람이 자신을 경멸하게 될까, 윤정은 겁이 났다.

다른 사람이 자신을 손가락질해도 제발 이 사람만은 자신의 편이길 바랐다. 하지만 안다. 그는 자신의 편도, 또 자신을 믿어 줄 그런 사람도 아니라는 것을. 그저 제발 악몽에서 깨어나길…… 빌고 또 빌었다.

죽었던 공기가 글라스 잔에 닿는 얼음 소리 덕택에 부서지듯 깨졌다. 진혁은 잔을 윤정에게 내밀었다. 달그락달그락, 얼음들이 맞부딪히며 잔 안에서 빙 돌았다.

"마셔. 진정될 거야."

윤정은 그가 건넨 잔을 받아 들었다. 글라스 잔에 묻어 있는 물방울들이 또르르 손으로 떨어졌다. 그녀의 어깨는 공포에 질린 어린 새처럼 바들바들 떨렸다.

정신을 차릴 새도 없이 눈을 뜨니 이곳이었다. 무슨 짓을 저지른 걸까. 그가 보고 싶다는 생각 하나로 모든 것을 감정적으로 대처한 자신이 참 한심스러웠다.

얼음 위에 진하게 녹아든 위스키를 한 모금씩 천천히 비워 나갔다. 입안에 들어간 뜨거운 액체가 목구멍까지 넘어갔다. 가슴이 타들어 갈 듯 뜨거워졌다.

"도대체 무슨 일이야?"

그의 조심스러운 물음에 윤정의 입에서 설핏 웃음이 났다. 그가 자신을 걱정하게 될 줄 누가 알았겠는가. 웃음을 터트리는 윤정을 그가 어리둥절한 표정으로 바라봤다.

재미있다. 그의 당황하는 표정, 흔들리는 그 눈빛까지. 어쩐지 양 뺨이 간질거렸다. 어디선가 작은 벌레가 날아와 달라붙었는지도 모를 일이었다. 윤정은 그가 눈치채지 못하게 뺨을 훔쳤다.

"서윤정……."

애처롭게 부르지 말아요, 제발……. 입 밖으로 내뱉지 못하는 말이 손에 쥔 모래처럼 가슴속으로 흩어졌다. 잊으려고 하는 일들이 머릿속을 집요하게 비집고 들어왔다. 꿈이 아니란 것 쯤은 이미 알고 있었다. 인정하기 싫은 일들은 그녀를 교활하게 유린했다.

"한 가지만 물어볼게요. 당신에게 회사, 중요한 건가요?"

목구멍에서 뜨거운 것이 울컥 치밀어 올랐다. 사실 겁이 났다. 자신의 떨림을 그가 눈치챌까 봐 겁이 났지만 의외로 담담한 자신의 말투에 스스로도 놀란 터였다.

"그건 왜 묻지?"

밤하늘을 오린 듯한 검은 그의 눈을 보자, 윤정은 확신이 생겼다. 중요하다는 말보다, 그의 눈빛, 그의 입술, 그의 숨소리 하나가 더 그녀의 마음속으로 파고들었다.

"그냥 궁금했어요."

윤정은 그에게로 바짝 다가가 앉았다. 파르르 속눈썹이 떨리는 것이 느껴졌다. 들숨 날숨, 그의 숨소리가 그녀의 얼굴을 간지럽혔다. 부드럽게 그의 입술을 훔치고 그의 단단한 가슴을 손으로 매만졌다. 가쁘게 뛰는 심장이 손안에서 도마 위의 생선처럼 꿈틀거렸다.

그의 두터운 혀를 옭아매고 입안을 탐색했다. 그가 자신에게 키스를 하듯이 부드럽게 조금씩 그를 삼켜 나갔다. 피곤한 그의 상태를 말해 주듯이 항상 매끈했던 입술이 꺼끌거렸다.

떼어진 입술에선 은색 실이 길게 늘어졌다. 그의 눈 깊은 곳에서 욕망이 꿈틀거렸다. 그는 알아챘을 것이다. 의도적으로 말을 돌린 자신을. 하지만 내색하지 않았다. 이걸 고맙다고 해야하나. 윤정은 붉게 들뜬 얼굴로 그의 단단한 어깨에 팔을 둘렀다.

"유혹하는 건가?"

"그런 셈이죠."

후후, 그녀의 입에서 청아한 웃음소리가 퍼져 나갔다. 이 순간 그의 몸에 파고들어 열정적인 그의 팔에 기대고 싶었다. 자신과 같은 곳에서 뛰는 그의 심장 소리를 자장가 삼아 잠들고 싶었다. 피하지 않을 작정이었다. 거센 파도가 그녀를 삼킬지라도, 커다란 올가미가 그녀의 숨통을 조일지라도.

그의 유두를 손끝으로 고양이처럼 긁었다. 그의 거친 숨소리가 듣기 좋았다. 자신의 품에 안긴 사람이 누구라는 것을 각인시키듯, 그가 그랬던 것처럼 그를 애무했다. 부드럽게, 열정적으로, 그리고 자신의 방법으로.

그는 윤정을 거부하지 않았다. 손을 놓고 그녀가 하는 것을 지켜보기로 한 모양이었다. 작은 유희일지도 모른다. 그녀의 손끝은 어쩐지 애절했다. 그의 거칠고 단단한 피부를 자신의 손안에 넣어 깊숙이 기억하려는 손짓이었다.

섹스는 몸이 하는 사랑의 언어였다. 여태껏 퇴색되어 어떤 것인지 정확한 의미를 몰랐지만 그녀가 지금 그에게 하는 행위는 명백한 사랑 행위였다.

그의 쇄골을 이로 깨물고 그의 유두를 혀로 간지럽혔다. 항상 단정했던 그의 머리칼이 뇌쇄적으로 헝클어져 있었다. 그의 배를 지나 손이 미끄러지듯 바지를 벗겼다.

올라탄 자신의 허벅지를 찌르는 남성을 느낀 지 오래였다. 그가 윤정이 하려는 일을 눈치챈 듯 허리를 들었다.

"서윤정……."

"안 돼요. 오늘은 내가 유혹한 거잖아요."

생긋 웃으며 그의 물건을 손으로 감쌌다. 잘게 주름진 기둥은 예상외로 부드러웠고 단단했다.

"하아…… 못 말리겠군."

그는 그녀의 행동이 재미있는 것 같았다. 포기한다는 듯 두 손을 들었다. 어디 한번 해 보라는 모양이었다. 세게 잡으면 아프지 않을까? 윤정은 손으로 움켜쥐고 끝을 혀로 핥았다.

"윽······."

그의 신음 소리에 윤정은 힘을 얻는 것 같았다. 그녀의 행동이 조금 더 대담해졌다. 두 손으로 그의 것을 잡고 입안에 머금었다. 혀로 기둥을 감싸며 그가 자신을 애무하듯 빨아들였다.

"더 세게······."

그가 자신의 뒷머리를 잡고 힘을 주자 목구멍까지 치밀 듯 그의 것이 들어왔다. 단단한 기둥은 뜨거웠고 딱딱했으며 부드러웠다. 관계를 갖듯 입안 깊숙이 들어왔던 것을 조심스럽게 빼내고 더 깊이 빨았다.

그의 몸이 바르르 떨렸다.

"하아······ 윤정아······."

애달픈 목소리에 윤정의 욕망이 커졌다. 마치 자신을 그의 기억 속에 깊이 각인하듯 그를 삼켰다. 욕망으로 뒤틀리던 몸이 펑터졌다. 뱉을 새도 없이 미끄덩한 액체가 꿀꺽 넘어갔다.

"하아······."

숨을 고르고 있는 그가 어쩐지 재밌었다. 자신의 몸을 애무할 때는 대범했던 그가 이렇게 힘없이 누워 있다니. 조금은 뿌듯해졌다. 그때 자리가 단번에 뒤바뀌었다. 소리를 지르거나 저항을 한다거나 할 틈이 없었다. 그는 승냥이처럼 교활하게 웃었다. 동

그렇게 떠졌던 눈을 스르륵 감으며 윤정은 그의 목을 두 팔로 감쌌다.

"날 사랑해 줘요."

사랑해요. 입안에 담을 수 없는 말이 가슴속으로 사라졌다. 아, 그래 나는 이 사람을 사랑했다. 일방통행일지라도 그녀는 이 사람을 사랑했다. 기억해야지, 잊지 말아야지, 가슴속 깊은 곳에서 뜨거운 열기가 피어올랐다. 그의 입술이 스치는 가슴에서, 그의 손이 움직이는 자신의 어깨에서. 용암처럼 분출해지는 욕망과 함께, 그의 등을 손톱으로 긁었다.

그의 목에 새긴 자신의 언어, 그리고 그의 등에 새겨 놓은 긴 자국, 며칠이 지나면 그것들은 흔적도 없이 사라질 것이다. 그 정도면 견딜 만했다. 그것들이 없어져도 그는 자신을 기억할 테니까. 아니, 기억하도록 만들 테니까.

"하아……."

그의 몸에 각인을 새겨 넣은 그녀는 대신 자신의 가슴속에 그를 새겼다. 가슴속에 새겨 넣은 글씨는 오랜 세월 비를 맞고, 눈을 맞고, 바람을 맞을지언정 변하지 않을 것이다. 그녀의 숨이 끊어지는 그날까지.

소리 없는 말은 가슴속으로 공기로 계속해서 흩어져 갔다. 뜨거운 열기와 정열적인 그의 몸이 자신의 몸속으로 파고드는 그 순간까지도.

민성의 올가미는 아주 조금씩 다가왔다. 그는 생각보다 머리가 좋은 사람이었다. 윤정은 앞에 놓인 꽃바구니를 손가락으로 툭툭 건드렸다. 꽃잎들이 바닥으로 하나둘씩 떨어지면 민성이 자신을 질려 할까.

자신은 꽃이 되지 못했다. 향기도 없을뿐더러 아름답지도 못했다. 그가 자신에게 원하는 것이 무엇인지 정말 모르겠다.

"이야, 윤정 씨. 저번에 그 사람하고 사귀는 거야? 거봐, 잘 어울린다고 했잖아."

회사로 당당히 배달된 그 꽃바구니엔 많은 것이 내포되어 있었다. 회사에 자신의 존재를 알림과 동시에 진혁과의 관계도 모호하게 만들 수 있는 것이었다.

"그래서 우리 윤정 씨가 예뻐졌나? 여자는 역시 사랑을 해야 해. 여기 카드도 있네. 얼른 읽어 봐."

윤정의 시선이 자신도 모르게 사장실 문에 박혀 들었다. 진혁이 이것을 본다면 자신을 뭐라고 생각할까. 헤픈 여자? 아니면 상관하지도 않으려나? 그가 소유욕이 짙었던 사람이던가? 잘 기억이 나질 않았다.

아니지, 자신에 대해 소유욕을 드러낼 정도의 깊은 사이가 아니었다. 이 상황이 그저 씁쓸했다. 자신을 이렇게 내모는 상황이 참담하고 비참했지만 가장 비참한 것은 자신을 내던지고도 지금 생각나는 그 사람 때문이었다.

「이따 그때 그 레스토랑으로 와.」

윤정은 카드를 꾸겨 버리고 싶은 것을 간신히 참았다. 남이 본다면 애정이 듬뿍 넘치는 행위라고 하겠지만 그녀에겐 그저 최후의 통첩에 불과했다.

"한창 좋을 때에 왜 그래?"

"아니요. 괜찮아요."

자신에게 내뱉는 말이었다. 나는 괜찮다, 이까짓 거 그냥 스치는 바람에 지나지 않는다. 머릿속을 가득 채운 그 생각들이 가슴속으로 흩어지고 눈물이 핑 돌 것만 같았지만 그녀는 괜찮다 몇 번이고 되뇌었다.

그렇게 외치고 생각하고 지내다 보면 정말 괜찮을 것만 같았다. 어디까지 버틸 수 있을지 모르겠지만 우선은 버텨 보자 생각했다.

윤정은 이를 악물며 집무실 문을 두드렸다.

"요새 좀 야윈 거 같군. 무슨 일 있어?"

자신을 바라보지도 않은 채 진혁은 건조하게 말했다. 하지만 마음에 와 닿는 그의 말은 어쩐지 그가 자신을 아껴 주고 걱정해 주는 것만 같았다. 실상은 전혀 그렇지 않을 텐데. 윤정은 그에게 기대고 싶고 의지하고 싶은 마음을 애써 눌러 담았다.

"그런 거 없습니다."

"넌 참 자기방어에 철저해. 너에 대해 하나도 알리지 않지. 그것도 너의 매력인가?"

그의 모호한 말에 윤정은 가만히 그를 바라보았다. 내가 그런 사람이던가, 자기방어를 하는 사람은 진혁 쪽이 아니었던가. 어쩌면 둘 다 같은 생각을 하고 있는지도 모른다는 생각이 문득 스쳐 지나갔다. 하지만 아닐 테지. 입가에 지어지는 씁쓸한 웃음을 애써 지워 냈다.

"저…… 부탁이 있습니다. 한 번 안아도 될까요?"

그는 짐짓 놀란 표정으로 그녀를 바라봤다.

"별일이군. 네 입에서 그런 말이 나오다니."

"싫……어요?"

"이리 와."

진혁은 그녀의 팔목을 잡아 자신의 쪽으로 끌어당겼다. 그의 얼굴이 그녀의 허리께 닿았다. 뜨거운 숨결이 그녀의 배를 간지럽혔다. 안기기 전 그의 입가에 보일락 말락 한 미소가 보였던 거 같았다. 분명 그녀의 착각이었겠지만.

윤정은 그의 보드라운 머리카락을 손으로 매만지며 생각했다. 이 정도면 꽤 견딜 만할 거라고. 아직은 괜찮을 거라고 자신의 마음을 애써 자위했다.

— 사장님, 김혜란 씨 오셨습니다.

윤정은 서둘러 그의 품에서 떨어져 옷매무새를 가다듬었다.

"들어오시라고 해요."

"저는 이만 나가 보겠습니다."

"그래."

윤정이 미처 나가기도 전에 그의 사무실 문이 열리고 혜란이 들어왔다. 그녀의 입가엔 반가운 미소가 그득했다. 나풀거리며 걸어오는 그녀의 옷깃에선 봄의 꽃내음처럼 향긋한 향수 냄새가 났다.

"어머, 윤정 씨도 있었네요? 저번에 반가웠어요. 다음에 선영이랑 같이 밥 먹어요. 난 선영이랑 윤정 씨랑 친구인지도 몰랐네요."

"선영이와는 별로 친하지 않아서요. 말씀들 나누세요."

최대한 예의 바르게 말을 하고 싶지만 윤정도 여자인지라 말투에 날이 박힌 것까지 어쩔 수가 없었다.

"밖에 꽃 참 예쁘던데요? 윤정 씨가 선물 받은 거라면서요?"

"아……."

대답을 하기보다 윤정은 진혁의 표정을 살피기 급급했다. 아무것도 아닌 것이라 치부한 주제에 그의 눈치를 자신도 모르게 보고 있었다.

혜란의 한마디에 그는 어떤 표정을 지을까. 그는 자신의 감정을 숨기는 것에 익숙한 사람이었다. 아니, 어쩌면 그가 반응할 만한 일들이 아닐지도 모른다. 입가에 쓰디쓴 웃음이 지어졌다. 윤정은 이 관계를 제일 잘 이해하고 있으면서도 제일 이해하지 못하는 사람이기도 했다.

"꽃 선물이 가장 쉬우면서도 제일 어려운 선물이잖아요. 특히 남자들한텐. 안 그래, 진혁 씨?"

특유의 시니컬한 표정으로 서류를 보고 있는 그의 모습을 물끄러미 바라봤다. 무엇을 바란 거지? 질투? 아니, 아니었다. 그녀는 무엇을 기대한 것이 아니었다. 그런데 마음속 깊은 곳에서 울컥 솟아오르는 이 감정은 무엇일까. 윤정 자신도 이해할 수가 없었다.

"죄송하지만 남자친구가 없습니다. 그럼 전 이만 나가 보겠습니다."

"아! 윤정 씨, 혹시 제가 실수한 건가요?"

"아니요. 그런 거 아닙니다."

윤정은 사무실 문을 닫고 나오며 짙은 한숨을 삼켰다. 악의 없는 혜란의 한마디에 휘둘리고 반응하는 자신이 한심해 미칠 거 같았다. 옹졸하고 치졸한 자신의 모습이 한심했고, 선영의 목소리가 자꾸만 상기돼 평정심을 유지할 수 없어서 더 슬펐다.

어느 것이 진실이든 자신은 아직 진혁의 입에서 들은 것이 없는데 신경이 쓰이는 것까지 막기가 힘이 들었다.

겨울바람이 창문을 부술 듯이 불어 댔다. 쏟아지는 별처럼 펼쳐진 야경은 아름답기 그지없었지만 그녀는 감상적인 사람이 아니었다. 상대가 이 남자라는 사실에 그녀의 마음은 얼음처럼 꽁꽁 얼어붙었다.

"꽃바구니는 잘 받았어? 너희 사장 얼굴이 궁금하네."

그는 물을 마시며 빙긋이 웃었다. 아마 그녀가 간파한 생각들이 맞는 것 같았다. 그녀가 두려워할 것을 짐작이라도 하듯.

"걱정 말아요. 나와 그 사람 그런 사이 아니니까."

"그래, 그럴지도 모르지. 근데 하고 싶은 말이 많을 텐데. 어쩐지 조용하네?"

그의 말투엔 그녀에 대한 조롱이 담겨져 있었다.

"혼자 뒤집어쓰기로 한 건가? 이야, 이거 눈물 나는 사랑인데?"

비아냥거리는 민성의 말까지 신경 쓸 여력이 없었다. 윤정은 대답 대신 창밖에 시선을 던졌다.

"근데 그 눈물 나는 사랑이 이렇게 끝나는 건가?"

"무슨 소릴 하는 거예요?"

청천벽력과도 같은 소리에 윤정이 민성을 노려보았다.

"못 들은 척하는 거야? 헤어지라고. 너희 사장과. 앞으로 만나면 좋은 꼴 못 볼 거야. 아니지, 네가 옷 벗고 나뒹구는 사진을 봐도 너희 사장이 널 만날까?"

"당신이 무슨 권리로!"

머릿속이 아득해졌다. 이렇게 행복했던 순간들이 없었다. 불안한 관계였지만 윤정은 그를 사랑했고 그와 함께 있는 것만으로도 가슴 떨렸다. 그 작은 행복조차 그녀에게 허락되지 않는 이 현실에 화가 났다.

"우선 말버릇부터 좀 고쳐야겠네. 미안하지만 매달리고 애원해야 할 사람은 내가 아니라 너야. 잘 기억해 둬."

윤정은 가만히 민성을 바라봤다. 날카로운 파편들이 그녀를 공격하듯 무섭고 두려웠다. 하지만 동요하는 기색을 보이지 않으려 노력했다. 그것이 그가 원하는 진정한 목적일 테니까.

"이 기회에 회사를 바꿔 보는 것도 나쁘지 않겠네."

민성은 비아냥거리며 와인을 한 모금 마셨다.

"그래도 내가 쉽게 떨어져 나갈 거라고 생각하지 마."

자잘한 소름이 돋았다. 저 사람이 목적을 이루지 않고 쉽게 떨어질 것이라고 생각하지 않는다. 자신에게 질려 한다? 그것은 어느 정도 관심이 있는 사람들 사이에서나 볼 수 있는 것이었다.

자신을 바라보는 민성의 눈 속엔 사랑이 존재하지 않았다. 삐뚤어졌다거나 뒤틀렸다거나 하는, 그런 형체를 알아볼 수 없는 감정 따위가 아니었다. 무관심, 딱 한 종류만 존재했다.

민성의 휴대폰 벨소리가 요란하게 울렸다. 그는 발신인을 보며 난감한 듯 인상을 찌푸리더니 조용히 전화를 받았다.

"네, 잠시만요. 먹고 있어."

윤정에게 눈짓을 하더니 민성은 중요한 전화라도 되는 듯 밖으로 나갔다. 그가 사라지자 윤정은 호흡곤란을 일으키는 사람처럼 거칠게 숨을 쉬었다. 목을 올가미로 조이는 것처럼 그와 있는 시간이 구역질 나고 숨이 막혔다.

민성은 결국 혼자만의 식사를 즐겼다. 은하수처럼 은은한 빛이 흘러넘치는 식탁 위에서 그가 좋아하는 피가 흐르는 스테이크를 맛보며, 그녀를 안중에 두지 않았다.

"데려다 줘?"

"필요 없어요."

"그럴 거라 생각했어."

민성은 으쓱거리며 그녀에게서 돌아섰다. 윤정 역시 매몰차게 돌아서려 했다. 하지만 무언가가 시선을 떼지 못하게 만들었다.

자잘한 주름이 잡히고 엉덩이가 번들거리는 정장바지와 흙이 묻고 낡은 구두 뒤축. 그러고 보니 와이셔츠 소매 끝도 때가 타 있었다. 그는 생각보다 깔끔한 사람이었다. 혼자 자취를 하면서도 와이셔츠 주름 하나 남기지 않고 매일 다리는 사람이었다. 어쩐지 찜찜한 생각이 파고들었지만 윤정은 서둘러 고개를 도리질 쳤다.

바람이 그녀를 감싸 안았다. 길게 늘어진 아스팔트 길이 끝도 없이 펼쳐진 것 같았다. 그 끝을 알 수 없는 미로처럼. 지금 여기 있는 자신이 한심해졌다. 그리고 이 상황이 가슴이 미어졌다. 그와의 관계를 내 손으로 끊을 수 있을까. 윤정은 머리를 쥐어잡고 길에서 주저앉아 아이처럼 울었다.

그와 헤어지고 싶지 않았다. 그의 품을 잊고 싶지 않았다. 그의 달콤한 입술, 그리고 뜨거웠던 숨결, 그녀의 가슴속에 고이 남겨 둔 채 그를 떠나보내고 싶지 않았다. 그가 추억이 되는 일 따위 다시는 하고 싶지 않았다. 그가 자신의 손을 놓지 않았는데 그 손을 먼저 놓아야 한다는 참담함이 그녀를 더 슬프게만 만들었다.

나는 여전히 그를 사랑하는데…….

윤정은 그 자리에서 목 놓아 울었다.

❀　　❀　　❀

밤새 생각들을 정리했다. 자신이 무엇을 해야 할지, 그리고 어떻게 끝을 맺어야 할지. 윤정이 있을 곳은 이곳이 아니었다. 자신의 존재는 그 어디에도 속하지 못하는 먼지같이 불필요한 것이었다. 그런 생각까지 미치니 윤정은 그 사실이 견딜 수 없이 수치스러웠다.

[오늘까지야. 안 그럼 네 사진 너희 사장뿐만 아니라 모든 사이트에 다 뿌려 버릴 테니 그렇게 알아. 기업 이미지 손상 좀 되겠는데?]

새벽부터 그녀의 나체 사진과 함께 온 메시지에 윤정의 손이 바들바들 떨렸다. 머리를 쥐어뜯어 봐도 방법이 나오지 않았다.

[잊지 마, 네가 경찰에 신고하는 순간 네 사진도 함께 공개될 거란 사실을. 내가 이 정도도 손쓰지 않을 거라고 생각한 건 아니지?]

연달아 온 메시지에 윤정은 눈을 감고 숨을 크게 들이마셨다. 민성의 올가미가 그녀의 목을 움켜쥐고 있었다. 그녀가 할 수 있는 것은 단 한 가지밖에 없었다. 밤새 울어도, 밤새 생각해도 그 방법뿐이었다.

"저녁 같이 하지."

그가 건조하게 물었다. 윤정은 대답 대신 조용히 유기농 쿠키 몇 조각과 커피를 그 앞에 내려놓았다.

"선약이 있습니다."

향이 공기 중으로 흩어졌다. 코끝으로 쌉싸래한 향이 스며들었다. 커피는 그와 참 많이 닮아 있었다. 처음에는 대하기 어려운 존재였고, 그다음엔 그의 향에 취해 정신을 차릴 수 없었으며, 마지막엔 완전히 그에게 중독되어 버렸다. 이제는 헤어 나올 수도 없게 그를 그리워하고 찾았다.

오늘은 어쩐지 그가 뿌리고 다니는 향수의 향보다 커피의 향이 어쩐지 더 깊게 들어왔다. 그리고 뜨거운 열기도 함께 스며드는 것 같았다.

"선약?"

"네, 그리고 더 이상 이런 관계 유지하지 않았으면 합니다."

끝내는 말을 꺼내는 건 생각보다 어려운 일이 아니었다. 담담하게 말을 내뱉는 자신의 모습에 윤정 스스로가 놀랄 정도였다. 그리고 건조한 그의 눈과 눈이 마주쳤을 때 덜컥 겁이 났다. 마치 그녀의 생각을 읽기라도 하듯 그의 눈빛이 사납게 빛이 났다.

윤정은 두 주먹을 꽉 쥐며 마음을 다잡았다. 당장이라도 내가 한 말은 잊어 달라고 애원하고 붙잡고 싶었다. 피곤하다는 듯 양미간을 손가락으로 누르고 있는 그의 얼굴은 꽤 지쳐 보였다. 그를 위한 일이었는데 어쩐지 자신이 그를 힘들게 하는 원인인 것만 같았다.

"며칠 전까지 유혹하던 여자의 입에서 나온 말치곤 참 모순적이군. 이유는?"

윤정은 마른 숨을 삼켰다.

"이유는 없습니다……. 저나 사장님이나 이런 관계 유지하는 거 좋을 거 없다고 생각됩니다."

목구멍으로 치밀어 오르는 말을 꾹꾹 밀어 담았다. 당신을 사랑해서, 옆에 있으면 외롭고 두려워서 더 이상 함께할 수가 없다고.

진흙탕 속엔 혼자 들어가는 것이 맞았다. 그의 냉정한 눈을 볼 때면 상처를 받곤 했지만 오늘따라 그 눈이 서글프게만 다가왔다. 자신의 진심을 마지막 순간에라도 내뱉고 싶었지만 그가 혹시 왜, 라는 질문을 한 번 더 한다면 그녀는 이 관계를 끝낼 수가 없을 게 뻔했다. 그저 울고 매달리며 그에게 짐만 될 뿐이다.

"내가 상관없다면?"

그의 담담한 말투가 그녀를 시험하고 있는 것만 같았다.

"저는 연애가 아닌 결혼이 하고 싶습니다. 사장님에게 그 상대가 제가 될 수 없듯이 저 역시도 그 상대가 사장님이 될 수 없습니다."

그녀의 대답에 그는 짐짓 놀란 표정이었다. 하지만 이내 곧

원래의 모습으로 돌아왔다. 마치 아무 일도 없었던 듯, 그녀의 이야기는 스쳐 지나가는 바람이었다는 듯 이 공간에 그와 그녀의 사이는 없던 일같이 되어 버렸다.

"결혼 상대라……. 재미있는 이야기군. 좋아. 네가 원하는 대로 해."

"그리고 일은 이번 달까지만 하겠습니다. 이만 나가 보겠습니다."

그와의 관계는 이렇게 쉽게 끝나 버렸다. 느슨하게 자리 잡았던 연결 고리가 마모되는 느낌이었다. 그 끈은 너무도 하찮은 존재여서 작은 바람에도 심하게 파동을 일으키고 있었다.

조만간 끊어질 끈에 날카로운 단도가 파고들 듯 시리고 아팠다. 그리고 그만큼 두려웠다. 이 순간도 그와 자신이 아무 사이도 아니라는 생각을 하자, 현기증이 몰려오는 것 같았다.

아픈 것도 담담하게 받아들이자 했는데 생각보다 그 상황이 다가오니 멍하기만 할 뿐 눈물이 나지 않았다. 그저 아, 이렇게 끝났구나, 하는 생각밖에 들지 않았다. 그리고 이제 더 이상 그를 볼 수 없다는 생각에 가슴이 미어졌다. 그럼에도 눈물 한 방울 흘릴 수 없는 이 상황에 화가 나 견딜 수가 없었다.

이를 악물고 화장실로 천천히 걸어갔다. 그리고 나지 않는 눈물 대신 가슴을 부여잡고 입을 막았다. 울고 싶은데 그녀의 바람처럼 눈물이 나지 않았다. 그저 서글프고 아프고 견딜 수 없이 고통스러웠다. 한참을 윤정은 그 자리에서 주저앉아 있었지만 통증이 사그라지질 않았다. 계속해서 더해지기만 할 뿐.

진혁은 그녀의 생각 자체에 화가 났다. 그녀는 그를 전혀 의지하거나, 믿거나 하질 않는다. 오히려 명백한 선까지 그어 버렸다. 그녀는 왜 모르는 것일까. 그는 그녀가 원하는 것을 들어줬을 것이다. 그것이 당장에 이루어질 수 없는 일이라도. 하지만 그녀는 그에게 요구하기 전에 포기해 버렸다. 그 자체가 화가 나는 것이었다.

진혁은 머리를 거칠게 헝클이며 책상 위의 서류들을 바닥으로 내팽개쳤다. 잘못 끼워진 단추가 삐걱거리며 바닥으로 추락했다. 그와 그녀는 결국 잘못 끼워진 단추였을까.

"이 실장, 안으로 좀 들어와요."

"찾으셨습니까?"

이 실장이 헐레벌떡 안으로 들어왔다. 윤정은 거의 뛰쳐나가다시피 그의 사무실을 나갔고 진혁은 다급하게 그를 찾았다. 무슨 일이 생긴 것이 분명했다.

"윤정이, 아니, 서윤정 씨, 뒷조사 좀 해야겠어요."

"갑자기 그게 무슨 소리신지……."

"알아봐요. 만나는 사람이 누군지, 또 집안에 일이 생긴 건 아닌지."

"네, 알겠습니다."

이 실장은 의아한 마음이 먼저 들었지만 진혁의 명령을 먼저 따르기로 했다. 그가 허투루 이런 일을 벌일 사람은 아니었다.

윤정은 사무실에 앉아 홀로 하나씩 자신의 것들을 정리했다. 말일이라고 하지만 남은 날짜는 고작 보름 남짓이었다.

전 대리는 자신과 상의도 없이 사직서를 낸 것에 화가 났는지 하루 종일 윤정과의 대화를 거부하고 있었다. 정리할 것도 없었지만 막상 자신이 몇 년 동안 몸담고 있던 회사를 떠난다고 하니 마음이 좋지 않았다. 하지만 그 정도라면 윤정은 꽤 담담히 견딜 수 있었을 것이다.

진혁과의 마지막 연결 고리가 끝이 나는 것이었다. 그것만 생각하면 저도 모르게 눈물이 핑 돌고 가슴이 아렸다. 내 마음만 간직하자, 가슴에 묻고 나 혼자 그 사람을 잊지 않으면 되는 것이라 생각했지만 자신의 손으로 하는 이별은 생각보다 더 힘들었다.

길거리를 지나갈 때마다 들리는 노래 가사가 모두 자신의 이야기인 것만 같았다. 그의 손으로 끝이 났으면 좀 달랐으려나, 하는 멍청한 생각들이 들 때면 자신이 미련하고 한심해서 견딜 수가 없었다.

"서 주임, 강 이사님께 연락해서 올라오시라고 좀 해 줘요."

냉랭하기 짝이 없는 전 대리의 태도에 오히려 이 실장이 어색한 웃음을 지었다.

"네, 알겠습니다. 저…… 그리고……."

"아, 내 정신 좀 봐. 사장님 커피 가져다 드리기로 했지."

전 대리가 쌩하니 자리에서 일어났다. 항상 이런 일은 그녀의 몫이었기 때문에 이 상황이 어색하기만 했다.

아마 그는 그녀가 나타나지 않아도, 하루 종일 보이지 않아도 별다른 관심이 없을 것이다. 울리지 않는 휴대전화, 그리고 연락 없는 그. 자기 손으로 끊어 냈던 것들이 가슴 아프게만 느껴졌다. 윤정은 속으로 한숨을 삼켰다.

그래, 이 모든 게 내가 자초한 일이다. 울지 말아야지. 울지 말아야지. 몇 번이고 되뇌었다.

벌써 해가 사라진 뒤였다. 화가 나 있는 전 대리는 그녀에게 업무 외에는 말 한 마디도 걸지 않았다. 윤정은 씁쓸하게 웃으며 자리에서 일어났다. 그리고 가져갈 수 있는 것들을 쇼핑백 안에 넣어 외투를 걸치고 나왔다. 시린 겨울바람이 얼굴에 맞부딪혔다. 하루 동안 진혁의 얼굴을 제대로 보지 못했다. 전 대리의 시위가 그녀에겐 꽤 다행스러운 부분이 있었다. 그와 한 공간에 있다면 그녀는 아마 못 견디고 울며불며 매달렸을 것이다. 제발 날봐 달라고.

"윤정 씨!"

버스를 타러 걷고 있는 그녀의 뒤에서 커다란 클랙슨 소리가 들려왔다. 윤정은 소리가 나는 방향으로 고개를 돌렸다.

"혜란 씨?"

혜란은 반갑게 손을 흔들며 차에서 내려 윤정에게 다가왔다.

진혁을 만나러 온 거 같은 혜란이 그녀는 달갑지 않았다. 아니, 싫었다.

"사장님, 만나러 오셨나요?"

"그랬으면 좋겠어요?"

혜란이 쾌활하게 웃으며 물었다. 솔직하게 아니라고 대답하고 싶지만 윤정은 그럴 수 없었다. 그와의 관계를 끝낸 것도 자신이고 끝내지 않았다고 해도 그녀를 대외적으로 드러낼 만한 관계가 아니었다. 그녀는 그의 정부도 되지 못하는 여자였다.

"오늘은 윤정 씨 만나러 온 거예요. 혹시 약속 있는 건 아니죠?"

"그건 아니지만……."

"잘됐네요. 타요. 나 좀 도와줘요."

윤정이 뭐라 묻기도 전에 혜란이 그녀의 손을 잡았다. 이 상황이 난감하기만 했다.

윤정은 그녀가 싫었다. 세상의 때가 묻지 않은 듯한 이 천진난만함도 싫었고, 이 친화력도 싫었다. 아니, 그녀가 부러웠다. 스스럼없이 그에게 다가갈 수 있는 그녀의 용기가 부러웠다. 윤정은 한 발 나아가기도 버거운데 그녀는 거침없이 그에게 다가가고 있었다. 결국 윤정의 자리는 없었다. 모두 혜란의 자리일 뿐.

"진짜 살았다. 윤정 씨가 매몰차게 거절하면 어쩌나 했거든요."

"무슨 일을 도와드리면 될까요?"

"회장님 생신이신데 선물 좀 같이 골라 주세요. 저보다는 더 잘 아실 거 같아서요. 그리고 사실 이건 핑계고 윤정 씨와 친해지고 싶었어요."

"저는 회장님에 대해 아는 것이 없어요."

"말했잖아요. 나 윤정 씨와 친해지고 싶다고. 그리고 혼자보단 둘이 고르는 게 그래도 낫지 않겠어요?"

윤정은 거절할 걸 그랬다고 생각했다. 그사이 문자가 한 통 들어왔다.

[더러운 년. 걸레 같은 년. 죽어 버려!]

손이 바들바들 떨렸다. 며칠 동안 잠잠하던 문자가 다시 시작된 것이었다. 도대체 왜, 그녀에게 이런 문자들이 오는 것일까. 옆에서 쾌활하게 수다를 떠는 혜란의 얘기도 지나가는 차 소리도 아무것도 들리지 않았다. 그녀를 괴롭히는 이 상황들이 숨 막히게 싫었다.

저녁을 먹자는 혜란의 제안을 겨우 거절하고 집으로 돌아왔다.

'오늘 고마웠어요. 다음엔 우리 꼭 친구 해요!'

윤정은 혜란의 말에 대답하지 못했다. 친구라……. 과연 혜란과 자신이 친구가 될 수 있을까? 윤정은 그와 혜란을 진심으로 축하해 줄 수 없었다. 그녀는 모질지도 못했지만 그렇게 착한 사람도 아니었다.

"왜 이렇게 늦게 왔어! 손님 기다리잖아."

엄마가 앞치마를 두른 채로 화들짝 놀라며 달려 나왔다. 윤정이 엄마의 말을 알아차리는 데 그리 긴 시간이 걸리지 않았다. 거실의 떡하니 앉아 있는 그 남자의 뒷모습을 발견했으니까. 그 남자는 며칠 전과 같은 정장에 같은 와이셔츠를 입고 있었다.

"이게 무슨……."

머리에서 아찔한 통증이 뒷목까지 타고 들었다.

"왔어?"

민성은 서글서글하게 웃으며 그녀에게 손을 흔들었다. 입 밖으로 기다란 한숨이 튀어 나갔다. 도대체 이건 어떻게 받아들여야 할까.

"얼른 손 씻고 와. 미리 온다고 연락이나 해 줬으면 좋았으련만……. 찬이 부족해도 이해해요. 우리 이렇게 먹고살아."

"아닙니다, 어머님! 상다리가 휘어질 정도로 진수성찬인데요? 잘 먹겠습니다."

"뭐해? 얼른 씻지 않고."

분명 화를 내야 하는데 차마 입이 떨어지지 않았다. 엄마 앞에서 도대체 어떤 소리를 해야 하는 것일까. 아마 그도 이 점을 이용해서 더 그러는 것 같았다.

저녁을 먹는 내내 밥이 어디로 들어가는지 알 수 없었다. 간혹 눈이 마주칠 때마다 민성은 그녀의 상황을 조롱하듯 웃어 댔다. 그때마다 섬뜩한 기분이 목구멍까지 치밀어 올랐다.

"밥 더 줄까? 많이 먹어요. 먹는 것도 남자답네. 윤정이 너랑 같은 회사에서 근무했었다며."

"아⋯⋯."

그는 그녀가 없는 사이 엄마에게 그런 이야기까지 한 모양이었다. 두통이 더 강해졌다.

"아직도 그 회사 다녀요?"

"아니요, 사업을 시작하려고 얼마 전 그만뒀습니다."

"구체적으로 잡아 놓은 계획이 있는 거예요?"

"그럼요. 걱정 마세요, 어머님. 윤정이 손에 물 한 방울 안 묻히게 잘 살게요."

"어머!"

까르르 웃는 소리가 담장 밖을 넘을 것 같았다. 처음 온 남자친구라 그런지 엄마는 어느 때보다 기뻐했다. 그 남자친구라고 자신을 소개한 사람이 딸을 사진으로 협박해서 그녀를 옭아매는 사람이라고 하면 어떻게 될까. 엄마의 표정이 가히 좋지 않을 것이다.

그렇게 된다면 그녀의 치부를 다 드러내야만 했다. 그녀의 집은 굉장히 보수적인 집안이었다. 학교 다닐 때는 외박이라는 것을 꿈도 꾸지 못할 정도였으니까.

"이만 들어갈게요. 몸이 좀 안 좋아요."

"얘! 그래도 손님 오셨는데……."

"아니에요, 괜찮습니다. 제가 손님인가요, 뭐."

넉살 좋은 저 웃음까지 모두 끔찍했다. 온몸에 벌레가 꾸물꾸물 기어 다니는 것만 같았다. 윤정은 화장대 서랍에서 두통약을 찾았다. 도저히 약을 먹지 않고는 참을 수가 없었다. 머릿속을 날카로운 것으로 찌르는 것만 같았다. 알약 두 개를 목구멍으로 재빨리 털어 넣었다.

"그 새끼하곤 헤어졌어?"

"나가요."

찌릿찌릿, 민성의 목소리에 두통이 더 심해졌다.

"난 참을성이 많은 놈이 아니야. 다시 한 번 묻지. 그 새끼하고 헤어졌어?"

서 있을 수 없을 정도로 머리가 아파 왔다. 목 뒤로 식은땀이 나듯 등골이 선득해졌다.

"당신이 원하는 대로 됐으니까 당장 나가요!"

"그래도 생각보다 멍청하지 않아서 다행이네. 그런데 말이야."

침대에 걸터앉았던 민성이 몸을 일으켜 천천히 그녀에게로 다가왔다. 윤정의 머릿속에서 빨간 경보 벨이 울렸다. 그의 시선이 윤정의 몸에 끈적하게 달라붙었다. 쾅, 등 뒤로 서늘한 감촉이 느껴졌다.

"미쳤어요?"

흔들리는 눈빛을 바로잡으려 윤정은 이를 꽉 깨물었다.

"왜, 소리라도 질러 보지 그래? 아니면 다른 방법으로 날 만족시켜 줄래?"

자신의 양 뺨을 만지는 민성의 손을 거칠게 떼어 냈다. 자잘한 소름이 돋았다.

"무슨 짓이에요!"

"무슨 짓? 지금 무슨 짓이라고 했어? 왜, 그 새끼하고 잘도 굴렀을 거 아니야. 내가 네 첫 남잔데, 내가 가르쳐 줬던 그 기술들 그 새끼한테 써먹었어?"

야수의 본성이 깨어나듯 민성의 눈빛이 위협스럽게 변했다. 공포에 질려 버린 새처럼 여린 어깨가 덜덜 떨렸다. 두려웠다. 달그락달그락, 엄마가 상을 치우는 소리가 들리는데 왜 자신은 아무것도 할 수 없을까.

"뭐가 그렇게 겁이 나."

그녀의 한 손을 우악스럽게 잡아 두툼해진 바지 앞섶에 가져다 대었다.

"만족시켜 달라니까? 너 잘하잖아. 그놈한테는 안 해 줬나 보지?"

광기였다. 민성의 눈에 비친 것은 그저 광기였다. 그녀에 대한 소유욕, 집착 따위가 아니라 그녀의 거부가 싫은 것일 뿐이었다. 윤정은 잡힌 손을 빼내려 몸을 뒤틀었다.

"이 미친 새끼야, 당장 놔!"

"소리 지르게? 너희 부모님도 알아? 네가 몸 함부로 굴리고 다녔다는 거?"

몸이 뻣뻣하게 굳었다. 머릿속은 새하얗게 변했고, 이제 그가 무슨 말을 하는지 듣고 싶지도 않았다. 갑자기 민성이 그녀의 팔목을 잡고 침대 위로 내동댕이쳤다. 그는 마치 화를 참는 듯 주먹을 쥐었다 폈다를 반복하고 있었다.

"걱정하지 마. 오늘은 건드리지 않을 테니까. 나도 양심적인 사람이거든."

쾅, 문이 닫혔다. 윤정은 그 상태 그대로 누워 있었다. 귀가 윙윙 울렸다.

"어머님, 저 가 볼게요. 윤정이가 많이 아픈가 봐요. 쉬라고 뒀어요."

"벌써 가게? 그래, 조심해서 가고 다음에 또 놀러와요."

눈물이 나지도 않는다. 한차례 거대한 폭풍이 자신을 쓸고 지나간 기분이었다. 폭풍이 지나간 자리엔 값어치를 못하는 잔해들만이 널려 있을 뿐이었다. 자신의 육신과, 마음처럼. 제발 이 폭풍이 빨리 지나가길 바랐다.

윤정은 근처 공원에 웅크리고 앉아 있었다. 요 며칠 자주 찾아오는 혜란, 그리고 이제는 만날 수 없는 진혁, 민성까지 아귀가 맞지 않는 톱니바퀴가 억지로 돌아가는 기분이었다.

그녀의 자리를 혜란이 차지한 것만 같았다. 그의 옆자리는 자신의 것인데……. 아니, 처음부터 그 자리는 혜란의 것이었는지도 몰랐다. 그의 옆자리는 자신에게 단 한 번도 허락된 적이 없었으니까. 기다란 한숨이 입 밖으로 새어 나갔다.

쉬는 날 집에 있고 싶었지만 엄마의 성화를 이기지 못했다. 그 사람과 결혼하지 않을 거라는 것을 못을 박아 두었지만 엄마는 믿지 않는 눈치였다.

'사람 좋아 보이던데, 왜 그래?'

그래, 엄마는 모를 것이다. 그녀가 가슴이 새카맣게 타도록 꿍꿍 끌어안고 있는 그 고민을……. 검게 타들어 간 심장 덕에 이제는 웬만한 것은 아프지도, 슬프지도 않았다. 이것을 고맙다고 해야 하는 일인지…….

"저기요……."

"네?"

누군가 어깨를 톡톡 치는 느낌에 윤정이 뒤를 돌아봤다.

"윤정 씨? 윤정 씨 맞지?"

"안 주임님……?"

"맞네! 여기 살아? 나도 이 동네로 이사 온 지 얼마 안 됐어."

안 주임은 반갑게 웃으며 윤정의 옆자리에 앉았다. 4년을 못 만났던 사이인데 그녀를 기억해 주는 자체가 고마웠다.

"그럭저럭이요. 안 주임님은요?"

"나야, 뭐 똑같지. 그래도 이런 데서 보니 반갑다! 그치?"

안 주임은 슈퍼를 갔다 오는 모양이었다. 4년 전에는 미혼이었는데 지금은 결혼을 했는지, 손가락엔 금반지가 반짝였다.

"그러게요."

"자, 이거 마셔. 우리 남편이 캔 커피를 좋아해서 몇 개 사 가지고 왔는데. 마침 잘됐네."

안 주임이 건네는 커피를 받아 들며 윤정은 허공을 바라봤다.

"그때 윤정 씨 대학 막 졸업해서 엄청 어렸는데, 세월이 많이 지났지?"

"네, 그래도 안 주임님은 그대로인 거 같아요."

"아, 커피값을 이렇게 후하게 쳐 주네."

안 주임이 까르르 웃었다. 그녀는 전의 회사에서 같이 일하던 사람이었다. 비록 사무실은 달라 친하게 지내거나 하진 않았지만 유일하게 그녀와 대화를 나누던 사람이었다.

"그나저나 구민성 씨 소식 들었어?"

"네?"

민성의 이야기에 윤정은 저도 모르게 어깨를 움츠렸다. 그날의 광기에 사로잡히다 못해 살기를 띠었던 민성의 눈을 도무지 잊을 수가 없었다. 애써 외면하려 해 보아도 민성의 모든 것이 장난이라고 느껴지지 않았다.

"모르는구나. 혹시라도 윤정 씨 찾아올까 봐 미리 말해 주는 거야. 그 사람 도박을 했나 봐. 회사로 깡패들이 찾아오고 난리도 아니었어. 사채를 썼는지 뭘 했는지, 결국 회사 잘리고 집도 담보를 잡혔다나? 아무튼 빈털터리 신세야."

윙윙, 벌이 귓가를 돌아다니듯 소리가 겹쳐서 들렸다. 열기가 치지직 치솟았다. 그의 목적이 조금씩 보이기 시작한 터였다.

7

내게 남은 것

찌릿한 통증이 머리에 찾아왔다. 목적을 알게 된 지금도 그녀는 어떻게 행동해야 할지 방법을 찾지 못했다. 뒤죽박죽 섞인 머릿속에선 답이라는 것을 떠올리지 못했다.

자신 하나만 걸렸더라면 끝을 내 버릴 일이었다. 마음에 걸리는 것이 있었다. 그가 모든 것을 알게 될 때, 자신을 경멸 어린 시선으로 바라보지 않을까, 하는 생각들. 또 그의 일을 자신 하나 때문에 모두 망쳐 버리진 않을까, 하는 생각도 역시 들었다.

윤정은 그를 사랑했지만 온전한 믿음은 없었다. 자신조차 믿지 못하는 상황에서 누구를 믿을 수 있을까. 낮은 한숨이 입 밖으로 새어 나왔다. 이 또한 민성이 바랐던 것은 아니었을까.

"진혁 씨 안에 있죠?"

혜란의 등장은 그녀의 종잇장처럼 흔들리는 마음을 불안하게 만들기에 충분했다. 마치 그의 스케줄을 꿰고 있는 사람처럼 빈 시간을 이용해 찾아왔다.

"잠시만 기다려 주세요."

전 대리가 그에게 메시지를 전하는 사이 윤정은 혜란을 꼼꼼하게 살폈다. 자신이 남자더라도 그녀보다는 혜란이었다. 혜란의 몸에서 나오는 우아함은 거짓으로 만들어진 것들이 아니었다. 처음부터 백조로 태어난 사람처럼 몸짓 하나, 손짓 하나, 그리고 말투에서까지 그 우아함이 내비쳤다. 바닥으로 한 번도 추락해 보지 않고, 사랑만 받고 자란 사람 같았다.

"들어가세요."

"네, 고마워요. 그리고 윤정 씨, 그날 고마웠어요!"

혜란이 해사하게 웃으며 안으로 들어갔다.

"무슨 소리야?"

"며칠 전에 회장님 생신 선물 골라 달래서 같이 골라 줬어요."

"얼씨구. 저러니 회장님이 찍어 놓은 며느리라는 소문이 돌지."

며느리라는 소리에 타이핑을 하던 윤정의 움직임이 멈췄다. 자신의 꼴이 지금 너무 한심했다. 앞으로 한 발짝 내딛기도 힘든 자신과 달리 혜란은 거침없이 그에게 다가갔다. 자신을 가로막는 장애물 따위 그녀에게는 없어 보였다.

윤정도 혜란과 동등한 입장이었으면 그렇게 거침없이 다가갈 수 있을까. 이런 말도 안 되는 생각을 하는 자신이 못나 보였다.

"윤정 씨, 요새 좀 말랐어. 먹기는 하는 거야?"

결국 전 대리가 먼저 그녀에게 말을 걸었다. 윤정은 피식 웃음이 나올 거 같았다. 그녀가 과연 다른 곳에 가서도 이런 사람을 만날 수나 있을까. 여지껏 사람다운 사람 한 번 만나지 못했다. 언니처럼 살뜰하게 자신을 보살펴 준 것도, 자신에게 먼저 다가와 준 사람도, 어디를 가든 자신을 챙겨 준 사람도, 모두 전 대리가 처음이었다. 그녀처럼 재미없고 말주변 없는 사람 싫을 법도 한데 전 대리는 끈질기게 그녀에게 다가왔다. 눈물이 왈칵 쏟아질 것만 같았다.

"걱정해 주셔서 감사해요."

"에휴, 그래. 자기 얼마나 힘들었으면 그만둔다는 소릴 했겠어. 그 마음 이해해. 몇 년째 달려왔는데 쉬고 싶기도 할 거야."

그런 거 아니라는 말을 차마 내뱉지 못했다. 전 대리에게 모든 것을 설명해 줄 수 없어서 미안할 따름이었다. 윤정은 긍정도 부정도 하지 않고 그저 서글픈 미소만 지었다.

"차 내가 가지고 갈게. 앉아서 좀 쉬어."

"아니에요, 괜찮아요."

윤정은 정말 괜찮다는 듯 전 대리에게 웃어 주며 자리에서 일어났다. 사실 요 며칠 신경을 썼더니 잠을 제대로 못 잤다. 잠은 커녕 먹는 것조차 제대로 먹지 못했다. 근 일주일 동안 살이 3킬

로나 빠진 것을 봐도 알 수 있었다.

회사에 나오는 것만으로도 곤욕이었으며, 앉아서 일을 할 때도 몸이 구름 위에 떠 있는 듯 몽롱했다. 그럴수록 그에 대한 그리움은 더 커져 갔고, 자신을 바라봐 주지도 않는 그에 대한 원망 또한 커져 갔다.

"서 주임입니다."

"들어와요."

삐걱, 열리는 문소리 사이로 햇빛이 새어 나와 눈 안으로 파고들었다. 눈이 부시다 못해 어지러울 지경이었다. 위는 날카로운 비명을 내며 그녀의 살을 파고드는 것처럼 콕콕 쑤셨다.

"항상 고마워요."

윙윙, 귓가에 벌이 맴도는 듯한 소리가 들렸다. 윤정의 초점이 흐려져 시야가 어지러웠다. 소리는 형체를 드러내지 않고 윤정을 괴롭히듯 따라다녔다. 순간 바닥이 몸 위로 붕 뜨는 것 같았다.

"어? 윤정 씨!"

"괜찮아?"

익숙한 체취와 온기에 윤정은 두 눈을 깜빡깜빡 감았다 떴다. 쓰러질 뻔한 그녀를 잡은 것이 진혁이었나 보다. 잡힌 팔이 불에 데인 듯 뜨거웠고, 등 뒤에서 울리는 고동 소리가 자신의 심장까지 울리는 듯했다.

"어디 아픈 거야?"

여태껏 차갑기만 했던 그의 다정한 목소리에 눈물이 왈칵 쏟아질 것 같았다. 그리웠던 목소리였고, 그리웠던 온기였다. 맥박이 팔딱팔딱 뛰며 죽었던 온기가 되살아나는 느낌이었다.

"괜찮아요?"

순간 자신의 시야에 비친 여자 덕택에 몽롱했던 정신이 번쩍 들었다. 윤정은 그를 밀치다시피 그의 품에서 벗어났다. 가슴선이 오르락내리락 거칠게 움직이고 있었다.

"괜찮습니다."

혜란이 그녀를 보고 웃었다.

"서 주임."

"진혁 씨, 왜 그래."

그는 화를 억누르듯 윤정에게 말했다. 그의 그런 태도가 싫지는 않았지만 그와 그녀는 이미 끝난 사이였다. 그런 생각에 미치자 씁쓸해졌다.

"정말 괜찮아요. 걱정 안 하셔도 됩니다."

"그래, 알았어. 나가 봐."

체념하는 듯한 그의 말투에 윤정은 입을 일자로 꾹 다물었다. 누가 누구의 사이에 낀 상황이라고 한다면 저 사람들 사이에 자신이 낀 것은 아니었을까. 혜란이 진혁을 바라보는 눈빛에서 그에 대한 애정이 묻어 나온다는 것쯤은 쉽게 알 수 있었다.

윤정은 닫힌 문에 등을 기대고 스르륵 눈을 감았다. 낮은 한숨이 새어 나왔다. 이게 뭐람, 초라하게 밀려 버린 것 같은 자신이 너무 허망했다.

민성의 전화를 모두 무시했다. 하루쯤은 어떠한 것도 생각하지 않고 오롯이 혼자만 있고 싶었다. 거대한 대나무 숲에 불어드는 바람처럼 그녀를 뒤흔드는 일들이 생겨나지 않기를 빌면서……

[재미있는 것 좀 구경시켜 주려고 했더니 전화 안 받네.]

삭제 버튼을 눌렀다. 꼿꼿하게 펴진 허리가 잠시 휘청거렸다. 이 남자의 작은 도발 하나에도 그녀의 몸은 움츠러들었다. 당당하지 못할 것은 하나도 없는데 말이다.

[이래도 안 올래?]

휴대폰으로 날아온 사진 한 장에 윤정은 제자리에서 우뚝 멈춰 섰다. 액정이 뿌옇게 흔들렸다. 거대한 폭우가 그녀의 가슴속으로 내리붓듯 시리고 횅했다. 그가 자신에게도 보여 준 적 없는 웃음을 혜란 앞에서 지었다. 환한 그 미소가 날카로운 파편이 되어 그녀를 찔러 댔다.

어떤 정신으로 이곳까지 왔는지, 윤정은 알지 못했다. 단지 그녀를 움직인 것은 이 작은 사진 하나였다. 어쩌면 이것조차도 민성의 농락인지도 몰랐다. 유리문을 한 손으로 열며 안으로 조심스럽게 들어갔다. 이곳은 민성이 보냈던 사진 중 일부였다.

뭣하러 이곳까지 온 거지? 윤정은 자신이 한심스러웠다. 자신의 자리가 이미 없어진 것을 깨닫고 포기라도 하려고? 아마 윤정은 평생 그 자리에 멈춰 서서 더 멀어져 가는 그의 뒷모습만 그리워할 것이다.

그렇게 미련퉁이인 것을 스스로도 잘 알고 있었다. 사랑에 대해 솔직하지 못했다. 그래서 그를 사랑한다 입 밖으로 내뱉지도 못했고, 붙잡을 수도 없다. 하지만 떠나갈 수도 없다.

그가 연인을 만드는 것을 옆에서 가만히 지켜볼 수 있을까. 도무지 자신이 없었다. 그에게서 그녀의 자리는 처음부터 존재하지 않았으니까. 그와 거리를 둘수록 두려움이 점점 커져 갔다. 자신의 공간이 낡은 천 조각처럼 마모되고 해지고 닳아 조금씩 작아지고 있는 것 같았다.

"왔네? 저기 네가 사랑하는 그 사람 아니야? 역시 짝사랑이었나 보네. 아니면 한낱 불장난?"

킬킬 웃는 민성의 목소리가 들어올 리 만무했다. 진혁이 혜란을 보며 웃고 있었다. 자신에게 보여 준 적 없는 다정한 얼굴로 혜란을 바라보며 웃고 있었다.

시야가 뿌옇게 변하고 콧잔등이 시큰거렸다. 무엇을 확인받기 위해 이곳까지 온 것일까. 스스로에게 되물어 봐도 답이 돌아오지 않았다.

"너보다 훨씬 잘 어울리지?"

민성의 비아냥거림은 견딜 만했다. 아니, 무시하면 그뿐이었다. 하지만 보고 있는 이 상황이 싫어 눈을 감아 봐도 눈을 뜬 것처럼 두 사람의 모습은 생생하게 펼쳐졌다.

속으로 낮게 욕을 읊조렸다. 멍청했던 것일까, 아니면 자만을 했던 것일까, 그것도 아니면 그가 자신을 사랑하나 하는 착각 따위를 했던 것일까.

그는 처음부터 그녀에게 사랑을 바란 적은 없었다. 혼자 하는 외사랑이 얼마나 뼈아프고 고통스러운지 몇 년 동안 충분히 해 봤음에도 그 고통은 쉽사리 나아지질 않는다. 인간이란 고통에 조금씩 적응하기 마련이지만 이 고통만은 도저히 적응이 되지 않았다.

"울기라도 할 거야? 하긴 서윤정은 울지 않지. 아무리 애인이 떠나고 상처를 줘도 절대 울지 않아. 그렇지?"

"입 닥쳐. 당신과 하고 싶은 이야기 없어."

시선이 그곳에 고정되어 있었다. 떼어야지, 돌아서야지, 하면 할수록 눈을 뗄 수가 없었다.

"네가 그런 말 할 처지가 아닐 텐데?"

저 연인들 사이에서 자신이 무엇을 할 수 있을까. 시선이 눈발이 흩뿌리듯 아릿하게 흔들렸다. 시야가 흔들릴수록 손목이 아려 왔다.

"넌 지금 저기 못 가. 가면 나와의 관계가 모두 다 탄로 날 테니. 어떤 남자가 너같이 몸 함부로 굴리는 여자를 좋아하겠어. 안 그래?"

비아냥거리는 민성의 말에 순간 실소가 튀어나왔다. 몸을 함부로 굴린 쪽은 민성도 마찬가지였다. 똑같이 사랑을 했을 뿐인데 여자는 안 되고 남자는 된다는 이런 거지 같은 생각을 누가 만들어 놨단 말인가.

"나와요. 여기서 할 말 아니잖아요."

윤정은 침착하게 말했다. 흔들리는 감정도, 보이는 광경도, 모두 다 꾹꾹 눌러 담았다.

찬바람이 정신을 일깨우듯 얼굴을 어루만졌다. 매서운 바람 사이로 하얀 입김이 색색 새어 나왔다.

"이런 거지 같은 연기 언제까지 할 거예요?"

"뭐?"

"당신 그 거지 같은 연기 언제까지 할 거냐고. 돈 필요하다며. 아니야?"

"다시 한 번 말해 봐."

"돈 때문에 이러는 거라며. 도박해서 이러는 거라며!"

짝, 순간 날카로운 마찰음과 함께 불에 덴 듯 뺨이 뜨거워졌다. 부어오르는 뺨에 손을 대지도 못했는데 다른 뺨이 화끈거렸다.

"악!"

분을 이기지 못한 듯 민성이 윤정의 머리채를 우악스럽게 잡아 올렸다.

"들었나 보네? 그럼 내가 왜 이런 짓 하는지도 잘 알겠네. 그럼 이따위 소리나 하지 말고 돈이나 가져오지 그랬어. 그럼 내 본성까지는 안 봐도 됐었잖아."

부딪힌 시선에서 살기가 느껴졌다. 윤정의 몸이 본능적으로 가늘게 떨려 왔다. 맞은 뺨 덕분에 입술이 터졌는지 입안에선 비릿한 피 맛이 느껴졌다.

"이, 이거 놔요!"

발악하면 발악할수록 그의 악력은 더 세져 잡힌 머리채가 그의 손아귀에서 빠져나올 줄을 몰랐다.

"이년아, 시끄러워. 머리 울리니까 입 좀 닥치란 말이야!"

"원하는 게 뭐예요! 알다시피 나 돈 없잖아……. 도대체 왜 이러는 건데! 악!"

민성이 윤정의 머리채를 놓으며 벽으로 몰아붙였다. 쾅, 둔탁한 마찰음과 함께 등 쪽에서 아릿한 통증이 파고들었다. 눈물 따위 흘릴 이유도 없고, 그럴 만한 여력도 없었다. 눈동자가 바람 앞에 있는 촛불처럼 이리저리 흔들렸다.

"이천 어때? 그 정도면 너도 만들 수 있는 돈이잖아. 네 월급이야 내가 뻔히 아는 거고. 모아 놓은 거 있잖아. 그 정도면 싸게 먹힌 거야."

자신의 뺨을 손으로 툭툭 치는 민성의 손을 날카롭게 쳐 냈다. 짝, 한쪽 뺨이 얼얼해졌다. 바람이 잔뜩 부어오른 뺨을 어루만져 주었다.

"후, 참는다. 일주일 시간을 주지. 안 그럼 어떻게 되는지 알지? 경찰에 신고할 생각 따위 애당초 안 하는 게 좋을 거야. 경찰이 들이닥치기 전에 내가 먼저 네 사진을 뿌려 버릴 거니까.

머리가 나쁜 앤 아니라고 생각하니 알아서 잘 처신해."

멀어져 가는 민성의 뒷모습을 보며 윤정은 그 자리에서 주저앉았다. 참아 왔던 눈물이 조금씩 조금씩 바닥으로 흩어졌다.

그가 사라지기 전까지 안간힘을 다해 서 있으려고 노력했다. 살기를 띤 민성의 눈을 볼 때면 두려움이 증폭되었다. 모든 것을 피해 도망치고 싶었다. 맞은 뺨 따위 조금도 아프지 않았다. 이렇게 해서 끝날 것이라면 그저 몇 대 맞아 주고 싶을 뿐이었다.

짙은 한숨이 공기 중으로 흩어졌다. 누가 그녀를 도와줄까. 허심탄회하게 속마음을 말할 친구조차 없었다. 왜 지금 이 순간에도 제일 먼저 떠오르는 것이 진혁이었을까.

윤정은 고개를 세차게 흔들었다. 그에게 말한다 해도 뭐가 달라질까? 아니, 더러운 여자라며 그녀를 버릴 것이다. 이 일이 끝나면 진혁에게 돌아갈 수 있을까. 자신의 자리가 있을까.

모든 것을 잃었다. 민성의 등장으로, 한때 잘못된 사랑을 했던 죄로……. 사랑은 그녀에게 지독한 독이었다. 여태껏 해 왔던 사랑 모두……. 이제 그녀에게 남은 것은 아무것도 없었다.

윤정은 항상 단정하게 묶었던 머리를 풀었다. 터진 입술에 빨갛게 딱지가 올라왔기 때문이다. 맞은 뺨은 부어오르긴 했지만 멍이 들진 않았다. 이것을 다행이라고 해야 할까.

째깍째깍, 울리는 시계 소리가 귓전을 느리게 맴돌았다. 천천히 울리던 소리에도 시간은 제멋대로 흘러 아침이 되어 버렸다.

거울 앞에서 몇 번을 망설였는지 몰랐다. 이 모습을 보면 진혁이 어떤 표정을 지을까. 긴 머리로 부은 얼굴을 가리며 사무실 안으로 들어섰다. 사무실 안은 자신을 처음 방문객으로 맞은 듯 고요했다. 윤정은 순간 안도했다. 아직까지 그와 마주칠 엄두가 나질 않았기 때문이었다.

윤정은 푼 머리가 어색해서 자꾸만 만지작거렸다. 블라우스 깃 위로 늘어뜨려진 머리카락이 답답하게 느껴졌다.

"좋은 아침이야. 윤정 씨 일찍 왔네. 사장님은 아직? 웬일이시래?"

"네, 아직인 거 같아요."

입술을 움직일 때마다 찢어진 자리가 아려 왔다. 어색하게 미소를 지으며 최대한 얼굴을 머리카락으로 가렸다.

"머리 풀었어? 청순한데?"

전 대리가 시원스럽게 등짝을 때리며 말했다. 윤정은 눈인사를 하고는 대답하지 않았다. 아직도 입안에서 비릿한 피 맛이 느껴지는 듯했다.

"좋은 아침입니다, 사장님."

"네, 좋은 아침입니다."

반듯한 모습으로 그가 사무실 안으로 들어왔다. 그의 회색 슈트는 작은 구김도 없이 빳빳하게 다려져 있었다. 마치 엄격한 그 자신을 나타내는 것만 같았다.

"안녕하세⋯⋯."

"윤정 씨, 얼굴이 왜 그래?"

"네?"

윤정이 화들짝 놀라며 얼른 머리카락으로 얼굴을 가리려 했지만 소용없었다. 전 대리는 윤정의 얼굴을 바라보며 꽤나 놀란 눈치였다.

"입술 말이야. 뺨도 부었고. 도대체 뭐야."

한쪽 뺨이 따끔거렸다. 아직도 그가 이곳에 머물고 있다는 생각에 온 신경이 바짝 곤두섰다. 안절부절못하는 자신의 꼬락서니가 우스웠지만 그조차도 생각하지 못할 만큼 윤정은 긴장했다.

"무슨 일 있습니까, 서 주임."

그의 나직한 목소리가 귓가를 파고들었다. 아련한 그의 목소리를 듣자니 심장이 바닥으로 추락하는 것만 같았다. 오스스 온몸에 전율이 일었다. 발가락부터 시작된 저릿한 느낌이 그녀의 심장까지 관통했다.

"그냥 피곤해서 그런 거 같습니다."

예리한 시선이 그녀를 파고들었다. 윤정은 긴장한 자신의 모습을 감추기 위해 주먹을 더 꽉 쥐었다. 그의 시선을 한 몸에 받자 마치 도둑질하다 걸린 어린아이마냥 불안하고 겁이 났다.

"윤정 씨, 무슨 말도 안 되는……."

"그렇군요. 일들 보세요. 그리고 서 주임."

"네."

"차 한 잔만 부탁해요."

닫힌 문을 보며 윤정은 한탄스러운 듯 한숨을 뱉었다. 하지만 마음 깊은 곳에서는 묘한 쾌감이 그녀를 찾아왔다. 그가 자신을 걱정하고 신경 쓰고 있었다. 이 작은 사실만으로도 윤정은 행복했다. 민성의 일을 잠시 잊을 수 있을 정도로.

"윤정 씨, 정말 어떻게 된 거야? 혹시…… 에이, 아니다."

"정말 별일 아니에요, 걱정하지 마세요."

윤정은 가볍게 웃으며 전 대리의 어깨에 손을 올렸다. 자신은 정말 괜찮다는 말을 건네고 싶었다.

정말 이런 상처 따위는 괜찮았다. 몸에 난 상처란 시간이 흐르면 아물기 마련이었다. 하지만 마음에 입은 상처는 시간이 흘러도 쉬이 아물기 힘들었다. 지쳐 갈수록 그녀의 마음속엔 커다란 블랙홀 같은 공간이 생겨났다. 주위까지 황량하고 피폐하게 만드는 것 같았다.

"서 주임입니다."

"들어와요."

날카로운 그의 시선이 그녀에게 박혀 들었다. 그는 그녀의 손을 우악스럽게 잡아 위로 올리고 뺨을 가리고 있는 머리카락을 손으로 들췄다.

"피곤해서 생긴 상처니 아프지 않겠군."

집요한 입술이 게걸스럽게 그녀의 입술을 찾았다. 마치 벌이라도 주듯 그는 사정을 두지 않았다. 그의 거친 입맞춤에 잠시 멎었던 피가 입안으로 파고들었다. 입술을 피할라치면 그는 교묘히 그녀를 놓아주지 않았다. 먹잇감을 삼키는 맹수처럼 더 거칠게 그녀의 입술을 탐했다.

"하아……."

"서윤정, 말해. 무슨 일이야."

그는 야수처럼 으르렁거렸다. 사냥감에 농락을 당한 듯 그는 날카로운 발톱을 숨기고 그녀에게 달려들기 직전의 모습 같았다. 쿵쿵, 불안한 마음이 귀까지 울렸다.

"잘 어울렸어요. 두 사람."

이 말을 담담하게 내뱉을 줄 본인조차도 상상하지 못했다. 자신의 불안함을 감추기 위한 말이었지만 예상 밖으로 윤정은 신랄하게 그에게 말했다.

"서윤정!"

그가 원하는 대답이 이따위 말이 아니라는 것쯤은 본인 스스로도 알고 있었다. 그에게 거리를 두는 사람은 과연 자신일까, 그일까, 가끔 의문이 들 때가 있었다. 하지만 누가 거리를 두든 그 거리는 좁혀지지 않을 것이다. 그와 자신은 접점이라고는 생기지 않는 평행선을 유지하고 있었다.

"당신이…… 날 어떻게 생각하는지 알아요……. 그러니까 나한테 신경 쓰지 말아요. 우리는 끝난 사이잖아요."

"너는 끝까지!"

"나가 보겠습니다."

"말해!"

낮게 으르렁거리는 목소리에 몸이 슬쩍 움츠러들었다. 윤정은 자신의 모습에 실소했다. 당장이라도 그에게 다 털어놓고 싶었다. 하지만 털어놓은 다음엔? 그가 끝까지 자신을 지켜 줄까? 어불성설이었다. 속이 까맣게 타들어 가는 것만 같았다.

— 사장님, 김혜란 씨 오셨습니다.

"나가 보겠습니다."

윤정은 이를 드러낸 고양이처럼 그에게 냉정하게 말했지만, 사실은 그에게 안겨 울고 싶었다. 하지만 혜란의 등장에 그와 그녀의 선이 명백하게 그어졌다. 그는 순순하게 물러섰고, 윤정도 더 이상 대꾸를 하지 않았다. 그가 지닌 자신에 대한 감정은 딱 저만큼일 것이다. 어쩐지 씁쓸하고 우울해졌다.

"사장님께서 들어오시랍니다."

"고마워요, 근데 무슨 일 있었어요?"

"죄송하지만 아무 일 없습니다. 신경 쓰지 않으셔도 됩니다."

"전 윤정 씨가 걱정돼서……."

"개인적인 일입니다."

냉정한 윤정의 말에 혜란은 어깨를 으쓱이며 진혁이 기다리는 사무실 안으로 들어갔다. 윤정은 문에 기댄 채 숨을 크게 들이마셨다. 저 여자가 싫고, 미웠다. 자신에게 아무것도 해를 끼치진 않았지만 벼랑 끝에 있는 자신의 자리까지 없애 버리는 저 여자가 싫었다.

"후훗."

허탈한 웃음이 입가를 타고 맴돌았다.

점심시간이 지난 오후였다. 그사이 민성에게선 문자 한 통이
와 있었다.

[돈은 잘 준비됐겠지?]

입 사이로 낮은 한숨이 새어 나왔다. 윤정은 지끈거리는 관자
놀이를 손으로 꾹 눌렀다.

[기억해. 난 참을성이 많지 않아. 참고로 네 그 사진은 내가
경찰에 잡히는 순간 퍼질 테니까 그리 알아 둬. 잔머리 굴릴 생
각 하지 마. 이미 다 손써 놨으니.]

점심을 먹는 대신 윤정은 은행으로 가 적금을 해약했다. 민성
은 의외로 허점이 많은 사람이 아니었다. 그것이 윤정을 더 괴롭
혔다. 궁지에 몰린 쥐새끼처럼 그녀를 더 사납게 물 것이 분명했
다. 그녀가 쥔 돈은 고작 천만 원뿐이었다. 이것 가지고 그가 만
족이나 할까. 아니, 그녀를 더 질기게 괴롭힐 것이 분명했다. 해
결이 되지 않아 윤정은 더 괴로웠다.

"윤정 씨, 서원건설과의 미팅 날짜 다시 한 번 체크 좀 부탁
해."

"네, 알겠습니다."

전 대리의 지시에 급히 스케줄 노트를 확인하던 윤정의 손끝
이 순간 바르르 떨렸다. 명치끝부터 전해지는 비틀리는 통증에
눈앞이 아찔해졌다. 얼굴이 순식간에 창백하게 변했다. 윤정은

무언가 잡을 새도 없이 바닥에 주저앉았다.

"윤정 씨……? 윤정 씨!"

흔들리는 시야 사이로 바닥에 떨어진 노트와 전 대리의 다급한 얼굴이 보이는가 싶더니 이내 윤정은 정신을 잃었다.

"무슨 일입니까?"

진혁이 사무실에서 다급하게 나왔다.

"윤정 씨가……."

"젠장!"

진혁은 낮게 욕을 읊조리며 윤정을 들어 올려 소파에 눕혔다.

"전 대리, 119에 전화해요. 어서 당장!"

"네? 네."

덜덜 떨리는 손을 겨우 붙잡아 전 대리는 전화를 넣었다. 색색, 윤정의 가느다란 숨소리가 끊어질 듯 이어졌다. 진혁은 초조한 표정으로 윤정의 손을 꽉 잡고 이마를 짚어 봤다.

"윤정아……."

그녀가 짊어지고 있는 짐이 얼마나 큰지 가늠해 볼 수 없었다. 한 가지 확실한 것은 그녀는 진혁을 믿지 않는다는 것이었다. 젠장! 욕설을 읊조려 봐도 그녀의 가늘게 떨리는 눈꺼풀은 열리지 않았다.

눈꺼풀이 추를 달아 놓은 듯 무거웠다. 온몸은 뻐근했고 윗배가 날카로운 것이 긁는 듯 아팠다. 윤정은 천천히 눈꺼풀을 들어 올렸다. 갑자기 들어오는 전등 빛 때문에 눈을 찌푸려야만 했다. 코끝에는 알싸한 소독약 냄새가 감돌았다.

윤정은 몸을 일으키다 말고 팔에서 느껴지는 이물감 때문에 이곳이 정확히 어디인지 인지할 수 있었다.

"걱정하실 건 없어요. 가벼운 스트레스성 위경련인데 입원하실 건 없고요. 주사 맞고 좀 쉬었다 가시면 될 거 같아요."

"네, 감사합니다."

물을 잔뜩 먹은 스펀지처럼 몸이 묵직했다.

"깼어?"

시야에 들어온 그의 얼굴에 윤정은 자신도 모르게 안도했다.

"여긴……?"

기절하기 직전, 감기는 눈꺼풀 사이로 어렴풋이 그의 목소리가 들렸던 것이 기억났다. 단지 그녀의 기억은 거기까지였다. 몸을 일으키자, 배 깊은 곳에서 날카로운 것으로 난도질하는 듯한 찌릿한 통증이 몸 전체로 퍼져 나갔다.

"아……."

윤정은 자신도 모르게 신음을 내뱉었다.

"괜찮아?"

적잖이 당황한 듯한 진혁의 모습에 윤정은 아픔도 잊고 웃음을 터트릴 뻔했다. 그녀를 질책하는 듯한 그의 눈빛이 한순간에 바뀌었기 때문이다.

"괜찮아요. 그런데 어떻게……."

왜 당신이 나를 데리고 왔느냐는 질문을 할 참이었다. 자신은 신경 쓰지 않는 줄 알았다. 아니, 오히려 바랐을지도 모르고 그의 시선을 즐겼을지도 모른다. 하지만 그녀의 물음은 한순간 진동 소리에 파묻혀 버렸다. 윤정은 아무렇지 않게 시선을 휴대폰에 두었다 소스라치게 놀라며 휴대폰을 바닥으로 떨어트렸다.

드르륵드르륵, 휴대폰은 바닥에 내팽개쳐진 채 계속 울렸다. 윤정의 불안한 시선이 아스러지는 불빛처럼 이지러졌다. 진혁이 침착하게 바닥에 떨어진 휴대폰을 주웠다.

"받아."

"나, 나는……."

구석으로 내몰린 쥐처럼 윤정은 사정없이 몸을 떨었다. 들려오는 휴대폰 진동 소리도 떠오르는 그 사람의 이름도 어느 것 하나 듣고 싶지 않았고, 보고 싶지 않았다.

"말해. 전화 속 사람의 정체, 네가 이러는 이유."

윤정은 고개를 세차게 가로저었다. 저 사람이 알면, 나는 어떻게 될 것인가, 급박하게 몰린 상황 중에서도 윤정은 자신을 보호하기 위해 얄팍한 머리를 굴렸다. 스스로가 얼마나 한심하고 추악한지 본인도 잘 알고 있었다. 하지만 이 사람한테만은 비난받고 싶지 않았다.

"아, 아무것도……."

"서윤정!"

"정말이에요."

윤정은 자신의 멍청함을 탓했다. 사지를 바들바들 떨면서 하는 거짓말 따위 그가 믿어 주지 않을 것은 이미 알고 있었다. 막바지에 몰린 쥐의 항변이었다.

그의 차디찬 시선이 윤정에게 닿았다. 어쩌면 이 사람이 자신을 질려 할지도 모르는 일이었다. 아니, 이미 질려 버린 건지도. 그의 옆엔 누가 보더라도 아름다운 여자가 있었고, 그녀는 그저 볼품없는 그의 옛 여자일 뿐이었다.

방울방울, 얼굴에 물길이 이어졌다.

"돌아가지."

"안 돼요!"

윤정은 소스라치게 놀라며 그의 손목을 잡았다.

"집에…… 가고 싶지 않아요. 나는 그러니까……."

머릿속이 혼란스러웠다. 꼬리를 문 거짓말, 그리고 그에게 말할 변명, 어떤 것이라도 떠오르면 내뱉을 자신이 있었다. 하지만 멍청한 머리는 그녀에게 그에게 말할 대답을 만들어 주지 않았다. 그저 바람 앞에 놓인 촛불처럼 시선이 이리저리 흔들렸다.

"일어나."

자신을 일으키는 그의 다부진 손을 윤정은 뿌리칠 수가 없었다. 그의 손은 자신을 질책하는 채찍과 같았다. 너의 잘못을, 그리고 너의 아둔함을 이제 그만 깨우치라는 말과 같은 행동이었다.

순간 덜컥 겁이 났다. 그곳에서 볼 광경이 눈앞에 파노라마처럼 펼쳐졌다. 지금 자신의 어깨를 잡은 이 손은, 곧 자신을 더 극한 사지로 내몰 것이다. 따뜻하게 빌려 주는 그의 가슴은 이제 더 이상 내 것이 아니게 될 것이다. 처음부터 내 것이 아니었지만, 이제 다시는 그의 품에 안길 수 없게 될 것이다.

불필요한 감정들이 가슴속 깊은 곳에서 거대한 소용돌이를 만들며 그녀를 좌절감과 자괴감 속으로 깊이 밀어 넣었다.

겁이 났다. 민성도 그런대로 견딜 만했지만 그를 보지 못할 앞날이 너무 겁이 났다. 그의 경멸 어린 시선을 다시는 느끼고 싶지 않았다. 왜 이렇게 된 거지? 그녀는 그들을 사랑했고 그들이 원하는 것은 뭐든 들어줬다. 민성에게도 현욱에게도. 원치도 않는 섹스도, 그들이 좋아하는 말도, 그들의 눈 밖에 나지 않으려고 윤정은 노력한 잘못밖에 없었다.

나는……

나는 단지 사랑을 받고 싶었던 것뿐이었다.

8
다가오는 남자

치지직, 바닥으로 던져진 담배가 구두에 밟히며 하얀 김을 뱉어 냈다. 발갛게 발악하던 불씨가 아스팔트 위에서 점멸했다.

남자는 밤공기를 마시며 골목을 서성였다. 가로등 아래에서 남자는 두 번째 담배에 불을 붙였다. 연기를 뿜어 대며 타들어 가던 남자의 담배가 발치에 뚝 떨어졌다. 깜빡깜빡, 흐릿하게 비추는 가로등 불빛 사이로 집의 불 하나가 툭 꺼졌다. 이제 가로등 빛 외엔 밤길을 밝혀 줄 것이 아무것도 없었다.

"네. 지금 하면 됩니까? 알겠습니다."

전화를 끊은 남자는 불이 꺼져 버린 창문을 힐끗 바라봤다. 웃음기가 담긴 남자의 얼굴과 함께 담배의 자취가 그곳에 남았다.

링거의 약이 모두 사라졌다. 윤정은 애꿎은 입술만 깨물었다. 불안감이 온몸을 사로잡았다. 그녀가 그에게 약속했던 시간은 한참이 지났다. 어디일까. 사내 게시판, 아니면 인터넷 사이트 어디쯤?

"가자."

그의 목소리는 그녀에게 마치 최후의 통첩과도 같았다. 그가 몸을 일으켜주며 자신을 이끄는 동안에도 윤정의 여린 어깨가 바들바들 떨려왔다. 그녀는 모든 것이 두려웠다. 이 병실을 나가 집 앞의 그 남자와 마주칠 생각에, 아니, 혹시 그 남자를 보지 않더라도 그녀에게 어떤 보복을 가할까, 모든 것이 두려웠다.

두근두근, 심장이 거칠게 뛰었다. 그가 병원비를 계산하는 사이에도 윤정의 온 신경이 한 곳으로 쏠렸다. 그의 손에 이끌려 차에 탔을 때도 윤정은 손이 바들바들 떨렸다.

핸들을 잡은 그의 손을 자신도 모르게 잡았다. 왜 그러냐는 식의 그의 눈빛에 윤정은 떨어지지 않는 입을 억지로 떼어 내기 위해 노력했다.

"저……."

"말해."

그의 눈빛이 마치 자신을 재촉하는 것만 같았다.

"아니, 아니에요."

그에게 무슨 말을 할 수 있을까. 기대지 않아야지, 생각하면서도 자신도 모르게 그에게 기대게 되어 버린다. 그의 사소한 친절이 그녀에겐 거대한 소용돌이로 다가왔고, 작은 불씨 하나에도 마음이 활활 타올랐다.

윤정은 얕은 한숨을 뱉었다. 그의 마음과 눈빛이 향하고 있는 곳, 그리고 그의 곁에 있는 여자. 자신은 어디에도 속하지 못했다. 어쩌면 그의 마음은 그 여자에게로 향하지 않을지도 몰랐다. 그는 그런 마음 따위 줄 사람이 아니었으니까.

가로수 길 사이로 벚꽃들이 비처럼 흩날렸다. 익숙한 길 위에 흩날리는 벚꽃 아래 윤정은 가만히 눈을 감았다. 머리가 깨질 듯이 아프고 비어 버린 위장을 날카로운 것들이 찌르듯 아파 왔다. 감은 눈 위로 바람이 머물다 사라졌다.

차가 멈춘 기척이 느껴졌다. 윤정은 눈을 뜨기가 겁이 났다. 그가 어떤 표정으로 자신을 바라볼까. 민성이 없기를 바라겠지만 확인되지 않은 문자 메시지가 이미 잔뜩 들어온 후였다. 심장이 베일 듯이 아려 왔다.

"내려."

하아, 윤정은 자신도 모르게 안도했다. 시야에 펼쳐진 광경은 익숙하지만 자신이 겁내던 그곳은 아니었다.

까만 밤이 창문 안으로 스며들었다. 가로등의 불빛이 아니었다면 작은 그림자 하나도 찾기 힘들었다. 불안감, 그것은 윤정을 통째로 집어삼키고 있었다.

"들어와."

천장의 불이 켜진 현관 입구에서 윤정이 계속 서 있자 진혁이 말을 이었다. 윤정은 안절부절못하며 신발을 벗고 거실로 들어갔다. 역시 집으로 돌아가야 했던 것인가. 그의 침묵이 그녀의 숨을 조여 오는 것 같았다. 그는 말없이 그녀의 어깨를 감싸서 침실로 그녀를 데려갔다.

"저기……."

"너에게 필요한 것은 안정이라더군. 우선 자 둬."

윤정은 그가 떠 온 물과 함께 약을 먹고 침대에 누웠다. 그는 그녀가 눕는 것을 보고 방을 나가려 몸을 일으켰다.

"자, 잠시만요!"

다급한 그녀의 말에 진혁은 침실 밖으로 나가려다 그녀를 돌아다봤다. 윤정은 하얗게 일어난 입술을 깨물며 그를 바라보기만 했다.

충동적으로 그를 부르긴 했지만 그에게 잠시만 같이 있어 달라고 말하는 것이 어렵게 느껴졌다. 그의 집에 그녀를 데리고 온 것은 온전히 그의 배려였다. 배려라는 것을 모르는 사람이었지만 이번만은 확실히 알 수 있었다. 더 이상 그에게 폐를 끼칠 수는 없는 일이었다.

윤정을 무연히 바라보던 진혁이 침대에 걸터앉아 그녀의 손을 잡았다. 그리고 말없이 한 손으로 그녀의 눈을 감겼다.

윤정은 그의 손에서 느껴지는 온기에, 그리고 아무것도 묻지 않는 그의 행동에 눈물이 차오르는 것을 애써 참으며 눈을 감았다. 착각일 테지만 그가 마치 옆에 있으니 안심해, 라고 말하는 것만 같았다. 코끝이 시큰해지고 불안했던 마음이 안정을 찾는 것만 같았다.

진혁은 윤정의 양 뺨을 어루만졌다. 그녀는 무언가에 쫓기기라도 하듯 약에 취해서도 잠을 제대로 청하지 못했다.

'나요……. 사실은…….'

차 안에서 그녀는 자신에게 무언가 말하고 싶어 했다. 비록 그녀의 입이 다시 굳게 닫혀 버렸지만 그는 그녀를 다그치는 대신 침묵으로 일관했다. 그가 더 다그치면 그녀는 정말 자신을 떠나 어디로 도망가 버릴 것만 같았다.

그녀의 물기 어린 목소리가 귓가에 뱅뱅 맴돌았다. 얼음장처럼 차가웠고 어떤 일에도 초연함을 보였었다. 무엇이 그녀를 이리도 흔들어 놓는 것일까.

들숨 날숨, 얕은 숨소리에 진혁은 천천히 눈을 떴다. 그리고 이불 위에 올려진 그녀의 손을 지그시 어루만졌다. 차갑다. 마치 그녀를 대변하기라도 하듯 그녀의 손은 차갑고 핏기 하나 없이 허옜다. 그녀의 보드라운 뺨엔 온기가 감돌았지만 어쩐지 진혁은 모든 것이 시리도록 차갑게만 느껴졌다. 숨을 내뱉는 그녀의 입술도, 그녀의 눈꺼풀도 그녀의 몸 모두.

온몸이 두드려 맞은 듯 아팠다. 팔다리 마디마디가 쑤셔 오고 손끝이 저릿저릿했다. 윤정은 빛 한 점 들어오지 않는 방 안에서 눈을 깜빡였다. 지금이 몇 시인지, 아침인지 저녁인지조차 구분되지 않았다.

윤정은 낯선 풍경에 자신이 진혁의 집에서 잤다는 사실을 기억해 낼 수 있었다. 흘러내리는 앞머리를 한 손으로 쓸어 올리며 거실로 나갔다. 방과는 상반되게 거실은 따사로운 햇살이 창문으로 흘러들어 왔다. 벽에 걸린 시계를 언뜻 보니 10시였다. 10시간은 족히 잔 것이었다.

"깼어? 더 자지 않고."

진혁이 소파에서 몸을 일으켜 그녀에게 다가왔다. 그의 눈이 붉게 충혈돼 있었다. 윤정은 하루 사이 야윈 듯한 그의 얼굴을 자신도 모르게 어루만졌다.

"한숨도 못 잔 건가요?"

"조금 잤어. 기다려. 뭐라도 먹어야지."

윤정은 주방으로 들어가는 진혁의 뒷모습을 바라봤다. 자신 때문에 잠을 설친 것 같아 괜히 미안하게만 느껴졌다.

"제가 할게요."

윤정은 황급히 냄비를 꺼내는 진혁에게 다가갔다.

"괜찮아, 앉아 있어."

진혁은 윤정을 가볍게 밀어내며 냄비에 물을 붓고 가스레인지

위에 올렸다. 윤정은 머뭇거리며 그 자리에 서 있을 수밖에 없었다. 진혁이 다시 한 번 앉아 있으라는 말을 꺼낸 후에야 그녀는 의자에 앉았다.

진혁이 요리를 한다? 그저 우스운 일이었다. 아니, 그가 요리하는 상상은 전혀 해 본 적도 없었다. 하지만 그의 뒷모습을 보고 있자니 행복함 감정이 물밀 듯이 밀려왔다. 마치 신혼을 즐기고 있는 착각에 빠지게 만들었다. 자신의 처지, 그리고 진혁의 감정, 그 외 많은 방해물들은 전혀 생각하지 않은 채, 이대로 꿈이라면 깨지 않길 바랐다.

그는 그녀의 앞에 말간 흰죽을 내려놓았다. 하얀 김이 모락모락 나고 갓 한 밥 냄새가 식욕을 자극했다.

"오늘까진 죽 먹어야 할 거야. 식기 전에 먹어."

윤정은 그가 쥐여 주는 숟가락으로 죽을 조금 떠 입안으로 밀어 넣었다. 입안에서 죽이 퍼짐과 동시에 가슴속 응어리가 울컥 솟아오르는 것 같았다. 그동안 느꼈던 상실감, 절망감, 옆에 아무도 없다는 극심한 외로움, 그리고 공포감이 복합적으로 밀려나왔다.

"끄윽……. 끅끅……."

뜨거운 죽을 입안으로 꾸역꾸역 밀어 넣어도 터져 나오는 눈물을 막지는 못했다. 꼭 그가 자신과 함께 있어 줄 것만 같았다. 그러면 자신을 믿어 줄 것만 같았다.

"괜찮아. 괜찮아."

자신의 어깨를 감싸 두드리는 투박한 그의 손, 그리고 무뚝뚝한 말이 너무도 따스하게만 느껴졌다. 그의 품이라면, 이 달콤한 꿈까지도 모든 것이 영원할 수 있을까. 윤정은 그의 품에서 오열했다.

날이 어둑어둑해지고 있었다. 그의 품에서 오열하다 그만 실신하듯 잠이 들었었다. 그의 체취가 느껴지는 그 곳에선 불안한 마음도, 민성에 대한 증오도, 앞으로 벌어질 일들도 잠시 잊을 수 있었다.

그는 아무것도 묻지 않았다. 왜 울었는지, 무슨 일이 있었는지, 더 이상 묻지 않았다. 마치 윤정에게 정리할 시간을 주는 것 같았다.

"들어가."

윤정은 차 문을 열던 손을 멈추고 그를 돌아다봤다.

"고, 고마워요."

"뭘?"

"그냥 다요. 다……."

그리고 미안하다는 말을 가슴속으로 삼켰다. 지금 이 순간도 그에게 말하고 싶었다. 도와 달라고, 두렵고 무섭다고. 하지만 윤정은 이를 악물고 참았다. 내가 사랑하는 사람을 이런 더러운 시궁창에 끌어들일 순 없는 일이었다.

그의 차가 자신의 뒤로 사라지고 차가운 봄바람에 몸을 맡겼다. 얼굴을 강타하는 바람은 시리고 아렸다.

"재미 좋은가 보네?"

낯익은 음성에 온몸에 소름이 끼쳤다. 윤정은 최대한 담담한 표정으로 뒤를 돌아봤다. 민성은 실소를 내뱉으며 그녀의 손목을 부러트릴 듯 거머쥐었다.

"사람 엿 먹여 놓고 저 새끼랑 노닥거리니까 좋았나 보네? 얼굴이 폈네, 폈어!"

"이거 놔요!"

손목을 세게 비틀며 그를 밀치려 했지만 그럴수록 손목이 더 옥죄어 왔다.

"이게 좋은 말로 하니까 말귀를 더럽게 못 알아 처먹네."

민성은 거칠게 그녀를 골목으로 끌고 가 시멘트 바닥에 내동댕이쳤다.

"나한테 정말 왜 이래요!"

두려움? 그딴 감정 따위는 이미 오래전에 지나갔다. 이제는 민성의 목소리만 들어도 소름 끼치고 끔직했다.

"아오! 이게 정말!"

투박한 손이 눈앞으로 날아오자, 윤정은 눈을 질끈 감았다. 울고 싶었다. 벗어나지 못하는 자신 때문에. 뺨이 얼얼해져야 정상인데 아무 느낌도 들지 않자, 윤정이 천천히 눈을 떴다.

"너였군. 쥐새끼같이 따라다니던 놈이."

"으악!"

거대한 마찰음과 함께 민성이 바닥에 내동댕이쳐졌다.

"진혁……씨……?"

"윤정 씨, 괜찮아요?"

뒤에 있던 이 실장이 그녀의 몸을 살피며 그녀를 일으켰다.

"네, 괜찮습니다. 그런데 여긴 어떻게……?"

진혁은 민성에게 시선을 고정한 채 느릿한 발걸음으로 그에게 다가갔다.

"너, 저년이 얼마나 더러운 년인지 알면서 이러는 거야? 내가 보내 줬던 메시지 읽었잖아!"

윤정은 눈을 질끈 감았다. 그에게만은 숨기고 싶었던 자신의 치부를 이 자리에서 들키게 되는 것이다. 아니, 속이 후련할지도 모르겠다. 감추고 감추었던 일들이 그녀를 얼마나 벼랑 끝으로 몰아갔는가.

윤정은 눈물도 나지 않았다. 그저 곧게 서 있는 그의 뒷모습을 눈에 담았다. 어쩌면 이것이 마지막일지도 모르겠지. 자신이 지키려 했던 것은 과연 무엇이었을까. 어쩌면 그가 아니었을지도 모른다. 이 모든 것은 다 그녀 자신을 위한 일들이었다. 그리고 그와 동등하게 옆에 서 있고 싶었던 마음이었다.

"이 사진을 다시 봐! 난 미리 널 구제해 준 거라고!"

민성은 휴대전화에 있던 윤정의 나체 사진을 진혁 앞에 들이 댔다.

"아아아악!"

그 순간 둔탁한 소리와 함께 민성이 손을 부여잡으며 바닥을 나뒹굴었다. 진혁은 민성의 멱살을 잡아 손을 감싸고 있는 그를 일으켜 벽으로 밀어붙였다.

"그게 어쨌다는 거지?"

"윽……."

"내가 쓰레기의 말 따위에 현혹될 거라 생각했나? 저 여자가 실수한 것이라고는 너 같은 쓰레기를 사랑했다는 그거 하나야. 이 실장!"

"네, 사장님."

"경찰에 연락했습니까?"

"네, 거의 다 왔을 겁니다."

민성을 이 실장에게 맡겨 둔 채 진혁이 그녀에게로 다가왔다. 바들바들 떨며 바닥에 멍하니 앉아 있는 그녀의 어깨 위에 진혁은 자신의 재킷을 벗어 걸쳐 주었다.

"서윤정."

"아……."

언제부터 알고 있었던 거냐고, 묻고 싶은 말들이 많았지만 꿀먹은 벙어리처럼 한마디도 하지 못했다. 창피함, 수치스러움, 그런 하찮은 감정 따위가 생각날 리도 없었다.

"내가 그렇게 미덥지 못했어?"

윤정은 초점 없는 눈동자로 그를 바라보았다. 모든 것이 끝났다. 그녀가 지키고자 하는 것들, 그녀가 가지고 싶었던 그의 마음도, 이제 모두 끝이 났다.

"후, 내가 얼마나 더! 너에게 다가가야 넌 날 믿고 나에게 의지할 거야!"

이것은 진혁 자신에 대한 분노였다. 그녀는 그를 한 번도 믿은 적이 없었다. 그녀가 혼자 괴로워했을 거라 생각하니 가슴이 답답해졌다. 그에게 이별을 고했던 그 순간, 그녀의 물기 어렸던 그 눈도, 자신을 안아 보겠다고 했었던 그날도, 쓰러지며 집으로 돌아가기 싫어했던 날도, 윤정은 자신에게 호소하고 있었다. 그것을 알아차리지 못한 것은 진혁 자신이었다.

"내가…… 어떻게 당신에게 이런 얘길 할 수 있었겠어요. 당신과 나…… 믿음이 있을 만한 사이가 아니었잖아요. 언제고 당신이 그만두겠다고 하면 다시는 만날 수 없는 그런 사이였잖아요. 그런데…… 내가 어떻게 당신을 의지할 수 있겠어요."

"지금까지 넌, 내가 널 그렇게 보고 있다고 생각한 거야? 도대체 왜!"

윤정은 허탈하게 웃었다. 왜냐고 묻는 이 남자, 그리고 여태껏 단 한 번도 그를 제대로 본 적 없는 자신 역시, 둘 다 어쩌면 피해자들이었다. 서로에 대한 감정조차 제대로 알지 못하는 멍청하고 한심한 사람들.

"당신은 날 사랑하지 않았잖아요……."

망연자실하게 앉아 있는 윤정의 모습에 진혁은 가슴이 찢어질 듯 아팠다. 이 가녀린 여자가 감당해야했던 현실의 무게가 뼈아프게 다가왔다.

"정말 그렇게 생각했던 거야? 서윤정, 날 제대로 봐."

진혁이 윤정의 얼굴을 두 손으로 감싸며 눈높이를 맞췄다. 차가운 뺨에 닿은 그의 온기가 온몸으로 저릿하게 퍼져 갔다. 그저 자신을 걱정해 주는 마음만을 내비치고 있는 그의 따스한 눈빛, 왜 진작 알아차리지 못했을까. 그는 자신을 올곧게 보고 있었다. 하찮은 자존심 때문에 그를 외면했던 것은 자신이었다.

진혁은 초점 없이 멍하니 바라보고 있는 윤정을 품에 안고 등을 다독였다.

"두려웠어요. 다 잃을까 봐. 당신마저 나를 더럽게 볼까 봐. 그리고…… 지금도 두려워요."

수없이 흐르는 눈물을 닦을 수 없었다. 모든 것이 끝났다는 안도감보다 그녀를 울게 만드는 것은, 그의 마음 때문이었다. 서로에게 상처 주었던 그 동안의 행동들이 주마등처럼 스치고 지나갔다.

"내가 알던 서윤정은 말이야. 말 없고 숫기는 좀 없어도 이렇게 자신감, 자존감 없이 움츠려 있던 사람은 아니었어. 다시 와서 본 넌 정말로 한심하더군. 그런데 이따금씩 네 모습들이 나와. 아직은 네 속 어딘가에 꽁꽁 숨어 있지만 난 그 서윤정이 다시 나올 거라는 거 믿어. 그러니까 이제라도 날 믿어. 그리고 널 믿어."

등에서 느껴지는 온기에 윤정은 그의 품에 더 파고들며 숨을 크게 들이마셨다.

"나는……. 나는……."

목이 메어 와 하고 싶은 말들을 내뱉지 못했다. 윤정은 꺼억 꺼억 그의 품에서 연신 눈물을 흘렸다. 그녀가 느껴야 했던 삶의 무게가, 그리고 마음속에 가둬 두었던 응어리들이 눈물과 함께 쏟아져 나왔다.

"괜찮아, 괜찮아."

그를 믿지 못했던 불신, 불안감, 오해, 모든 감정들을 그의 품에서 윤정은 모두 토해 냈다.

"악!"

"이 실장님!"

윤정과 진혁이 미처 이 실장에게 달려가지도 못한 사이 민성은 이 실장의 정강이를 걷어차고 그 자리에서 도망쳤다.

"괜찮으세요?"

"괘, 괜찮아요."

윤정이 이 실장의 몸을 일으켜 주는 사이 진혁은 골목길을 뛰어 나갔지만 민성을 놓치고 말았다. 그는 입술을 옹송그리며 머리를 헝클였다.

"죄송합니다, 사장님."

"이 실장 잘못 아닙니다. 이 실장, 경찰에 다시 연락해 놓으세요. 아마 멀리는 못 갔을 거예요."

민성은 모자를 푹 눌러쓰며 공중전화에 몸을 기댔다. 아직도 목에는 선명한 빨간 줄이 부어올라 있었다. 망할 연놈 때문에 쇠고랑을 찰 뻔했다. 생각하면 이가 으드득 갈렸다.

"접니다. 약속하신 돈에 두 배는 주셔야 할 거 같습니다. 당신 때문에 내가 범죄자가 되었거든? 그리고 외국으로 도주할 수 있는 길과 그곳에서 생활할 장소까지 마련해 줘요. 안 그럼 경찰에 당신이 사주했다고 다 불어 버릴 테니까. 나도 살 궁리 해야 하지 않겠어요?"

─ 좋아요. 당신이 원하는 대로 해 드리죠. 하지만 당신이 마지막으로 해 주어야 할 일이 있어요. 그리 어렵지는 않은 일일 거예요.

전화를 끊은 민성은 어두운 골목길로 사라졌다.

혜란은 가죽 소파에 몸을 깊숙이 묻으며 코웃음을 쳤다. 민성이 일을 제대로 해낼 것이라 기대는 하지 않았어도 이 정도로 무능한 인간인 줄은 몰랐다. 서윤정 하찮은 계집 하나 떼어 내는 일이 이리도 어려웠던 것인지. 아님 진혁이 윤정을 사랑하기라도 한단 말인가. 자신이 유학 시절 내내 봐 왔던 진혁이라면 절대 가능한 일이 아니었다.

"걸린 거야?"

선영이 불안한 듯 발을 동동거렸다.

"말 좀 해 봐."

"조용히 해. 그렇다 해도 달라지는 건 없어."

"달라질 게 없다니. 너 진혁 선배가 가만히 두고 볼 거 같아?"

혜란은 테이블 위에 있는 와인을 손으로 빙 돌리며 향을 음미했다.

"범죄자 따위 하나 사라진다고 놀라는 사람 아무도 없어."

"너 설마?"

"쓰레기는 제대로 가져다 버려야지."

9
움직이는 여자

하루 반나절을 계속 잠만 잤다. 민성은 도망쳤지만 그에게 모든 것을 말했다는 안도감 덕분인지 윤정은 그동안의 불안감이 모두 사라졌다.

진혁은 그녀를 다그치는 대신 그녀를 보듬어 줬다. 그녀가 자신을 지키기 급급해서 보지 못하였던 것들이 이제 하나둘씩 보이는 것 같았다.

많은 일들이 한꺼번에 몰아친 탓인지 윤정은 그다음 날 바로 앓아누었다. 덕분에 윤정은 2년 동안 누릴 수 없었던 휴가를 만끽할 수 있었다.

민성은 현재 수배 상태였다. 진혁이 신고한 덕분에 윤정은 조사를 받아야 했지만 예전처럼 수치스럽거나 감추기에 급급하지 않았다. 오히려 경찰에 진술을 하면 할수록 마음이 편해지는 것이 느껴졌다.

윤정은 늘어지게 기지개를 켜며 자는 동안 꺼 두었던 휴대폰을 켰다. 휴대폰을 켜자마자 전화벨이 울렸다. 아무 생각 없이 휴대폰을 바라보다 윤정은 소스라치게 놀라 휴대폰을 바닥으로 떨어트릴 뻔했다.

"여보세요?"

— 드디어 일어났군. 몸은 좀 어때?

"좋아요. 이렇게 편하게 늦잠 잔 게 언제인지도 모르겠어요. 내일부터는 회사 출근할 수 있을 거 같아요."

진혁이 낮게 웃었다. 그 편안한 웃음소리가 그녀의 심장을 두드려 댔다. 윤정은 빨개진 얼굴을 매만지며 지금 혼자 있는 것이 다행이라고 생각했다.

— 오랜만의 휴가를 좀 더 즐겨. 출근은 다음 주라고 말해 뒀으니까.

"그래도……"

— 말 들어. 요 며칠은 바빠서 못 볼 거야. 너무 속상해하지 말라고.

"당신도 그런 말을 하는군요."

처음이었다. 그와 즐겁게 대화를 나눈 것이. 대학 때는 그녀의 일방적인 감정들이었다. 즐거웠던 것도 그녀 하나였을 것이다.

"고마워요."

— 별말씀을. 그럼 쉬어.

윤정은 후후 웃으며 휴대폰을 침대에 던지고 다시 누웠다. 여유로운 시간을 가진 적이 별로 없어 그녀는 이 휴가를 어떻게 써야 할지 고민이었다. 이렇다 할 친구가 있는 것도 아니었고, 그렇다고 딱히 여가를 즐길 만한 취미 생활이 있는 것도 아니었다.

"영화나 볼까?"

윤정은 휴대폰 어플을 뒤적였다. 혼자 영화 보는 것이 남의 방해도 안 받고 좋다고들 하지만 윤정은 해 본 적이 없었다. 영화를 좋아하지도 않을뿐더러 사람 많은 곳도 싫었다. 하지만 지금은 왠지 무언가 혼자 해 보고 싶은 욕망이 들끓었다. 최신 영화부터 평점이 좋은 영화까지 꼼꼼히 확인하던 찰나, 문자 한 통이 들어왔다.

[더러운 년, 그 더러운 몸뚱이 갈기갈기 찢어 줄 테니 기대해.]

소름 끼치는 문자에 윤정은 손톱을 깨물었다. 끝난 줄만 알았던 일이었다. 역시 발신인은 민성인 듯했다. 그렇지 않고서야 이런 내용으로 문자를 보낼 사람이 없었다. 진혁에게 말해야겠다는 생각을 했다. 그때 다시 한 번 그녀의 휴대폰이 울렸다. 윤정은 온몸을 바들바들 떨며 휴대폰 발신인을 바라봤다. 다행히 발신인은 뜻밖의 사람이었다.

"여보세요?"

— 윤정 씨, 저 김혜란이에요.

자신의 상황이 너무 암담해서 잠시 잊고 있었던 사람이었다. 윤정은 숨을 크게 내쉬었다. 행복한 단꿈에서 잠시 깨어야 할 시간이었다.

❖　　❖　　❖

　윤정은 되도록 조용한 창가 쪽 자리에 앉았다. 죄를 지은 아이처럼 불안한 느낌을 숨길 수 없는 것은 당연한 일이었다. 미리 시켜 둔 아메리카노를 마시며 불안감을 진정시키려고 애썼다.

　"일찍 나오셨네요."

　항상 해사하게 웃었던 모습과 달리 혜란은 어쩐지 무거운 표정이었다. 굽슬굽슬하게 웨이브 진 머리를 쓸어 올리며 의자에 앉았다.

　"주문하시겠어요?"

　"아메리카노 주세요."

　"네."

　직원이 다녀가고 잠시 침묵이 찾아왔다. 그 침묵을 먼저 깬 사람은 혜란이었다.

　"제가 윤정 씨 불러서 놀랐겠어요."

　"아니라고 하면 거짓말이겠죠. 조금이요."

　혜란은 가볍게 웃으며 글라스 잔의 물을 마셨다.

　"저 윤정 씨 좋아해요. 알고 있어요? 물론 선영이 친구라고 해서 놀라긴 했지만 진혁 씨 회사에서 처음 봤을 때부터 그 단아한 모습이 꽤 마음에 들었거든요."

"아……. 좋게 봐 주셔서 감사합니다."

윤정은 불안함 마음을 감추려 억지로 웃었다.

"오해하지 않고 들어 주셨으면 좋겠어요. 혹시 진혁 씨와 만나고 있어요?"

온기가 퍼지는 머그잔을 양손으로 감쌌다. 이미 예상했던 질문 중 하나였기 때문에 윤정은 크게 놀라지 않았다.

"네, 맞아요."

"역시 내 예상이 맞았네요."

혜란 역시 놀라거나 상처받지 않았다. 이미 그와 그녀의 관계를 어느 정도는 알고 있다는 뜻이었다. 서로 연인 관계인 것은 진혁과 윤정이었는데 어쩐지 남의 남자를 빼앗은 악녀가 된 거 같았다. 혜란은 지고지순한 여주인공. 역시 이것이 그녀와 혜란의 차이일 것이다. 모든 것에 자격지심을 느끼는 것. 윤정은 소리 없이 웃었다. 자신이 너무도 한심해서.

"저는 진혁 씨를 고등학교 때부터 봐 왔어요. 비록 친한 사이는 아니었고, 눈인사 정도 하는 사이였지만 전 그때부터 그를 좋아했어요. 미국에선 집도 오갈 정도로 친하게 지냈었구요. 아, 물론 누가 먼저 만나고 누가 먼저 좋아했네를 따지려고 말을 하는 게 아니에요. 오해하지 않으셨으면 좋겠어요."

"오해, 안 해요. 걱정 안 하셔도 돼요."

"제가 진혁 씨와 약혼한다는 건 알고 있어요?"

"네, 알고 있습니다."

"진혁 씨와 헤어져 달라고 하면 헤어져 주실 건가요?"

"죄송합니다."

윤정은 혜란을 똑바로 쳐다볼 수가 없었다. 그녀가 어떤 마음일지 윤정은 너무나도 잘 알고 있었기 때문이다. 자신이 사랑하는 사람을 다른 사람에게 빼앗기는 기분, 그것만큼 비참한 것은 없었다.

"윤정 씨, 전 윤정 씨와도 잘 지내고 싶어요. 전 어릴 때부터 유학을 가서 한국에 친구가 별로 없거든요. 정말 친한 친구처럼 자매처럼 지내고 싶었는데 제 욕심이겠죠?"

윤정은 대답할 수 없었다. 하나가 물러난다 해도 이 관계는 절대 혜란이 원하는 관계가 될 수 없었기 때문이었다. 혜란을 길게 숨을 내뱉었다.

"이게 오늘 아침에 제 핸드폰으로 왔더군요."

"이건……?"

윤정은 또 한 번 악몽이 찾아오는 것 같았다. 신은 그녀가 잠시나마 행복한 것을 보실 수 없는 모양이었다. 이렇게 한순간에 앗아 가는 것을 보면.

"저는 이걸 누구에게 보여 주거나 할 생각은 전혀 없어요. 하지만 제게 누군가 이것을 보냈다면 퍼지는 것은 시간문제라고 생각해요. 저는 진혁 씨 얼굴에 먹칠하는 꼴을 볼 수 없어요. 그건 진혁 씨를 사랑하는 윤정 씨도 같은 생각일 거라고 생각해요."

혜란은 조용히 자리에서 일어나더니 윤정 앞에 무릎을 꿇었다. 너무 갑작스럽게 일어난 일이라 윤정은 그녀를 막을 새도 없었다.

"왜 이래요, 혜란 씨!"

"부탁이에요. 제발 그를 떠나 주세요. 회장님 그렇게 녹록한 분 아니세요. 당신의 과거를 알면 아마 진혁 씨에게까지 피해가 갈 거예요. 윤정 씨도 그거 바라는 거 아니잖아요."

윤정은 숨을 길게 내쉬었다. 자신이 어떻게 해야 할지 너무도 명확하게 답이 나와 있는데 도저히 그를 놓을 수 없었다. 자신을 믿고 그를 믿고 싶었다. 대답을 요구하는 듯한 혜란의 눈빛에 윤정은 혜란을 일으키기를 포기하고 그녀의 앞에 무릎을 꿇으며 그녀의 손을 잡았다.

"미안해요. 내가 너무 이기적이라는 거 잘 아는데……. 혜란 씨 아프게 하고 진혁 씨 힘들게 하는 거 잘 아는데……. 아직은 떠날 수가 없어요. 진혁 씨 스스로 날 떠나지 않는다면, 전 그의 곁에 있어 주기로 했어요."

"윤정 씨, 내가 이렇게 부탁하는데도 안 돼요? 회사를 그만둬서 돈이 궁하다면 내가 얼마든지 해 줄 수 있어요. 네? 윤정 씨!"

윤정은 천천히 고개를 가로저었다.

"제가 약속드릴 수 있는 건 그가 절 더 이상 필요로 하지 않는다면 그에게 매달리지 않고 조용히 떠나겠다는 거 하나예요. 더 이상 그 사람을 믿지 않는다면 제 스스로 너무 괴로울 거 같아요. 미안해요, 혜란 씨."

혜란은 담담한 미소를 지었다.

"역시 안 된다는 거군요. 미안해요, 제가 괜한 시간을 뺏었네요. 저 먼저 일어날게요."

윤정은 비척대며 걷는 혜란을 바라보며 마음이 착잡했다. 하지만 이것이 그녀의 의지였다. 혜란의 말대로라면 그를 백번이고 떠나 줘야 하겠지만 그것은 그녀를 믿어 주는 그에 대한 배반이었다.

혜란에게 말한 대로 그녀는 언제든 진혁이 그녀를 필요로 하지 않으면 떠나 줄 생각이었다. 그것이 오늘이 됐든 내일이 됐든, 언제든. 그게 그녀가 해 줄 수 있는 유일한 일이었다.

혜란은 화장실에서 윤정이 만졌던 손을 씻으며 이를 아드득 갈았다.

"건방진 년. 감히……."

더러운 걸레 주제에 감히 누구를 만지는 것인지, 그 자리에서 당장에 뺨이라도 내려치고 싶은 것을 간신히 참았다. 아직은 본성을 드러낼 생각이 없었다. 멍청한 계집인 줄 알았더니, 고단수였다. 아니면 착한 얼굴로 나긋나긋하게 나가 줬더니 만만하게 봤을지도 모를 일이었다.

"아가씨, 구민성에게 전화가 왔었습니다. 아가씨가 시키신 대로 했다고……."

"알았어요. 나머진 정 실장이 알아서 해요. 다시는 나한테 그 이름이 안 들렸으면 좋겠네요."

"알겠습니다."

페이퍼타월을 휴지통에 구겨 넣으며 혜란은 휴대폰으로 전화를 걸었다.

"회장님, 저 혜란이에요. 지금 좀 만나 뵐 수 있을까요?"

윤정 스스로 나가떨어질 수 없다면 다른 방법을 쓰면 그만이었다. 하찮은 계집이 감히 누구를 넘보고 있는지 똑똑히 알려 줄 생각이었다.

진혁은 창밖으로 의자를 돌린 채 눈을 감고 있었다. 민성의 행방이 묘연했다. 한 시간이면 잡을 줄 알았던 놈은 누가 꽁꽁 싸매서 빼돌린 것인지 머리카락 하나 찾을 수가 없었다.

찾은 것이 있다면 사내 게시판의 게시물. 그가 꼼꼼하게 관리한 덕에 민성의 게시물은 업데이트되자마자 단번에 지울 수 있었다. 웹 포털사이트에도 미리 연락을 취해 놓은 상태였다. 아마 그것이 끝은 아닐 테니까.

"사장님, 구민성이 올린 게시물을 올린 게 인천항 쪽이라고 합니다. 아무래도 누군가 도움을 주고 있는 거 같습니다."

"흠, 알았어요. 구민성이 도주하지 않게 좀 더 꼼꼼히 확인해 줘요."

"알겠습니다."

모든 것이 이상했다. 민성을 움직이는 조력자가 있는 거 같긴 한데 그 목적이 불분명했다. 가진 것도 없는 윤정에게서 얻어 갈 것이 전혀 없기 때문이었다. 한편으론 그의 아버지를 떠올려 봤 지만, 굳이 저런 쓰레기랑 손을 잡지 않아도 윤정 하나 사라지게 만드는 것은 쉬운 분이었다. 물론 강단이 있고 올곧은 분이어서 그런 일을 벌일 분도 아니었다. 윤정 하나 잡자고 벌인 일이라고 하기엔 모든 것이 아이러니했다.

"후……."

진혁은 지끈거리는 관자놀이를 손으로 짚었다.

─ 사장님, 회장님께서 찾으십니다.

"알겠어요."

인터폰 버튼을 길게 누르고 자리에서 일어났다. 검은 먹구름 이 잔뜩 몰려오고 하늘이 우중충했다. 곧 비가 내릴 것만 같았 다. 그래서인지 마음이 불안하기만 했다. 무슨 일이 생길 것처 럼.

혜란은 여유로운 미소를 지었다. 관대하게 정부 정도는 눈감 아 줄 아량은 조금 있었는데 그 아량은 윤정에게 해당되지 않았 다. 그것이 윤정이라고 생각하는 순간 배 아래부터 뜨거운 화가 울컥 치밀어 올랐다.

'그 계집애 진혁 선배랑 사귀다 버림받았잖아. 난 이해가 안 가. 왜 그딴 애랑 사귀었는지. 진혁 선배가 생각보다 눈이 낮나 봐.'

선영의 말에 불같이 화가 난 것은 진혁의 지위가 깎아내려짐과 동시에 자신도 깎아내려졌기 때문이었다. 저딴 계집애랑 사귀던 남자는 자신을 거들떠보지도 않는 것도 모자라 그에게 목을 매는 것은 자신이었다.

선영의 조롱 섞인 말에 혜란은 그 자리에서 당장 그녀의 입을 찢어 놓고 싶었다. 지금 누구에게 감히 그딴 말을 지껄이는 거냐고 되물어 주고 싶었다. 하지만 그녀는 빙긋이 웃었다. 아직은 쓸모가 많은 아이었다. 하지만 다 받아 줄 생각도 없었다. 자신의 위치만 똑똑히 알려 주면 되는 일이었다.

선영과 혜란은 결코 친구가 아니었다. 친구란 것은 동등한 위치에서 만들어지는 것인데 고귀한 자신과 선영은 절대 친구가 될 수 없었다. 그날 혜란은 조용히 선영을 회사에서 사직 처리했다. 결국 그날 밤 그녀의 앞에서 무릎을 꿇고 싹싹 빌고 난 후에야 선영은 겨우 자신의 위치를 알 수 있게 되었다.

'우린 친구잖아. 나한테 왜 이래!'

와인 잔을 손으로 빙 돌리며 음악소리를 높였다. 건방진 주둥이가 아직도 겸손이란 것을 몰랐다. 선영의 집이 처음부터 가난했던 것은 아니었다. 아버지가 운영하시던 중소기업이 부도가 나고 이제는 선영이 벌지 않으면 생활이 되지 않을 지경이었다. 그녀가 그런 하인을 위해 높은 연봉으로 취업까지 시켜 주었더니 이제 눈에 보이는 것이 없는 모양이었다.

'미안해. 내가 다 미안해……. 잠시 미쳤었나 봐.'
'선영아, 너는 그 예쁜 입을 제대로 놀리는 법을 배워야겠어.'

눈물 콧물 빼고 나서야 제대로 자신의 위치를 알 수 있게 되었다. 그런데 건방진 계집이 하나 더 늘었다. 혜란은 부들부들 떨리는 손을 주먹 쥐며 오랜만에 느껴지는 희열을 음미했다.
"회장님, 안녕하셨어요?"
"어서 오거라."
한 회장은 관대하게 웃으며 혜란을 반갑게 맞이했다. 혜란은 다소곳하게 자리에 앉으며 단아하게 웃었다. 어려서부터 모진 매질을 견디며 배운 몸가짐이었다. 하찮은 것들과 비교도 되지 않게 혜란은 빈틈이 없었다. 걷는 것, 먹는 것, 말하는 것, 어느 것 하나도 예의범절에 어긋나는 것이 없었다.
"그래, 우리 혜란 양이 날 급히 찾은 이유가 뭘까?"

혜란은 미소를 잃지 않았다. 아무리 옆집 아저씨처럼 푸근하게 그녀를 대해 준다고 해도 그는 대기업의 회장이었다. 속내는 가늠하기 힘들었고 어떤 일이 있어도 얼굴에 드러나는 일이 없었다. 그는 관대할 땐 한없이 관대했지만 손해를 보면서까지 그 관대함을 유지시키는 사람이 아니었다. 그는 절대 만만하게 볼 상대가 아니었다.

"저…… 회장님……. 아무래도 이 약혼 힘들 거 같습니다."

대기업 간의 결혼은 완벽한 비즈니스였다. 한 회장 역시 그녀를 며느리로 점찍어 두고 있다는 것은 자신의 이득을 다 따져 본 후였을 것이다.

"흠, 무슨 일이냐고 물어봐도 될까?"

그는 절대 서두르지 않았다. 안타까운 듯 고심하는 표정을 짓긴 했지만 그게 완벽히 그의 진짜 속마음이라고 믿지는 않았다.

"아무래도 제가 물러나 줘야 하는 상황인 거 같아서요. 진혁 씨를 사랑하지만 진혁 씨의 마음이 다른 곳에 있는 거 같아요."

혜란은 두 뺨 위로 흐르는 눈물을 한 손으로 쓱 닦아 냈다. 절제 있는 감정의 표현이었다. 제아무리 호랑이라도 남자라면 여자의 눈물의 당황하는 것은 당연한 일이었다. 물론 지질하게 징징 댈 생각도 전혀 없었다.

"자자, 마음을 가라앉히고 천천히 차근차근 말해 보렴."

한 회장은 티슈를 몇 장 뽑아 혜란에게 건넸다.

"회장님, 그게 맞는 거겠죠? 하지만 그 여자는 좋은 여자가 아니에요. 그래서 제 마음의 갈피를 못 잡겠어요. 정말 제가 봐도 좋은 여자라면 당연히 진혁 씨를 보내 주겠지만 전 회사에서도 상사와의 스캔들로 이야기가 많았어요. 그것뿐만 아니라 앞에선 얌전할지 몰라도 뒤에선 더럽게 논다는 소문까지 있는 여자예요. 그런 여자가 진혁 씨 곁에 있으면 진혁 씨 역시 같은 사람으로 비쳐질 거예요. 전 진혁 씨에게 해가 가는 건 못 보겠어요."

"흠……. 혜란이 네 마음 잘 알겠다. 이 일은 내가 알아보도록 할 테니 집에 가 있거라."

"네, 알겠습니다. 회장님."

혜란은 한 회장을 일별하며 그를 살폈다. 자신의 말이 제대로 전달된 것인지 확신이 들지 않았다. 분명 보통의 아버지라면 이 상황에서 불같이 화를 낼 것이 분명했다. 하지만 그는 이야기를 끝까지 듣고 난 후에도 한 치의 흐트러짐도 없었다. 혜란은 입술을 옹송그리며 자신이 너무 격이 떨어지게 말한 것이 아닌지 자기 자신을 책망했다.

혜란은 회장실을 나오는 길에 진혁과 마주쳤다. 눈시울이 붉어져 있는 혜란을 보며 진혁은 다소 놀란 표정을 지었다.

"무슨 일 있어?"

"아니, 없어요. 들어가 봐요. 회장님 기다리시겠어."

"그래."

진혁이 지나가자 혜란은 미처 다 떨어지지 못한 눈물을 손으로 쓱 닦으며 냉소를 지었다. 이미 주사위는 던져진 후였다.

회장실 문을 열면서도 진혁은 찜찜한 기분을 감추지 못했다. 남보다 못한 부자 사이였다. 특별한 일을 제외하고는, 특히 회사 안에서 얼굴을 마주치는 경우는 거의 없었다.

어려서부터 부모님의 얼굴보다 가정부의 얼굴을 더 많이 봐야 했고, 아버지는 가끔 마주칠 때면 무서울 정도로 그에게 냉정하게 굴었다. 그것에 대해 의문을 품거나 서운하게 느낀 적도 없었다. 어려서부터 당연시 여겨졌던 일들이어서 그것이 크게 나쁘다는 생각조차 하지 않았다.

하지만 그렇다고 해서 부모님을 싫어하거나 원망하지도 않았다. 그는 그 나름대로 자신의 부모님을 존경했다. 그의 할아버지가 세운 회사를 지금의 형태로 키워 놓은 것은 그의 아버지였다. 아무리 그의 할아버지가 터전을 닦아 놓았다고 해도 중소기업에 불과했던 기업을 재계 10위 안의 기업으로 올려놓은 그의 아버지의 능력을 인정하지 않을 수가 없었다. 그런 아버지를 존경하지 않을 이유가 전혀 없었다.

"앉아라."

갓 내온 것인지 녹차의 김이 모락모락 올라왔다. 한 회장은 도자기 잔을 한 손으로 잡고 다른 한 손으로 잔 밑을 잡으며 향을 음미했다.

"여자가 있다지?"

그제야 혜란이 울고 나간 이유를 알 수 있었다. 진혁은 대답 없이 한 회장을 바라보았다.

"혜란이가 너와의 약혼을 포기해야 할 거 같다더군."

"바라던 바입니다."

한 회장은 도자기 잔을 내려놓으며 혀를 끌끌 찼다.

"모자란 놈. 계집애 하나 때문에 네 앞날을 망칠 생각이야!"

"혜란이와는 친구 사이일 뿐 그런 사이가 아닙니다."

"남녀 사이에 친구는 무슨! 혜란이가 물려받을 유산이 탐나서 이러는 줄 알아? 자고로 기업을 이끌어 나갈 사람의 안주인은 지혜와 배짱이 있어야 해. 그 아이 호기롭게 날 시험하려 들더 군. 나에게 이야기하면 당장 그 여자애를 떼어놓을 거라 생각한 게지. 맹랑하기 짝이 없는 아이야."

"아버지 말씀이 어찌 됐든 전 그 약혼 할 생각 없습니다."

"사내 녀석이 여자 만나는 거까지 뭐라 할 생각 없다. 하지만 결혼은 혜란이와 해야 할 거야. 그렇게 알거라!"

"저도 제 생각 정확히 말씀드렸습니다. 이만 일어나겠습니 다."

"한진혁!"

진혁은 뒷말을 듣기도 전에 문을 닫고 나왔다. 갑갑하게 죄여 오는 넥타이를 손으로 느슨하게 풀며 한숨을 길게 내쉬었다. 관 자놀이의 통증이 더 잦아졌다.

한 회장은 답답한지 담배를 한 모금 빨아들였다. 무심할 정도로 냉정하고 여자에 관심이 없던 진혁이었다. 그리고 한 번 정한 일에 대해서는 절대 고집을 꺾지 않는 것도 진혁이었다. 그런 녀석이 여자에게 관심을 보이고 있다니 한 회장은 노엽기는커녕 이 상황이 즐겁기까지 했다.

"찾으셨습니까?"

"정 실장, 진혁이가 만난다는 그 아이 좀 데려오도록 해."

"네, 알겠습니다."

한 회장은 담배를 재떨이에 비벼 끄며 껄껄 웃었다. 그 꺾이지 않는 고집, 이번에야말로 제대로 꺾어 볼 요량이었다.

민성이 도주한 지 며칠이 지났다. 여전히 행방은 묘연했고, 사이트마다 윤정의 사진을 올리려는 움직임만 포착되었다. 그때마다 다행히 막고는 있지만 그가 관리하지 않는 곳에서 무슨 짓을 할지는 모르는 일이었다.

"좋은 소식이 있어. 그 사진 네가 아니라더군."

경찰이 민성의 노트북을 압수수색한 결과 그것은 윤정이 아니라 조작된 사진이었다. 왜 그런 일을 벌였는지는 모르겠지만 전문가의 말의 따르면 아마추어가 아니라 전문가가 직접 조작했을 가능성이 높다고 했다. 그렇지 않고선 이렇게 감쪽같이 만들 수는 없을 테니까.

"아……."

윤정은 안도했다. 신경 쓰지 않는다고 골백번을 생각했지만 그녀도 여자였다. 저런·수치스러운 사진을 보고도 아무렇지 않을 리 없었다. 온몸의 힘이 쫙 풀리는 것이 느껴졌다. 아마 그녀가 의자에 앉아 있지 않았다면 그 자리에서 바로 주저앉았을 것이다.

"그러니까 이제 신경 쓰지 않아도 돼."

"그 사람은 어떻게…… 됐나요?"

"아직. 하지만 곧 잡힐 거야."

그는 윤정이 걱정할 것을 아는 듯 얼른 덧붙였다. 민성이라는 존재가 목구멍에 걸린 가시마냥 남아 있었다. 자신과 무관한 사진이라고는 하지만 육안으론 확인하기 힘들었고, 그것이 퍼지게 된다면 결국 진위 여부와 상관없이 그 사진이 자신이 될 것이 분명했기 때문이다.

"아, 그리고 우리 아버지가 널 찾을지도 몰라. 혹시라도 보게 된다면 그냥 네 소신껏 말하면 돼."

"무슨 말인지 잘 모르겠어요."

"네 생각 그대로 말하면 된다는 말이야. 널 믿어. 넌 나약한 여자가 아니야."

윤정은 반찬을 형식적으로 집어먹으며 속으로 한숨을 삼켰다. 벌써 호출이 있던 차였다. 그의 아버지를 만날 것이라곤 한 번도 생각해 본 적 없었다. 드라마 속 회장님을 생각했던 차라 진혁의 말은 더 혼란을 느끼게 만들고 있었다.

그녀는 가진 것이라곤 아무것도 없었다. 대기업 비서라고 하지만 말단직원에 불과하고 집 형편이 넉넉한 것도 아니었다. 하긴 넉넉하다 해도 진혁의 아버지의 눈에 들기엔 턱없이 부족했을 것이다.

"사장님."

이 실장은 급한 전갈이라도 있는 듯 진혁에게 조용히 얘기했다. 곧 그의 낯빛이 어두워지는 것이 느껴졌다.

"미안한데, 오늘은 혼자 가야겠다. 급한 일이 생겨서."

"무슨 일 있어요?"

"아니야, 연락할게."

"네, 얼른 가 봐요."

윤정은 그저 이 상황이 어리둥절할 뿐이었다. 가슴이 답답하다. 한 가지가 해결되면 또 한 가지가 그녀를 짓눌러 댔다. 혜란의 일도 아직 진혁에게 말하지 못했다. 역시 그녀가 걸림돌이 되는 것은 아닌지. 속이 시원해야 하는데 더 꽉 막혀 버린 기분이었다.

진혁의 발걸음이 조금 다급해졌다. 민성에게서 연락이 온 것은 삼십 분 전이라고 했다. 무언가에 쫓기듯 불안에 떠는 것을 겨우 붙잡아 놓았다고 했다.

"어떻게 된 일이죠?"

호텔 방 안쪽 구석에서 몸을 바들바들 떨고 있는 민성의 몰골은 말이 아니었다. 온몸에서 악취가 났고 여기저기 구타 자국이 선명하게 보였다.

"아무래도 누군가에게 쫓기고 있던 거 같습니다."

"사, 살려 주세요. 제발 살려 주세요. 저, 저는 시키는 대로 했을 뿐이라고요! 그 여자가…… 그 여자가 다 시켰어요! 사진도 그 여자가 모두 다 조작하라고 했어요!"

민성은 미치광이처럼 진혁의 바짓가랑이를 잡고 애원했다. 진혁은 민성을 더러운 버러지 보듯 내려다보았다. 남을 벼랑 끝까지 내몰아 놓고 목숨을 구걸하고 있다. 이 자리에서 목을 비틀어 버려도 시원찮겠지만 진혁은 냉정함을 유지시키려고 애썼다.

"그 여자는 누굴 말하는 거지?"

"저, 그게…… 김혜란 씨를 말하는 거 같습니다."

진혁은 망치로 뒤통수를 얻어맞은 거 같았다. 지금까지 예상했던 것은 어디까지나 추측이었다. 하지만 이렇게 확인 사살까지 받고 보니 모든 것이 허무해졌다.

진혁은 한숨을 삼키며 담배 한 개비를 입에 물었다. 입술을 타고 하얀 연기가 내뿜어졌다.

"네가 내가 하는 질문에 제대로 대답하면 살려 주지. 이 모든 게 김혜란이 시킨 일이야?"

"네! 맞아요! 정말 저는 시키는 대로만 했어요. 근데 그 여자는 저를 죽이려고……."

더러운 눈물을 흘리며 진혁에게 애원하고 있었다. 제발 살려 달라고. 담배 한 개비가 다 타들어 가고 진혁은 재떨이에 담배를 비벼 껐다. 온몸에 분노가 치밀어 올랐다.

"이 실장, 증거 확보하고 저놈은 경찰에 넘겨."

"감사합니다. 감사합니다! 정말 감사합니다!"

민성은 진혁에게 넙죽 절까지 했다. 죽는 것보다는 유치장에 들어가는 것이 고마운 모양이었다.

이 모든 게 결국 자신 때문에 벌어진 일들이었다. 여태껏 혼자 그것을 감내하며 지내 왔을 윤정이 안쓰럽고 가여웠다. 그리고 미안했다. 그녀의 얼굴을 어떻게 봐야 할지 모를 일이었다.

처음엔 윤정이 답답하기 짝이 없어 심하게 군 것도 사실이었다. 다시 변화될 그녀를 믿었다. 하지만 그녀를 궁지에 내몬 것은 결국 자신이 아니었을까.

진혁은 수척해진 얼굴을 두 손으로 비볐다. 한 번도 자신의 결정을 후회해 본 적이 없었다. 어쩌면 처음부터 그는 그녀를 만나지 말아야 했을지도 모르겠다.

❖　　❖　　❖

혜란은 입술을 잘근잘근 씹어 댔다. 불안할 때면 나오는 버릇이었다. 이쯤 되면 연락이 왔을 법도 했다. 진혁이든, 한 회장이든 누구 하나는.

"왜 아직도 반응이 없는 거지?"

"아무래도 한 사장 쪽이 조치를 취한 거 같습니다."

혜란은 테이블 위에 있던 것들을 마구잡이로 벽에 던졌다. 분이 풀리질 않는다. 그따위 계집애가 뭐라고 진혁이 이렇게까지 나서는 것일까. 그녀가 아는 진혁은 모든 것에 무신경한 사람이었다. 도대체 어디서부터 잘못된 것일까.

매사에 냉정하던 혜란은 결국 이성을 잃어버렸다. 이젠 그 계집애를 떼어 놓을 수 있다면 지옥 불구덩이에도 들어갈 수 있었다.

민성과의 첫 만남은 선영의 이야기에서 비롯되었다. 처음엔 그를 이용하면 윤정을 가볍게 진혁에게서 떨어트릴 수 있을 거라 생각했다. 민성은 혜란이 생각했던 것보다 더 쓰레기 같은 놈이었고 그녀에겐 아주 적합한 상대였다.

'그러니까 서윤정을 떨어트리기만 하면 된다는 겁니까?'

'그래요. 뭐 어려운 건 아니죠? 그쪽이 원하는 게 있다면 뭐든 요구해도 좋아요. 도와줄 테니까.'

민성은 비열하게 웃었다. 요즘 도박에 빠져 재산을 모두 탕진했다는 얘기를 들었다. 그런 그에게 그녀의 제안은 매우 구미가 당기는 것이었을 것이다. 그는 자신만만하게 그 정도 여자 떨어트리는 건 일도 아니라며 호언장담했다.

그런데 현실은 전혀 녹록지 않았다. 멍청한 놈은 없애 버리기도 전에 사라진 상태이고 서윤정이라는 더러운 계집애는 아직도 진혁과 희희낙락하고 있었다.

혜란은 온몸을 바르르 떨었다.

"정 실장님, 내가 저따위 계집애 하나 때문에 이렇게 신경 써야 하는 건가요?"

가까스로 화를 억눌러 보지만 이미 한 번 터진 분노는 그리 쉽게 사그라지지 않았다.

"없애요. 납치를 하든 바다에 던져 버리든 없애 버리라구요! 내가 저런 격 떨어지는 계집 하나 상대해야겠어요?"

"아가씨, 이만 이성을 찾으시고 냉정하게 생각하시는 게 좋을 거 같습니다."

"정 실장 같으면 지금 이성을 찾을 수 있겠어요? 어디서 튀어나온 근본도 모르는 계집애 하나한테 이렇게 쩔쩔맨다는 게 말이나 되요?"

세상 살면서 누구에게 져 본 적도 없었고 또 누구에게 빼앗겨 본 적도 없었다. 모든 것은 자신의 것이었고 손 하나 까딱하면 남의 것이라도 죄다 그녀의 것이 되었다. 그런데 저 천하디천한 근본도 모르는 계집이 뭣도 모르고 그녀의 앞에서 고개를 빳빳이 쳐들고 그녀의 것을 빼앗으려 들려 하고 있었다.

처음부터 착하게 나가는 것이 아니었다. 한 번에 짓밟아 버렸으면 여기까지 오지도 않았을 일이었다. 혜란은 처절하게 느껴지는 분노와 처음으로 느껴 보는 쓴맛을 음미했다.

"그 사진, 진혁 씨 부모님께 보내요. 제 발로 나가떨어지지 않는다면 강제로라도 떨어지게 해 줘야죠. 안 그래요? 그것도 안 되면 그년의 낯짝을 다 찢어 놓겠어요. 얼굴을 들고 다닐 수도 없게."

혜란은 냉소를 지었다. 한 회장은 윤정을 정부로 놔둘 생각인 게 분명했다. 하지만 문란한 과거까지 알게 된다면 아마 한 회장의 뜻도 바뀔 것이다.

"아가씨, 한 사장에게 전화가 왔습니다."

"알았어요. 그 사진 한 회장님께 바로 전송해요. 도덕적으로 문제가 되는 건 못 참는 분이세요. 분명 끝을 볼 수 있을 거예요."

모든 것은 혜란 본인의 뜻대로 될 것이다. 그녀는 그렇게 믿고 있었다.

윤정은 문고리를 잡을까 말까 몇 번이고 망설였다. 그리고 크게 심호흡을 하고 문을 열었다. 한 회장이 그녀를 부른 곳은 한적한 레스토랑이었다. 왜 그녀를 불렀을지 정도는 쉽게 알 수 있었다. 진혁과의 일 때문일 테지. 그가 어떤 인물인지 미리 알아보려 했지만 나와 있는 것은 별로 없었다.

"안녕하세요."

떨리는 목소리로 윤정이 침묵을 깼다.

"앉게."

윤정은 겉옷을 옆의 의자에 걸치고 다른 의자에 조용히 앉았다.

"뭐 먹고 싶은 게 있나?"

"아니요, 아무거나 괜찮습니다."

그는 진혁과 많이 닮았다. 마치 나이가 든 진혁을 연상시키는 듯했다. 하지만 풍채는 한 회장 쪽이 훨씬 좋았으며 눈매는 연륜 덕인지 더 서글서글했다. 한 회장이 직원을 불러 조용히 주문을 했다. 윤정은 그사이 물을 마셨다. 입안이 바싹 타들어 가는 것이 느껴졌다.

"내가 부른 이유 진혁이에게서 들었을 거 같군. 맞나?"

"네."

"밥을 먹으며 이야기를 나눠야겠지만 서로 좋은 얘기가 아니니 본론으로 바로 들어가겠네."

"네, 말씀하십시오."

"우선 이 사진이 내게 전송됐더군."

한 회장의 말에 윤정은 순간 심장이 철렁 내려앉았다. 민성의 손이 한 회장에게까지 뻗칠 수 있는 것인가. 긴 한숨을 삼키며 냉정함을 유지하려 했다.

"저 사진은 제가 아니라 조작된 것입니다. 물론 믿지 않으실 수도 있지만 저 역시도 얼마 전에 안 사실입니다."

"나는 윤정 양과 진혁이가 만나는 거까지 뭐라 할 생각은 없네. 하지만 결혼은 아닐세. 집안을 떠나서 윤정 양은 한 기업을 이끌어 나갈 사람의 안주인 자리로는 턱없이 부족하다고 느껴지는군. 내가 잘못 보고 있는 겐가?"

한 회장의 말이 맞았다. 하찮은 집안이 아니라곤 하지만 진혁에겐 턱없이 부족한 자리였고, 그런 집에서 자신을 허락할 리 없었다. 그것은 어느 부모라도 당연한 일이었다.

"회장님 말씀이 맞습니다."

한 회장은 고개를 끄덕이며 자신의 생각이 틀리지 않았다고 생각했다.

"하지만 회장님, 저는 여태껏 제가 원하는 것을 말해 보거나 탐해 본 적도 없습니다. 제 분수를 아는 것보다도 제겐 욕심조차도 허락되지 않는 줄 알았습니다. 하나만은…… 그 사람 하나만은 욕심내고 싶습니다. 그것이 회장님 말씀대로 결혼을 원한다거나 하는 건 아닙니다. 제가 어찌 감히 그런 걸 바라겠습니까. 하지만 그가 원한다면 그때까진 그 사람 옆에 있어 주고 싶습니다."

그것은 사실이었다. 어리석게도 너무 늦게 알아 버린 사실이지만 자신을 이 정도로 믿어 주고 있는 사람을 하찮은 이유 때문에 떠난다면 그 믿음에 대한 배신이라는 생각이 들었기 때문이다.

한 회장은 차분하게 그녀의 이야기를 들어 줬다. 알았다는 말과 함께 먼저 자리를 뜬 건 한 회장 쪽이었다. 그에게 허리를 굽혀 인사를 한 윤정은 그가 방을 나가자 다리가 풀려 자리에 주저앉고 말았다.

냉정함을 잃지 않으려고 노력했지만 그것이 될 리 없었다. 손에는 식은땀에 나고 입안은 바짝바짝 타들어 갔다. 한 회장이 어떤 생각을 하는 건지는 알 수 없지만 윤정은 그의 생각을 따르기보다 진혁을 믿기로 했다. 그것이 윤정이 해 줄 수 있는 유일한 일이었다.

한 회장은 차에 앉아 호탕하게 웃음을 터트렸다. 맹랑하기 짝이 없는 아이였다. 감히 자신의 눈을 똑바로 보고 말할 수 있는 여자가 몇이나 되겠는가. 건방졌던 혜란도 은근히 자신의 눈을 피하며 말하곤 했었는데 윤정은 달랐다. 차분하게 자신의 이야기를 하나하나 다 꺼냈다.

"가셨던 일이 즐거우셨던 모양입니다."

"그래, 그랬지. 아주 즐거웠네."

한 회장은 오랜만의 즐거움을 음미했다. 어쩌면 혜란같이 얍삽하고 진실하지 못한 아이보다 저 아이가 더 나을지도 모르겠다.

혜란은 그에게서 연락이 왔을 때 직감했다. 드디어 일이 성사된 것이라고. 한 회장의 수는 분명 회사였을 것이다. 진혁은 회사를 통째로 잃으면서까지 윤정을 선택할 리가 없었다. 모든 것은 자신의 승리였다. 더러운 버러지가 도망친 것이 영 찜찜하긴 하지만 이제 그녀는 승리를 만끽하면 되는 것이었다.

"진혁 씨, 왔어?"

흘러내린 한쪽 머리칼을 귀 뒤로 쓸어 넘기며 혜란은 온화하게 웃었다.

"얼굴이 많이 안 좋아. 무슨 일 있어요?"

딱딱하게 굳은 얼굴에서 안 좋은 예감이 들긴 했지만 혜란은 신경 쓰지 않으려고 노력했다.

진혁은 답답한 듯 가슴팍에서 담배 한 개비를 꺼내 입에 물었다. 혜란은 참을성 있게 그의 입이 열리길 기다렸다. 도대체 서윤정이 무엇이기에 그의 표정이 이리 좋지 않은 것이란 말인가. 속에서 들끓어 오르는 분노를 표출하는 대신 혜란은 물컵을 한 손으로 꽉 쥐었다.

"내가 널 미국에서 봤을 때 넌 꽤 당당하고 자신감이 넘치는 여자였어."

"그래, 그랬지. 미국으로 다시 돌아가고 싶네."

혜란은 기분 좋게 웃었다.

"후, 그런데 난 널 절대적으로 잘못 본 모양이더군."

"무슨 소리야? 갑자기?"

"구민성. 설마 모른다고 하지는 않겠지?"

물컵을 쥔 혜란의 손이 바들바들 떨렸다. 내색을 하지 않으려 했지만 떨리는 마음까지 진정하기가 힘이 들었다. 설마 그 쓰레기의 이름을 진혁에게서 들을 것이라고 생각하지 못했다.

"그 사람이 누군데? 왜 그런 사람을 나에게 묻는 건지 잘 모르겠어."

"모른다면 어쩔 수 없지. 이 실장, 데려와요."

혜란은 자신의 눈이 잘못된 줄 알았다. 벌써 죽었어야 할 쓰레기가 이 실장의 손에 이끌려 멀쩡히 걸어왔을 때, 혜란은 온몸에 소름이 끼쳤다.

"이게 무슨……."

"네가 더 잘 알 텐데?"

"무슨 소린 줄 모르겠어요. 저 사람은 누구죠?"

혜란은 당당하게 말했다. 설마 저 쓰레기가 지 목숨을 걸고서 다 불지는 않았으리라. 하지만 온 얼굴에 멍이 든 채로 이 자리에 끌려 나오는 민성의 모습을 보며 혜란은 불안한 마음을 감추지 못했다.

"모른다면 이 자리에서 네가 한 짓을 낱낱이 밝혀 줄 수도 있어."

혜란은 입술을 옹송그리며 재빠르게 머리를 굴렸다.

"내가 한 짓이라니? 진혁 씨, 저 사람이 무슨 말을 했는지는 모르겠지만 제 말도 아닌 저 사람 말을 믿는다는 건가요?"

"김혜란, 잘 들어. 내가 널 불러내서 이렇게까지 얘기하는 건 그나마 옛정이 있기 때문이야. 하지만 이 시간 이후 네가 내 눈에 보인다면 난 널 어떻게 할지 몰라. 이건 협박이 아닌 경고야. 네가 남자였다면 이 자리에서 가만두지 않았어."

"잠깐만, 진혁 씨! 난 도대체 무슨 소릴 하는 건지 모르겠다구요!"

이 실장에게 팔목을 잡힌 채 있던 민성이 비열하게 웃었다.

"김혜란, 이제 당신은 끝났어. 내가 다 불었거든. 네가 시켜서 서윤정 협박했던 일들 모두. 크크크, 내가 널 도와줬는데 네가 날 죽이려 해? 김혜란!"

혜란에게 달려들려는 민성의 팔목을 이 실장이 얼른 힘주어 잡았다.

"이제 다시는 네 얼굴 보지 않았으면 좋겠군."

냉정하게 자신에게서 등을 돌리는 진혁의 옷자락를 서둘러 잡았다. 말도 안 된다. 이렇게 허무하게 끝날 리가 없었다.

"진혁 씨! 모든 건 오해야. 설마 저런 놈의 말을 믿는 건 아니지? 서윤정이 모두 다 짜고 이러는 거라고! 내가 저 사람을 어떻게 안다고!"

사복 입은 형사 두 명이 진혁에게 가볍게 목례를 하며 들어왔다.

"김혜란 씬가요? 서까지 같이 이동해 주셔야겠습니다."

"이거 놔! 놓으란 말이야! 감히 어디다 손을 대는 거야! 진혁 씨!"

형사에게 팔을 붙들려 테이블에서 울부짖는 혜란을 뒤로한 채 진혁은 망설임 없이 자리를 나왔다. 공모자로 밝혀졌던 선영 역시 혜란의 사주를 받아 어쩔 수 없었다고 자백했다. 한때나마 친구라고 생각했던 사람이 저지른 악행들에 진혁은 마음이 무거워졌다.

"김혜란 씨는 경찰서로 연행됐습니다. 하지만 오래가진 못할 거 같습니다."

"오늘은 좀 쉬고 싶군요. 이 실장도 이만 퇴근해요."

"알겠습니다."

아마 그녀의 집안에서 이 일을 묻으려고 할 것이다. 결국 피해자만 남는 상황이 될 것이라 어쩐지 진혁은 마음이 무거웠다.

윤정은 이 실장의 전화 한 통에 헐레벌떡 집을 나갔다. 한 회장을 만나고 온 직후인지라 몸살 기운이 있는 듯했지만 그조차도 신경 쓸 여력이 없었다.

'아무래도 사장님 몸이 안 좋으신 거 같아서요. 집에 한번 가 보셨으면 합니다.'

"진혁 씨?"

"어쩐 일이야?"

문을 열어 준 진혁은 이 실장의 말대로 피곤한 기색이 역력했다.

"이 실장님이 연락하셨어요. 진혁 씨 몸이 안 좋은 거 같다고."

"그 친구, 쓸데없는 짓을 했군. 들어와."

위스키를 마시고 있던 참이었는지 술잔과 얼음이 테이블 위에 놓여 있었다. 윤정은 촉촉하게 젖어 있는 진혁의 머리칼을 만졌다.

"감기 들겠어요."

"괜찮아. 한잔할래?"

"네, 주세요."

긴장이 풀린 탓에 잠시 잊었던 자신의 몸 상태가 그녀를 엄습해 왔다. 살갗이 칼로 찌르는 듯 아렸다.

진혁이 투명한 글라스에 얼음을 담고 위스키를 따라 그녀에게 건네주었다. 그는 손바닥으로 그녀의 손등을 감싸더니 미간을 찌푸렸다.

"나를 걱정할 게 아니었군."

"괜찮……아…….."

윤정이 갑자기 웃음을 터트렸다. 서로에게 말하는 모습이 너무도 닮아 있었기 때문이다. 어쩌면 그나 그녀나 성격조차도 비슷할지도 모르겠다.

"오늘 회장님을 만났어요."

"음……."

진혁은 윤정의 머리칼을 손가락으로 장난치듯 천천히 쓸어내렸다.

"제게 당신과 헤어지라고 말씀하시더군요."

"그래서?"

그는 그녀의 말을 경청하는 듯 대답을 하며 발그레해진 윤정의 뺨을 한쪽 손으로 어루만졌다.

"당신이 필요로 하는 한 떠나지 못한다는 말씀 드렸어요."

진혁이 나직하게 웃음을 터트렸다.

"예전의 너라면 상상도 못 할 일이로군. 우리 아버지 웬만한 여자는 감당하기 힘들 정돌 텐데. 꽤 당돌하게 굴었군."

"제가 너무 무례하게 군 건 아닌지 모르겠어요."

"아니야, 아니야. 아마 즐거워하셨을 거야. 그런 여자, 우리 어머니 말고는 만나지 못하셨던 분이거든."

윤정은 진혁의 말을 이해하기 어렵다는 듯 고개를 갸웃거렸다. 그는 대답 대신 그녀의 도톰한 입술을 엄지손가락으로 섬세하게 어루만졌다. 촉촉하게 젖은 그의 눈빛에서 욕망이 피어올랐다.

진혁의 손이 갈고리처럼 윤정의 뒤통수를 움켜쥐며 거칠게 입을 맞췄다. 맞부딪혀 오는 입술의 열기에 몸을 맡겼다. 부드럽게 그리고 서로를 갈망하듯 천천히 애절하게, 이 순간 모든 것을 쏟아붓듯 열렬하게 입을 맞췄다. 툭, 카펫 위로 위스키 잔이 떨어졌다.

10
다른 시작

　아쉬운 듯 가볍게 입을 맞추며 입술이 떼어졌다. 그의 촉촉하
게 젖은 시선에 윤정은 심장이 달아올랐다. 그가 발갛게 달아오
른 윤정의 양 뺨을 어루만졌다. 욕망으로 번들거리는 눈빛이 맞
닿았던 그때 둘 중 누구 할 것 없이 자신의 옷가지를 벗어 던졌
다.

　등에 차가운 시트의 감촉이 느껴졌다. 갑작스러운 찬 기운에
온몸에 자잘하게 소름이 돋았다. 쇄골을 따라 뽀얗게 드러난 팔
까지 진혁은 자잘하게 입을 맞췄다. 윤정은 아이처럼 웃음을 터
트렸다.

　"풋, 간지러워요."

　혀끝이 그녀의 귓바퀴를 핥으며 귓불을 잘근잘근 깨물었다.

"너 열 있어."

"괜찮아요. 그러니까 어서요."

진혁은 그녀의 가슴을 움켜쥐며 타액으로 번들거리는 입술에 입을 맞췄다. 손안에서 힘없이 일그러지던 유두가 빳빳하게 고개를 들었다.

"하아……."

아까의 거칠었던 키스와 상반된 부드러운 느낌이었다. 그의 입술은 자신의 달아오른 몸보다 더 뜨거웠다. 젖가슴을 이로 깨물듯 게걸스럽게 빨아들이며 다른 한 손은 가슴을 움켜쥐고 유두를 튕기고 희롱했다. 혀끝을 세워 빙 돌리며 한껏 예민해진 살을 안달 나게 만들었다.

"맛있어."

윤정은 진혁의 등을 손톱으로 긁듯 껴안으며 다리를 뒤틀었다. 정신이 혼미해졌다. 한껏 예민해진 가슴은 살짝만 스쳐도 찌릿한 전기가 올랐다. 그가 주었던 쾌감들을 정확하게 기억하는 몸은 이제 가벼운 몸짓에도 금방 젖어들고 있었다.

진혁은 윤정의 다리를 자신의 팔에 걸치며 그곳에 입맞춤을 뿌렸다. 그는 마치 귀중한 보물을 다루듯 그녀의 온몸 구석구석에 입을 맞추었다. 어쩌면 사랑한다는 그 한마디보다 벅찰 것만 같은 감동이 가슴속 깊은 곳에서 차올랐다.

왜 미처 몰랐을까. 그의 행동 하나하나는 그녀를 위한 것이었다. 가슴이 뜨겁게 부풀고 심장이 거칠게 뛰었다. 윤정의 눈가가 촉촉이 젖어들었다.

"쉬이."

진혁이 개구지게 웃으며 그녀의 뺨에 흐르는 눈물을 혀로 핥고는 뺨 위에 붙은 머리칼을 손으로 떼어 주었다. 다정하게 자신을 바라보는 그 눈동자를 똑바로 바라볼 수가 없었다. 여태껏 밀어내고 오만하게 굴었던 것은 바로 윤정 자신이었다.

그는 그녀의 상념들을 지워 주기라도 하듯 그녀의 허벅지를 벌렸다. 그의 손가락이 검은 수풀을 쓰다듬다 골짜기 깊은 곳을 자극시키자 윤정은 온몸을 뒤틀 듯 바르르 떨었다. 허벅지 깊은 곳이 뜨거워졌고 거친 열망이 차올랐다.

그는 그녀의 배에 길게 입을 맞추며 클리토리스를 누르며 비볐다.

"아앗."

윤정의 엉덩이가 들썩였다. 진혁은 오므라드는 그녀의 허벅지를 벌리며 단숨에 여성 안으로 손가락을 집어넣었다. 윤정의 숨소리가 거칠어졌다. 엄지로 클리토리스를 비벼 자극시키며 여성 안 더 깊은 곳으로 넣었다.

"진혁 씨……."

손가락에 끈끈한 애액이 터지듯 묻어 나왔다. 이대로 달아오르다간 풍선처럼 터질 것만 같았다. 그가 주는 고문 같은 쾌감과 윤정은 속수무책으로 숨만 헐떡였다. 머릿속이 백짓장처럼 변했다. 혀끝으로 자극하는 쾌감이 온몸으로 번져 나갔다. 더 깊게,

더 빨리, 윤정은 온몸을 비틀며 침대 시트를 움켜쥐었다.

그는 쥐를 궁지에 몰아넣는 고양이처럼 더 처절하게 몰아붙였다. 파고드는 절정 같은 쾌감에 윤정은 진혁의 머리를 움켜잡으며 엉덩이를 비틀었다. 열이 나던 몸은 이제 다른 의미에서 열이 났다. 그가 주는 쾌감과 열기가 그녀를 점령하고 있었다.

낯선 이물질은 그곳이 제 자리인 양 그녀를 정복하고 침범했다. 진혁은 안쪽 허벅지에 입을 맞추며 헐떡이는 그녀를 진정시켰다.

"이제 그만……."

한계에 다다른 듯 윤정이 머리를 도리질 쳤다. 흥건하게 달아오른 몸은 이제 더 큰 것을 원하고 있었다.

"제발…… 진혁 씨……."

벼랑 끝으로 내몰렸을 때 비로소 그 쾌감이 더 크게 다가오는 것일까. 진혁은 한쪽 어깨에 윤정의 다리를 올리고 단숨에 파고들었다.

"아악!"

거친 맹수처럼 파고드는 그의 몸이 뿌리 끝까지 밀고 들어오자 윤정은 시트를 움켜쥐며 거친 숨을 몰아쉬었다. 정자세보다 더 깊은 조합 때문인지, 아니면 달아오를 대로 달아오른 몸 때문인지 모르겠지만 맞물리는 느낌이 더 크고 깊게 다가왔다.

단숨에 파고들었던 몸짓은 격정적으로 움직였다. 오늘 그는 윤정을 더 극한으로 몰아넣을 모양이었다. 야수가 울부짖듯 포효

하며 그는 거칠게, 더 깊게 움직였다.

"하아……. 하아……."

그가 단숨에 윤정의 몸을 뒤집었다. 엎드린 자세가 되어 버린 윤정의 여성 안에서 팽창하듯 그의 느낌이 더 생경하게 다가왔다. 땀으로 범벅이 된 윤정의 등에 자잘한 입맞춤을 하며 그는 더 격렬하게 움직였다. 그의 손이 다시 검은 숲 사이를 배회하다 클리토리스를 자극시켰다. 윤정은 몸을 진저리 쳤다.

"그만……. 하아……. 제발……."

침대를 짚은 손에 힘이 맥없이 풀렸다. 지탱하던 다리도 아마 그가 잡지 않았다면 그 자리에서 힘이 풀려 쓰러졌을 것이었다.

"하앗, 진혁 씨……."

윤정은 그의 입술을 갈구했다. 그의 체취, 그의 몸을 느끼고 있지만 더 그를 소유하고 싶은 열망에 빠져들었다. 마치 그녀의 마음을 알기라도 한 듯 그는 윤정의 고개를 돌려 끈적하게 입을 맞추었다.

유산소 운동을 몇 시간을 한 듯 삽시간에 온몸이 땀으로 뒤범벅이 되었다. 그리고 쾌감은 여태껏 느꼈던 그 어떤 것보다 더 강하게 찾아왔다. 어쩌면 마음을 확인한 후이기 때문일지도 몰랐다.

그의 움직임이 격렬해졌다. 머릿속은 이미 아무 생각도 할 수가 없었다. 그의 격정적인 움직임에서 느껴지는 쾌감에 윤정의 몸이 바르르 떨렸다. 자신의 몸에서 격렬하게 움직이던 그의 몸

짓을 끝으로 거대하게 팽창된 뜨거운 분화구가 안에서 터져 버렸다. 그의 몸이 자신의 위로 떨어지고 한동안 둘은 숨만 헐떡일 뿐 움직일 수 없었다.

온몸이 나른했다. 밖은 어둑어둑해진 뒤였다. 끈끈한 몸을 씻고 싶었지만 손 하나 까딱할 힘이 없었다. 진혁이 그녀의 어깨를 부드럽게 어루만졌다.

"구민성이 잡혔어."

"정말요?"

윤정이 소스라치게 놀라며 물었다.

"네게 미안한 게 있어. 그 일을 사주한 사람 혜란이라더군."

한숨 섞인 그의 말에 윤정은 여전히 놀라 있었다. 그녀에게 혜란은 며칠 전까지만 해도 그를 포기해 달라며 울며 매달렸던 가녀린 여자였기에 윤정은 자신의 귀를 의심할 수밖에 없었다.

"말도…… 안 돼요."

"그래, 나도 그런 사람인 줄 전혀 몰랐어."

윤정은 눈을 깜빡이다 더 야위어 버린 그의 얼굴을 손으로 어루만졌다. 아마 자신 때문에 이 모든 일이 벌어졌을 거라 생각해서인지 그는 자괴감에 빠진 모습이었다. 혜란에 대한 충격, 민성이 잡혔다는 안도감이 복합적으로 찾아왔다. 일은 끝이 났지만 상처받은 것은 자신만은 아니었다.

"당신 잘못이 아니에요."

윤정은 그의 목을 껴안으며 몇 번이고 반복해서 말했다. 당신의 잘못이 아니라고.

"미안해. 다 내 탓이었어. 네가 변한 것도, 혜란이 너에게 저지른 일도, 모두 다……."

그는 많이 지쳐 있었다. 여기까지 달려오느라 그들은 감정 소모가 심했다. 서로에게 상처 주는 말만 되풀이했으며, 서로를 바라보지 않는 평행선 관계였다. 윤정은 눈물이 찔끔 났다. 이 강한 남자의 이런 모습이 모두 다 자신 때문이라고 생각하니 가슴이 미어질 것만 같았다.

"당신의 이런 모습 싫어요. 당신이 이러면 당신을 사랑하는 나까지 마음이 아파요. 그러니까 이제 그만 당신 자신을 용서해요."

진혁은 자신을 감싼 온기에 나직하게 웃음을 터트렸다.

"내가 사람을 잘못 본 거 같군. 나약한 건 네가 아니라 나였는데."

"그걸 이제라도 알아준다니 감사하네요."

윤정은 그의 입술에 쪽 입을 맞추며 개구지게 웃었다. 이렇게 그와 마음 놓고 이야기를 나눌 수 있을 것이라 생각해 보지 않았다. 하루하루가 너무 힘이 들어서, 그리고 자신의 불안했던 자리 덕에 윤정은 모든 것에 지쳐 있었다.

서로 마주 보고 사랑한다는 것이 이리 기쁜 일인지 왜 진작 몰랐을까. 윤정은 이것이 진정한 첫사랑이 아닐까 생각했다. 서

로를 배려하고 서로를 위하고 서로를 열렬히 사랑하는 지금의
자신들의 모습이. 진혁과 윤정의 은은한 웃음소리가 밤하늘을 수
놓았다.

❧　　❧　　❧

진혁은 짜증스러운 마음을 지우지 못했다. 윤정과 함께하는
아침의 달콤한 시간을 혜란의 아버지 때문에 깨게 됐던 것이다.
사업상의 관계 때문에 단칼에 거절하기가 힘이 들었다.

"무슨 일 때문이시죠?"

"혜란이 일 얘기 들었네. 자네에겐 미안하다고 할 생각 없네."

이 꼬장꼬장한 노인네. 진혁은 대답 대신 앞에 놓인 에스프레
소를 한 모금 마셨다. 텁텁한 커피의 향이 오늘따라 더 쓰게만
느껴졌다.

"내 딸은 감히 경찰서에 넣다니! 그 계집애가 어떤 계집애기
에 내 딸을 저리 처박아 놓냔 말이야! 내 이번 일을 가만 넘어갈
줄 알아? 네놈 회사에 들어간 투자금 다 회수할 테니 그리 알아!
감히 네깟놈이 내 등에 칼을 꽂다니! 건방진 놈! 빌어! 혜란이한
테고 나한테고! 그러면 이 일은 없던 걸로 하지. 내 결혼 파토
낼 생각까지 없으니."

늦깎이 금지옥엽 같은 외동딸이었다. 차가운 유치장 바닥에서
반나절이라도 있었다는 게 피가 거꾸로 솟을 일이지만 제 딸이

저리도 원하는 사람이라 한 번 져 주자 했다. 자신의 사람만 되면 그 기세 단번에 꺾어 놔야지, 김 회장은 이를 부득부득 갈았다.

다리를 꼬고 느긋하게 커피 향을 음미하던 진혁이 냉소를 지었다.

"죄송하지만 저는 그럴 생각이 없습니다."

"네놈이 감히 뭐라고! 감히 내 딸을!"

"회장님의 딸은 반나절 유치장에 있었지만 제 사람은 그 여자 때문에 몇 달을 천당과 지옥을 오갔습니다. 고작 반나절 유치장에 있었다고 제게 이러시는 겁니까?"

진혁은 차분하게 반박했지만 화가 나지 않는 것이 아니었다. 단지 그동안의 정을 생각해 이만큼 참고 있는 것이었다. 혜란이 제 죗값을 다 치를 거라 생각하지 않았다. 아마 김 회장은 갖은 권력과 돈을 이용해 어떡해서든 혜란을 빼 왔을 것이다.

"그까짓 싸구려 계집과 지금 감히 내 딸을 비교하는 것이냐!"

"그 사람을 싸구려 취급하는 건 그 사람을 사랑하는 저까지 싸구려 취급하시는 것과 진배없습니다. 제가 왜 회장님께 그런 모욕을 들어야 하는지 모르겠군요."

"뭐야? 이놈이!"

뺨을 내리치려는 김 회장의 손을 진혁이 가볍게 잡았다. 이를 바득바득 갈고 있는 김 회장을 보며 진혁이 섬뜩하게 웃었다.

"이 실장, 가져와요."

이 실장이 기다린 것처럼 진혁에게 서류를 건넸다.

"똑똑히 들으십시오. 저희와 사업상 인연은 여기까지입니다. 투자금 회수해 가십시오. 과연 누가 손해인지는 회장님께서 더 잘 아실 겁니다. 그리고 다시 한 번만 더 그 여자를 건드시면 제 모든 걸 걸고 회장님과 김혜란 가만두지 않을 겁니다. 제가 증거 하나도 없이 이런다고 생각하지 않겠죠? 볼만하겠네요. 뉴스 여기저기서 나올 혜란의 모습이. 공기가 더러워서 전 이만 먼저 실례하죠."

진혁이 거칠게 김 회장의 손을 놓자 김 회장은 온몸을 부들부들 떨었다. 김 회장의 외침이 진혁의 등 뒤에까지 들렸지만 아마 그가 던지고 온 서류들을 보면 더 이상의 보복을 못할 것이다.

그 며칠 뒤, 혜란이 미국에 유학을 갔다는 소식을 들었다. 아마 한동안은 돌아오지 못할 것이다. 김 회장이 아무리 금지옥엽 외동딸을 사랑한다고는 하나 자신의 모든 걸 내놓을 만큼 아둔한 사람이 되지 못했다. 몇 년 동안 그곳에서 쉬라고 이야기했겠지.

"사장님, 커피 가져왔습니다."

윤정은 그사이 회사에 복귀했다. 앙상했던 볼은 통통하게 살이 제법 올랐다. 신경 쓸 일이 적으니 먹는 것이 이제 살로 가는 모양이었다.

문자 역시 혜란이 선영에게 시킨 일이었다. 진혁은 선영도 경찰에 넘기려고 했지만 그것만큼은 윤정이 막았다. 그녀 역시 혜란 때문에 마음고생이 심했다고 했다.

커피를 내려놓는 윤정의 허리를 진혁이 감싸 안았다.

"살이 제법 오른 모양이군."

"아니에요. 그럴 리 없어요!"

윤정은 소스라치게 놀랐다. 요새 좀 먹긴 했지만 설마……. 여자의 적은 곧 살인데, 그걸 또 애인한테 듣게 되다니. 윤정은 울고 싶은 심정이었다.

"넌 좀 통통한 게 어울려."

"마음에도 없는 소리를……."

"왜 안 믿는 거지?"

윤정은 믿지 않는 척했지만 자꾸만 나는 웃음을 애써 참았다.

"저 이만 밀린 일을 해야 할 거 같습니다."

슬금슬금 올라오는 진혁의 손을 제지하며 윤정이 단호하게 말했다. 하지만 그녀의 말은 영 그에겐 먹히지 않는 모양이었다. 허벅지 안쪽을 쓰다듬는 그의 끈적한 손길을 보면.

윤정은 한숨을 푹 쉬고 그의 책상에 걸터앉아 그의 양 뺨을 부여잡고 길게 입을 맞췄다. 그가 항상 하는 것처럼 혀로 입술을 축이고 닫혀 있는 입술을 열어 혀를 감쌌다. 맛있는 사탕을 먹듯 조심스럽게 그리고 격렬하게.

"나머진 저녁에 해요."

윤정이 요염하게 윙크를 날리며 그의 입술에 쪽 입을 맞췄다. 속수무책으로 당한 진혁이 큰 소리로 웃음을 터트렸다. 언제 이런 여우 짓을 배운 것인지.

— 사장님, 회장님께서 올라오시라고 연락이 왔었습니다.

갑작스러운 인터폰에 윤정이 허둥댔다. 나쁜 짓을 하다 걸린 아이처럼 어찌할 바를 몰랐다.

"네, 알겠어요."

진혁은 웃음을 참고 목을 가다듬으며 대답했다.

— 저…… 그런데…… 서 주임도 같이 오라고…….

윤정은 놀란 눈으로 진혁을 바라봤다. 하지만 영문을 모르긴 진혁도 마찬가지였다.

회장실에 앉아 있는 윤정은 좌불안석이었다. 티를 안 내려고 애써 보지만 손안에 미끈하게 차는 땀까지 막을 길이 없었다. 두 부자는 별로 말이 없는 사이인 거 같았다. 아님 어색한 사이인 가? 느긋하게 녹차를 마시고 있는 한 회장이나, 별다를 거 없이 앉아 있는 진혁이나 이 어색함이 전혀 이상하지 않은 모양이었 다. 안절부절못하는 것은 윤정 하나란 소리였다.

"차가 입에 맞지 않은가?"

"아, 아닙니다, 회장님."

윤정은 제법 뜨거운 차를 단번에 들이켜려다 입천장을 델 뻔 했다.

"괜찮아?"

진혁이 얼른 알아차리고 차가운 물을 줬으니 망정이지 윤정은 그 자리에서 실례를 범할 뻔했던 것이다.

"괘, 괜찮아요."

"허허, 그날의 당돌함은 어디로 가셨나?"

윤정이 다시 한 번 화들짝 놀라자 진혁의 눈매가 매서워졌다.

"그만하십시오."

"쯧, 제 여자 편드는 것 좀 보지. 혜란이가 유학 갔단 소린 들었다. 그렇다고 난 너희들을 허락할 생각도 없어!"

진혁은 한 회장의 말에 별다른 관심을 두지 않았고 윤정은 너무도 당연했던 일이기에 이번만큼은 놀라지 않았다. 한 회장이 자신의 존재를 인정할 것이라는 생각조차 하지 않았던 것이다. 이대로 그냥 그의 곁에만 있다면 충분했다.

"내 자네에게 물어보고 싶은 것이 있어서 불렀네."

"말씀하십시오."

"왜 이 녀석 곁에 있고 싶은 거지? 너에게 과분하다는 것도 잘 알고 있던데?"

"아버지!"

"넌 끼어들지 말고 잠자코 있어!"

윤정은 한 회장의 불호령에 숨을 크게 들이마셨다 내쉬었다.

"여태껏 제가 원하는 거, 제가 갖고 싶은 거 제대로 표현 한 번 하지 못하고 살았습니다. 그것들이 다 제 것이 아니라고 여겼습니다. 제가 못나고, 너무 부족해서 감히 가질 수 없다고 생각했던 것들입니다. 하지만 하나쯤은, 정말 이 남자 하나쯤은 갖고 싶다고 표현하고 싶었습니다. 비록 제가 갖고 싶었던 그 어떤 것들보다 과분한 남자지만 그래도 꼭 그걸 말하고 싶었습니다."

한 회장은 아무 말 없이 윤정의 말을 끝까지 들어 주었다.

"알았네. 이만 둘 다 나가 봐도 좋네."

"네, 감사합니다, 회장님."

"뭐가?"

"이렇게 차까지 주시며 그래도 제게 시간을 내주셨잖아요."

비로소 마음이 조금 편해졌다. 여전히 어렵고 무서운 한 회장이지만 자신의 속마음을 내뱉고 나니 마음이 한결 가벼워지고 한 회장이 조금은 가깝게 느껴졌다. 물론 그것은 자신의 생각이었지만.

윤정과 진혁이 나가고 한 회장은 느긋하게 웃음을 지었다. 본디 욕심이 없는 아이다. 보기에도 욕심이 없고 자기 자신에게 소극적인 아이였다. 그가 앞날은 내다볼 수 없어도 사람 보는 눈 하나는 꽤 정확한 사람이었다. 아직은 둘 사이를 허락해 줄 생각은 없었지만 찬찬히 윤정을 두고 볼 생각이었다.

한동안 회사는 조용했다. 막바지에 다다른 리조트 사업 때문에 진혁은 꽤나 바빴지만 그들 관계가 소원해지거나 하지 않았다.

윤정이 회사에 다시 돌아오던 날 전 대리는 펑펑 눈물을 쏟더랬다. 동생같이 생각하던 윤정이 아파서 회사까지 못 나오니 속상했던 모양이었다. 집에서 편히 놀다 온 윤정은 어쩐지 양심에 찔려 전 대리가 좋아하는 유기농 쿠키며 초콜릿이며 간식거리를 한 아름 사다 주었다.

이제 그녀와 진혁의 관계를 눈치챈 사람이 여럿 되었다. 그럴수밖에 없는 것이 출퇴근이 같았기 때문이다. 전 대리에게 미리 언질을 주기는 했지만 섭섭한 속내를 완벽하게 감추지는 못하였다.

"들었어? 서윤정하고 사장님 이야기."

"야, 그렇게 대놓고 다니는데 어떻게 몰라. 아, 진짜 재수 없어."

윤정은 자료를 복사해 오다, 휴게실에서 나는 소리를 듣고 발걸음을 멈추었다.

"그 여자 밤일 겁나 잘하나 봐. 그거 아니면 우리 사장님 같은 분이 뭐하러 그런 여자를 만나겠어. 안 그래?"

"내 말이. 혹시 모르지, 큰 가슴 가지고 유혹했는지도."

"야, 아무리 그래도 그렇지. 저건 영 아니지 않아? 요즘 좀 예뻐지긴 했지만 옛날에 완전 죽상마녀였잖아. 못생겨서 가슴만 커가지고."

"그러니까. 솔직히 내가 더 낫지!"

윤정은 가만히 여직원의 이야기를 듣고 있었다. 예전 같아선 부들부들 떨었겠지만 요즘 들어 생긴 여유 덕인지 이런 이야기쯤은 가볍게 넘겨 버릴 수 있었다. 윤정은 속으로 화를 참는 대신 휴게실 쪽으로 다가갔다.

"죄송하지만 제가 가슴만 큰 게 아니라 머리도 좋아요."

"이익! 앗! 뜨거!"

갑작스러운 윤정의 등장에 두 여직원이 소스라치게 놀라 커피를 쏟았다.

"뭐예요! 왜 남의 말을 엿듣고 그래요!"

"이곳은 공공장소이고 남이 듣지 못하게 하려면 그렇게 큰 소리로 남의 험담을 하지 않아야겠죠? 안 그런가요, 홍보팀 정유나 씨, 마케팅팀 안수지 씨?"

생글생글 웃으며 윤정이 비아냥거리자, 유나와 수지는 입술만 깨물었다. 반박할 여지가 전혀 없었기 때문이다. 거기다 본인이 듣는 데서 험담까지 했으니 이것은 완벽한 현행범이었다.

"누, 누가 사장님하고 만나는 사람이라고 무서워할 줄 알아요?"

"흐음, 전 절 무서워하라고 말하는 게 아니라 사과를 하라고 말하는 건데요?"

수지가 몇 마디 더 쏘아 주려 하자, 유나가 얼른 수지를 손으로 쿡 찔렀다.

"죄송해요, 서 주임님. 부러워서 그랬어요."

유나는 얼른 그 말을 던지고 수지를 끌고 휴게실을 도망가듯 빠져나왔다. 윤정은 새삼 알 수 없는 기분에 사로잡혔다. 그 여직원들이 곧 자신의 모습이었을 것이다. 남의 험담을 하진 않았지만 남을 선망하고 부러워하던 자신의 모습. 그녀는 여전히 특색 하나 없는 고리타분한 서윤정인데 부럽다는 말에 기분이 묘해졌다.

"제법인데?"

언제 왔는지 벽에 진혁이 기대어 서 있었다.

"언제 왔어요?"

그제야 여직원들이 줄행랑을 친 이유를 알았다. 진혁의 모습을 봤겠지. 윤정은 한숨을 쉬었다. 어디까지나 그녀의 능력이 아니라 그의 능력이었던 것이다. 하지만 이제 열등감에 빠져들거나 그것들을 싫어하지 않았다. 그조차 자신이 사랑하는 남자의 모든 것이었다. 권력과 부, 그리고 그를 선망하는 그 시선들까지.

"방금. 예전에도 이 비슷한 일이 있었는데, 기억나?"

"그럼요. 기억나죠. 그땐 상상도 할 수 없던 일이었는데."

윤정이 과거의 추억담을 늘어놓듯 기분 좋게 웃었다. 그녀에게 과거엔 없던 것이 생겼다. 그것은 바로 여유. 예전엔 누구를 살필 여유도, 누구에게 따질 여유도 그녀에게 존재하지 않았다.

"그때 당신한테 혼난 거까지도 제대로 기억하고 있어요."

"그동안 많이 노력했어, 너. 이게 바로 서윤정인데."

칭찬이 영 기분 나쁘진 않았다. 윤정은 까르륵 웃음을 터트렸다.

"참, 아까의 도발 밤에 기대해도 되는 거지?"

진혁이 한 발짝 다가와 은밀하게 속삭이며 윤정의 귀를 핥자,
그녀는 귀까지 빨개졌다.

"무, 무슨!"

"그럼 이따 봅시다, 서윤정 씨!"

유유히 사라지는 진혁의 모습을 보며 윤정은 웃음을 터트릴
수밖에 없었다.

여전히 한 회장은 그와 그녀의 사이를 인정하지 않았다. 물론
말로만인 것을 잘 알고 있었다. 대외적으로 그녀를 며느리인 양
대동하고 다녔으니까. 그와 그녀도 결혼을 서두르거나 할 생각이
없었다. 지금은 지금의 모습을, 그리고 그들의 편안함을 좀 더
느긋하게 즐기고 싶었다. 그와 그녀의 사랑은 여전히 '―ing' 였
다. 그리고 앞으로도 평생.

―fin

너는 좀 특이한 아이였다. 요즘 여자들과는 다르게 촌스러웠고 꾸밀 줄도 모르는 아이였다. 옆에 있어도 존재조차 모르고 지나갈 법한 그런 아이. 그래서 더 눈길이 갔는지도 몰랐다. 하지만 그때 그것은 연민도 호감도 아닌 그저 괄시였다.

"괜찮아요?"

나에게 걸려 넘어진 주제에 수줍게 웃고 있는 네가 싫었다.

"이제 그만 일어나죠? 별로 다친 거 같지 않은데."

그래서 나는 부러 더 퉁명스럽게 대꾸했다. 그때의 내 눈초리는 비웃음을 담고 있었을 것이다.

너와 마주쳤다는 거 자체가 나는 싫었다. 나는 자기 자신을 사랑할 줄 모르는 사람을 극도로 싫어했다. 그것은 나에겐 게으르다는 증거로만 보였으니까.

다행히 이후 넌 나와 마주칠 일이 없었다. 너는 조용한 아이였고 같은 강의를 들었어도 넌 내 눈에 띌 만한 행동을 하는 아인 아니었었다. 너는 그렇게 나에게 금방 잊혀져 가는 존재가 되어 버렸었다.

"왜들 모여 있어?"

"진혁 오빠! 얘가요!"

여자아이들이 소란을 떨어 댔다. 너는 그것이 못 견디게 창피하고 자존심이 상했는지 그 자리를 박차고 나갔었다. 아이들 말에 따르면 네가 나를 좋아한다고 했다.

"오빠 웃기지 않아요? 감히 분수를 알아야지."

"그러게."

나는 네가 우스웠다. 자기 자신도 사랑할 줄 모르는 여자가 누굴 사랑한다는 말인가. 아마 나는 네가 여태껏 나를 만나고 싶어 하던 여자애들처럼 나의 외모나 배경에 혹해서 벌어진 일이라 생각했다. 사람들 모두 현실 세계에 살고 있는데 넌 여전히 돈 많은 동화 속 왕자님을 기다리는 멍청한 여자같이 보였다.

"한진혁이 인기가 많긴 한가 보네. 저런 애까지 좋다고 달려들 정도면?"

재현이 재미난 구경이 난 듯 배를 잡고 웃어 댔다. 하지만 난 함께 웃지 않았다. 아니, 그저 상처 입은 척 뛰어가던 너의 모습이 짜증스럽게만 느껴졌다.

전혀 나아질 기미가 보이지 않는 네가 너무 답답하고 싫었다. 멍청할 정도로 순진한 그 모습도 싫었다. 나를 힐끔거리며 해맑은 웃음을 터트리는 그 웃음 따위 뭉개 주고 싶었다. 그 해맑은 웃음 따위가 증오로, 그리고 맑은 그 눈이 검게 퇴색되는 것을 내 눈으로 똑똑히 지켜보고 싶었다.

이것이 시작이었다.

"한진혁, 정말 하는 거야? 그래도 이번엔 좀 심한 거 아니야? 쟤 너무 못생겼잖아."

재현은 진혁을 안타까워하는 척 말했지만 사실은 이 상황을 즐기고 있었다. 이런 게임은 재현과 내게 종종 있는 일이었고 넌 그 많고 많은 여자 중 하나였다.

그렇게 시작된 일은 내 예상대로 순조로웠다.

"안녕? 이름이 서윤정 맞지?"

너는 내가 말을 거는 순간부터, 아니, 내가 네 앞에 나타난 순간부터 얼굴이 빨갛게 달아올라 있었다. 너에게 호감을 얻는 척 매너 있는 척 이야기를 했어도 난 그 순간이 굉장히 짜증났다. 난 너처럼 남자에게 면역성 없는 여자를 다루는 데는 익숙하지 않았었다.

"무슨……."

"나 좋아하지?"

너는 내가 말을 걸어 주었다는 자체가 기쁘고 황홀하게만 보였다. 너는 여태껏 내가 만나 왔던 멍청한 여자들에 지나지 않았었다.

"나랑 만나 보지 않을래?"

멍청하게 얼이 빠져 있는 표정 보라지. 진혁은 독설을 퍼부어 주고 싶었다. 너는 내가 무슨 생각을 하고 있는지 아냐고. 순진해 터진 네 모습이 나는 미치도록 싫었다.

네가 첫 키스임을 나는 키스를 하고 나서 알게 되었다. 서툰 입술과 서툴게 나를 받아들이는 네 모습에.

너는 내가 그때 무슨 생각을 하고 있었는지 알까. 내가 너를 자극시키기 위해 애무를 해도, 넌 두려움에 떨면서도 나를 밀치지 않았다. 너는 내가 한 가지를 바라면 두 가지를 내게 내어 줄 준비가 되어 있었다.

잘 알지도 못하는 남자에게 모든 것을 내어 준다라……. 그것은 너의 한심함을 증명하는 꼴이었다. 나는 그것이 우스웠다. 너는 그것을 사랑이라고 믿고 있었겠지만 나는 아니었다. 너는 나를 잘 알고 있다고 생각했겠지만 네가 본 것은 연기에 지나지 않았다.

너는 나를 전혀 알지 못했다.

그래서 점점 더 네가 무료해졌었다. 상처 입힐 생각은 없었지만 순진한 네가 상처 입기를 바랐다. 모든 것은 모순이었다. 아니, 시작부터가 모순이었는지도 몰랐다.

만남이 지속될수록 난 너에게 그리고 나에게 화가 났다. 넌 내가 생각했던 것보다 더 순진했고 나는 여전히 교활했다. 넌 내가 여태껏 봐 왔던 뻔한 여자들과는 사뭇 다른 존재였다. 넌 뻔하지만 뻔하지 않은 여자였다. 그래서 난 이 재미없고 고리타분한 게임을 어서 끝내고 싶었다.

"방 잡아 뒀어."

모든 것은 순조로웠다. 네가 처녀라는 것은 이미 알고 있었다. 그래서 난 너를 방에 데리고 가자마자 급박하게 몰아붙였다. 나의 마음속에 자리 잡힌 양심이라는 아이를 애써 무시하기 위해.

"오, 오빠……. 살살…… 해 주세요."

하지만 나에게 안겨 바르르 떨고 있는 네 손, 두려움에 눈물이 맺힌 네 맑은 눈동자를 봤을 대 난 찬물을 흠뻑 뒤집어쓴 느낌이었다. 무언가 잘못되었다. 죄책감이라는 것이 나의 손을, 멈추게 했다. 그리고 양심이라는 것이 너에게서 날 떨어트려 놨다.

나는 최악의 남자였지만 너에게만은 최악이 되고 싶지는 않았다. 너는 내가 어떤 마음을 가지고 너를 안으려 했는지 추호도 몰랐을 것이다.

"처음은 네가 사랑하는 사람하고 해. 이렇게 함부로 하는 건 좀 아니잖아?"

나는 네가 상처 입을 것을 알면서도 부러 더 냉소적으로 말했다. 하지만 저것은 내 진심이었다. 나 같은 놈에게 모든 것을 내어 주지 말라는 경고이기도 했다.

"저는 오빠 사랑해요! 그래서…… 난 그래서……."

너는 그것이 사랑이라고 말했지만 나에게 넌 사랑이 아니었다.

"나 좋은 놈 아니거든. 미안하지만 안 되겠다."

나는 나에게 구역질이 올라왔다. 어쩌면 한심하고 멍청한 존재는 네가 아니라 나였을 것이다. 난 네가 울 것을 알면서 그 방에 널 버리고 나왔다. 네가 나를 애달프게 부르는 것도, 뒤늦게 매달리는 것도 애써 거절했다. 나 같은 최악의 남자를 네가 다신 만나지 않길 바랐다.

넌 날 끈질기게 찾았다. 그것이 사랑이라고 했다. 우스웠다. 사랑이 그리 쉬운 것이었던가.

— 오빠…… 윤정이에요……. 연락이 되지 않아서요……. 메시지 받으시면 연락 좀 주세요.

"또 개야? 야, 끈질기다 끈질겨."

"시끄러워."

그 당시 나는 사랑이 뭔지도 몰랐다. 하지만 친구들이 너를 험담하는 것은 듣고 싶지 않았다. 그리고 이따금씩 데이트를 즐기며 행복해했던 네 순진한 얼굴이 떠올랐다. 네가 나에게 끊임없이 하는 고백이 나는 싫지 않았다.

네가 모든 것을 알았다. 평생 속일 수 있을 거란 생각을 한 적도, 또 이것이 비밀이라고 생각한 적도 없었다.

"사실이에요?"

네가 울며 내 뺨을 때렸을 때도, 그래서 난 아무렇지 않았다.

"뭐가?"

"아니요, 안 물어볼 거예요! 나 당신한테 변명 같은 거 할 기회 안 줄 거거든요! 당신한테는 그럴 자격도 없어요!"

상처 입었다고 나에게 호소하는 너에게 난 일말의 미안함도 느껴지지 않았다. 하지만 네 얼굴에 흘러내리는 눈물은 닦아 주고 싶었다. 움찔거리는 손을 겨우 다잡았다.

"잘 생각했어. 무슨 일인지 모르지만 네 머릿속으로 벌써 답 내렸잖아. 그게 네 답이겠지. 변명 같은 건 미안하지만 안 해."

나는 네게서 또다시 등을 돌렸다. 어차피 너와 난 끝이 날 사이였다. 사랑이라는 감정은 너 혼자만 느꼈던 감정들이었다. 그런데 마음 한 켠이 무겁고 아린 이유는 왜일까. 나는 네가 나 같은 남자와 만나지 말고 평범한 연애를 하길 바랄 뿐이었다.

그렇게 너와 난 끝이 났다.

난 준비하던 유학을 계획대로 떠났고 넌 잊혀질 존재였다. 하지만 유학 시절 이따금씩 네 생각이 났다.

"진혁 씨? 진혁 씨! 내 말 듣고 있어?"

"아, 계속 말해."

청아하게 웃던 네 목소리, 날 똑바로 바라보던 그 깨끗했던 눈동자. 너는 시시때때로 나의 머릿속에 찾아왔고, 다른 여자를 만날 때면 네가 오버랩 되어 나는 그 여자들을 더 이상 만날 수가 없었다. 그때는 그것이 그저 향수병의 일종이라 생각했다.

이따금씩 네 소식을 들을 때면 난 온몸에 희열이 느껴졌다. 뱀파이어가 오랜만에 피 한 방울을 맛보았을 때의 느낌이었다. 네 토끼같이 하얀 얼굴이 나는 그리웠다.

그러다 나는 우리 회사에 입사했다는 네 소식을 재현에게서 들었다. 그때 온몸에 짜릿한 전율이 흘렀다. 그때 비로소 나는 알았다. 내가 널 좋아했다는 사실을.

예정대로 돌아온 내 자리엔 네가 있었다. 나를 모른다 대꾸하며 나를 쳐다보는 눈빛이 귀여워 그 자리에서 격렬하게 입을 맞추고 싶은 것을 겨우 참았다.

그렇게 난 널 갖기 위해 다시 게임을 시작했다.

에필로그 2
그 후

나른한 햇살이 커튼 사이로 스며들었다. 계절은 이제 여름을 나타내고 있었다. 밤새 열대야 탓에 에어컨을 다 틀어 놨지만 끈적끈적한 정사의 열기 덕에 방 안 공기가 쉬이 식지 않았다. 윤정은 촉촉하게 젖은 머리를 한 손으로 쓸어 올리며, 그의 양 뺨을 쓸었다.

"일어나야 해요."

언제부터인지 알 수 없지만 자연스레 반동거의 형태가 되어 버렸다. 예전엔 섹스가 끝나면 윤정 스스로가 뒤도 돌아보지 않고 집으로 돌아갔지만 이젠 그런 관계가 아니었다. 여느 연인들처럼 늘어지는 모닝 키스를 하며 사랑을 속삭일 수 있었다. 바로 지금처럼.

"으악! 진혁 씨!"

그녀의 팔을 낚아채 앉아 있던 그녀를 침대 위로 다시 눕혀 버렸다. 그녀의 위에서 그녀를 내려다보는 그의 헝클어진 머리칼이 지나치게 섹시했다.

"오늘은 정말 안 돼요. 오전에 회의가 있어요."

그는 개구지게 웃으며 대답 대신 윤정의 입술을 달콤하게 머금었다. 모닝 키스치고는 조금 색정적이었다. 도톰하고 깜찍한 입술을 빨아들이며 도망가려는 혀를 냉큼 잡아챘다. 처음엔 밀어 내려던 윤정도 이제는 그의 목에 팔까지 두르고 농밀한 키스를 이어 나갔다.

"잘 잤어?"

뇌쇄적으로 바라보는 그의 눈빛에 윤정의 심장이 달음박질쳤다. 아마 알람이 울리지 않았다면 그의 속셈에 넘어가고 말았을 것이다.

"진혁 씨! 우리 이러다 늦겠어요."

윤정은 스멀스멀 올라오는 손을 서둘러 치웠다. 그는 어쩔 수 없다는 표정으로 어깨만 으쓱거렸다.

요즘 들어 한 가지 느낀 것은 그가 장난을 꽤 좋아한다는 것이다. 하긴, 가만히 생각해 보면 그는 대학 시절 그녀와 만날 때도 진지하기보다 장난스러웠었다.

"얼른 씻어요. 아침 준비해 놓을게요."

그가 욕실로 들어간 사이 윤정은 젖은 머리칼을 수건으로 탈 탈 털고 대충 말렸다. 그리고 머리를 질끈 묶고 주방으로 들어갔다. 이제 내 집보다 더 훤히 알고 있었다. 여기 있는 재료들은 그녀가 직접 장을 봐 채워 놓은 것들이었다. 그는 집에서 물과 음료수 빼고는 먹는 것이 없었던 거 같았다. 냉장고를 열었을 때 정말 처참했으니까.

윤정은 능숙하게 프라이팬에 올리브유를 조금 두르고 계란 네 개를 깼다. 그리고 한쪽엔 베이컨 두 줄을 구웠다. 계란프라이에 소금을 살짝 뿌리고 토스트기에 식빵 두 개를 넣었다. 지글지글 계란과 베이컨 익는 냄새가 식욕을 자극했다.

둘 다 아침을 먹고 출근한 것은 거의 없던 일이었다. 요리라고 할 수 없는 아침을 준비하게 된 것도 윤정의 의지였다. 뒤집개로 베이컨을 뒤집고 접시에 반숙 된 계란프라이와 베이컨을 올렸다. 그리고 튀어 오른 토스트 한쪽까지 한 켠에 두었다.

간소한 아침이지만 먹다 보니 이제는 아침을 안 먹고는 출근하기가 힘들었다. 그가 좋아하는 에티오피아 예가체프로 진한 아메리카노를 내렸다.

부산스럽게 준비하는 윤정의 허리를 그가 덥석 안았다. 이제 막 씻고 온 그의 머리칼에서 떨어지는 물방울이 또르륵 그녀의 어깨를 적셨다.

"냄새 좋은데?"

"얼른 앉아요."

"도와줄 거는?"

"음…… 그럼 커피 좀 잔에 따라 줘요."

그가 머그잔에 커피를 따르는 사이 윤정은 양상추를 꺼내 씻어서 손으로 찢었다. 그리고 커다란 볼에 담아 그 위에 방울토마토와 체더치즈를 찢어 올리고 드레싱을 뿌렸다. 간단하게 차린 아침이지만 윤정은 꽤 만족스러웠다.

"얼른 앉아요."

윤정도 자리에 앉아 코끝에 퍼지는 그윽한 커피 향을 음미하며 한 모금 마셨다. 이런 행복이란 거구나를 윤정은 이제야 느끼고 있었다. 그동안 일반통행만 해 와서인지 소소한 즐거움을 느껴 본 적이 없었다.

"오늘 이사님하고 오찬 있는 거 아시죠? 잊으면 안 돼요."

포크를 들고 베이컨을 찍어 올리던 진혁이 윤정의 뺨을 꼬집었다.

"미안하지만 서윤정 씨, 지금은 아침 식사 중입니다."

"후후, 그러네요. 버릇이 되다 보니."

진혁이 씨익 웃으며 커피를 마셨다.

"참, 어제 진혁 씨 어머님께서 전화 오셨어요. 이따 평창동 집으로 좀 오라고."

"그래?"

그와 그녀는 연인 관계이긴 하지만 부부는 아니었다. 진혁의 어머님의 부름은 윤정에게 부담이었다. 한 회장이 그들 사이를 묵인하고 있다고는 하지만 엄연히 인정을 한 것은 아니었다. 너희 놀 대로 놀아 보라고 하는 건지도 몰랐다.

"걱정하지 마. 별다른 일은 없을 테니. 그나저나 너희 어머님이 걱정하실 텐데."

"음…… 그냥 선배 언니 집에서 당분간 지낸다고 해 놨어요."

"그냥 사실대로 말하지 그래?"

"우리 부모님 보수적인 분이세요. 결혼도 안 한 남녀가 같이 산다는 거 인정하실 분들 아니에요."

진혁은 인상을 찌푸리며 토스트를 한 입 베어 물었다. 윤정은 이 상황이 불편했다. 진혁이 거짓말을 좋아하지 않는다는 것을 알고 있었다. 하지만 지금 현재 상황이 허락되지 않아 그녀도 어쩔 수 없었다.

바로 결혼을 할 수 있는 상황도 아니었고, 진혁의 집에서 그녀를 반대하는 명분도 충분히 이해하고 있었다. 그렇다고 결혼도 안 한 처녀가 남자랑 산다는 것을, 그것도 결혼할 생각도 없는 남녀가 산다는 것을, 누가 이해해 줄 수 있을까.

"우리 어머님께 내가 전화할게. 순서가 틀린 거 같다. 너희 부모님께 언제 시간 좋으시냐고 여쭤 봐. 오늘도 상관없으니."

"진혁 씨! 잠깐만요. 그러니까…… 이런 식으로 갑자기……. 당신 아버님도 허락하지 않으셨고……. 또……."

진혁의 큰 손이 그녀의 머리칼을 헝클였다.

"갑자기가 아니야. 계속 생각했던 것들이지. 네가 뭘 걱정하는지도 알아. 하지만 항상 말했듯이 날 믿어. 그리고 네 자신을 초라하게 낮추지 마. 넌 그런 초라한 여자가 아니야."

윤정은 한숨을 내쉬었다. 초라해지고 싶지 않은데 자신도 모르게 초라함을 느끼고 있었다. 처음부터 대등한 관계는 아니었었다. 그의 곧은 눈빛을 바라보며 윤정은 애써 안심하려 했다. 그를 믿고 나를 믿자, 항상 그가 하는 말이었다.

나란히 출근하는 일은 이제 비밀이 아니었다. 회사에 소문이 파다하게 날 대로 난 후였다. 그는 이 사실을 숨기려 하지 않았고 자연스레 그녀까지 동화되어 버렸다.

"윤정 씨, 요새 엄청 예뻐진 거 알아?"

"설마요."

"진짜야. 사람들 다 윤정 씨 성형이라도 한 거 아니냐고 그러더라. 역시 여자는 사랑을 해야 하나 봐."

전 대리의 말에 윤정은 난감한 미소만 지었다. 사실 이 이야기는 요새 종종 들었다. 화장실에 앉아 있을 때도, 또 휴게실을 지나갈 때도. 요즘 사람들의 관심사는 온통 윤정과 진혁이었다.

처음엔 그것들이 불편하고 화가 나기도 했지만 이제는 별다른 신경조차 쓰지 않게 되었다. 아무래도 사랑이 일반통행이 아니어서 그런지 윤정은 불안하지 않았다. 온전히 받는 사랑의 느낌을 완전히 알아 버렸다.

— 서 주임, 안으로 잠깐 들어와요.

진혁의 인터폰에 윤정은 전 대리 보기가 민망해 그저 미안한 웃음만 지었다.

"어서 가 봐. 으이그, 깨가 쏟아지네. 쏟아져."

"일 때문일 거예요."

"아닐 거라는 거 잘 알거든? 얼른 가 봐. 기다리시잖아."

"네."

윤정은 녹차 한 잔을 타서 그의 사무실로 들어갔다. 커피를 자주 마시는 그에게 이젠 차 종류를 권하고 있었다.

"찾으셨습니까?"

아무리 연인이긴 하지만 이곳은 엄연히 직장이었다. 거리감을 두는 것은 당연한 일이었다.

"앉아 봐."

윤정은 앞에 놓인 가죽 소파에 걸터앉았다.

"어머님께 전화 드렸어?"

"아……."

전화를 하긴 했다. 도무지 뭐라고 말해야 할지 몰라 그저 오늘 인사시킬 사람이 있다고만 했을 뿐이다. 정확히 이야기를 하지 않아 엄마가 이것저것 묻긴 했지만 그저 남자친구로만 일갈했다.

"얘기했어요. 오늘 저녁에 오래요."

"그래, 알았어."

"그거 때문에 부른 거였어요?"

"그것도 있고. 나도 잠시 휴식이 필요해서."

가만히 턱을 괴고 앉아 있던 진혁이 자리를 옮겨 윤정의 옆자리로 와 벌러덩 그녀의 무릎을 베고 누워 버렸다. 아무리 밀폐된 공간이라지만 직장인지라 이곳에 오래 있는 것이 눈치가 보였다.

"안 돼요. 나 눈치 보여요."

"괜찮아. 사장은 나니까."

"진혁 씨!"

"네 무릎 꽤 좋네. 종종 이용해야겠어."

윤정은 한숨을 내쉬었다. 밖으로 고개를 돌리고 있던 그가 윤정의 배 쪽으로 고개를 돌리자, 자세가 좀 더 야릇하게 변했다. 그는 윤정의 허리를 껴안고 그녀의 배에 얼굴을 묻었다.

"진혁 씨!"

윤정이 소스라치게 놀라며 그를 밀어내려 했지만 그의 단단한 팔이 그녀를 놓아주지 않았다.

"우리 부모님 너무 걱정하지 마. 잘될 거야."

"후, 알았어요. 이제 그만 놓고."

그는 밀어내려는 윤정의 손을 저지하며 블라우스 속으로 손을 넣었다.

"여기 어차피 너랑 나 둘뿐인데. 어때? 끌리지 않아?"

입으론 말을 내뱉으면서 그의 손은 어느새 브래지어 속으로 들어와 그녀의 가슴을 주물렀다. 따뜻한 손이 가슴에 닿자, 예민한 살이 빳빳하게 곤두섰다. 가슴에서부터 퍼지는 야릇한 쾌감에 윤정은 입술을 옹송그렸다.

"그만둬요. 오래 있으면 의심받을 거예요."

"쉿! 금방이야."

그가 몸을 일으켜 그녀의 목덜미를 손으로 잡고 입을 맞췄다. 한쪽 손은 그녀의 예민한 살을 주무르고 있었다. 그의 눈은 이미 욕망으로 번들거렸다. 윤정의 치마 속으로 손을 넣어 팬티를 단번에 벗겨 버리고 여린 살을 손으로 지분거렸다.

"하앗, 진혁 씨……."

"조용히 하지 않으면 들킬 거야."

윤정은 지레 놀라 두 손으로 입을 막았다. 그는 윤정의 몸을 뒤로 돌려 단숨에 남성을 밀어 넣었다.

"아앗."

애무 없이 바로 삽입한 상태였지만 익숙했던 관계 덕에 그의 남성은 무리 없이 안으로 들어왔다. 윤정의 등에 입을 맞추며 그가 몸을 움직였다. 한 손으로는 그녀의 가슴을 튕기듯 어루만지며, 또 한 손으론 그녀의 골반을 잡았다.

그의 몸에 맞춰진 몸이었다. 작은 움직임에도 금방 몸은 그를 받아들였으며 그가 주었던 쾌감을 기억해 냈다.

윤정은 한 손으로 흔들리는 몸을 지탱하기 위해 소파를 짚고, 또 한 손으론 자신의 소리를 막기 위해 입을 막았다. 그가 그녀의 고개를 돌려 농밀하게 키스를 했다. 덕택에 그녀는 몸을 지탱하기 쉬워졌다.

그는 그녀의 골반을 양손으로 잡고 격렬하게 움직였다.

— 사장님, 제이그룹 사장실입니다. 연결할까요?

윤정의 얼굴이 순간 새빨개졌다. 진혁을 바라봤지만 그는 이런 쾌감이 즐거운 모양이었다.

"쉿! 조용히 해."

그는 몸을 여전히 몸을 움직이고 있었다. 윤정은 튀어나오는 신음 소리를 두 손으로 막으며 고개를 끄덕거렸다.

"제가…… 다시 연락드린다고 해 주세요."

— 알겠습니다.

"하아……. 아앗."

참아왔던 숨을 윤정이 몰아쉬는 순간 그는 남성을 더 세게 밀어붙였다.

"어때? 스릴 있지 않아?"

여유로운 척 말을 하고 있지만 그도 별로 여유가 있어 보이진 않았다. 그녀의 엉덩이를 주무르며 그는 격정적으로 움직이다 그녀의 등에 몸을 겹쳤다. 몸 안으로 뜨거운 느낌이 스물스물 들어왔다.

윤정은 그 순간 아차 싶었다. 서로 피임을 안 한 것이었다. 그녀가 놀란 듯 그를 바라보자 그는 개의치 않는다는 듯 휴지로 그녀의 다리에 흐르는 하얀 액체를 닦아 주었다.

"상관없잖아."

"배란일이에요."

"혼수가 생기면 더 좋고."

그는 그녀의 블라우스 단추를 채워 주며 장난스럽게 웃었다. 하지만 그의 말은 진심이었다. 윤정은 어쩔 수 없다는 듯 고개를 절레절레 흔들었다. 옷을 다 입혀 준 후 진혁이 윤정의 뺨에 입을 맞추며 속삭였다.

"어때, 괜찮지 않았어? 이런 관계도?"

"진혁 씨!"

사실 스릴이 넘치니 흥분도는 배가 되었지만 전 대리에게 인터폰이 왔을 땐 심장이 정말 쿵 내려앉는 거 같았다. 하지만 그의 말대로 이런 관계도 꽤 괜찮았다. 단, 아무도 없는 사무실일 때.

진혁이 윤정의 집 안으로 들어온 것은 처음이었다. 그는 그녀의 엄마가 좋아하는 프리지아 꽃을 사 들고 그녀의 집으로 찾아왔다.

그가 집 안으로 들어오니 집이 작게만 느껴졌다. 민성이 왔을 때와는 사뭇 다른 느낌이었다. 엄마는 언제 준비를 하냐며 툴툴거리셨지만 짧은 시간 동안 많은 음식을 해 놓으셨다.

"차린 게 없어요. 윤정이가 얘기를 빨리 해 줬으면 맛있는 거 많이 차려 줄 수 있었을 텐데."

"아니요. 훌륭한데요?"

"어서 들어요."

"들지."

그녀의 아빠는 가부장적이고 말수가 없는 분이었다. 하지만 눈치를 잠깐 보니 부모님은 진혁이 꽤 마음에 드신 눈치였다.

"하는 일은?"

"같은 회사 다니고 있습니다."

"아, 그래요? 좋네. 같은 회사면."

"결혼 생각은 하고 있는 거예요?"

"엄마!"

윤정은 다급하게 엄마를 말렸지만 진혁은 개의치 않아 했다.

"네, 사실 제가 인사를 드리러 온 것은 결혼 문제도 문제지만 현재 윤정이가 저희 집에 머물고 있습니다."

윤정은 이마를 짚었다. 말리려고 했지만 이미 엎질러진 물이었다.

"예상은 하고 있었어요. 선배 언니 집이라곤 했지만 아닐 거라는 생각 했었거든요."

"엄마……."

부모님을 속이고 있다는 사실에 마음이 좋지 않았었다. 그래도 완벽하게 속이고 있는 줄만 알았다. 엄마가 저런 생각을 했다는 자체가 미안하기만 했다.

"말씀 편하게 해 주세요. 그래야 제가 편합니다."

"결혼은 언제로 생각하는가?"

묵묵히 밥만 먹던 아빠가 처음으로 입을 열었다.

"어머님 아버님께서 허락하시면 최대한 빨리 하고 싶습니다."

"진혁 씨……."

머릿속에 혼란이 찾아왔다. 윤정의 생각은 이것이 아니었다. 결혼을 하고 싶지 않은 것이 아니었다. 하지만 진혁의 부모님께 허락을 받은 후 이야기를 하고 싶었다. 너무 서두르다가 진혁의 부모님의 반대에 부딪혀 상처를 받게 될 자신의 부모님 생각도 하고 있는 것이었다.

"그쪽 부모님 생각은 어떠신가?"

"저희 부모님, 윤정이 꽤 예뻐하신다고 생각합니다."

"알았네. 그럼 조만간 상견례 날짜 잡지."

"감사합니다. 그리고 당분간 윤정이는……."

"집에서 지내는 게 좋다고 생각돼요. 그쪽 시부모님이 알아서 좋을 건 없으니까."

"저도 같은 생각입니다."

머리가 지끈거렸다. 최소한 자신과 상의를 하지 않은 진혁이 서운하게만 느껴졌다. 한숨을 삼키며 저녁을 어떻게 먹었는지도 모르겠다. 간단한 다과까지 한 후 윤정은 진혁을 배웅하기 위해 집 앞으로 나왔다.

"진혁 씨, 난 진혁 씨 생각을 잘 모르겠어요. 진혁 씨 부모님이 아직 허락하지 않으셨고, 또……."

"또?"

"하아. 우선 이렇게 빨리 결혼을 하는 건 아닌 거 같아요. 만약 진혁 씨 부모님께서 상견례를 거부하시기라도 하면 어쩌려고 이래요?"

진혁은 설핏 웃으며 윤정을 부드럽게 안았다.

"넌 내가 그 정도도 모르고 이렇게 일을 벌일 거라고 생각해?"

"하지만……."

"걱정하지 마. 우리 부모님, 너 꽤 예뻐하고 있어. 그렇지 않으면 널 며느릿감이라고 이곳저곳에 말해 놓지 않으셨을 거야."

"무슨 소리예요?"

윤정이 놀란 듯 그를 바라보자 그는 윤정의 머리만 쓰다듬었다.

"잘 자."

그녀의 뺨에 입을 맞추고 돌아가는 진혁의 차를 물끄러미 바라보았다. 도대체 그가 무슨 이야기를 하는지 도무지 알 수가 없었다.

그날 밤 윤정은 엄마에게 밤새도록 시달렸다. 진혁이 그녀의 회사 사장인 것을 알게 되면 부모님이 좋아하실 거라 생각한 것과 달리 걱정스런 시선으로 그녀를 바라보았다. 혹시 드라마 속에 나오는 막장 시어머니를 만나지 않을까 하는 생각 때문인 듯했다.

하지만 진혁 자체는 꽤 신뢰를 받은 것 같았다. 그의 예의 바른 태도는 아빠의 마음에 쏙 든 모양이었다. 거기다 벌써 엄마는 한 서방, 한 서방 노래를 부르고 계실 정도였다.

윤정은 걱정이 한 아름이었지만 진혁은 태평하기만 했다. 그 모습이 괜스레 얄밉게만 느껴졌다. 그가 그녀의 기분을 풀어 주기라도 하듯 오랜만에 데이트 신청을 했다. 24시간을 거의 붙어 있다시피 하다 떨어졌더니 옆자리가 허전하고 그가 보고 싶기까지 했다. 이것도 중증이라면 중증이었다.

그가 데려간 곳은 종종 갔던 호텔의 레스토랑이었다. 윤정은 이곳에서의 기억이 꽤 좋지 않았다. 하지만 이젠 상황이 달라진 터라 좋게 생각하자 마음먹었을 뿐이었다.

"밤에 잠을 잘 못 잔 모양이군. 아침에 네 눈 꽤 부었었어."

"맞아요. 당신과 떨어졌더니 잠도 안 오던데요?"

윤정의 장난스런 대꾸에 진혁도 미소를 지었다. 이 호텔에 대한 추억은 좋지 않았지만 레스토랑의 음식은 훌륭했다. 스테이크를 좋아하지 않는 윤정이 유일하게 스테이크를 먹는 곳은 이곳뿐이었다.

"이곳의 음식이 너한테 꽤 맞는 모양이군."

"티 났어요?"

윤정이 장난스럽게 말하자 진혁이 빙긋이 웃으며 와인을 마셨다.

"어머님께 허락받아 놨어."

"한진혁 씨, 우리 떨어진 거 하루 됐어요. 이럴 거면 그냥 당신 집에서 살 걸 그랬나 봐요."

"할 말이 있어."

"뭔데요?"

윤정은 고기를 입에 넣으며 대수롭지 않게 말했다.

"너에게 이곳은 안 좋은 추억이 있는 데라는 거 알아. 그래서 이곳에서 이야기하고 싶었어. 네 추억을 좋은 추억으로 바꿔 주기 위해."

갑자기 진지해진 진혁의 모습에 윤정은 의아함을 감추지 못했다. 진혁은 당황스러워하는 윤정의 모습에 미소를 지으며 자신의 품 안에서 반지를 꺼내어 그녀의 앞에 내밀었다.

"너와 결혼하고 싶어. 내 순서는 이거야."

남들은 프러포즈를 받으면 감동의 눈물을 흘리거나 한다지만 윤정은 그저 이 상황이 즐거웠다.

"거절해도 되나요?"

"안 되지, 그건. 널 가질 수 있는 건 나뿐이니까."

"자만심이 대단하신데요?"

윤정은 와인을 한입 머금으며 기분 좋게 웃었다. 하지만 쉽게 대답할 생각은 없었다. 그동안 그가 자신을 괴롭혀 온 것에 대한 작은 복수였다.

"생각 좀 해 볼게요."

윤정은 도도하게 반지를 바라보며 말했다. 이 소심한 복수가 오래가진 못하겠지만 당분간은 이 상태로 갈 생각이었다.

윤정은 그날 밤 진혁의 복수에 제대로 당하고 말았다. 결국

377

복수는 잠자리에서 이루어졌다. 애달프게 애원을 해야만 그는 그녀의 요구를 들어주었다. 교활한 남자 같으니라고.

생각 외로 모든 것은 순조롭게 풀렸다. 그의 말대로 한 회장은 그녀를 공공연하게 며느리로 지칭하고 다녔고, 그의 어머님은 꽤 수더분한 분이셨다. 겉모습은 우아한 사모님이셨지만 속은 소탈하신 분이었다.

"새아가, 우리 백화점 쇼핑도 하고 오순도순 지내보자꾸나. 저 녀석은 영 재미가 없어서. 딸을 못 낳은 죄로 이런 것도 며느리를 얻어야만 해 보네."

진혁을 째려보며 그의 어머니가 말했다. 사람 사귀는 것에 서툴고 어른에게 어떻게 대해야 할지 어려워하는 윤정이었지만 이 상황이 어색하기보다 즐거웠다. 그의 어머니 역시 전 대리처럼 친화력이 좋은 분이었다. 윤정에게는 정말 감사한 일이었다.

"네, 어머님."

"결혼은 되도록 빨리 하는 게 어떠니? 이 집엔 칙칙한 남자 둘만 있어서 재미가 없어."

"결혼해도 저흰 따로 살 겁니다."

진혁이 선을 긋듯 말해 윤정은 입장이 난처해졌다. 공연히 자신이 시킨 것같이 느껴졌기 때문이다. 하지만 그의 어머님은 우아하게 웃으며 그의 말을 가볍게 무시했다.

"미안하지만 나도 너희랑 안 살 거거든? 착각도 분수가 있지. 새아가, 자주 놀러 오렴."

"네, 어머님."

과연 한 회장을 한 번에 휘어잡은 인물다웠다. 진혁도 그의 어머님 앞에선 고양이 앞의 쥐 신세였다.

집으로 돌아가기 위해 윤정과 진혁이 그의 집을 나왔다.

"또 놀러 와."

"네, 어머님 아버님. 이만 가 보겠습니다."

윤정과 진혁이 차에 타고 사라질 때까지 그의 어머님은 손을 흔들며 그들의 뒷모습을 지켜보셨다. 그 다정함이 가슴속에 따스하게 와 닿았다.

"어머님 좋으신 분 같았어요."

"다행이군."

"당신을 만나면서 단 한 번도 생각해 본 적 없었어요. 당신이 나한테 과분한 사람이라고 생각했었거든요. 그런데 이제 미래에 대한 꿈을 꿀 수 있을 거 같아요. 고마워요. 날 사랑해 줘서."

그에게 처음 한 고백이었다. 속마음을 말하는 것도, 남에게 고백하는 것도 윤정에겐 모두 다 서툰 일이었다. 여태껏 누굴 만나면서 고백을 해 본 것도 진혁이 처음이었고 자신의 속마음을 이렇게 말할 수 있게 되기까지 도와준 것도 그였다. 그를 사랑했던 것을 후회한 적은 단 한 순간도 없었다. 그가 미웠지만 후회를 하진 않았었다.

진혁이 다정스레 웃으며 그녀의 이마에 입맞춤을 했다.

"난 너에게 과분한 사람이 아니야. 널 믿고, 네 가치를 믿어. 그리고 널 사랑하는 나를 믿어."

"고마워요."

한여름의 열기가 미처 다 식지 못한 밤이었다. 윤정과 진혁의 부드러운 웃음소리가 공기 가득 울려 퍼졌다. 그날은 그들의 네 번째 손가락의 끼워진 반지가 유난히 반짝이던 밤이었다.

　오랜만에 작가 후기를 쓰려니 떨리고 기쁩니다. 저는 제가 다시는 글을 못 쓸 줄 알았습니다. 이렇게 감격스러운 순간이 오다니……. ㅠㅠ 한동안 다른 일을 하며 살아가면서 글 쓰는 기쁨을 잊고 살았었는데 이제야 그 기쁨을 다시 찾았습니다. 사실 글을 안 쓸 때 마음이 불편하고, 불안하고 정말 죄를 진 기분이었습니다. 그런 저의 결과물이 나와 이 아이들을 품 안에 안을 수 있다니 지금도 믿기지 않네요.

　연재하면서 주인공 욕을 이렇게 많이 먹었던 건 이번이 처음이었던 거 같아요. ㅎㅎㅎ 그래서인지 쓰기도 힘들었고, 오랜만에 쓰는 글이라 그런지 감도 떨어지고ㅠㅠ 제가 여태껏 썼던 글 중에(몇 편 되지는 않지만) 제일 힘들었던 거 같습니다. 그래도 이렇게 세상에 나오니 좋네요(윤정아, 진혁아, 욕먹어도 너희 운명이려니 하고 받아들이렴^^*).

　우선 우리 은영 언니! 글 쓰라고 질책도 많이 해 주시고 제가 작가인 걸 잊고 살아갈 때마다 작가라는 걸 상기시켜 주고, 또 글이 안 풀리면 언니와 함께 의논도 하고ㅠㅠ 진짜 감사해요……. 언니 아니었음 저 다시 글 못 썼을 거예요……. 제 마음 아시죠? 우리 얼른 드마리스 가요 ~^^*

수지, 유리, 유나, 슬구, 연희, 마지막으로 들어온 나혜까지 고맙다~ 너희들과 네이트온에서 글 쓰며 수다 떨 때가 제일 좋아~ 하루의 일과를 마무리하는 기분이란다. ㅎㅎ 앞으로 우리 웃샤웃샤해서 그린나래 잘해 보자~

또, 우리 그린나래 회원분들~~ 부족한 저희들을 예뻐해 주셔서 정말 감사드립니다~~^^

그리고 뿔미디어 관계자분들, 원고 늦게 드려서 정말 죄송해요. ㅠㅠ 입이 열 개라도 할 말이 없습니다. ㅠㅠ 다음 거는 빨리 쓸게요……. 정말이에요……. ㅠㅠ

마지막으로 이 책을 봐 주시는 당신께 감사드립니다.

2014년 8월 어느 날

민희서 올림

악랄한 남자

초판 1쇄 찍음 2014년 8월 18일
초판 1쇄 펴냄 2014년 8월 22일

지은이 | 민희서
펴낸이 | 정 필
펴낸곳 | 도서출판 **뿔미디어**

편집장 | 이재권
기획 · 편집 | 주종숙, 이은정

출판등록 | 2002년 9월 11일 (제1081-1-132호)
주소 | 경기도 부천시 원미구 상동로 117번길 49(상동) 503호
전화 | 032)651-6513 / 팩스 | 032)651-6094
E-mail | dahyangs@naver.com
블로그 | http://blog.naver.com/dahyangs
홈페이지 | http://bbulmedia.com

값 9,000원

ISBN 979-11-315-3414-4 03810

도서출판 뿔미디어 홈페이지 OPEN *!!*

안녕하세요.
지금껏 저희 뿔미디어를 응원해 주신
독자님들의 성원에 힘입어
이번에 새롭게 홈페이지를 오픈하였습니다.

저희 뿔미디어는 홈페이지에서 독자님들께서
보다 빠른 출간 소식과 미리보기 등
알찬 내용을 제공하기 위해 많은 노력을 기울였습니다.
또한 독자님들에게 도서 할인, 이벤트 등
다양한 혜택을 제공하고자 합니다.

저희 뿔미디어 홈페이지 오픈을 계기로
한층 더 독자님들과 가까워질 수 있는 기회가 되었으면 합니

보다 많은 관심과 사랑 부탁드리며,
앞으로도 더 좋은 컨텐츠 제공에 힘쓰도록 하겠습니다.

감사합니다.

-도서출판 뿔미디어 올림-

www.bbulmedia.com